Les lanceurs de feu

JAN CARSON

Les lanceurs de feu

ROMAN

Traduit de l'anglais (Irlande)
par Dominique Goy-Blanquet

J'AI LU

TITRE ORIGINAL
The Fire Starters

ÉDITEUR ORIGINAL
Penguin Random House UK, 2019

Pour mes parents, avec amour et gratitude

sirène
[sirɛːn]
nom
nom : *sirène* ; pluriel : *sirènes* ; nom : *sirène lacertine* ; pluriel : *sirènes lacertines.*

1. appareil servant à produire un long signal sonore très puissant, utilisé comme moyen d'appel ou d'alerte.
2. MYTHOLOGIE GRECQUE chacune d'un groupe de femmes ou de créatures ailées dont le chant attirait des marins imprudents sur les écueils.

Dans l'ancien temps il y avait des anges qui prenaient les hommes par la main et les guidaient loin de la cité de la destruction. Nous ne voyons plus d'anges aux ailes blanches de nos jours. Mais pourtant les hommes sont guidés loin de la destruction menaçante : une main se glisse dans la leur, qui les conduit doucement vers une terre paisible et lumineuse, de telle sorte qu'ils ne regardent plus en arrière, et la main peut être celle d'un petit enfant.

George ELIOT, *Silas Marner*

JUIN

Jonathan

Tes oreilles ne sont pas pareilles aux miennes.

Il m'a fallu trois mois pour le remarquer. Quel chagrin. Pas vraiment un chagrin. Une préoccupation. Il y a tellement de sujets d'inquiétude maintenant que nous sommes deux. Tu n'étais pas là. Et puis tu étais là. Tu n'as pas envoyé de message pour dire que tu arrivais. Tu n'as pas appelé avant. Comment tu aurais pu ? N'empêche, c'était un choc. Un matin, j'étais moi. Le lendemain, j'étais nous. Il n'y avait pas assez de temps pour se préparer ; pas assez de temps pour s'enfuir.

Avant toi, j'avais déjà peur. Mes peurs se répandaient à travers les différentes pièces, et toutes les portes étaient bien fermées. En passant brusquement d'une pièce à l'autre, je pouvais faire semblant de ne pas voir le fourbi accumulé. Après ton arrivée, il n'y avait plus de lignes pour séparer une peur de la suivante. Mes peurs individuelles se fondaient les unes dans les autres, comme des mares qui se rejoignent follement, jusqu'à ce que je me retrouve avec un lac sur les bras. Je ne pouvais pas en voir le fond. Je ne pouvais pas en voir les rives. J'étais en train de me noyer.

J'ai fait une liste des peurs qui n'existaient pas avant toi : la peur des gens et la peur de l'absence de gens, la peur de l'argent, des téléphones, du temps. La peur du silence et la peur des bruits. La peur de te faire tomber sur la tête et que ta tête se fende en deux, comme un œuf, avec tout le contenu liquide qui se répand. Je pensais que cette liste pourrait me fournir une sorte d'échelle, des barreaux à grimper pour sortir de moi. Mais une peur alimentait la suivante, et il n'y avait pas assez de papier pour toutes mes pensées craintives. Je n'ai pas écrit cette liste, de peur qu'on la trouve et qu'on l'utilise contre moi. Encore une peur à ajouter à ma liste.

Entre toi, et le souci de toi, tout le reste a commencé à s'effilocher. Je n'ai pas eu le temps de remarquer tes oreilles. Mais ce matin, en te sortant du bain, je ne pensais ni à mon boulot ni à ton petit déj'. Je ne pensais pas à toutes les façons dont cette maison s'effondre autour de nous par lamelles. C'était le week-end. Je m'accordais un peu d'espace pour m'asseoir et respirer.

Ça fait des semaines que je n'avais pas pris le temps de m'asseoir sinon pour me relever immédiatement. Le temps, c'est la chose la plus importante que tu m'as prise ; le temps, et la permission de partir. Ce matin, j'ai pris le temps de te dévisager. J'ai même allumé le long bandeau de lumière au-dessus du miroir de la salle de bains. Je crois que ça te faisait plaisir qu'on te regarde. Tu m'as souri. C'était la première fois que tu me souriais. C'est une certitude. Je ne cesse d'observer ta bouche comme si c'était une pendule. Ta bouche est une sorte de pendule et il n'y a rien que je puisse faire pour la ralentir.

En sortant du bain tu étais rose. Le genre de rose qui est en réalité du blanc piqueté de milliers de minuscules taches rouges, comme un tableau. Tes ongles étaient pointus. Ils avaient besoin d'être coupés ou rongés. J'ai lu sur Internet que c'est très bien de les ronger pendant les premiers mois. Peut-être que je ferai ça ce soir. Tes cheveux s'étalaient en mèches humides sur ton crâne. Tes cheveux ressemblent au tracé des collines sur une carte. D'habitude ta tête est couverte de boucles. Les mèches font une sorte de bouclier, qui ombre les bords de ton visage, on dirait que tu essaies de te garder secrète. J'aimais bien voir la forme de ton crâne chauve. Il me faisait penser à des oisillons avant que leur duvet ne disparaisse, ou à des vieillards. Je t'ai fait tourner devant la fenêtre, d'un côté puis de l'autre, dans la lumière aqueuse. Pour la première fois j'ai prêté attention à tes oreilles.

Ce n'est pas parce qu'avant tes oreilles m'indifféraient. J'ai toujours suspecté qu'elles se trouvaient là. J'étais au courant de tes oreilles, comme je connaissais l'existence de tes doigts, tes orteils, tes yeux, et l'éventualité de tes dents ; tous tes organes, présents, et en ordre de marche. Ce n'était pas simple professionnalisme de ma part. Avec toi, je voulais vraiment tout garder en tête. Quand on observe un corps, on prend facilement comme s'ils allaient de soi les miracles manifestes. Je parle des détails communs à tous les êtres humains. J'inclus le sourire, le sommeil et certains gestes réflexes parmi les spécificités communes. Tes taches de rousseur ont retenu toute mon attention, ainsi que tes cheveux. Deux traits qui ne sont pas communs, et tout à fait frappants. Je ne sais pas s'ils paraîtront très beaux ou très laids aux yeux de tes pairs. Ce n'est pas à moi de le dire.

Ta chevelure est si sombre qu'elle paraît humide même quand tu as les cheveux secs. Ce n'est pas un bon signe. Ce n'est pas le pire des signes. Quantité de femmes ont les cheveux luisants. C'est ce que je ne cesse de me répéter, mais c'est difficile d'en pénétrer la vérité. C'est bien plus facile de croire le pire.

Tes cheveux, si je suis honnête, c'est pour ça que je t'ai mis un chapeau. Ta bouche, la raison qui me fait envisager une cagoule. J'ai peur pour nous deux chaque fois que je vois tes cheveux noirs humides. Je ne veux même pas croire que tu as une bouche. Je sais que les bouches sont nécessaires, pour respirer et tout ce qui s'ensuit, mais je ne peux pas regarder la tienne en face. Elle est rouge comme une sirène d'ambulance qui annonce qu'une chose terrible est déjà en train de se produire et que bientôt je la verrai par moi-même. Je veux poser ma main sur ta bouche et la faire disparaître.

Et maintenant, ce matin, une autre peur vient s'ajouter sur ma liste. J'ai remarqué que tes oreilles sont différentes des miennes.

Ce n'est pas un bon signe. Ça en fait deux pour ta mère et seulement tes yeux pour moi. Je me cramponnais à tes yeux comme à des ancres. Ils ont exactement la même teinte brun noisette que les miens. J'aime bien regarder tes yeux et voir mon propre reflet, comme un miroir dans le noir. Te voilà, ma Toute Petite. Autant à moi qu'à elle.

Ta mère a les yeux bleu océan. Toute autre couleur aurait été une insulte. Mais les tiens sont bruns, comme la terre ferme, comme la glaise, comme les troncs d'arbre et les feuilles d'automne qui font les paillis d'hiver. Tu es un bébé du sol, et les bons jours, je crois que tu es à moi. Au diable tes oreilles et tes cheveux, voilà ce que je me dis. Ta mère peut les avoir. Ce sont des préoccupations secondaires. Tes yeux sont à moi, et ne dit-on pas que les yeux sont presque aussi saints que le cœur ? Les fenêtres de l'âme, qu'ils disent, et ce genre de sentiments rassurants. Les yeux sont plus grands que les cheveux et les oreilles combinés. J'ai aussi de l'espoir pour tes mains, qui forment des poings comme les miens quand tu dors, tes petits pieds en saucisse, et la façon dont tu vas te tenir, le corps légèrement penché en avant, quand tu traverseras une pièce.

Je ferai de mon mieux pour m'enseigner en toi. « Tiens bien ton dos comme ça », voilà ce que je te dirai : « Et tes jambes à croire qu'elles ne gardent aucun souvenir de l'eau. » Je te rappellerai, encore et encore, que les gens ne savent pas nager. Je t'abriterai des images de piscine et des nageurs à la télévision. Je dirai : « L'eau, ça sert à boire et à se laver, c'est tout. » Je dirai : « Croise les mains, ma Toute Petite, tu m'appartiens à moi. »

Je garderai l'espoir que tes oreilles peuvent m'entendre, mais peut-être qu'elles retentissent déjà des chants de ta mère.

J'attendrai et je surveillerai ta bouche.

Ta bouche, c'est là que le monde commencera ou finira. Je ne supporte pas de la voir. Je la surveille, comme une pendule, à cet instant même. J'attends de voir ce qu'il en sortira, de voir si tu es à elle ou à moi.

1

Nous sommes à Belfast

Ça, c'est Belfast. Ce n'est pas Belfast.

Mieux vaut éviter d'appeler un chat un chat dans cette ville. Mieux vaut éviter les noms et les lieux, les dates et les prénoms. Dans cette ville, les noms sont comme des points sur une carte ou des mots creusés dans l'encre. Ils essaient trop de se faire passer pour la vérité. Dans cette ville la vérité est un cercle vu d'un côté et un carré vu de l'autre. On risque la cécité à force d'en regarder fixement la forme. Même maintenant, seize ans après la période des Troubles, c'est plus sûr de s'éloigner d'un pas et de dire avec conviction : « Tout ça m'a l'air exactement pareil. »

Les Troubles sont terminés, maintenant. C'est ce qu'on nous a dit dans les journaux et à la télévision. Ici nous sommes très portés sur la religion. Nous avons besoin de tout croire par nous-mêmes. (On a tous tendance à enfoncer les doigts dans la plaie et bien fouiller autour.) Nous ne l'avons pas cru dans les journaux ni à la télévision. Nous ne l'avons pas cru dans nos os. Après tant d'années assis sur une position, nos épines dorsales s'étaient figées. Il nous faudra des siècles pour les déplier.

Les Troubles viennent tout juste de commencer. Ça aussi, c'est à peine vrai. Ça dépend des gens à qui on parle, comment ils se tiennent, et quel jour en particulier vous avez choisi pour cette conversation. Ceux qui ignorent tout de notre situation peuvent la vérifier sur Wikipédia, ils y trouveront une vue d'ensemble de trois mille mots. On peut lire des articles plus approfondis en ligne ou dans des revues savantes. Ou récolter une histoire alternative en bavardant avec les habitants du coin. Rassembler les pièces sera un processus laborieux, comme de reconstituer un seul puzzle avec les morceaux de deux, voire d'une vingtaine.

Les Troubles, c'est trop peu un mot pour tout cela. C'est un mot pour des inconvénients mineurs, comme un découvert à la banque, des crevaisons lentes, la période mensuelle d'une femme. Ce n'est pas un mot violent. Sûrement nous avons bien gagné un mot violent, quelque chose d'aussi cru et brutal qu'« apartheid ». Au lieu de quoi nous avons un mot comme « ciseaux », qui s'emploie seulement au pluriel. Les Troubles est/était un seul truc monstrueux. Les Troubles est/était une quantité de maux individuels saisis ensemble. (Parmi d'autres mots similaires il y a « braies » et « cisailles ».) Les Troubles s'écrit toujours avec un T majuscule, comme si c'était un événement, comme la bataille de Hastings est un événement avec un début et une fin fixes, un point sur l'année calendaire. L'histoire ne manquera pas de prouver que c'est en réalité un verbe ; une action qui peut être infligée aux gens à maintes reprises, comme le vol.

Et donc nous ne fixons pas de limites. Nous disons ceci n'est pas Belfast, mais plutôt une ville similaire à Belfast, avec deux rives et un fleuve brun boueux qui les soude l'une à l'autre. Des routes, d'autres routes, des voies ferrées, des cheminées. Toutes ces choses courantes dans une cité fonctionnelle sont présentes ici à doses limitées. Centres commerciaux. Écoles. Parcs, et la possibilité tacite d'arpents verts pour enténébrer le printemps. Trois hôpitaux. Un zoo dont les animaux s'évadent à l'occasion. À l'est de la ville, une paire de grues jaunes enjambe l'horizon, comme des messieurs aux jambes arquées. À l'ouest une colline, à peine une montagne à l'aune alpine, trébuche sur ses bases en basculant dans la baie. Accrochés à la ligne de côte, il y a une grande quantité de bâtiments. Ils sont perchés comme des baigneurs timides, plongeant leurs orteils dans la mer verdâtre. Il y a des bateaux : de grands bateaux, des bateaux plus petits et ce bateau englouti qui tient toute la cité captive depuis le sol de l'océan. Il n'y a pas de bateaux à venir.

À la place, il y a des structures en verre et en bronze agrafées à la ligne d'horizon. Elles ressemblent à des marches qui montent vers des hauteurs blanches comme des dents occupées jadis par Dieu. Ce sont des immeubles de bureaux et des hôtels pour les visiteurs étrangers : des Américains pour la plupart, et des gens venus d'autres endroits sérieux. Nous éprouvons peu de respect pour ces gens et pour les photos qu'ils vont prendre. Ils se croient très courageux d'oser venir dans cette ville, ou au moins ouverts d'esprit. Nous souhaitons leur dire : « Vous êtes fous ? Pourquoi êtes-vous venus ici ? Vous ne savez pas qu'il y a d'autres villes convenables à une heure d'ici sur des vols à bas prix ? Il y a même Dublin. » Nous ne sommes pas censés dire cela. Nous avons déjà commencé à nous reposer sur leur argent.

Nous mettons les visiteurs dans des taxis Coccinelle noirs et nous les faisons tourner encore et encore sur le boulevard périphérique, monter et descendre les petites rues jusqu'à ce qu'ils aient le tournis, eux aussi, à force de voir cette ville sous ses multiples angles. Nous les gavons d'œufs frits au bacon sur des assiettes presque blanches en leur disant : « Et voilà, un échantillon de la cuisine locale. Avec ça vous tiendrez toute la journée. » Nous dansons pour eux et pour leur argent étranger. Nous sommes également prêts à pleurer si c'est cela qu'on attend de nous. Nous nous demandons ce que penseraient nos grands-parents de tout ce vacarme, de tout ce discours promotionnel.

Dans cette ville, nous avons un grand amour de la parole. On peut s'entraîner à la parole dans les bus et sur les bancs des parcs, du haut d'une chaire ou d'autres endroits élevés. Elle peut s'exprimer dans des poèmes, plus souvent sur des murs pignon. Elle enfle en présence d'un auditoire, bien qu'un interlocuteur ne soit pas strictement nécessaire. Il n'y a jamais assez de silence pour contenir tous nos discours. Nous avons péroré à s'en rompre les cordes vocales sur la politique et la religion, l'histoire, la pluie et la manière impie dont tous ces éléments sont liés, comme une version bâtarde du cycle de l'eau. Nous continuons à croire qu'au-delà des mers l'Europe (et le reste du monde) retient son souffle en attendant le chapitre suivant de notre triste conte. Le monde ne nous attend pas. Il y a des voix plus bruyantes autour de la table maintenant. Africains. Russes. Réfugiés. Ils disent des choses terribles avec des mots qui requièrent une traduction. En comparaison nous ne sommes que du papier mouillé.

Cette ville continue à parler. Elle dit à quiconque est prêt à écouter qu'elle est une ville européenne, jumelée à d'autres villes d'Europe. Cette ville croit qu'elle fait marcher qui ? Elle n'a pas de piazza, pas de fontaines de marbre, pas d'œuvres d'art dignes d'être citées. Elle est tapie en bordure de mer, comme un parking desservant l'Europe continentale. Les gens, quand ils parlent, émettent un bruit de terroir, comme des pommes de terre bouillies dégoulinantes de beurre. Il n'y a pas de soleil digne d'être évoqué, et personne ne s'assoit dehors aux terrasses des cafés. Ce n'est pas une ville au sens où Barcelone est une ville, ou Paris, ou même Amsterdam. C'est une ville comme un mot jadis malséant qui a besoin d'être racheté, « saugrenu » étant le premier qui vient à l'esprit.

Ce qui ne veut pas dire que cet endroit manque de charme. En dépit de tous ses efforts pour décevoir, les gens ne partent pas, et ceux qui partent reviennent. Ils disent : « Ça tient aux gens » et « Il faudrait aller loin avant d'en trouver d'une meilleure espèce ». Ils disent : « Ce n'est sûrement pas pour le climat qu'on est venus. » Il y a du vrai dans chacune de ces versions.

Sammy Agnew connaît la ville depuis toujours. La carte de ses petites rues et ses rivières est gravée en lui, comme un deuxième jeu d'empreintes digitales. Quand il ouvre la bouche, ce sont les mots acerbes et fibreux de cette ville qui pointent le nez dehors. Il ne supporte pas qu'elle lui rejoue le son de sa propre voix. Sammy ne peut pas encaisser cet endroit, pas tout à fait le maudire non plus. Il donnerait n'importe quoi pour s'en décaper. Pour filer prendre un nouveau départ, un endroit plus chaud, comme la Floride ou Benidorm. Un endroit qui ressemble moins à un bocal pour poisson rouge. Il a essayé. Dieu seul sait le mal qu'il s'est donné. Mais cet endroit est comme un aimant : qui l'enjôle, l'attire, et rembobine son moulinet. Il a beau partir loin, par avion ou par bateau, ou dans ses pensées quotidiennes – là où c'est le plus difficile de mettre de la distance –, il sera toujours fils de cette ville ; un fils déloyal, mais néanmoins bien attaché.

Sammy se tient maintenant sur la bordure des choses, l'orteil à cheval sur la ligne où les quartiers plus plaisants côtoient ceux qui ne le sont pas tout à fait. Il sait qu'il n'est pas au-dessus de tout cela. La puanteur de débuts dans une ruelle ne peut pas se laver avec du savon ou une distance prudente. Il est cet endroit, tout comme ses enfants sont cet endroit. Ce n'est pas forcément une bonne chose à transporter, quoique, ces temps-ci, une sorte d'espoir balbutiant monte de la ville, qui gonfle surtout parmi la jeunesse. Il y a même des individus fiers de relever la tête et de dire : « Je suis d'ici et je ne vais pas m'en excuser. » Sammy pense que ceux-là sont des imbéciles. Il craint pour ses enfants, son fils en particulier. Il y a une dureté chez ce garçon, propre au lieu. La dureté n'est pas la plus mauvaise façon de se comporter dans une ville si marquée par les déceptions. Pourtant Sammy sait que la dureté, si on la laisse mijoter, engendre la rage, et la rage est voisine de la cruauté, et c'est cela qu'il voit chaque fois qu'il regarde Mark : cette ville, qui lui salit son fils, tout comme elle l'a détruit lui jadis.

Jonathan Murray est né ici, lui aussi, à tout juste cinq minutes de Sammy dans la même rue, bien que la distance entre eux soit continentale. Ce n'est pas seulement l'argent qui empêche un homme de fréquenter l'autre. C'est l'éducation et la réputation, et quelque chose de plus difficile à épingler ; une façon entièrement différente de se conduire dans la vie. Jonathan ne pourrait pas dire qu'il connaît cette ville comme Sammy la connaît, car connaître implique une familiarité et du plus loin qu'il s'en souvienne il a toujours gardé ses distances. L'endroit n'est pas son chez-lui. Ça ne s'en rapproche même pas. Il conduit chaque jour à travers ses rues encombrées sans prendre le temps de regarder. Il ne saurait dire avec certitude que ce n'est plus la ville d'il y a dix ans, ni repérer des écarts significatifs avec les mitraillades des années 70 et 80. Pour lui ça pourrait être n'importe quelle ville similaire : de taille moyenne, industrielle, écumée par la mer. Cardiff. Liverpool. Glasgow. Hull. Une métropole humide a à peu près la même allure que la prochaine. Jonathan n'a pas de réelle conscience du lieu où il se trouve ou auquel il appartient ; ce que c'est d'avoir un chez-soi.

C'est Belfast. Ce n'est pas Belfast. C'est la ville qui ne les laissera partir ni l'un ni l'autre.

*

En ce moment c'est l'été. Pas encore le plein été, mais assez chaud pour que les gars du coin se promènent torse nu, dos, ventres, épaules qui se mettent déjà à rosir comme des tranches de jambon cuit. C'est un été de Coupe du monde. Les gens d'ici apprécient particulièrement le football parce que c'est un jeu à deux camps où on donne des coups de pied. Le bruit des foules télévisées gronde par les fenêtres ouvertes de la moitié des maisons de l'Est. On a absorbé des boissons. On absorbera encore des boissons. Le lendemain matin leur odeur empestera comme un chiffon humide dans une pièce fermée. Au-dessus des têtes un hélicoptère plane. C'est une sorte d'insecte, qui bourdonne. Ses pales brassent l'air chaud de-ci de-là. Il bouge à peine.

Les femmes, que le sport indiffère pour la plupart, ont traîné les chaises de la salle à manger dans la rue. Elle sont assises devant leur maison, comme des bouddhas grassouillets, à regarder la circulation qui lambine. Parfois elles s'interpellent d'un côté à l'autre de la rue. « Ça fait plaisir que le beau temps revienne » ou « Il paraît que ça va changer pendant le week-end ». Parfois elles plongent dans leur cuisine minuscule et ressortent avec des verres de boissons pétillantes et des canettes. Avant de boire elles pressent le froid contre leur front pendant une minute en soupirant. Après quoi la chair est rose comme par une brûlure. Le V profond entre leurs seins est rose aussi, et vire au rouge. D'ici dix heures du soir il les démangera comme des piqûres d'ortie, mais elles n'envisagent pas une minute de mettre de la crème solaire. La crème solaire est réservée aux vacances à l'étranger. Le soleil local est plus faible. Il a moins tendance à causer des cancers que le soleil continental. Chaque femme de la rue est résolue à bronzer avant septembre. Elles remontent leur jupe au-dessus du genou, révélant des cuisses étalées et des varices, du poil d'hiver, et parfois le fantôme en fine dentelle d'un ourlet de jupon. Elles sont leur mère et leur grand-mère avant elles. Elles gardent ces rues de la même façon depuis que les chantiers navals ont réclamé des logements : une centaine de rues à maisons mitoyennes s'est créée en guise de réponse, donnant naissance à ce qu'on appelle l'Est radieux.

Les enfants qui appartiennent à ces femmes regardent les matches de foot ou tapent dans leur propre ballon entre les voitures. Ils vacillent du haut en bas de la rue sur des vélos d'occasion, les bras dressés au-dessus du guidon, comme s'ils étaient pris en plein acte de dévotion charismatique. Il reste deux mois pleins avant l'école. Tout juillet. Tout le mois d'août. Quand ils pensent à la fin des vacances, c'est comme penser à la distance entre deux systèmes solaires. C'est l'éternité, et les enfants sont étourdis par son ampleur.

L'air est chaud dans l'Est. Quelqu'un a allumé un barbecue. L'odeur de la viande qui cuit s'infiltre dans le nez des femmes, fait saliver leur gorge. Si le beau temps se maintient, elles sortiront le barbecue pendant le week-end. Si le beau temps se maintient encore plus longtemps, elles feront peut-être un saut jusqu'à la côte : vers le nord, à Portrush, où elles ont des amies avec des caravanes fixes, ou en bas à Newcastle à cause du parc aquatique. Les mioches adorent le parc aquatique et la longue plage de sable.

Il n'y a rien à l'Est qui ressemble à une plage, rien pour les mioches que la rue, et au bout de la rue, la boutique. Il n'y a même pas un jardin ou un bout de pelouse d'une taille correcte. Les gens pensent que l'Est est rouge, blanc et bleu, mais les femmes savent bien que non. La couleur de l'Est c'est le gris, quarante nuances, chacune plus prononcée que la précédente. Il fait un complément parfait à la pluie, et ne pose problème que quand le soleil se montre. Il n'y a aucun espace où planter un barbecue ici. Quand la rue est votre jardin devant comme derrière, il n'y a nulle part où installer un transat. En été, tout le reste de la ville empeste l'herbe et les haies taillées. Il n'y a pas d'herbe à couper dans l'Est. Ici l'été sent le bitume qui fond et les poubelles, les pots d'échappement qui s'exhalent le long de la Newtownards Road. Les jours de grande chaleur on sent encore la mer, qui caille dans la cuvette de la Connswater, comme la puanteur d'œuf et de saumure des toilettes publiques.

Il est presque cinq heures maintenant. Le match est terminé. Ils ont gagné, ce qui signifie que, de l'autre côté de la ville, ils ont perdu. Ici il y a toujours deux côtés à chaque chose, surtout le football. Chacun est obligé de choisir un côté et de s'y tenir.

Les hommes se lèvent de leur canapé et coupent le son de la télévision. « Qu'est-ce que t'as prévu pour le thé ? » demandent-ils aux femmes.

« Et toi, qu'est-ce que t'as prévu pour le thé ? » répliquent-elles.

Elles disent cela avec insolence, une main sur la hanche et les épaules tournées vers la gauche, comme des jeunes filles en talons hauts. À l'Est, chaque repas est précédé d'un duel. Rien n'est certain tant qu'on n'a pas avalé la première bouchée. Le contenu du frigo est disséqué, discuté, déclaré indigent ou correct. Un repas se taille dans le shrapnel. S'il n'y a pas assez à manger pour un repas complet, on envoie un enfant à la boutique chercher de quoi lui ajouter de la consistance.

Ce soir, tandis qu'ils mangent leur hachis parmentier, leurs gaufres de pommes de terre et leur riz précuit, les habitants de l'Est sentent la viande de barbecue embaumer leur assiette. L'arôme les laisse déçus de leur propre dîner. Rien de ce qu'ils mangent n'aura aussi bon goût que ce barbecue qu'ils tisonnent dans leur tête. Derrière le barbecue il y a une autre odeur de brûlé, comme la chaleur aride d'un sèche-cheveux qu'on a laissé branché trop longtemps. Quelque part à l'Est, il y a quelque chose qui brûle. Ce n'est pas le premier incendie de la saison. Ça ne sera pas le dernier.

Divers quartiers de la ville sont illuminés. Un feu isolé ici, un autre là, chacun préparé et allumé par une main différente. Et ceux-ci ne sont pas les feux de joie habituels de la Nuit du Onze qui, chaque année, annoncent le début d'un nouveau Douze. Ils ne sont ni traditionnels ni attendus. Les femmes qui ferment leurs fenêtres en PVC pour se protéger de la fumée saisissent une bouffée d'air brûlé avec un léger claquement de langue mécontent. Elles apprécient un bon feu de joie autant que n'importe qui, mais elles désapprouvent les feux allumés avant l'heure prévue. On n'est même pas encore en juillet. La saison des défilés vient à peine de commencer.

À la tombée de la nuit, depuis Black Mountain et Craigantlet, ces feux surgissent comme des bougies d'anniversaire ou des fleurs d'ambre semées sur le paysage urbain. Ils sont d'une beauté surprenante. À cette distance ils ne dégagent aucune chaleur. Et ils ne suivent pas non plus de schéma visible. La seule chose qui relie un feu à l'autre, c'est sa hauteur – au moins dix mètres au-dessus du sol – et son but, qui est, comme aiment à dire les hommes politiques, le désir de causer le plus grand désordre possible.

Sur tout l'éventail politique les nouveaux feux sont largement condamnés. « L'heure n'est plus à ce genre de choses », disent les politiciens. À la télévision ils ont l'œil vitreux. C'est le résultat d'années passées à fixer le barillet d'une caméra en racontant des mensonges. « Nous avons tourné la page », disent-ils. « Ce genre de conduite ne sera plus toléré. » Il n'y a aucune arrestation. Les feux continuent. La ville a la migraine à cause du cri constant des sirènes qui se ruent d'un incident à l'autre. La police est bombardée de briques et de bouteilles quand elle traite les feux. Ils arrivent maintenant en tenue anti-émeute, prêts au grabuge. La brigade des pompiers est surmenée. Ils envisagent de demander de l'aide à la rive d'en face : plus d'hommes, plus de matériel, un regard neuf sur le même problème sinistre. L'eau pour l'arrosage et les pataugeoires sera peut-être rationnée.

Rien de tout cela n'est sans précédent. L'été est toujours une période de tension dans cette ville. Il y a toujours des sirènes et des feux et des groupes de gens en colère qui manifestent. Ceux qui ont les moyens d'éviter le pire de la saison partent pour le Continent et reviennent quand tout cela est terminé. C'est comme ça depuis des décennies. Mais, cet été, c'est différent. Cet été restera dans les mémoires comme l'Été des Grands Feux. On l'écrira avec un É majuscule à cause de son lien avec les Troubles.

On n'est encore qu'en juin, et l'été n'a pas encore grandi à la taille de son nom, mais partout dans la ville les gens cherchent la façon correcte de le dire, le nom collectif qu'ils pourraient utiliser dans la conversation. On a besoin d'un terme à la fois ample et spécifique : un mot qui mettra cette année à part d'autres saisons des feux, qui bornent tous les étés ordinaires. Un baptême du feu ? Ce n'est pas tout à fait juste, car un baptême est une chose sainte, et il n'y a rien de saint dans cette saison. Elle ressemble plutôt au Blitz. À certains moments on croirait que toute la ville est en feu, qu'un bâtiment incendie son voisin. Les résidents les plus anciens se rappellent encore les nuits chaudes de 1941, quand la ville entière brûlait rouge de la haine allemande et que tous en dehors des plus riches se réfugiaient sur les collines, cramponnés à des oreillers et des couvertures. Même si à distance ces nuits paraissent similaires, elles sont très différentes. Les Grands Feux n'ont pas été déclenchés par un ennemi lointain. Ils font partie des violences qu'un groupe d'individus s'infligent à eux-mêmes.

Il est impossible de dire qui leur donne ce nom en premier ; un journaliste, ou un présentateur à la télévision, un enfant peut-être, car il sonne comme un mot que pourrait employer un gosse. À la fin du mois de juin, on ne parle plus de « feux sporadiques » ou d' « incendies criminels ». On ne les désigne plus autrement que comme les « Grands Feux ». Le phénomène n'est plus restreint aux journaux locaux. Il en est question dans les journaux d'outremer et à la BBC mère. Les politiques craignent qu'il n'atteigne l'Amérique : les visiteurs potentiels se souviendront que c'est risqué de se rendre dans cette ville. Chose qu'il faut éviter à tout prix.

À l'Est, les gens sont déchirés. Cela fait partie de leur culture de brûler des trucs, mais ils ne peuvent absolument pas tolérer qu'on brûle dans le désordre. Le bon ou le mauvais de la chose est tiraillé en tous sens le long des petites rues. Des étrangers pressant l'oreille contre les minces parois entre les maisons pourraient entendre des fragments de discussion filtrer à travers le papier peint. « C'est notre tradition » ; « Pourquoi on devrait écouter les politiciens ? » ; « Tôt ou tard il y aura des blessés. » Oui, les habitants de l'Est sont déchirés. Ils ont un angle de vue insolite sur l'ensemble de la situation.

Il y a toujours eu des feux de joie dans cette partie de la ville. Pas de ces bûchers aléatoires. Des feux traditionnels, limités à une seule nuit de flammes. Chaque juillet à la Nuit du Onze, la ville entière s'embrase, puis elle refroidit, et même si c'est infernal sur le moment, au moins ça ne se produit qu'une fois par an. Il y a un fait historique derrière cette pratique. Où il est question du roi Billy qui cherchait son chemin à travers la ville enténébrée, où les feux lui marquaient la voie. Façon de mettre tout le monde en train pour les parades orangistes du Douze. La plupart des gens ne se rappellent pas l'histoire en détail, mais le souvenir du feu est difficile à oublier. Ce ne sont pas des feux de joie comme peuvent les imaginer des étrangers, avec du petit bois et des bûches et peut-être une effigie du conspirateur Guy Fawkes qui brûle au sommet. Ce sont des montagnes de bois métallisé, qui demandent deux mois ou plus de construction.

Tout le monde est impliqué dans les préparatifs, surtout les enfants. Ils vont de porte en porte mendier du bois et des meubles. Ils les empilent en hauteur sur une brouette ou un skateboard, qu'ils tirent à travers les rues jusqu'à l'endroit où sera construit le feu de joie. Ils dorment par roulement à côté de leur tas de bois, le gardant contre le vol et tout élément extérieur qui déclencherait le feu avant l'heure appropriée. Les plus âgés construisent l'édifice. Ils ont appris ce savoir de leurs pères et de leurs oncles débauchés, qui leur ont aussi appris à boire et à pisser dans la rue. Il y a de l'architecture dans la disposition des pneus et des palettes de bois qui tiennent en équilibre ces temples élevés, qui rassemble et relie tous les éléments jusqu'à ce que la pointe du feu s'élance loin au-dessus des tuyaux de cheminée alentour.

Quand les feux brûlent, les flammes bondissent à trente mètres dans l'air. La ville tout entière est enfouie sous une couverture de brouillard. La chaleur est un dieu en colère. Les fenêtres voisines ploient. Les antennes satellites piquent du nez comme des fleurs vieilles d'une semaine se fanent dans leur vase. Les gens ne peuvent pas rester enfermés chez eux de peur d'être rôtis. Les enfants hurlent, de terreur et d'une pointe de délice, et parfois la structure entière se désagrège. Le feu se déverse dans la rue comme un volcan éclaté. C'est un spectacle sublime, vu à distance, avec une canette froide à la main. Il y a toujours de la musique qui joue fort. Si vous fermez les yeux, on croirait entendre Noël arrivé en avance.

L'autre versant n'est pas aussi festif. Il y a des blessés. Des enfants qui tombent de grandes hauteurs. Ils se brisent les os ou ils meurent. Les étincelles crachées par le bois sec enflamment les survêtements synthétiques, et le feu, enfonçant les crocs dans un bras ou une jambe, réclame sa livre de chair. Les badauds boivent, et boivent trop, et avant minuit ils flanquent des coups de poing aux fils de leurs voisins. Ils se dessinent en silhouette avec le feu d'enfer en arrière-plan. Voilà le genre de photographies que les journaux recherchent vraiment. Après quoi l'asphalte va faire des bulles pendant près d'une semaine. Les dégâts infligés aux rues sont permanents. Les réparations coûtent de l'argent public. Ceux qui n'ont pas grandi au milieu des feux de joie se demandent si c'est bien raisonnable d'allumer de grands feux dans des zones résidentielles, et pourquoi on autorise à brûler des drapeaux et même les effigies de gens encore vivants. Mais il y a toujours eu des feux à l'Est. Personne n'a réussi à les faire disparaître, et il n'y a jamais eu de restrictions auparavant.

« Voilà ce qui se passe », disent maintenant les politiciens, se paraphrasant eux-mêmes à l'intention de la presse. « La tradition est une chose, mais ces feux gigantesques enfreignent les règles de la santé et de la sécurité. Tôt ou tard il y aura des morts. »

Il y a déjà eu des blessés, mais ça n'a pas arrêté la progression des feux. Dans tout l'Est, et dans certains quartiers de l'Ouest, ils montent lentement en puissance, comme des tours de Babel enflammées : une coudée, deux coudées, dix coudées plus près du Ciel à chaque année qui passe. Les plus grands s'élèvent maintenant jusqu'à soixante-dix ou même quatre-vingts pieds de hauteur. Ce qui fait environ vingt-cinq mètres en système décimal ou, pour ceux qui aiment visualiser, l'équivalent de trois maisons empilées les unes sur les autres. Ceci sans même compter les drapeaux qui scintillent depuis la pointe extrême du bûcher.

« Trop c'est trop », ont fini par trancher les politiciens. On leur a confié la responsabilité de faire avancer les choses, et la plupart des gens de cette ville ne veulent plus de feux de joie. « Vous pouvez continuer vos feux traditionnels, ont-ils décrété, mais ils ne devront pas dépasser dix mètres. » Dix mètres, ça leur paraît encore insensé. Mais les politiciens d'ici savent à quelle vitesse la situation peut s'emballer s'ils prennent le risque d'une interdiction totale. Mieux vaut éliminer progressivement cette pratique. Mieux vaut rogner les feux. Pouce par pouce, si nécessaire. La plupart des gens pensent que dix mètres, c'est un compromis tout à fait raisonnable, ou que les feux devraient être complètement interdits ou, s'ils sont particulièrement inventifs, suggèrent un seul feu gigantesque en bordure de la ville, là où il ne pourra faire aucun dégât.

À l'Est, presque tous pensent que les restrictions sont une idée épouvantable. Ils commencent tout juste à égratigner la surface du possible quand on parle hauteur et feu. Pourquoi devraient-ils s'arrêter maintenant ? Pourquoi ne pas pousser jusqu'à cinquante mètres, ou cent ? Un manifeste enflammé qui serait visible de l'espace ou, plus important encore, de Dublin ? Ils discutent de l'injustice de cette affaire dans tous les pubs et les boutiques du coin. Les femmes qui se font bronzer sur le trottoir n'ont que cela à la bouche. Même les enfants râlent : la moitié d'un feu, ça veut dire la moitié de la récup, et puis qu'est-ce qu'ils vont faire le reste du mois ? On parle d'ignorer les politiciens et de construire des feux aussi hauts qu'ils en ont foutrement envie. Pour l'essentiel, ce ne sont que des paroles. Le football et la chaleur ont épuisé la pugnacité des hommes. Ils ne sont plus bons que pour la bière fraîche et la palabre.

Mais ces temps-ci, plusieurs semaines avant que la saison des feux de joie ne démarre vraiment, il y a eu une vague de feux très différents. Des Grands Feux, chacun élevé aussi près que possible de la limite imposée des dix mètres. Le premier au rayon lingerie du magasin Marks & Spencer de la Royal Avenue, planqué sous un rail de pyjamas en soie, le deuxième dans les toilettes désaffectées de la bibliothèque Linen Hall. Ensuite le City Hospital, le Royal Hospital, et le département d'éducation du musée de l'Ulster, où le vieux tigre du Bengale, momifié dans sa cage en verre, a souffert plus que tout le reste. C'est seulement au cinquième feu que la police a commencé à repérer des schémas : la taille, l'heure, les incendiaires en jeans et capuche de survêtement tirée en avant du visage de telle sorte qu'il pourrait s'agir de n'importe qui sur les vidéos des caméras de surveillance.

Ces feux ont été planifiés méticuleusement. Ils démarrent dans des sacs à dos pré-remplis d'un mélange dosé avec soin d'essence, de papier et d'allume-feux. Ils sont toujours déposés dans des coins particulièrement inflammables. Personne jusqu'ici n'a été blessé. Les feux sont programmés de manière à prendre quand il y a peu de gens à proximité : tôt le matin, ou juste avant la fermeture. C'est un petit bienfait, disent les policiers, mais tôt ou tard il y aura des blessés. C'est du feu, après tout. Personne ne peut en prédire les tendances sournoises.

Une fois les feux officiellement reliés, on dirait qu'ils sont partout. Au début ils sont cachés seulement dans des endroits prestigieux. La moitié des bâtiments classés de la ville affichent des traces de brûlures et de dégâts des eaux. Le coût est astronomique, le risque de perdre l'un des monuments réputés de Belfast trop douloureux pour être envisagé. Le palais de Stormont et l'Hôtel de Ville sont en alerte maximale, entourés par un cordon de policiers équipés de gilets pare-balles et d'extincteurs. Maintenant qu'ils ont capté l'attention des médias, les lanceurs de feu se rabattent sur des cibles moins voyantes : ponts, entrepôts, bâtiments en ruine et logements sociaux, la carcasse abandonnée du centre de loisirs Maysfield. La ville entière est illuminée. Mais ce n'est pas de l'anarchie. Il s'agit d'un chaos soigneusement orchestré. Il y a des règles du jeu : ne blessez pas de civils, ne vous faites pas prendre et, la plus importante, la règle des dix mètres, qui constitue le dogme central des Grands Feux.

Au cours des derniers jours, une vidéo a circulé sur Internet. Les gens la postent sur Facebook et YouTube, et dans la presse locale il y a une brève granuleuse répétée matin, midi et soir. La vidéo montre un individu qui se dénomme le Lanceur de feu. Impossible de dire qui il est. C'est peut-être même une femme. Il porte un masque de Guy Fawkes, et un survêtement noir à capuche tirée en avant sur le front. Il ne parle pas, mais, vu le message, on imagine aisément un accent pointu de Belfast-Est, tout dans le nez et en haut de la gorge. Il présente des pancartes devant la caméra.

« Ne faites pas de mal aux civils. »

« Ne vous faites pas voir. »

« Lancez votre feu à dix mètres au-dessus du sol. »

« Je suis le Lanceur de feu. »

À l'arrière-plan, la musique qu'on entend, aussi bruyante qu'un marteau-piqueur, c'est le « Firestarter » du groupe The Prodigy. On imagine facilement des cornes de diable dissimulées sous le capuchon.

Une fois que toutes les pancartes ont été dévoilées, un écran noir apparaît, avec six mots imprimés en lettres majuscules blanches : PAS TOUCHE À NOS LIBERTÉS CIVIQUES. C'est l'unique exigence exprimée par la personne qui orchestre tous les Grands Feux. Il ou elle est un individu unique à cent bras, tous prêts à déclencher leurs propres feux de protestation. La ville brûlera jusqu'à ce que les politiques acceptent d'abolir leurs restrictions, car il est pratiquement impossible d'éteindre un feu qui brûle dans autant de directions à la fois.

Personne ne sait qui est le Lanceur de feu, personne excepté Sammy Agnew, et il n'est pas encore tout à fait prêt à l'admettre. Il a reconnu un détail familier dans la ligne d'épaules du Lanceur de feu, la façon dont il bouge les mains et l'angle arrogant de sa tête, à croire qu'il cherche la gifle. Au début ce n'était qu'un soupçon. Sammy ne pouvait pas être sûr. Ne voulait pas le croire. Mais depuis il a regardé la vidéo tellement de fois. Encore et encore sur son ordinateur portable, en baissant le son pour que sa femme n'entende pas. Son premier instinct, c'est toujours de la protéger. Sammy a essayé de ne pas le voir. Il aurait donné n'importe quoi pour s'être trompé. Mais il sait qui est derrière ce masque. Il est presque certain. N'empêche, il pourrait se tromper, non ?

Il est cinq heures maintenant à l'Est. La brigade de pompiers est réunie dans le parking du centre commercial Connswater. Ils font de leur mieux pour maîtriser un petit incendie au deuxième niveau du garage. Allumé sous une Vauxhall Corsa, le feu a déjà causé une petite explosion et gagné les voitures de part et d'autre. La chaleur se solidifie en mur. Sous les masques et les combinaisons ignifuges les pompiers sont luisants de suie. Un groupe d'adolescents s'est assemblé près des rangées de chariots. Bientôt ils vont lancer des projectiles à la volée sur les pompiers et les infirmiers. Ils ne sauront pas trop pourquoi ils font cela, mais ils sentiront ce besoin les démanger à la jointure des coudes, une sorte de violence héritée de la génération précédente. Quand on leur colle les briques dans la main, ils jettent le bras en arrière et lancent comme des professionnels.

À moins d'un kilomètre de là, à Orangefield, Jonathan Murray capte au fond de son nez l'odeur âcre d'une voiture qui brûle. La toux l'étouffe. Ses yeux se mettent à larmoyer. Malgré la chaleur, il ferme sa fenêtre. Il n'a pas regardé les nouvelles depuis des mois, ni lu un journal. Pendant cette période il a quitté la maison dix minutes au maximum, le temps de courir au petit Tesco en haut de la route et retour. Dernièrement son univers s'est rétréci à une maison mitoyenne de trois lits à l'angle de Castlereagh Road, et il y est pratiquement confiné. Il ne sait rien des Grands Feux ni de l'interdiction de dépasser les dix mètres. Il ne sait même pas que c'est une année de Coupe du monde, même s'il a vaguement conscience qu'il fait chaud dehors et qu'on doit donc être en été. Il ne pense à rien d'autre qu'à sa fille depuis maintenant six semaines.

Il a mis longtemps à lui donner un nom. Ce nom, c'est Sophie, et il ne l'a pas encore tout à fait adopté. La crainte d'elle est sa première pensée chaque matin. Il emporte le poids de sa présence au lit tous les soirs. En d'autres circonstances il aurait pu l'aimer, mais il refuse de s'autoriser à l'aimer maintenant. Il ne veut pas non plus se montrer cruel envers elle.

Il ferme les rideaux devant la fenêtre, mais l'odeur de fumée persiste dans la pièce. Jonathan a grandi à l'Est, et cette odeur ne lui est pas inconnue. Ce doit être la saison des feux de joie. Où sont passées toutes ces semaines ? Cela fait déjà un an depuis la mère de Sophie.

Elle dort sur le ventre cette nuit, la bosse blanche de sa couche forme un tas sous la couverture. À cause de la chaleur il ne l'a pas habillée depuis trois jours. C'est agréable de faire une pause dans les lessives. Qui sait combien de tenues un bébé peut consommer en un jour, ou combien de fois ils ont besoin d'être nourris ? Il y a eu tant de choses à apprendre.

Jonathan se tient au-dessus du berceau de Sophie et regarde le souffle entrer et sortir de son corps. Elle n'est pas aussi terrible quand elle dort, mais c'est dur de se fier à elle. Il se penche et observe son visage à travers les barreaux du berceau. Ses lèvres sont légèrement retroussées sur les bords. Ce n'est plus un rot. Elle commence à sourire. D'autres stades vont arriver vite, et avant qu'il puisse l'empêcher, les mots viendront.

Sophie ne doit pas parler, car il n'y a aucun moyen de garantir ce qu'elle dira. Jonathan envisage de lui couper la langue. Il fera ça très bien parce qu'il est médecin. Il a fait sept ans d'études pour apprendre à couper des morceaux et à les recoudre. Ce soir ce n'est pas la première fois qu'il se tient au-dessus du berceau de sa fille et qu'il s'imagine en train de trancher la chair et le muscle arqué. Il a pensé au sang et à la manière dont il l'étanchera, l'anesthésiant nécessaire, et ensuite les antalgiques. Il espère ne pas être obligé d'en arriver là, mais si c'est le cas, il ne se laissera pas le choix.

Jonathan referme la fenêtre de la chambre de Sophie. Il fait affreusement chaud cette nuit. L'atmosphère à l'Est ressemble à la vapeur amassée dans le tuyau d'une pipe.

2

Belfast est la ville des amoureux

J'ai toujours été Jonathan. Jamais John. John, c'est le nom de mon père. Il est déjà pris. Je ne suis certainement pas Jonny, même s'il m'arrive parfois de m'appeler comme ça à la maison, quand je fanfaronne d'une pièce à l'autre, le menton pointé comme une arsouille. Jonny Murray, c'est le nom d'un joueur de rugby, ou un jeune gars qu'on pourrait croiser dans les toilettes d'une boîte de nuit de Cookstown, en train de jacasser tout en se rinçant les mains sous le robinet d'eau froide. Jonny Murray est à l'aise dans sa peau. Il conduit sa voiture d'une main nonchalante et porte des T-shirts à slogan, un différent chaque jour, « Tocard », « Harvard », « Salut Mesdames ». Jonny parle aux femmes l'air de croire que toutes sans exception parlent le même langage. Il n'a pas peur de danser ou d'être examiné de près, ce qui constitue la racine de toutes mes peurs.

Je crois que j'aurais bien aimé être Jonny, ou peut-être tout à fait quelqu'un d'autre.

Mais je suis Jonathan, seulement ça, toujours, toutes ces trois syllabes. Ce n'était pas mon choix.

D'abord j'ai eu des parents, comme des nerfs pincés, pour me le dire, et puis je suis devenu médecin. Il n'y a eu aucun espace pour se retourner entre les deux. J'ai pensé changer de nom, mais à trente ans c'est trop tard, et mes patients ne feraient pas confiance à un médecin nommé Jonny.

Dans le passé, j'ai tenté de raccourcir mon nom. En particulier à l'université, quand je tentais encore ma chance avec les filles. « Salut », je disais, en tendant la main par-dessus la table pour prendre la main d'une fille que je ne connaissais pas – n'importe laquelle pas trop vilaine faisait l'affaire. « Jonny Murray, ravi de te connaître. » Mais Jonny s'est toujours mal emmanché avec Murray ; trop d'*y* qui se cognent l'un contre l'autre. Mon propre nom s'accrochait à l'arrière de mes dents, comme de la salive séchée. Tant de filles se détournaient de moi, et se penchaient ostensiblement vers d'autres conversations. Je n'ai jamais même saisi leur nom. J'ai fini par renoncer. Alors je suis redevenu Jonathan ou, le plus souvent, silencieux.

Au centre de santé je suis le docteur Murray pour mes patients comme pour mes collègues. Avec mes collègues, je me demande si c'est de la distance ou simplement l'usage convenable entre professionnels. J'écoute à la porte de la salle du personnel pour savoir si les autres médecins s'appellent par leurs prénoms. C'est impossible à dire en écoutant. Ils disent seulement des phrases du genre « Passe-moi une petite cuiller » ou « Est-ce qu'il reste du lait dans le frigo ? ». Ils ont rarement besoin d'employer des noms quels qu'ils soient. N'empêche, j'ai l'impression d'être sur le bord de l'extrémité d'un cercle. Je suis presque sûr que les autres médecins se donnent du Chris et Sarah et Martin/Marty quand je ne suis pas dans les parages. Je soupçonne que tout le monde va au pub après le travail et personne ne m'invite. J'essaie de me dire que ça ne me gêne pas particulièrement dans un cas comme dans l'autre et, le soir, je les regarde quitter le parking par une mince fente du store de mon bureau. Ils partent dans des voitures séparées, mais ça ne prouve rien.

Récemment, j'ai cultivé un genre de fantasme où les dames de l'accueil m'appellent « Doc ». Leurs voix quand elles prononcent mon nom ressemblent à du lait chaud dans un gobelet. Je sais que c'est ridicule d'imaginer cela, et mal commode, car il y a quatre médecins dans le cabinet, qui ont tous le même droit au titre de Doc. Il vaudrait mieux m'inventer un surnom personnel. « Menthos » par exemple, comme les bonbons Murray qui partagent mon nom de famille. Mais je sais qu'il n'y a pas une seule bachelière parmi les dames de l'accueil. Ce sont d'aimables créatures qui tapent à la machine et répondent au téléphone. Avec leurs seules ressources, jamais elles ne trouveraient quelque chose d'aussi futé que « Menthos ». Maintenant j'ai abandonné ce fantasme. Je suis, en toute circonstance, un pragmatiste, même quand je rêvasse aux dames de l'accueil et à ce qu'elles portent sous leur blouse.

Je n'ai pas de second prénom. C'est à cause de mes parents. Ils n'avaient pas prévu d'avoir des enfants. Sous la pression, ils auraient peut-être exprimé une préférence pour les chiens ou les ornements de jardin plutôt que des versions miniatures d'eux-mêmes. J'étais, et je reste, un « accident », même si à vrai dire je trouve le terme inapproprié pour désigner l'acte de planter un germe d'enfant dans le ventre de votre femme. Les accidents sont des événements dépourvus d'intention comme de la vaisselle brisée ou une voiture cabossée. Souvent il s'y mêle de l'alcool. Pourtant « accident » est souvent le mot qu'on applique à ma conception dans la famille Murray. « Conclusion décevante » serait une meilleure description, ou « conséquence malheureuse », car on m'a raconté que l'acte en soi était soigneusement planifié et qu'il s'accompagnait même de bougies.

Après l'« accident » initial, mes parents ont savouré neuf mois de leur propre compagnie. Cela aurait dû être plus que suffisant pour s'habituer à l'idée d'enfants. Ils ne se sont pas habitués à l'idée d'enfants et, au lieu de cela, ils ont passé ces mois-là à boire, dîner dehors, partir en vacances avec des amis sur la Riviera française, déguisant leur problème qui ne cessait de croître sous des sarraus et des robes bain de soleil à fronces. Mon père m'a raconté que la découverte du ventre de Mère, s'épanouissant dans son troisième trimestre, lui causait un choc nouveau chaque fois qu'elle se déshabillait pour se mettre au lit. Il était incapable de le regarder de front et à la place il laissait glisser un œil vague sur le flanc de sa femme, comme on peut à la fois voir et ne pas voir une scène particulièrement effroyable à la télévision. « Qu'est-ce qu'on va faire à propos de ça ? » demandait Mère en indiquant l'endroit où son pantalon ne fermait plus, et Père répondait avec un haussement d'épaules : « Parlons-en demain. » On versait du vin, rouge en général, et le lendemain soir la scène se répétait, comme une sitcom de l'an dernier. À l'arrivée du bébé ma mère disait encore : « Qu'est-ce qu'on va faire à propos de ça ? » mais la réponse ne pouvait plus être différée.

Voilà, il faut le noter, le genre de chose qui faisait office d'histoire avant de dormir quand j'étais enfant. Peut-être qu'il n'y a rien de surprenant à la façon dont j'ai évolué.

Ni l'une ni l'autre partie n'avait désiré posséder un enfant. L'option de le donner à un tiers ne fut pas envisagée non plus. Mes parents avaient chacun une profession : elle avocate, lui dans l'argent, pas exactement un comptable mais quelque chose d'approchant. Ils ne fréquentaient pas le genre de cercle où on peut se débarrasser des bébés. Leurs amis et relations trouveraient affreusement ordinaire d'avoir acquis un enfant sans en avoir vraiment envie. Ce n'était pas le genre de choses que font les gens dans les lotissements immobiliers. Si la nouvelle se répandait, personne ne les inviterait plus à dîner. Ils seraient dévisagés, au milieu des murmures, dans les salles à manger des meilleurs hôtels de Belfast. Mes parents ne pouvaient pas s'imaginer en parias, alors ils gardèrent le bébé, et l'appelèrent Jonathan.

Leur imagination, tout comme leur enthousiasme, était une créature aux moyens limités. Elle ne pouvait pas aller jusqu'à un second prénom. Ils m'ont baptisé, et je ne pouvais plus y échapper. Sans un second prénom, rien ne me distinguait des milliers d'autres Jonathan Murray qui peuplent le monde occidental, des hommes fiables, sans aucun doute, avec un boulot dans la mécanique, une épouse et une voiture familiale qu'ils gardaient trois ans avant de la revendre. Inutile de taper mon nom sur Google pour vous distraire. Il y a au moins dix autres Jonathan Murray rien qu'à Belfast, une centaine si j'étends la recherche au reste de l'Irlande.

J'ai utilisé mon nom comme excuse pour devenir un enfant banal. Mes parents n'ont rien fait pour me convaincre du contraire. Ils n'étaient pas du genre cruel qui s'exerce à coups de canne ou même de mots. Je n'ai jamais manqué de nourriture ni d'accessoires nécessaires, car ma mère affrontait la tâche parentale comme un sport de compétition. Elle ne pouvait pas supporter de paraître distancée par ses pairs. Mes parents n'étaient pas non plus très impliqués. Il n'était pas inhabituel chez eux de payer une baby-sitter pour enregistrer les concerts de mon école sur un caméscope. Ensuite ils ne regardaient pas ces vidéos, mais les conservaient sur une étagère de leur bureau au cas où ils devraient un jour fournir des preuves de leur intérêt. Il leur est arrivé plusieurs fois d'oublier mon anniversaire, de m'offrir des cadeaux plusieurs jours avant ou après la date réelle. Ils ne me touchaient ni gentiment ni méchamment. Dès que j'eus seize ans, ils émigrèrent en Nouvelle-Zélande, en déclarant que c'était pour leur travail.

Je n'ai pas accompagné mes parents en Nouvelle-Zélande. Je passais les épreuves du certificat d'études secondaires. Dans deux ans, ce serait le baccalauréat, et ensuite j'irais étudier la médecine à l'université de Queen's. Mon père m'avait expliqué tout cela au moins deux cents fois en commençant le jour de mes douze ans. C'était écrit noir sur blanc à l'intention du notaire et, comme mon nom, ne pouvait être modifié. Il y avait de l'argent prévu pour payer un pensionnat privé, de l'argent pour les frais de scolarité et aussi pour une voiture, si j'en voulais une quand j'aurais l'âge de conduire. Tout ce que j'avais à faire, c'était permettre à mes parents de me laisser derrière eux. Il leur a fallu seize ans pour aboutir à ce résultat sans paraître ignobles aux yeux de leurs amis.

« Ce serait cruel de te déplacer en Nouvelle-Zélande, Jonathan », expliquait ma mère. (Elle avait organisé un dîner pour que les voisins puissent l'entendre s'exprimer en parent raisonnable.) Tous tes petits amis sont ici à Belfast, poursuivit-elle. Nous ne voudrions pas te séparer d'eux. » Même sous la menace, je n'aurais pu penser à une seule personne qui se qualifierait comme ami... peut-être le môme assis à côté de moi en cours de science qui m'avait un jour prêté un stylo. Je n'étais même pas sûr du nom de ce garçon. Timothy ou Nicholas, pensé-je. Un truc mijauré. Mais je voyais bien les charbons ardents dans les yeux de Mère. Elle était aux abois, comme mon père, qui croisait et décroisait les mains nerveusement sous la nappe. Ça serait bien d'être débarrassé des deux. Le poids de leur désintérêt était une charge que je traînais constamment, comme une jambe engourdie. Alors j'ai dit : « Bien sûr, Mère. C'est mieux que je reste ici. » L'un ou l'autre choix, ça m'était égal.

Après cela, je suis resté seul la plupart du temps. La longueur de ce temps fut d'environ quatorze ans.

Ce ne serait pas juste de dire que je n'ai pas essayé de me faire des amis pendant cette période. Pendant un moment, à l'université, j'ai appartenu à un groupe d'étudiants en médecine. Le nom collectif de ce type de réunion, c'est « cours » ; l'alternative, « léthargie ». Ni l'un ni l'autre ne convenaient très bien à ce groupe, car il rassemblait le genre d'ardents fonceurs qui n'avaient pas besoin d'une salle de cours pour aspirer toutes les leçons de la vie. Ils n'étaient pas, sur le papier, compatibles, et ne ressemblaient certainement pas à des amis qu'on voudrait prendre en photo et conserver. Dans leur esprit, ils étaient liés par les circonstances autant que par le choix. Ils évitaient de mentionner l'allure étrange qu'ils avaient, ensemble autour d'une table. Ou les longs silences. Ils partageaient une forme fragile de dépendance, facilement égratignée.

Je n'étais jamais très sûr qu'il s'agissait d'amitié. Mais c'était mieux que le vaste néant des années précédentes. J'étais souvent au même endroit avec ces gens au même moment : cantines d'hôpital, amphis, pubs étudiants, cinémas... Nous nous parlions les uns aux autres et les uns des autres, et organisions parfois des activités structurées comme une partie de bowling à dix carreaux. À la saison des fêtes, il y avait un père Noël secret, et j'ai donné et reçu une paire de chaussettes fantaisie sous emballage cadeau. Ce fut un soulagement en ouvrant le mien de voir que je n'avais pas failli en offrant des chaussettes. Pour mon anniversaire, il y a eu un gâteau acheté dans une boutique, et tout le monde a chanté un « Joyeux anniversaire, cher Jonathan » un peu embarrassé, dans un restaurant. C'était agréable, mais jamais, pas un instant, je ne me suis senti cher à aucun d'entre eux. Nous étions sept : trois filles et quatre garçons. J'ai bien compris que seuls ma blouse blanche et mon stéthoscope me reliaient aux six autres.

Durant cette période, il m'arrivait de m'adosser à mon siège, me distancer un peu du bavardage de la tablée, pour observer les visages familiers installés autour de moi. « Ces gens sont-ils mes amis ? » me demandais-je. Je n'avais pas vraiment d'affection pour eux ni de plaisir à leur compagnie, mais peut-être que l'amitié exigeait quelque chose de plus qu'être à l'aise. Oui, ai-je fini par conclure, ayant évalué les pièces à conviction dont je disposais (chaussettes de Noël, gâteau d'anniversaire, et le soir où une Nuala assez éméchée m'a embrassé debout contre une Clio en stationnement), ils étaient bien mes amis. Voilà ce qu'on ressentait quand on avait un ami et qu'on était un ami. C'était une sensation tout à fait décevante.

Pendant mon enfance, je m'étais torturé avec cette idée d'amis. Le blâme en revenait à la télévision, façon de dire qu'il revenait à mes parents. Ils m'avaient élevé en solitaire avec un téléviseur dans chaque pièce. Je ne me fiais pas à l'amitié, à moins qu'elle ne soit parfaite et mélodieuse, et qu'elle chante, et danse, à la télévision, comme ça se passait dans les films. Quand je m'imaginais en compagnie d'amis, c'était toujours une amitié ensoleillée, blonde, dont je rêvais, comme ma faim pure de piscine chaque fois que je respirais une odeur de chlore. C'était un sentiment américain indéfinissable, tout en dents blanches et rires et êtres superbes enroulés l'un à l'autre, comme des enfants, plutôt qu'un acte sexuel. Il faisait tache dans un Belfast-Est où la pluie délavait la légèreté de tout ce qu'elle touchait. Il ne prenait pas en compte les bras réels et les sourires las de ces gens qui m'avaient offert un accueil pour Noël ou du temps d'étude à la bibliothèque. Ces gens-là n'étaient pas assez beaux. Pas beaux du tout.

Je mesurais mes amis à l'aune de la télévision et les tenais pour du pâle fretin en comparaison. J'avais espéré des amis et des amantes remarquables. À la fin de mes études universitaires, je n'avais acquis ni l'un ni l'autre. Mais bon, tout n'était pas perdu. Il était encore possible d'y remédier. Nous pouvions nous appliquer mieux à être jeunes. Nous pouvions avoir de meilleures coupes de cheveux, de meilleurs rapports sexuels, et nager à des endroits où la baignade n'était en général pas autorisée. Nous pouvions avoir des conversations plus bruyantes. Cela suffirait peut-être à nous racheter. Cependant, je ne savais pas comment dire cela sans laisser de traces. Au lieu de quoi je ne disais rien et me recroquevillais sans bruit. Je perdis le contact avec chacun d'eux dès que j'eus obtenu mon diplôme.

Parfois, à l'approche de la trentaine, je m'attardais sur mon adolescence et mes vingt ans, et versais une larme en proie au genre de déception qui nous rend triste pour une autre personne, même si cette personne n'est autre que vous en réalité. Pour moi il n'y avait jamais eu de fêtes costumées, d'excursions délirantes ou d'amourettes estivales. Je ne voudrais pas revivre ma jeunesse maintenant, ni l'occasion d'être téméraire. C'était une tristesse que je ne pouvais partager avec personne. Je n'étais jamais tombé amoureux de qui que ce soit. Je ne pouvais pas m'imaginer suffisamment dévergondé. J'en rejetais le blâme sur mes père et mère. Parfois, au bout de deux verres, je mettais de côté mes parents, et j'admettais que la déception était entièrement mon œuvre. Ma faute pour m'être comporté comme un placard clos, trop coincé pour danser ou risquer mon bras autour de la taille d'une inconnue. De le savoir ne m'aidait pas. Quand j'ai atteint mes trente ans, j'étais déjà installé en moi-même. J'étais une espèce de personne oubliée. Je m'appliquais à voir comment le temps ou les circonstances pourraient changer cela. Je n'étais pas assez brave pour essayer.

Le soir je regardais la télévision comme si elle était une autre personne dans la pièce. Je ripostais parfois à l'écran. Je payais mes factures avant l'échéance et j'allais chaque jour effectuer un travail que je n'aimais ni ne détestais franchement. Chaque semaine je mangeais les mêmes plats aux mêmes jours et je ne buvais jamais plus de deux verres d'affilée, de peur de devenir un homme qui boit seul. En guise d'exercice, je courais chaque matin cinq kilomètres sur un tapis de course dans la pièce vide. Ç'aurait été plaisant de courir dehors parmi les cyclistes et les promeneurs de chien matinaux, mais je ne pouvais supporter l'idée qu'on me regarde et qu'on me trouve ridicule. Je ne m'autorisais aucune marge d'apitoiement. Ça, une fois accepté, ce serait la fin. La fin ne paraissait pas toujours la chose la plus terrible. Parfois elle paraissait un choix très sensé.

Deux ans auparavant, tandis que je naviguais dans le no man's land entre Noël et le jour de l'An, j'avais rapporté du travail un petit cylindre brun contenant un médicament. Il est resté planté sur ma table de chevet pendant une semaine, luisant d'un brun de bouteille de bière sous la lampe. Il exigeait mon attention et pour finir j'avais cédé. J'ai pris le tube dans mon poing gauche et je l'ai tenu ainsi toute la nuit, avec détermination. Il a laissé l'empreinte d'un rectangle sur ma paume. J'ai dormi avec le tube proche de mon visage, sans le toucher. Avant de m'endormir j'avais médité des pensées du genre « Personne ne me trouvera avant des semaines » ou « Et si jamais quelqu'un me découvre à temps ? ». Je pensais que le désespoir me donnerait des rêves bruyants, mais je rêvais seulement que je dormais. Le capuchon du tube s'est dévissé une nuit, et le lendemain matin il y avait des comprimés blancs répandus partout dans mes draps. D'abord, parce que j'étais encore à moitié pris dans un rêve, j'ai cru que c'étaient des dents. J'ai récolté les comprimés dans mes mains, autant que j'ai pu en trouver, et je les ai jetés dans les toilettes jouxtant ma chambre. Il a fallu trois chasses d'eau et le temps entre chaque que le réservoir se remplisse.

J'étais heureux de ne pas l'avoir fait, de quoi qu'il s'agisse, avec les comprimés. Je ne pouvais pas l'exprimer avec des mots. J'avais la sensation du ventre qui plonge lorsqu'on évite une chute de justesse.

« Les choses doivent changer », avais-je décidé ce matin-là, et je l'ai dit tout haut au reflet de moi-même, visage spectral, sur le miroir de la salle de bains.

« Tu es encore jeune, me suis-je dit, et pas vilain garçon. Et ce n'est pas trop tard pour faire des changements. »

Ce même matin, l'article était paru dans le *Belfast Telegraph*. Il me fallut un effort pour l'avaler, arrivé comme ça directement sur le coup de la nuit précédente. Je l'ai lu plusieurs fois et ai souligné certains passages. Au bout du compte je fus en mesure de l'interpréter comme une sorte de signe, mais je ne pouvais l'attribuer à Dieu.

Belfast est la ville des amoureux, déclarait le titre. Au début il m'a pris l'œil comme s'il s'agissait d'une blague. Ça ne voulait pas être une blague. J'ai continué à lire. L'Office de tourisme d'Irlande du Nord voulait mettre la ville en concurrence avec les autres grandes romantiques : Paris, Venise, Berlin (avant la chute du Mur). Conscients du fait que Belfast ne hurlait pas naturellement la passion (sans parler des fusils et des tambours), ils avaient décidé de créer leur propre roman. Des célibataires seraient recrutés et assortis en couples crédibles. Les grandes avec les grands. Les âmes éprises de lecture rapprochées, encore meilleures de se voir l'une l'autre à travers leurs lunettes de la Sécu. Uniquement fille sur garçon : rien de trop moderne. C'était encore Belfast, après tout.

Pour cent cinquante livres par jour, ces couples fabriqués passeraient un week-end à se tenir la main ou à s'embrasser dans les Jardins botaniques et devant les Murs de la paix, à trente emplacements différents fréquentés par les touristes. Lesquels touristes, voyant des amoureux de tous les côtés où ils se tournaient, ne tarderaient pas à prendre Belfast pour une ville vraiment européenne. Ils pardonneraient la pluie, et les boutiques qui n'ouvraient pas avant l'heure du déjeuner le dimanche. Peut-être même qu'ils prendraient des photos destinées à convaincre les sceptiques une fois qu'ils seraient rentrés chez eux. « Regardez », diraient-ils, en disposant leurs clichés Kodak sur des tables de cuisine rustiques en France ou en Espagne. « Belfast est une ville qui se visite en toute sécurité. C'est un lieu d'espérance et d'amour. Énormément d'amour, comme San Francisco dans les années soixante. » L'Office du tourisme était certain que cela arriverait. Ils avaient seulement besoin d'un peu d'aide de la part des jeunes, car eux-mêmes étaient pour la plupart des hommes d'âge mûr en costume et en chemise à fines rayures, trop vieux pour s'embrasser en public.

J'ai su immédiatement que ça s'adressait à moi. J'ai tracé un grand cercle rouge autour de l'article entier. L'idée de la chose me faisait une peur immense. J'allais très bien comme j'étais. Je jetai un coup d'œil au tube de pilules vide, qui attendait sur le buffet avec les autres déchets à recycler. Je n'allais pas du tout bien comme j'étais. Un grand changement devait s'opérer, et il devrait s'opérer pratiquement tout de suite. Mais sûrement je n'avais pas besoin d'envisager quelque chose d'aussi radical. Il y avait cent mille options plus sûres à essayer d'abord : des agences de rencontre, des groupes de promenade, l'église, ou la fréquentation des bars. Je n'avais jamais sérieusement pris en compte une seule de ces méthodes auparavant, et je savais que je ne le ferais pas à l'avenir. Ce matin-là une forme d'action téméraire était possible. Voilà qu'un hasard audacieux se présentait. Si on ne le saisissait pas, il n'y en aurait plus de tel à l'avenir. Dans dix ans, je serais toujours ici dans cette maison silencieuse, endormi.

La décision était prise.

L'article donnait des coordonnées de contact. J'ai noté le numéro de téléphone sur un post-it. En dessous, j'ai noté l'adresse mail. Un mail serait plus facile. Pas besoin de parler. Au début je ne me croyais pas capable de contacter l'Office du tourisme, et ensuite, après avoir candidaté, j'étais sûr que je n'irais pas à la séance d'information, et même alors, avec des douzaines de vingt- ou trentenaires en équilibre sur des chaises empilables, je n'arrivais pas à m'imaginer au Palm House occupé à étreindre Stephanie sous les bananiers.

Et puis voilà que j'y étais, avec ses lèvres sur mes lèvres et ses yeux plongés dans les miens. Je regardai en l'air et remarquai les larges feuilles vertes, comme des parapluies, suspendues au-dessus de nos têtes. C'est facile, pensé-je. Pourquoi ne me suis-je jamais trouvé dans une telle situation jusqu'ici ? Le goût de Stephanie était légèrement salin, comme un tourbillon dans ma bouche. J'avais chaud partout et je fondais. Je ne pouvais pas me rappeler comment j'étais arrivé là, avec les touristes qui prenaient des photos et la puanteur menstruelle de serre chaude, à transpirer dans mon pull.

Je commençai à me voir passer des Noëls et des jours fériés avec un autre être humain, pas forcément Stephanie, mais quelqu'un d'approchant, sinon Stephanie ferait l'affaire aussi. Ce n'était plus ridicule d'imaginer cela. Je m'enhardis à cette idée, poussant ma langue dans sa bouche, bien qu'elle ne m'en ait pas donné la permission. Je lui tins la main avant qu'elle ne prenne la mienne, et fus soulagé de sentir ses doigts s'enrouler dans les miens. Quand notre programme prévoyait de brèves conversations, tout en gardant un air énamouré, nous nous adossions contre le mur pour bavarder. Je découvris que ce n'était pas si difficile de draguer une fille. Stephanie me posait des questions et je répondais, et tout en répondant je réfléchissais aux questions que je pourrais avoir envie de lui poser, et je les posais.

Le week-end passa comme un sprint sur la pente d'une colline et soudain nous étions dimanche après-midi. Ça, je ne l'avais pas vu venir. J'avais la mâchoire endolorie à force d'embrasser, mais autrement j'étais prêt à continuer le reste de la semaine. À cinq heures pile un homme de l'Office du tourisme arriva au Palm House. Il prit une photo officielle de Stephanie et moi à des fins de publicité et nous donna trois cents livres à chacun dans des enveloppes blanches.

« Voilà, vous y êtes, dit l'homme. Merci de votre aide.

— Et pour le week-end prochain ? » demandai-je. Mais *Belfast est la ville des amoureux* était un projet pilote, doté de fonds pour une seule séance et stagnant jusqu'à ce qu'on trouve une nouvelle source de financement.

L'homme partit. Il devait encore se rendre au musée de l'Ulster, à la Ravine tropicale, puis à la cour carrée de Queen's, et c'était presque l'heure de fermeture.

« C'était sympa de te rencontrer, dit Stephanie.

— Toi aussi, répliquai-je. Merci pour tout », et puis, comme j'étais encore un peu fluide après toutes ces embrassades, j'ajoutai : « Ça te dirait d'aller dîner ?

— Maintenant ?

— Maintenant c'est parfait, ou n'importe quand ça t'arrange, en fait.

— J'ai un petit ami, Jonathan. Je ne crois pas que ça lui plairait que j'aille dîner avec un autre type.

— Tu as passé les deux derniers jours à embrasser un autre type. Qu'est-ce qu'il en pense, ton petit ami ?

— C'était juste jouer un rôle, pour l'argent. On fait des économies pour partir en vacances. Il est au courant de tout.

— Oh ! » fis-je. Je me sentais comme quelqu'un qui s'est penché trop loin en avant et qui ne peut plus s'empêcher de tomber. Maintenant j'allais dire la phrase qu'il ne faut pas à Stephanie. La phrase était déjà en bouche, parée pour prendre son vol. « Tu ne donnais pas l'impression de jouer un rôle, pendant tout le week-end.

— Je jouais un rôle, Jonathan. Pour l'argent. » Sa voix était pleine de couteaux.

« Ça ne t'a pas plu ? » Ma voix était tout aussi tendue.

« Ça pouvait aller.

— J'ai fait quelque chose de travers ?

— Tu n'as rien fait de travers, mais ce n'est pas une agence de rencontre. C'est un job de comédien. C'est juste du faire-semblant.

— Eh bien », dis-je, et plus tard je me rejouerais la conversation, révulsé de m'entendre désespéré, comme un petit enfant qui tente d'obtenir des bonbons, « est-ce qu'on ne peut pas faire encore un peu semblant ?

— J'ai un petit ami, Jonathan.

— On n'aurait pas besoin de lui dire. On pourrait faire ça en secret, ou bien tu pourrais lui dire qu'on a un autre job avec l'Office du tourisme, qu'on va faire la même chose à Bangor, ou dans une autre ville.

— Pourquoi je ferais ça ? Tu ne me plais même pas.

— Tu n'as pas besoin. Tu peux juste faire semblant. Ça suffirait.

— C'est tragique. Pourquoi tu veux passer du temps avec quelqu'un qui ne t'aime pas vraiment ? Tu n'as jamais été amoureux, Jonathan ?

— Non, dis-je. Je ne sais pas si j'en suis capable. » Je n'avais jamais été aussi honnête avec qui que ce soit. Rien que de le dire me picotait le nez. Une larme commença à me tomber de l'œil gauche. Stephanie tendit la main et l'essuya du revers de sa manche. C'était quelqu'un de gentil. Je le devinais à la façon dont elle me regardait attentivement et sans rire. Elle glissa les bras autour de mon abdomen comme une ceinture et m'attira en elle. Je sentais ses seins comme des poings mous, dressés contre ma cage thoracique. C'était très bon d'être moi juste à cet instant. Je n'étais pas habitué à me sentir heureux et me mis à pleurer par gros sanglots.

« Oh Jonathan, dit-elle, en laissant échapper un soupir humide, c'est vraiment la chose la plus triste que j'aie jamais entendue. Tu dois être tellement seul. Pourquoi tu ne viens pas dîner avec nous un soir de la semaine prochaine ?

— Je ne veux pas dîner avec toi et ton petit ami », bredouillai-je au-dessus de ses cheveux. D'une telle hauteur je voyais qu'ils étaient blonds avec des traînées marron sur le haut. Ils sentaient comme un arbre de Noël tout neuf. « Je veux que tu sois amoureuse de moi.

— Je ne peux pas, répondit Stephanie en s'écartant. Je te l'ai dit, j'ai un petit ami.

— Je pourrais te payer, dis-je, même tarif qu'aujourd'hui. »

C'est à ce moment-là qu'elle me gifla. Tandis que sa main s'avançait vers mon visage, je remarquai qu'elle n'avait plus du tout la mine d'une personne compatissante. Sa bouche formait un trait et ses sourcils des angles, et je voyais bien qu'elle était absolument furieuse.

3

Incendies de voitures

Sammy arpente Belfast-Est depuis au moins trois heures. Il garde la tête penchée et les mains dans ses poches, suivant les parcours en échelle des petites rues, en haut d'une avenue, en bas de la suivante. Il zigzague d'un pas las en direction des collines de Castlereagh, jusqu'à sa maison mitoyenne et son fils, qui loge dans le grenier et orchestre Armageddon sans jamais quitter sa chambre. Il n'a pas le sentiment que c'est son chez-lui depuis qu'il a vu la vidéo du Lanceur de feu. Maintenant il a décelé quelque chose de familier dans la silhouette qui fixe la caméra, en crachant des sentiments sombres et affreux. Si Sammy est honnête, cela fait des années que le lieu ne lui donne pas l'impression d'un chez-lui. La maison lui paraît plus petite chaque fois qu'il franchit la porte, le sentiment que les murs se resserrent et que bientôt le plafond lui effleurera la tête. Il n'a aucun désir de rentrer chez lui aujourd'hui. Il laisse la rue l'entraîner où elle veut, comme une marée fluviale ou une personne qui tombe d'une honnête hauteur.

Les avions de lignes commerciales qui décollent ou atterrissent à City Airport continuent à le survoler. Ils n'ont pas conscience de Sammy ni de la forme qu'il trace tout en marchant. Il est trop petit pour être visible depuis le ciel. Il est un grain de sable, un point, une tête d'épingle, un signe de ponctuation mal placé. Même Dieu aurait besoin de plisser les yeux. Toutefois, s'il pouvait être vu d'une telle hauteur, si, par exemple, vous regardiez à travers des jumelles ou une autre espèce de loupe, votre œil serait attiré vers lui, qui traîne les pieds d'une rue à l'autre, qui botte au passage dans une bouteille de Coca vide. Vous sauriez que Sammy n'appartient pas à ces rues, qu'il dérive.

À des milliers de mètres sous le couloir aérien, les pieds de Sammy sont fermement plantés sur le sol et il ne regarde pas en l'air. Ses jambes ne cessent de grimper et chuter, la droite après la gauche après la droite après la gauche, comme les pistons d'un moteur à l'ancienne opinant du chef. Il s'arrête un moment au coin d'une rue plus large et cherche une cigarette dans ses poches. Ça fait des années qu'il a cessé de fumer, mais aujourd'hui il s'est acheté un paquet. Besoin oblige. Tandis que la cigarette s'enflamme entre ses mains en coupe, il remarque le sillage des vols d'été qui fument en quittant Belfast pour le continent et d'autres destinations lointaines. Il envie leurs ailes, leur aptitude à se lever et partir. Cela exige une légèreté qu'il a perdue depuis longtemps. Il continue à marcher, tout en tirant sur sa cigarette. Là où les voitures garées empiètent sur les trottoirs et qu'il n'y a pas la place de passer, il marche au milieu de la rue. Personne ne l'arrête. Personne ne sourit ni ne lève le menton pour dire « Beau temps, hein ! » ou « 'jour ». Le visage qu'il porte ressemble à des obsèques de week-end. Même les pigeons font un détour pour l'éviter.

Tous les deux pâtés de maisons, la chaussée se lève en cratères arrondis, dont les bords rebiquent, comme la croûte noire brûlée d'un gâteau trop cuit. Ce sont les vestiges d'anciens feux. Certains sont récents et fument encore. Certains se sont solidifiés et en se solidifiant ont formé des cités minuscules, bosses, creux, bûches carbonisées comme un Hiroshima ou Nagasaki miniature. Ils sont d'une beauté très spécifique. Certains sont larges de toute la largeur de la rue et ne peuvent être contournés, seulement franchis à gué. Des filaments de goudron fondu s'attachent aux semelles des chaussures de Sammy, s'étirent tandis qu'il avance, puis lâchent prise pour rentrer d'un coup sans bruit en eux-mêmes. Il faudra qu'il prenne garde à ne pas trimballer ça sur le tapis de l'entrée. Il ne voudrait surtout pas prendre sa femme à rebrousse-poil.

Il passe devant une boutique incendiée, plusieurs voitures encore incandescentes et une boîte aux lettres qui n'a pris que de l'intérieur, comme un fourneau en fonte. Sa coquille garde l'apparence d'un projectile, mais sa peinture rouge a pelé sous l'effet de la chaleur, formant des cloques et tournant en dérision l'écusson royal. De toute évidence, les jeunes n'ont pas suivi les consignes. Aucun de ces feux n'atteint le deuxième étage. Ils commencent déjà à perdre leur élan, consument tout ce qu'ils trouvent à leur portée. Ce sont les arbres brûlés qui chagrinent le plus Sammy, alors il évite de les regarder. Il espère que son fils a vu ces arbres, et la vilaine façon dont ils dressent leurs branches carbonisées. Ils lui rappellent les victimes d'incendie qui courent pour échapper aux flammes, bras en l'air, leur visage à la bouche béante qui fond comme dans cette toile d'Edvard Munch que les étudiants punaisent encore au mur de leur chambre. Sammy espère que Mark a remarqué les ravages qu'il cause. Il espère que le gamin se sent très mal, mais quelque chose en lui soupçonne Mark incapable d'une forme quelconque de regret. Sammy garde les yeux sur ses pieds qui chutent et remontent. Il a la tête envahie par l'inquiétude. Il ne voit pas le vieillard avant de lui monter pratiquement sur les orteils.

Le vieillard est assis exactement en face de sa maison sur un seau renversé. Il a un chien à côté de lui, un Jack Russell si âgé qu'il a le même ventre ballonné et la même barbe hirsute que son propriétaire. Il paraît à la fois grassouillet et en même temps frêle, comme le vieil homme. L'âge a usé les aboiements du chien. Quand il ouvre la gueule pour houspiller Sammy, le bruit qui sort ressemble au dernier spasme arthritique d'une pompe d'aquarium. Ce n'est pas le genre de chien qu'on toucherait sans mettre des gants, mais le vieillard le tient comme si c'était un fils premier-né.

« Doux Jésus, s'exclame Sammy en imprimant à ses pieds une halte brutale. Qu'est-ce que vous faites là ? J'ai failli vous tomber dessus.

— Je regarde juste ma p'tite baraque », dit le vieillard.

Il reste assis, si bien que Sammy se dresse au-dessus de lui de presque une toise. Il peut voir la constellation de taches brunes hépatiques autour de la calvitie du vieux. Il sent son odeur de vieillard. Comme du toast et du papier brûlés, qui lui saisit le fond du nez. Le chien lève la tête comme s'il voulait mordre. L'effort est trop grand pour lui. C'est un chien vraiment très âgé. Quand le vieillard lui pose une main sur la tête, il s'endort presque instantanément.

Sammy observe la maison en face d'eux. C'est un modèle ordinaire médiocre, deux pièces en haut deux en bas, avec devant un bout de pelouse grand comme un mouchoir. Il y a trente maisons collées bout à bout rien que dans cette rue. La seule chose qui la désigne à l'attention, c'est l'incendie. À travers les fenêtres du bas, Sammy peut voir les flammes qui grimpent aux rideaux en longues lichées rouges. L'ensemble salon Chesterfield – une concoction en polyester brun et orange – est déjà englouti, le feu complète les motifs criards du papier mural des années 70. À distance sur le trottoir, Sammy sent la chaleur se cogner à ses joues et ses bras.

« Votre maison brûle, mon pote. Vous avez appelé les pompiers ?

— Pas encore, répond le vieillard. Je lui laisse encore quelques minutes, histoire d'être sûr qu'il a bien pris.

— C'est vous qu'avez fait ça ?

— Bien sûr que non. C'est des jeunes gars qu'ont fait ça.

— Putains de gosses. Ils savent pas comment s'occuper ces temps-ci, à allumer des feux comme ça dans tous les coins. Et vous, ça va ? Z'auriez pu être tué. Ces p'tites baraques, ça flambe comme de l'essence.

— Ouh là, je vais très bien. J'étais ici dehors avec Towsie quand ça a démarré.

— Vous auriez pu être endormi à l'intérieur. Ils ont rien dans la tête, ces mômes, à foutre le feu partout comme ça aux maisons des gens.

— Ah non, mon fieu, tu tires pas sur le bon fil. Je leur ai demandé de le faire. Je les ai payés cent balles pour qu'ils la fassent cramer. »

Sammy dévisage le vieillard. Une sorte de douceur émane de lui, le genre de quiétude qu'on saisirait à la surface d'une mare quand il n'y a pas de vent et que le ciel luisant se réfléchit dans le ciel. Il n'a pas l'air du tout ému par l'état de sa maison.

« Vous voulez que l'assurance rembourse ? » demande-t-il, même s'il n'a jamais entendu personne solliciter les assurances pour une deux-en-haut deux-en-bas. Ça n'en vaut guère la peine.

« Naan, je m'en fiche bien de l'assurance. Je dois déménager demain dans une de leurs résidences pour seniors. Je veux juste pas que le gouvernement mette le grappin sur ma baraque. Quand vous allez dans un foyer, ils prennent tous vos biens pour payer la pension. C'est du vol en plein jour, voilà ce que c'est. »

Sammy n'exprime ni accord ni désaccord. Il aimerait bouger. Son dos est en train de cuire et il s'inquiète des ingrédients synthétiques de son pull. Ça ne prendra pas longtemps avant qu'ils commencent à fondre. Il pense que le vieillard a perdu la tête, mais il ne peut pas, en toute décence, laisser une personne âgée assise sur un seau pendant que sa maison s'écroule.

« Vous voulez vraiment pas que j'appelle les pompiers ? » demande-t-il.

Le vieillard ne répond pas. Au lieu de cela il dit : « Je les ai bien eus, pas vrai, mon fieu ? », et part d'un rire hystérique en se balançant d'avant en arrière sur son seau renversé, comme un maboule en permission de sortie. « Je leur en ai collé une bonne, à ces salopards.

— Ça on peut le dire », répond Sammy. Il se sent épuisé jusqu'au fond des os, le genre fatigué qui ne peut pas se guérir par le sommeil.

Le rire bruyant du vieillard réveille le chien. Qui se met à hurler comme une créature possédée. Puis il se soulève du trottoir, contourne son maître en se dandinant et pisse contre le seau par intervalles de jets puissants. Sammy a l'impression que sa tête le serre trop. Il se glisse derrière une haie pour téléphoner en cachette à la brigade des pompiers. Il ne veut pas manquer de respect au vieillard, mais il s'inquiète des maisons de part et d'autre et des occupants, de leurs animaux domestiques et autres possessions qu'elles contiennent couramment, qui s'échauffent à la minute.

La fille qui tient le standard du 999 a un accent boueux de Fermanagh. C'est difficile de traduire les mots qui contiennent de nombreuses voyelles. Elle n'est pas non plus très performante sur ses consonnes, mais Sammy comprend quand même qu'elle n'est pas trop inquiète de l'incendie du vieillard. « Il y a des blessés ? interroge-t-elle. Vous pourriez pas l'éteindre vous-même avec une couverture ? Et c'est quoi au juste, un bâtiment célèbre ou un ordinaire ? En ce moment on doit donner la priorité aux vieux monuments et aux importants. Comme l'Hôtel de Ville ou des châteaux. »

Le temps d'attente pour une voiture de pompiers (et, la fille tient à être honnête, avec un incendie de cette taille, ça sera peut-être juste une camionnette Transit avec des extincteurs et des seaux) est d'environ vingt minutes, ce qui, ajoute-t-elle, n'est « pas trop mal », et « bien plus court que ça sera ce soir quand les lanceurs de feu vont s'y mettre pour de bon. »

Sammy raccroche et va prévenir les voisins que, même si leur maison ne brûle pas encore, ils devraient sans doute appeler les urgences par manière de précaution. Informer la brigade des pompiers que leur maison va prendre feu dans environ vingt-cinq minutes pourrait faire la différence entre leur permettre d'éteindre la fournaise et la voir se répandre tout le long de la rangée.

Tandis qu'il se rend au bout de la rue, dans l'espoir naïf de repérer une voiture de pompiers qui arriverait plus tôt que prévu, Sammy pense aux feux de sa jeunesse : les feux de joie, les maisons calcinées, le magasin de meubles en bas de la Newtownards Road qu'ils avaient inondé d'essence après défaut de paiement par les propriétaires de leur prime de protection, les boutiques qu'il avait traitées pour collecter l'assurance, et toutes ces voitures incendiées pour la pure joie impie de semer le chaos.

À l'époque ils étaient des mordus enragés de l'incendie de voitures.

Sammy se rappelle tout particulièrement la nuit où ils avaient roulé hors de la ville jusqu'au milieu de nulle part, une cinquantaine de kilomètres au nord, vers un des petits hameaux fermiers aux alentours de Ballymena. Il avait tout un lot de durs à cuire assis à l'arrière de sa Ford Cortina, l'essieu proche du sol dans les chemins de campagne, l'arrière cognant sur chaque bosse et chaque ornière boueuse. On était en 1986 et ils avaient tous un revolver. Sammy rangeait le sien dans la boîte à gants. Il avait vu ça dans un film américain, *Mean Streets* ou *Dirty Harry*. Ça lui donnait le sentiment d'être un gangster, juste de savoir que le flingue était là-dedans. Des fois, aux feux rouges, il ouvrait le compartiment et laissait ses doigts courir sur le métal gris et froid. Il se voyait tirer sur quelqu'un arrêté à sa hauteur. Il pouvait le faire s'il en avait envie. Il y avait juste une vitre entre eux. Sammy n'a jamais tué personne à un feu rouge, mais l'idée suffisait à lui donner un afflux de sang. Il le sentait, chaud comme un coup de whiskey, courir à travers ses veines et ses poumons.

Cette nuit spéciale s'était passée en février ou début mars. À la campagne, sans la grâce suspensive des réverbères urbains, il faisait déjà nuit noire à cinq heures. Il avait garé la Cortina en marche arrière à l'entrée d'un champ près de Cullybackey et l'avait laissée là, le capot encore fumant dans l'air hivernal. Ils avaient délibérément choisi le genre de route où un seul véhicule à la fois peut passer. Les voitures roulaient lentement par peur des tournants ou du bétail en liberté. Quand il en arrivait une, Sammy et ses potes lui faisaient signe de ralentir avec leurs torches et pointaient leur revolver sur la tête du conducteur en hurlant : « Chante "L'Écharpe orange" ou on appuie sur la gâchette et on t'explose la cervelle. Toi, et vous tous sur le siège arrière. »

Le but était d'inspirer la terreur de Dieu à chaque Tala qu'ils croisaient. Le but avait été rapidement brouillé par la montée d'adrénaline qu'ils éprouvaient en hurlant dans le noir sur des inconnus. Ils avaient le sentiment d'être des dieux quand les femmes pleuraient et que les hommes suppliaient et que les flingues commençaient à transpirer dans leurs mains froides. Ils se sentaient hors d'atteinte. Pas besoin d'un Tala pour éprouver ce sentiment : n'importe quel pauvre type au volant d'une Skoda faisait l'affaire.

Parfois il y avait des enfants dans les voitures et ils les laissaient repartir, en leur faisant signe de rouler avec leur arme au poing, bien visible. Ils n'étaient pas des dégénérés, ne voulaient pas faire exprès du mal aux enfants, même s'ils n'avaient pas autant de patience avec les vieux. Les vieux Fenians étaient presque pires que les jeunes, avec le charabia qu'ils parlaient et leur façon de ramener le pape à chaque phrase. Ils n'avaient pas peur non plus des vieux prêtres. Il y en avait une palanquée qui vivait dans un monastère près de la forêt de Portglenone, et toute la nuit ils avaient blagué entre eux en disant : « Ça serait mortel de faire une descente là-bas et de brûler le monastère, foutre la crainte du vrai Dieu à ces culs-bénits. » Les nonnes, c'était une tout autre affaire. Les nonnes les avaient toujours fait pisser de trouille. Ils n'auraient pas su quoi faire s'ils en avaient croisé une sur une route déserte aussi tard dans la nuit. Ils auraient eu l'impression de croiser un fantôme.

Chaque fois qu'ils arrêtaient une voiture, ils enfilaient une cagoule, qu'ils roulaient vers le haut, au-dessus du nez, pour fumer librement quand la route était vide. Les cagoules auraient probablement suffi sans les flingues. Les gens, par ici, savaient ce que signifiait un visage masqué. Mais ils brandissaient leur arme de toute façon et, de temps en temps, ils faisaient demi-tour dans l'obscurité et tiraient une balle ou deux dans les champs. La détonation, qui résonnait dans le noir, faisait un bruit grotesque, comme si on était dans un film. Elle faisait hurler les gens, puis ravaler en bouche leur hurlement, comme s'ils essayaient d'empêcher la panique de déborder.

Un jeune type s'était pissé dessus dès que Sammy leva son arme. La tache, qui s'étala depuis son entrejambe et descendit le long de son pantalon, était sombre comme du vin répandu sur un canapé. Il n'arriva même pas au bout de la première strophe de « L'Écharpe », même s'il jurait à tout crin qu'il était protestant. S'ils voulaient, ils pouvaient voir sur son permis de conduire qu'il s'appelait William, et son nom de famille Rodgers. Ils lui avaient ri au nez, tous les quatre avec leur revolver, en indiquant la tache humide sur son pantalon, inclinant la tête vers sa petite amie qui pleurait sans bruit sur le siège passager, comme pour dire : « Vise-moi un peu la dégaine de ce mec. Qu'est-ce que tu fous avec un type qui se pisse dessus en pleine route ? »

Quand ils arrêtaient une voiture pleine de catholiques, ils brûlaient la voiture, laissaient les occupants debout au bord de la route et partaient planquer quelques kilomètres plus loin. Sammy aimait se représenter les feux de voitures flambant à travers la campagne sombre comme des fanaux de la période normande. Il n'y avait eu que trois voitures cette nuit-là, mais chacune leur avait donné le sentiment de leur être spécialement destinée. C'était facile de distinguer les conducteurs catholiques des protestants. Ils ne connaissaient pas « L'Écharpe », ne pouvaient même pas fredonner l'air. Ils avaient des chapelets suspendus à leur rétroviseur : un tout petit Jésus en argent qui se balançait sur sa toute petite croix d'argent. Ils avaient aussi la mine de catholiques sur eux, l'odeur de catholiques, la preuve fournie par leurs deux douzaines d'enfants empilés sur le siège arrière. Lui et ses potes tabassaient les hommes – juste un peu et rien qu'avec les poings –, histoire de s'occuper. C'était dans les habitudes. Mais en fait c'était pour la mise à feu qu'ils étaient venus. Mettre le feu, on ne peut pas faire ça tous les jours à Belfast, en tout cas pas sans permission. Ça méritait le déplacement, rien que pour voir les bagnoles s'embraser et le visage des conducteurs virer au rouge démoniaque tandis que leur Ford ou leur Peugeot reluisante se réduisait à un tas de cendres noir.

Le troisième catholique de la nuit était différent. Après lui, ils perdirent tout appétit pour l'incendie de voitures. Ils avaient tout remballé dans la Cortina et repris la direction de l'est, avec une escale à Antrim pour faire un dîner de poisson en route.

Le troisième conducteur circulait seul : Ballymena via Cullybackey vers Garvagh, où il avait un repas chinois commandé à l'avance et une jeune épouse qui l'attendait dans son bungalow flambant neuf. Ils lui avaient fait cracher tout ça en lui braquant un flingue sur la tempe, mais il leur aurait sans doute dit de toute façon. Il avait ce genre de cool, transpirant à peine dans sa veste en peau de mouton. Il demanda si ça gênait quelqu'un qu'il fume, et quand ils lui dirent « Vas-y, grilles-en une », il leur offrit à chacun une cigarette de son paquet. Il connaissait « L'Écharpe », mais refusa de la chanter, au motif qu'il était catholique et que ce genre d'ânerie était dégradant. Sammy lui flanqua deux ou trois coups dans les côtes pour avoir dit ça, mais le type eut à peine une grimace.

« Z'avez prévu de brûler la voiture, les gars ? » interrogea-t-il dès qu'il eut repris son souffle. Quand ils l'informèrent que oui, ils comptaient brûler sa BMW toute neuve, la ratatiner et crever les pneus, il répliqua : « Eh bien j'imagine que je peux pas faire grand-chose pour vous empêcher. » Puis il s'était assis sur le talus herbu pour fumer le reste de ses cigarettes, allumant l'une au mégot de la précédente. Il n'avait pas l'air du tout ennuyé de perdre sa voiture, même quand le feu prit dans le réservoir d'essence et que tout s'illumina comme un arbre de Noël.

« Qu'est-ce qui va pas chez toi ? » l'interrogea Sammy, dressé au-dessus de lui avec son arme, dessinant le contour de sa barbe parfaitement taillée, le long de sa joue, à travers le menton, puis remontant l'autre joue, un geste qui commença en menace et, au troisième coup, prit une intimité douloureuse, comme quelque chose qu'un homme ne devrait pas infliger à un autre.

« J'ai une très bonne assurance pour l'engin », répliqua l'homme.

Cela suffit à déclencher une boule de feu dans l'estomac de Sammy. Il s'attaqua au visage de l'homme avec le barillet de son arme, lui brisa le nez et lui noircit les deux yeux d'un revers de la main, forçant ces joues impeccablement tondues à se recroqueviller sur elles-mêmes, comme un soufflé mal cuit. Son visage, quand Sammy en eut fini avec lui, n'était plus que de la pulpe, avec des fragments d'os et une dent blanche au milieu du rouge. Les autres restaient en retrait, se contentant de regarder : trois silhouettes noires embrasées sur fond de flammes, comme ces garçons de la Bible dans la fournaise.

Ils abandonnèrent l'homme dans un fossé, pas mort, mais de peu. Après ça aucun d'eux n'avait plus d'appétit pour les feux. Ils firent demi-tour avec la voiture et repartirent pour Belfast. Sammy conduisait. Pendant tout le trajet de retour, il avait la nausée, et ce n'était pas à cause du magma qu'il avait fait du visage de l'homme. C'était parce que cet homme collecterait l'argent de l'assurance. Il n'y avait aucun moyen de ruiner ce sagouin complètement sans le tuer, et même dans ce cas, sa Fenian de femme toucherait l'argent de l'assurance, et à ce stade de toute façon il était trop tard pour y retourner. Les cognes étaient peut-être déjà sur place.

Sammy ne supportait pas le sentiment d'avoir été battu, même de très peu. Il lui collait aux dents et sembla ensuite enfler chaque jour pendant des semaines. C'était la seule chose à laquelle il pouvait penser clairement. Chaque nuit il fermait les yeux et il voyait ce demeuré dans sa veste de peau de mouton devant sa BMW toute neuve qui souriait, souriait, souriait, comme pour dire : « Qui a gagné, maintenant, Sammy Agnew ? »

Il pense encore à ce type de Garvagh chaque fois qu'il aperçoit une veste en peau de mouton dans la rue ou à la télé. Il y en a bien plus sur l'écran qu'on ne le croirait. Del Boy. Votre agent de Ballymena, qui donne les résultats de football. Ce putain de David Beckham, qui pose avec sa meuf dans leurs manteaux assortis. Il repense à cette nuit au moins une fois par semaine depuis trente ans. Il y pense de plus en plus maintenant qu'il est cerné par le feu.

Sammy n'attend pas l'arrivée des pompiers. Il se rend au bout de la rue et marche sans s'arrêter. Il a un mauvais goût dans la bouche. Il sait qu'il est capable de détruire tout ce qu'il a envie de détruire. Il devrait rentrer à la maison et demander à Mark s'il a cette même masse sombre dans la bouche, si c'est la seule chose qui retient son intérêt maintenant.

Il sait que oui.

Il a besoin de dire à son fils que la violence est une chose qui se transmet, comme les maladies cardiaques ou le cancer. C'est une sorte de maladie. Mark l'a attrapée de lui. Ce n'est pas sa faute, rien n'est sa faute, pas même les feux ni les gens qui ont été blessés.

« C'est pas ta faute, fiston », lui dira-t-il, en appuyant lourdement la main sur l'épaule de Mark. Il regardera le garçon droit dans les yeux en lui disant cela. Il ne sera pas capable d'y croire tout à fait, mais il est très doué pour le mensonge.

Il dira tout cela et d'autres fadaises aimables, même s'il sait que la situation est trop compliquée pour être résolue par une main sur l'épaule. Il y a des choses qu'un père peut porter à la place de son fils et d'autres choses qui doivent être portées seules. Mark est presque un homme désormais. Il vote. Il possède une voiture. Il a un diplôme de je ne sais quoi en rapport avec les ordinateurs, que Sammy ne saisit pas tout à fait. Il est assez grand pour savoir qu'une personne rationnelle n'allume pas des incendies ni n'incite d'autres gens à en allumer. Il est assez grand pour assumer les conséquences.

Assez grand pour s'imposer d'arrêter.

Sammy pense à l'ardeur de sa propre colère. Elle n'est partie nulle part. Elle est comme de la glace en lui qui attend de fondre et, une fois liquéfiée, bouillir. Il y a des nuits où il reste éveillé à côté de sa femme, une main pressée contre sa cage thoracique, et il sent les coups fébriles des efforts que fait la colère pour remonter vers la sortie. Mais il ne la laisse jamais gagner. Il ne lève jamais les poings ni même la voix. Il a dressé un mur entre lui-même et l'ancienne manière. C'est un mur élevé sans ouverture possible et tandis que la part majeure de lui-même se sent responsable pour Mark, l'autre part, celle qui geint et ne peut s'empêcher de se comparer à d'autres hommes, même à son propre fils, affirme que Mark est faible. Mark est mauvais. Mark est à blâmer pour avoir cédé.

Il veut détruire le garçon.

Il veut lui donner tout le meilleur.

Tandis que Sammy marche vers la limite de l'Est, la route monte à la rencontre des collines de Castlereagh. Les maisons se dilatent. Les rues bordées de maisons mitoyennes conduisent à des rues de maisons jumelées, puis des rues entièrement peuplées de maisons indépendantes. Les routes s'élargissent. Il y a bien plus d'arbres par ici, plus de haies et des pelouses assez grandes pour nécessiter une tondeuse à siège.

Sammy possède une de ces maisons. Il a un jardin à l'avant et un jardin à l'arrière. Il est à des kilomètres du lieu de ses débuts. Pourtant l'éloignement n'a pas fait la plus petite différence. Il reste le même homme qu'il a toujours été. Son fils sera toujours son fils. Il ouvre la porte d'entrée de sa maison, enjambe le paillasson « Bienvenue » et dépose du goudron noir partout sur le beau tapis. Il n'y a rien qu'il puisse faire pour enlever la tache. Le goudron colle à tout ce qu'il touche.

La fille qui ne pouvait faire que tomber

Ella se tient pieds nus sur la branche. Elle ne porte jamais de chaussures quand elle essaie de voler. Sa mère insiste pour qu'elle ne garde que sa culotte. Maintenant qu'elle est plus âgée, et plus consciente des bosses et des courbes qui commencent à enfler sous sa peau, Ella insiste pour porter quelque chose de plus substantiel : un costume de bain ou un maillot de danse. Sa mère accepte, à condition que ses jambes et ses bras restent nus. C'est important de n'ajouter aucune surcharge de poids, pour préserver l'impression de légèreté. Non que cela joue vraiment. Elle pourrait s'attacher des ballons d'anniversaire, aspirer de l'hélium directement du bidon, ou agiter les bras de haut en bas, comme un pigeon voyageur, ça ne ferait pas un atome de différence. Elle tomberait quand même. Chuterait. Plongerait vers la terre à une vitesse furieuse.

Ella entoure le tronc de ses bras. Elle sent son écorce humide lui gratter le bout des doigts. Sa peau pressée contre le brun de l'arbre est si blanche qu'elle luit presque. Il y a une trace bleu violacé sur sa hanche gauche due à la chute de la semaine dernière, deux éraflures roses qui commencent à former une croûte sur ses rotules. La semaine dernière c'était un mur. Aujourd'hui c'est un arbre. Ils ont essayé les échelles, les espaliers, et même un pont. Apparemment il n'y a aucune limite aux points élevés d'où on peut pousser sa fille pour son bien à elle. Ella regarde en bas et remarque l'herbe verte drue qui entoure le tronc de l'arbre. Elle en est reconnaissante. Il y a plus de souplesse sur une pelouse. Le béton est sans merci. Un étourneau délogé des branches les plus hautes de l'arbre lui effleure le visage. Ella lui envie son aisance à voler.

En s'avançant vers le bord, elle prend soin de garder les coudes rentrés. Elle ne peut pas prendre le risque de déployer ses ailes. Elles sont recouvertes d'une fine membrane, comme de la peau, mais plus facile à déchirer, et elle doit éviter les échardes baladeuses. Elle se glisse jusqu'à l'extrémité de la branche, la sent ployer sous son poids, enroule les pieds autour de sa mince courbure. Sous ses orteils nus, la branche grouille de créatures minuscules : cloportes, fourmis, mini-bestioles microscopiques. Elles sont attirées par Ella et la puissance qui émane d'elle chaque fois qu'elle les touche. Elle sent leur chatouillis quand elles s'écrasent contre sa peau. Elle pourrait rester là pendant des heures. Honnêtement, elle pourrait. Mais ce n'est pas ce qu'ils attendent d'elle. Ce serait gaspiller ses ailes.

« Prête ? crie son père.

— Prête », répond Ella.

Quatre mètres plus bas il retire l'échelle et recule pour mieux voir. Sa mère a sorti la caméra vidéo. Ella déplie les bras, laisse ses ailes se déployer comme des voiles roses bercées dans la brise. Elle plie les genoux et donne une poussée. Pendant une infime seconde elle prend de la hauteur. Ce n'est qu'une seconde, mais, pendant ce court moment, Ella y croit toujours. Puis la gravité la saisit par les chevilles et l'attire en bas vers le sol. Elle atterrit avec une roulade. Elle s'est entraînée à réduire l'impact. Il suffit d'un nombre restreint de fois où on tombe avant de devenir un expert et Ella n'est bonne qu'à tomber.

4

Sirène

C'est comme ça que je rencontre la mère de Sophie, comme ça que je m'en souviens, en tout cas. C'est plus facile à raconter sans sagesse rétroactive. Avec ce genre de sagesse, je ne le raconterais sans doute pas du tout. Je connaîtrais la fin dès le premier mot. Très probablement je me ferais porter malade et je resterais chez moi. Et alors il n'y aurait rien à se rappeler. Pas de Sophie. Pas de crise en germe. La vie serait à peu près comme avant : plus simple, plus lente, moins inconnue.

La première fois que je la rencontre, nous sommes début juin. Le printemps grignote encore les talons de l'été. Je signe le deuxième certificat de décès de la soirée quand arrive l'appel.

« Désolée, Dr Murray, dit la dame du standard. Je ne comprends pas ce que raconte cette femme.

— Elle est polonaise ? »

C'est une question raisonnable. Il y a des milliers de Polonais déportés qui considèrent maintenant cette ville comme la leur. Personne à Belfast ne parle polonais. (Dans certaines parties de la ville, ils ne maîtrisent pas encore l'anglais.) Rares sont ceux qui ont envie d'essayer. Le polonais est une langue particulièrement sans concessions. Elle donne l'impression de cracher les mots. Même les mieux intentionnées parmi les assistantes sociales ne peuvent que trébucher, la langue empâtée, à travers les rudiments.

« Elle est polonaise ? répété-je. Ou peut-être un genre d'Africaine ? »

Récemment on a vu un bon petit nombre de Nigérians et de Kenyans apparaître aux alentours de l'Est, comme des souvenirs exotiques de vacances. Les gens du coin – beaucoup trop laganocentriques pour noter les subtiles nuances entre un pays pauvre et un autre – supposent que n'importe quel individu plus sombre qu'un fromage de chèvre est plus que probablement africain. Ils ne sont pas racistes. Ils ont simplement très peu voyagé. Tout leur savoir vient de la télévision.

« Non, je ne crois pas qu'elle soit polonaise, répond la dame du standard. Elle délire en anglais. Pas étrangère, juste genre folle.

— Nous n'employons pas le terme "fou", redis-je pour la treizième fois de la semaine. Nous disons "malade mental". » Je me donne pour consigne de ne pas laisser de nouveau cette standardiste-là prendre des appels en dehors des heures ouvrables. En arrière-fond, j'entends le bruit d'une bouilloire électrique bon marché qui monte par pets jusqu'à l'orgasme. Je soupire et pose la tête sur le volant. « Vous pouvez me passer l'appel sur mon mobile ?

— Vous êtes sûr que vous voulez que je fasse ça, Dr Murray ? D'habitude les patients fous, on ignore – vous savez, on les laisse au personnel de jour.

— Malade mentale, Jean ! Cette femme est une malade mentale, pas une folle.

— Désolée, Dr Murray. Je m'en souviendrai la prochaine fois que j'aurai une cinglée au téléphone. Je vous la passe ?

— Oui, allez-y. »

Je relève le front. Sa position sur le volant lui a laissé la marque d'un demi-losange Renault, une faille creusée entre mes sourcils. Je regarde ma montre. Il est 3 h 07. C'est le point mitan de la garde de nuit et je ne me tiens plus que par la frange de moi-même. Si je ne fais pas attention, l'idée d'un verre va de nouveau se pointer à l'arrière de ma tête. Puis elle passera à l'avant, et dans l'Est, il y a une quantité d'endroits où on peut prendre un verre, même à cette heure de la nuit.

Le téléphone me bêle à la figure : une musique maigre, métallique, tirée d'un film à la mode pour enfants. Qui manque de dignité, je trouve. Nous sommes un service de médecine générale à toute heure. Des gens pourraient appeler pour un décès ou pour une personne mourante. Nous devrions avoir de la musique classique quand on les met en attente, pas *Le Roi Lion*. La standardiste essaie de transférer l'appel. Elle n'est pas très forte côté technologie. C'est surprenant, le nombre de dames standardistes qui sont dépassées par le fonctionnement d'un téléphone ordinaire. La part principale de moi espère qu'elle va raccrocher par erreur. C'est la meilleure chose qui pourrait se produire. Ce ne serait pas ma faute. Même si le patient meurt, je pourrais toujours dire que ce n'est pas ma faute et personne, pas même Martin, le plus âgé de mes collègues et du genre très à cheval sur les formes de médecine à l'ancienne, ne pourrait s'attendre à ce que j'en porte la culpabilité.

D'habitude j'ignore ces appels. C'est jugé tout à fait acceptable de faire durer au-delà du point de clôture (qui se situe aux alentours de 5 heures du matin), si bien qu'il ne reste plus de temps pour faire autre chose qu'enregistrer les fous, et les laisser dans un classeur à l'intention de l'équipe de jour. Je déteste les nuits. En moyenne une nuit de garde va inclure des attaques, des crises d'asthme et un circuit languissant des maisons de retraite où ils attendent patiemment qu'un patient ou plus meure de vieillesse (plus besoin de diagnostic spécifique). J'aurai à traiter des reflux acides, des gastroentérites, des calculs biliaires, des chutes dues à l'arthrite, et au moins un lot de jeunes parents névrosés qui font du foin pour une éruption méningée qui se révélera immanquablement être une poussée d'eczéma. Je couvre l'Est intérieur, depuis le boulevard circulaire jusqu'à la Lagan, un quartier de la ville d'environ dix kilomètres carrés. J'ai reçu en don une simple paire de mains, une tête, et un seul break Renault maintenant âgé. Dans des circonstances normales, c'est au-delà de mes moyens et de mes ressources matérielles de traiter les patients fous.

« Je suis prêt pour parler à cette personne », dis-je, et Elton John cesse de me brailler dans l'oreille droite. Il y a un silence sur la ligne. J'entends ma propre respiration.

Je ne suis pas prêt pour elle. Je ne suis jamais prêt pour le patient suivant. La possibilité de ce qui pourrait tituber à travers l'entrée du cabinet me met au supplice depuis les douze dernières années. Je suis un bon médecin, situé dans la tranche haute des percentiles de compétence. En toute honnêteté, je ne suis pas réputé pour mes manières affables. Souvent les patientes font halte à l'accueil et demandent : « C'est possible de voir quelqu'un d'autre que le Dr Murray ? C'est pour un problème féminin. » Il ne s'agit pas toujours de problèmes féminins, mais elles sont prêtes à rester assises une demi-heure de plus dans la salle d'attente rien que pour m'éviter. Je le sais, bien que personne parmi les dames standardistes ne m'ait jamais rien dit de précis. Je prends des petites pilules bleues pour mes nerfs et contre l'insomnie, qui me fournit une excuse plus respectable pour l'automédication. Si mes parents n'avaient pas été aussi fixés sur la médecine, je crois que je serais peut-être devenu bibliothécaire. La littérature comporte des risques, mais il est très rare que la manipulation incorrecte d'un livre entraîne la mort.

« Je suis prêt », répété-je, autant pour moi-même que pour la dame standardiste, qui est maintenant devenue silencieuse, reglissant dans l'abîme secrétarial des classeurs, du café soluble et des dossiers de patients couverts de post-it.

« Bonsoir, dit une voix au téléphone.

— Bonsoir, dis-je. Vous êtes en communication avec le médecin de permanence. Comment puis-je vous aider ?

— Quel est votre nom ?

— Dr Murray.

— Comment vous appellent vos amis ?

— Mon prénom ?

— Oui, votre premier prénom, ou le deuxième et n'importe quel nom que vous donnait votre maman quand vous étiez tout petiot. »

Je prends une profonde inspiration et passe le bras devant moi pour saisir de la main gauche la poignée de la portière côté conducteur. Je baisse la vitre d'environ trois centimètres. L'air froid saisit mon visage et le pince. En face de moi le pare-brise est sale de condensation. J'entrevois à peine les néons miteux des illuminations de Noël et les halos troubles qui parcourent le spectre des feux de circulation : rouge et encore plus rouge, orange, vert, plus vert, très vert. Je me sens nauséeux, mon ventre si léger qu'il semble migrer vers le haut à la rencontre de mes poumons. Six heures se sont écoulées depuis mon dernier vrai repas.

« Comment puis-je vous aider ? » répété-je en utilisant la voix que je réserve aux patients âgés qui assurent la matérielle de ma semaine normale, et au patient psychiatrique d'occasion qui fera un bref passage dans le centre de santé sur le chemin vers un établissement plus spécialisé.

« Vous pouvez m'aider en me disant votre nom », réplique-t-elle avec obstination. Je l'imagine flirtant avec le fil du téléphone, le tordant en friselis noueux. Je l'imagine brune. Je n'ai jamais trouvé grand intérêt aux blondes.

« Dr Murray.

— Mauvaise réponse ! Pas de prénom, pas d'information. Je pourrais être en train de mourir ici et vous ne le saurez jamais. »

Il me semble l'entendre rire, mais c'est peut-être un étourneau super enthousiaste, qui anticipe de deux bonnes heures sur le lever du soleil. Plus tôt au cours de ma garde, à ce stade, j'aurais raccroché, en classant sa fiche pour l'équipe du matin. Mais le deuxième certificat de décès de la soirée m'a ébranlé et maintenant je nage à travers le brouillard pour trouver les mots justes et la manière juste de les dire.

« Jonathan, dis-je. Juste Jonathan.

— Jonathan, répète-t-elle. Je vais vous appeler Jonny. »

J'aurais préféré qu'elle ne m'appelle pas Jonny. Ce nom sonne formidable sur sa langue. Elle a attaqué la part la plus mince de moi-même et je ne sais pas comment dire stop.

« Jonny, j'ai besoin que vous veniez m'aider. Je suis en train de mourir. »

C'est la pire chose qu'elle aurait pu dire. Je suis coincé maintenant de tous les côtés. « De quoi mourez-vous ?

— Oh, d'une quantité de choses : claustrophobie, ennui, soif, solitude... Je n'ai pas vu l'océan depuis près d'une semaine. »

Elle rit de nouveau, un authentique rire en cascade, qui scintille le long de la ligne téléphonique, à tel point que je me représente les fils rayonnant de sa chaleur. Rire en affrontant la mort, me dis-je, et je repousse sauvagement cette pensée. Je donne une teinte romantique à la situation. Je ne me sens pas du tout moi-même cette nuit. Encore une camée en pleine descente, me dis-je, et ça ne sonne pas tout à fait exact non plus. « Vous avez pris quelque chose ? demandé-je.

— Non, rien du tout, riposte-t-elle. Je pense que ça fait partie du problème. Je ne peux pas manger la nourriture d'ici. Elle reste collée dans mon ventre. Elle ne ressort nulle part. Je crois que je suis peut-être en train de mourir.

— Soyez franche avec moi. Si vous avez pris quelque chose, dites-le-moi tout simplement. Ça rendra tout bien plus facile si je sais ce que vous avez pris.

— Vous voulez savoir ce que j'ai pris ? siffle-t-elle, soudain serpentine. Je vais vous le dire, ce que j'ai pris. J'ai pris un mauvais tournant, un gros putain de mauvais tournant quelque part juste avant l'Islande. Maintenant je suis coincée ici, au quatrième étage, avec même pas une mare aux canards pour en faire un intérieur accueillant. »

Le bon sens me dit de raccrocher. Les peurs anciennes se pissent dessus : peur des gens et peur de l'absence de gens, peur des moqueries d'inconnus. Je devrais laisser l'équipe de jour s'en occuper. L'envoyer vers l'unité psychiatrique. Escalader les montagnes de paperasserie et administrer les petites pilules bleues et écouter ses délires de cinglée. Je soupire. Mon souffle dessine un cercle cendré sur le pare-brise juste au-dessus du tableau de bord. « Où habitez-vous ? demandé-je.

— Je n'habite nulle part. Mais je crèche dans cet appartement, quatrième étage, en haut de Castlereagh Road.

Je m'entends répondre : « Tenez bon. » Ce n'est pas ma voix qui forme les mots, mais ma bouche remue. « Je suis en route.

— Ne prenez pas l'ascenseur. Il sent la pisse de chat. »

Elle raccroche. Je tourne la clé de contact, tout en attachant ma ceinture de sécurité. La Renault tousse deux fois et crachote pour se stimuler, avance par cahots arthritiques. Je fais un large demi-tour et me dirige vers l'est.

Plus tard, bien plus tard, j'essaierai de rassembler les morceaux de cette nuit, d'enfiler le demi-souvenir d'un moment avec le suivant, comme une série de perles mal assorties. Je ne serai jamais capable de fournir une explication raisonnable.

Je gare la voiture dans la rue, j'enlève mon caducée du tableau de bord de peur que la Renault ne soit à nouveau victime des drogués du coin, qui semblent me prendre pour un service de livraison gratuite. Je sors ma sacoche de médecin du coffre, me glisse dans un blazer en tweed grisonnant – cadeau de ma mère il y a environ six Noëls de cela – et, ainsi armé, je contemple l'immeuble dans toute sa gloire émoussée.

Le béton gris, les fenêtres cubiques rouges et les contours crus lui donnent l'allure d'une idée enfantine de bâtiment. Tout est empilé, et il n'y a pas d'arbres pour briser l'aspect rectiligne. Une seule fenêtre de l'immeuble est éclairée. Elle me toise de haut d'un air sévère : un grand œil sans dieu, blond comme beurre, qui ne cille pas. Je pense me reglisser dans la Renault et battre en retraite tactique jusqu'à la sécurité de l'aire de stationnement d'une pompe à essence. Là-bas, à Rosetta, une sirène de police bégaie à deux reprises et glapit au cœur de la vie méchante, grouillante. Je sursaute en l'entendant hurler.

Je franchis la zone de gravillons à l'entrée du bâtiment en cinq enjambées mesurées, aspire une bouffée d'air et le retiens avant d'affronter la puanteur de pisse et cidre rance, déchets tièdes, aérosols, odeur d'animal et d'humanité tannée. Me rappelant ses conseils, j'évite l'ascenseur et, avec une prudente résolution, je gravis les huit séries de marches trapues conduisant au quatrième étage. La sacoche médicale, qui se balance comme un pendule contre ma cuisse, fait le compte des marches à ma place. Tout en montant, je tiens fermement l'horreur en respect, je l'imagine comme une vraie boule à l'intérieur de ma cage thoracique. « Peut-être qu'elle est déjà morte, me dis-je. Elle a pu faire une overdose, ou se tailler les poignets avec une lame de rasoir. Elle est peut-être toute bleue et enflée, noyée dans son propre vomi. »

Une quantité d'horreurs possibles m'attend peut-être derrière la porte d'entrée. Si j'avais plus de temps, je ferais une liste des plus affreuses. Je trouve les listes terriblement utiles. Mais je n'ai pas besoin de liste pour m'aider à comprendre que la chose que je redoute le plus, c'est sa présence : vivante, qui va me dévisager, affamée, avec cette voix.

La porte de l'appartement est maintenue entrouverte par une boîte cabossée de soupe au poulet Campbell. Je la débloque pour entrer, la pousse de l'orteil dans le vestibule. La porte claque derrière moi, se replace sèchement dans son embrasure.

« Ha ! crie-t-elle d'un ton triomphant. Jonny, je savais que vous viendriez. » Elle n'est pas morte, ni près de l'être.

Je l'entends très clairement, mais j'ai du mal à la distinguer dans l'obscurité. Les éléments de la pièce – meubles, tapisserie murale et occupants – sont gris anthracite et poilus, comme s'ils étaient visibles à travers une feuille de papier de soie. Je me tiens sur le seuil, le temps de permettre à mes yeux d'accommoder. L'espace est un mixte étrange de séjour, cuisine et – je le devine – chambre à coucher. Une seule porte, placée à droite de la cuisinière électrique, s'infiltre dans une deuxième pièce, sans doute une salle de bains. Je maintiens ma position près du seuil, arrimé par les pieds, mais légèrement incliné en avant, comme si j'hésitais entre avancer et partir en courant.

« Comment vous sentez-vous ? demandé-je dans la pénombre. Ça va mieux maintenant ?

— Je suis toujours mourante, réplique-t-elle. Vous feriez mieux de venir par ici et de m'examiner. »

J'ai beau être médecin depuis près de douze ans maintenant, avec des quantités de patients que j'examine quotidiennement, des milliers par an, le mot « examiner » n'a jamais sonné aussi illicite. Quelque chose pousse vers l'avant dans mon for intérieur. Comme un aimant. Non, ce n'est pas tout à fait exact. Ça ressemble à quelque chose de plus dangereux, un missile de croisière, peut-être.

« Hum, non », dis-je. J'enfonce les talons dans le tapis vétuste. Il est bleu avec des volutes de fleurs de lys fanées bleu turquoise. « Décrivez-moi plutôt vos symptômes et j'établirai le diagnostic d'ici.

— Je suis mourante, dit-elle. Je n'ai pas de symptômes. Je suis juste en train de mourir.

— Et vous êtes mourante depuis longtemps ?

— Des siècles.

— C'est douloureux ?

— Atrocement.

— Y a-t-il quelque chose en particulier qui aggrave votre état ?

— Cette foutue ville, pour commencer.

— Y a-t-il quelque chose qui vous aide ?

— De la compagnie », dit-elle, et même si mes talons tiennent bon et que ma cage thoracique reste stoïque jusqu'au bout, impossible d'empêcher mon épine dorsale de s'incliner vers l'avant. À contrecœur, le reste de ma personne s'aventure dans l'obscurité, menton d'abord, froncement des sourcils, dents et coudes, muscles de l'estomac, genoux, ongles et enfin – lourdes de réticences – mes chevilles habillées de coton.

« Ça c'est mieux, dit-elle, tandis que je me penche sur elle, toujours cramponné à ma sacoche, comme une excuse pour ce qui va suivre. Je voulais voir à quoi vous ressemblez.

— Voilà à quoi je ressemble », dis-je, et pour la première fois en près de vingt ans, je me demande de quoi j'ai vraiment l'air. « À quoi ressemblez-vous ?

— Je ne sais pas, réplique-t-elle. Je ne me suis jamais vue. Vous pouvez peut-être me le dire. »

Je ne la vois pas vraiment. Un bras est visible, et aussi la courbe de porcelaine qui pourrait être un talon, ou tout aussi bien une tasse à thé abandonnée. La plus grande part d'elle-même est enterrée. Sa voix, bien qu'instantanément familière, lutte pour faire surface sous un amas étouffant d'édredons et de couvertures, dalles de moquette et vieux manteaux. Immobile comme le verre et à peine éclairée, elle donne l'impression d'un cadavre enveloppé à la hâte. Je ne peux cesser de la fixer. Je suis tout yeux, et derrière les yeux, un esprit comme un appareil photo, qui prend des notes. Rester ici ne peut produire rien de bon. Rien que nous deux, qui nous rapprochons. Je le sais déjà. Tout comme je me sais déjà incapable de partir.

« Cessez de me fixer », dit-elle.

Je fixe encore plus intensément. « Je cherche des indices, dis-je. Peut-être que j'arriverais à vous empêcher de mourir si je pouvais vous voir correctement. Je peux allumer ?

— Pas de lumière », tranche-t-elle, et elle s'enfonce encore plus profondément. J'aperçois le renflement qu'elle forme, nageant comme une chaîne de montagnes sous les couvertures.

« Venez me trouver », marmonne-t-elle. Ses mots semblent flotter en l'air par poignées minuscules, éclatant à la surface comme une série de poches d'air dans un aquarium.

Je ne suis pas capable d'expliquer ce qui se passe, ni sur le moment ni par la suite, avec plusieurs mois de recul. Le bon sens m'abandonne chaque fois qu'elle ouvre la bouche. Je suis attiré par elle. La médecine ne justifie plus vraiment ce que je fais ici. Cela à la fois me fait honte et m'excite. Je suis tout aussi faible, tout aussi contagieux et déclinant que les gens que j'appelle des patients. Je l'ai toujours su, mais maintenant cela me réconforte. L'explication la plus simple, c'est le désir, et oui, d'accord, il y a des petites démangeaisons lubriques qui me courent partout sur le corps chaque fois qu'elle parle. Mais même le désir est un terme très loin d'exprimer les ondes de contractions qui se font la guerre en ce moment sur mon cerveau. Mon blazer en tweed rétrécit, comme un boa constrictor. Mes sous-vêtements en polyester transpirent de manière désagréable. Mon stéthoscope menace de m'étrangler pour mon propre bien. Même ma coupe de cheveux-courts-sur-la-nuque-et-les-côtés semble entrer en rébellion autour de mes oreilles.

Je me sens comme un homme dressé au-dessus d'une femme. C'est une sensation que je n'ai éprouvée jusqu'ici qu'à la télévision.

Je ne veux pas être un médecin en sa présence. Je dépose ma sacoche médicale à ses pieds. Elle s'ouvre, répandant comprimés et potions et pansements stériles comme de plates rivières blanches qui roulent sur le tapis sale. Je fais tomber mes chaussures, un talon rétif après l'autre, j'enlève mon stéthoscope et, attiré comme un homme moyen, je la pèle, couverture par couche couvrante. Un vrai oignon. Quand j'arrive enfin à la chair cold cream je suis surpris de la découvrir pleine de taches de rousseur, moyenne, un peu plus épaisse à hauteur de la cuisse que je ne l'imaginais. Son visage a la pâleur d'une fille qu'on verrait portant des œufs ou du lait sur un tableau ancien. Elle a les yeux très sombres. Pas froids. Juste sombres. Les cheveux aussi sombres et noyés que ses yeux. Elle rit de mes doigts froids et rit de mes chaussettes en coton. Ça m'est égal. Je pèle mes propres vêtements et me tiens devant elle nu, la laisse m'examiner en détail. Nous ne dansons pas, mais je sais qu'avec elle je pourrais. Elle ne me demande pas si je suis content ou si je passe un bon moment ou si j'ai envie de partir. On dirait qu'elle sait ce que je pense, ou peut-être me dit-elle quoi penser. L'un ou l'autre, peu m'importe.

Je suis en train de vivre le seul moment de ma vie.

« Je suis en train de vivre le meilleur moment de ma vie, dis-je encore et encore.

— Oh, je sais », dit-elle.

Elle me garde dans son lit pendant trois jours entiers. Quand je me lève, le troisième jour, le ventre vide et les cheveux sifflant d'électricité statique, je la trouve qui m'observe attentivement, perchée sur le comptoir de la cuisine. Elle est vêtue des rideaux du séjour, ou plutôt, une moitié de la paire. L'autre rideau pend morose à la fenêtre, un divorcé en velours accablé, humilié par son incapacité à se clore. Elle se vernit les ongles de pied en vert.

« Je devrais partir, dis-je. J'ai d'autres patients. Ça fait des heures que je suis ici.

— Des jours, corrige-t-elle. Ça fait trois jours. »

L'énormité de la chose me frappe de plein fouet. C'est presque trop gros pour y croire.

« Merde, dis-je, j'ai probablement perdu mon boulot.

— Probablement, confirme-t-elle.

— Il faut que je rentre chez moi tout de suite. J'ai besoin de manger quelque chose. Ensuite il faut que je rentre.

— Je viens aussi.

— Tu ne peux pas venir à la maison avec moi.

— Pourquoi ?

— Je te connais à peine.

— C'est une question de vie ou de mort, Jonny. Si tu ne m'emmènes pas chez toi, je vais probablement mourir ici dans cet appartement. Juste ici sur le sol, drapée dans ce rideau. Et ça sera ta faute. »

Tandis que j'examine les choix possibles, en me rappelant que le bon sens ne devrait plus servir d'instrument de mesure pour une prise de décision, elle me tend un ouvre-boîte et la soupe de poulet oubliée depuis longtemps. Je la mange directement dans la boîte, en utilisant le bras plat en métal de l'ouvre-boîte comme cuiller de fortune. Le goût rappelle la colle à papier.

« En plus, poursuit-elle, laissant tomber le rideau pour enfiler une salopette bleu roi de peintre en bâtiment, tu es affreusement seul. Tu as besoin de quelqu'un dans ta vie à part ta médecine.

— Je n'ai sans doute même plus la médecine à quoi me raccrocher, marmonné-je entre deux bouchées visqueuses.

— Alors c'est réglé. Tu as besoin de moi. Tu m'emmènes chez toi.

— Je ne crois pas que j'en aie envie.

— Si, bien sûr. »

Sur-le-champ mon esprit volte-face. J'ai très envie de la ramener chez moi. C'est une des meilleures idées que j'aie jamais eues. Elle ne possède rien, à part une seconde salopette, qu'elle extrait du placard sous l'évier.

« Brosse à dents ? demandé-je.

— Jamais trouvé ça nécessaire », réplique-t-elle, et sourit pour dévoiler une rangée de dents de lait, couronnées à la perfection, et entretenues comme des pierres tombales nacrées.

« Linge de corps ? Vêtements de rechange ? »

Elle secoue lentement la tête, faisant danser et siffler des vagues de boucles noires comme le charbon autour de ses épaules.

« Chaussures ? Tu as sûrement des chaussures. Tout le monde a des chaussures. »

Elle n'a pas de chaussures. Je fouille l'appartement et je ne trouve rien qui ressemble à un article chaussant, pas une simple pantoufle. Je lui retourne les pieds et en examine la plante. Elle est rose saucisson et sans la moindre ride, aussi parfaite que celle d'un nouveau-né. Même si la logique et huit volées de marches de béton plaident en faveur du contraire, même si j'ai fait de mon mieux pour éviter la podiatrie, et si je sais qu'il y a des explications scientifiques rationnelles à presque tous les phénomènes bizarres, je soupçonne que ses pieds servent rarement. C'est suspect, un si faible degré d'usure chez une femme qui a fini sa croissance. Je ne dis rien. Au cours des neuf prochains mois, je me retrouverai régulièrement porté à ne presque rien dire, alors qu'une avalanche de questions menace de me faire basculer par-dessus un bord redoutable.

« Très bien, dis-je, puisque tu n'as pas de chaussures, je suppose que je vais devoir te porter. »

Je n'ai jamais soulevé un autre être humain jusqu'ici, même enfant en jouant avec d'autres enfants. Je la soulève et la jette par-dessus une épaule. J'ai vu faire ça dans un film sur des combattants du feu, peut-être *La Tour infernale*. Je lui tends ma sacoche. Si démodée soit-elle, j'éprouve un attachement étrange pour son cuir parcheminé, son ventre ferme, l'odeur de chlore et de carbone qui semble émaner d'elle. Je ne peux pas la laisser ici dans l'appartement vide. Ainsi équilibrés, nous descendons en tanguant jusqu'au hall d'entrée. Son poids est fascinant, une douleur sourde qui brûle plus fort à chaque étage. Quand je parviens, haletant, à la portière de la Renault, je suis inondé de sueur. Je me sens capable de bâtir des choses brutes : navires et maisons, voies de chemin de fer. Je pourrais probablement tuer un homme à mains nues. Je la dépose avec soin sur le capot.

Son postérieur creuse une fossette dans la carrosserie, un joli creux qui fera une mare d'eau à chaque averse. Cette marque durera plus longtemps que notre relation.

« Tu as trois contraventions, dit-elle, ramassant tour à tour les trois pochettes en plastique logées sous mes essuie-glaces. C'est bien de ta faute. Tu as laissé ta voiture trois jours sur un emplacement autorisé pour une heure.

— Je n'avais pas l'intention de rester, répliqué-je.

— Oh, je crois que si, Jonny. Je crois que tu étais tout à fait décidé à rester. »

Et, force m'est de l'admettre, elle a absolument raison. Je garde ça pour moi tout en l'installant dans le siège du passager, bouclant sa ceinture de force, car elle semble avoir une peur terrible des ceintures de sécurité, terrifiée par toute forme de contrainte. La pendule du tableau de bord dit 6 h 37. Belfast-Est commence tout juste à s'éveiller. Des cohortes de laveurs de vitres et d'ouvriers en manque de sommeil s'attroupent sous les abribus, cigarette au bec. Un camion poubelle solitaire fait la navette dans Newtownards Road, ignorant systématiquement les agglomérats de poubelles à roulettes en posture de prière, gueule ouverte, à chaque coin de rue. Les flèches d'églises s'étirent vicieusement, comme animées par la volonté de transpercer les nuages, et la pluie se dévoue, s'abat par flots gluants, s'étalant comme du sirop sur le pare-brise de la Renault.

Avant de tourner la voiture, je fais une pause pour regarder ma passagère. Elle se recroqueville en silence sur le siège, le visage à peine visible au-dessus de la pointe de ses genoux. C'est comme ça que je la préfère, muette et compromise. Tant qu'elle retient sa langue, je peux mettre de l'ordre dans mes pensées, réfléchir par lignes droites et enchaînements au lieu des cycles de tourbillons qu'elle déclenche à l'intérieur de mon crâne.

« Elle ne m'appartient pas, me dis-je. Je devrais la laisser là où je l'ai trouvée. »

Je sais que ça ne va pas finir bien. Dans le silence je suis entièrement pour la jeter dehors sur la chaussée.

« Au fait, dit-elle, abaissant les genoux pour permettre à ses poumons de se déplier, tu as une baignoire ou une douche chez toi, Jonny ?

— Les deux », répliqué-je, et je passe la seconde. La discussion est close. Ma tête est de nouveau un plat de spaghetti. Je prévois déjà de la faire dormir sur le côté gauche du lit, le plus loin possible de la porte.

« Parfait, dit-elle. C'est une grande baignoire, assez profonde pour que je puisse m'enfoncer sous l'eau si je la remplis à ras bord ?

— Je suppose. Je n'ai jamais essayé. D'habitude je prends des douches.

— Épatant ! Tu peux continuer à prendre tes douches et je prendrai la baignoire. J'irai beaucoup mieux quand je serai sous l'eau. Tu sentiras à peine ma présence autour de la maison. Je resterai juste dans la baignoire. »

Et c'est ce qu'elle fait pendant neuf mois entiers, s'élevant à la surface quand le deuxième trimestre fait enfler son ventre à une vitesse alarmante. Elle n'est pas contente. Elle désire être sous l'eau, entièrement submergée, comme un poulpe ou un sousmarin. Au début cela me cause un choc de voir son visage livide frémir sous l'eau du bain, ce mince filet de bulles qui lui monte du nez et de la bouche. Je reste assis sur l'abattant des toilettes pendant des heures, les yeux rivés sur elle, prêt à la tirer à la surface et lui faire du bouche-à-bouche quand elle sera à court de souffle. Son souffle ne s'épuise jamais. Elle est bâtie comme un genre de poisson. Comme rien que j'aie jamais vu auparavant. À la longue j'accepte le fait. Je ne m'y habitue jamais. Mais je finis pas accepter le fait qu'elle n'est pas normale et je trouve un moyen de vivre avec.

Chantant au plus profond de mon sommeil, elle réclame une ceinture d'haltérophile, une force permettant d'affronter la gravité, un accessoire pour maintenir sous l'eau sa tête qui ne cesse de ressurgir. J'en commande une sur Internet, et quand elle arrive, je l'attache fermement autour de son ventre en expansion. C'est la seule chose qu'elle consentira à porter. Le désir a depuis longtemps abandonné sa nudité. Je la vois maintenant comme je vois mes patients ou les illustrations d'un manuel médical. Sauf, bien sûr, quand elle veut être regardée avec désir. Cela tient entièrement à la manière dont elle s'exprime. « Viens ici, Jonny, j'ai besoin de toi. » Alors je ne peux pas me rassasier de sa nudité. Alors, je suis dans la baignoire avec elle, ou dégoulinant sur le sol de la salle de bains. Ensuite je regrette ce que nous venons de faire et aimerais que nous puissions être normaux ensemble, dans un lit.

« C'est mieux si je suis sous l'eau, explique-t-elle. Je me sens mieux sous l'eau, mais ce fichu bébé semble résolu à me traîner à la surface. »

Je passe des heures, pendant qu'elle dort, à feuilleter des manuels médicaux. Je cherche sur Google des études de cas et des articles scientifiques, en quête d'autres êtres humains capables de s'épanouir avec uniquement des liquides, d'hommes et de femmes adultes à la peau aussi impeccable que celle d'un nouveau-né. J'étudie l'hypnose, les ruses mentales et les exemples de gens ordinaires contraints à une conduite insolite, ceux qui souffrent du syndrome de Stockholm ou du lavage de cerveau par des cultes et des individus charismatiques. Je me surprends à taper les mots « Les humains peuvent-ils vivre sous l'eau ? » dans la barre de recherche, et à me demander à quoi rimait la faculté de médecine, quand tout, ces derniers temps, semblait narguer ouvertement la science.

Bien sûr je déniche des fragments d'elle dans nombre de ces articles. Ici, dans la communication subsonique des chauves-souris et des dauphins, réside une explication possible à la façon dont sa voix dispose d'un crochet. Le fait qu'il soit impossible d'entendre parfaitement, ou de résister avec une oreille ordinaire. Ici, dans les talons lisses, sans marques, des mariniers du Pacifique Sud, je détecte un précédent à ses plantes de pied impeccables. Ici les innombrables phénomènes de foire et toxicos, mutations génétiques et troubles de santé mentale font un clin d'œil à sa singularité. Je les collationne tous dans un carnet relié, m'efforçant de me convaincre qu'il existe une raison parfaitement plausible à la manière dont elle n'est pas normale.

Mais la science n'est pas assez vaste pour la contenir. Elle n'est pas juste plus heureuse sous l'eau, ou sans rides, ou capable de fondre la pensée par une simple inflexion de la voix. Elle est tellement plus qu'une série de symptômes individuels combinés. Depuis de longs mois elle représente une force de règlement de compte sanglant qui occupe ma salle de bains privative. Toutes mes notes soigneuses ne parviennent pas à égratigner la surface de l'effet que produit le sentiment de se tenir sous sa voix, dépouillé de toute résistance, fragile, bredouillant, espérant qu'elle ne décidera pas de me détruire. Et même si je ne peux l'admettre à moi-même, ne peux même pas écrire le vilain mot sur le papier, je sais exactement ce qu'elle est, et qu'il n'existe aucune expression scientifique pour le dire. Mythe fait chair. Créature cueillie dans un livre de contes. Sirène elle est. Sirène méchante, sans pareille, et j'aurai de la chance si je survis à elle ou à ce qu'elle fabrique dans ma baignoire.

J'ai cinquante pour cent de parts dans cet enfant. Je soupçonne qu'il est pris dans une sorte de combat de lutte prénatal, un Jacob junior oscillant entre l'humain et le divin. L'élément humain, me dis-je pour me rassurer, semble avoir une volonté infernale d'atteindre la surface. Elle me coûte des centaines de livres sterling en eau chaude. La facture de gaz explose le toit. Même début avril, quand la ville étouffe sous une vague de chaleur précoce, elle exige de l'eau bouillante pour son bain.

« C'est un luxe, reconnaît-elle, mon seul luxe, Jonny. Ce n'est pas comme si je te coûtais cher en nourriture ou en vêtements. »

C'est vrai. À part le baril quotidien de sel Saxa, et la note de gaz, et bien sûr, la perte d'un revenu stable, elle constitue une liaison bon marché, un genre de poisson rouge surdimensionné. Elle ne consomme jamais rien d'autre que des liquides, eau, jus de fruit, crème anglaise, soupe en boîte, et continue à affirmer que toute matière plus solide lui collera à l'intérieur et refusera de sortir. J'ignore si c'est normal chez cette sorte de personne. Ce n'est pas le genre de chose qu'on étudiait en fac de médecine. Pendant des mois j'ai vécu au jour le jour, à coups de nouilles instantanées, whiskey bas de gamme, et le bruit de son chant mélodieux dans la salle de bains à l'étage. Je lis la Bible de bout en bout histoire de passer le temps et je n'y trouve rien, pas une seule ligne de conseil utile, à propos d'enivrantes créatures marines. Je renonce à la Bible et je chemine à travers un coffret du *Monde de Narnia*. Même ces histoires-là s'apparentent un peu trop à du réalisme.

Je la regarde enfler. Ses hanches et ses cuisses touchent les côtés de la baignoire. Ses cheveux ressemblent à des algues qui s'agitent dans l'eau. Les extrémités de ses doigts sont maintenant des pruneaux et des raisins de Corinthe. Le dôme de son estomac perce la surface de l'eau, le nombril se dilate comme le cornet inversé d'un phonographe à l'ancienne. Quand elle dort, ce qu'elle fait souvent, tête appuyée contre le rebord de la baignoire, son souffle nage jusqu'à la surface par rots vitreux, marbrés, et je chuchote à son nombril avec l'espoir que le bébé a l'oreille inclinée vers le monde extérieur.

« Quelle sorte de créature es-tu ? » demandé-je à la chose à naître logée en elle. C'est ma seule et unique question. Aucune réponse ne vient. Vu l'état de sa mère, le bébé est remarquablement tranquille. Je suis un père, maintenant, je ne suis plus un médecin. Je redoute l'arrivée d'un monstre miniature. Un bébé est presque aussi difficile à imaginer.

Quand vient l'heure, je suis profondément endormi, à baver sur le divan du séjour. Derrière moi la télévision jacasse. Elle est redevenue un objet auquel je parle comme à une autre personne dans la pièce. Entre la télévision et le sommeil je n'entends rien de ce qui se passe. Pas de cris. Pas de respiration laborieuse. Pas de hurlements de douleur atroce. Je ne l'entends pas non plus partir. Une fois qu'elle n'est plus là, c'est difficile de croire à son étrangeté. Elle n'est qu'une personne de plus qui a levé le camp et m'a quitté. Elle est partie, mais toujours cousue en moi, cuisante chaque fois que mon esprit saisit la pensée d'elle.

J'essaie de me convaincre qu'il s'agit d'une femme standard. Mais je semble incapable de survoler ces talons sans rides ou son besoin constant d'être sous l'eau. La façon dont j'étais incapable de lui dire non, la laissais me mordre et me déchirer, même quand mon corps aspirait à la douceur. La magie d'elle. La façon dont elle pouvait pincer ma volonté et la retourner sans le moindre effort. À quel point ça faisait mal, de vraies douleurs dans les boyaux, comme de me faire poignarder chaque fois que j'essayais de lui résister. Non, elle n'était pas normale. Il n'y avait rien d'ordinaire chez elle. Sirène elle était. Irrésistible, enivrante Sirène.

Je sais que je ne peux jamais parler d'elle en ces termes. Comment dire « j'ai été envoûté par une créature mythique » ? Comment rendre vrai l'incroyable ? Ça m'aiderait si elle m'avait offert un nom, une histoire antérieure, même le plus petit éclat d'information sur son passé. Mais elle ne m'a rien laissé qui prouve qu'elle est réelle. Rien que la marque incrustée du sel qui entoure ma baignoire. Rien que le souvenir de la crispation de tout mon corps, comme après un coup à l'estomac, chaque fois que je vois son pâle visage d'Ophélie s'épanouir à travers l'eau du bain.

Je trouve le bébé dans la cuvette de l'évier, à moitié remplie.

Je lis de l'insécurité dans les dix centimètres de l'évier qui restent insatisfaits. Au cours des neuf mois de notre relation mutuelle, je ne l'ai jamais vue hésiter. Elle a dû hésiter cette fois, penchée au-dessus de l'égouttoir, examinant sa fille nouveau-née pour s'assurer qu'elle était bien cent pour cent à elle, apte à toutes les performances aquatiques nécessaires. Pour finir elle avait reculé et rempli l'évier à mi-hauteur. Peut-être qu'elle m'a vu dans les tibias de ma fille, la manière dont son deuxième orteil s'enroule autour du troisième, le froncement des sourcils qui dès les tout premiers moments menacent son minuscule visage d'une avalanche.

Je veux penser que l'enfant est clairement mienne. Je ne peux pas voir une once de moi en elle. Je l'enveloppe dans une liasse d'essuie-tout et par mesure de précaution d'une couche de papier alu, car je me rappelle que cela conservera la chaleur. Je ne peux pas, pour le moment, me rappeler quoi que ce soit d'utile que j'aurais appris à l'université. Des empreintes de pieds d'une taille enfantine dans les plates-bandes sous la fenêtre de la cuisine indiquent que sa mère est partie depuis longtemps. Ma tête est glaciale. Mes poumons sont en feu. Je me verse un verre de whiskey et, faute de récipient convenable pour accueillir un enfant, je place le bébé dans la plus grande de mes casseroles. Sa peau a la couleur d'une tranche de salami. Sa chevelure, d'une teinte charbon luisante, est concentrée autour de son visage en boucles épaisses. Comme des points d'interrogation.

C'est difficile de la déclarer belle, mais elle m'appartient. Je ressens moins l'échec quand je la regarde dormir. J'ai créé une bonne moitié d'elle – bras ou jambes, dos ou ventre, doigts ou orteils. Cinquante pour cent d'elle est à moi. Je ne l'ai pas abandonnée. Je l'ai trouvée qui pataugeait dans l'évier. Et je l'ai sauvée. J'ai bien l'intention de la garder pendant au moins dix-huit ans. Je me demande si ça ressemble à tomber amoureux. Ça n'a pas l'urgence que j'imaginais du sentiment amoureux. Ce qui s'en rapproche le plus, c'est la physique : cette impression qu'une chose va conduire naturellement à la suivante. Aucun sentiment d'impliqué. C'est aussi inévitable que la gravité.

Je n'arrive pas à lui trouver un nom. Mais il y a tout le temps pour ça.

Pendant une journée je suis l'homme le plus heureux de Belfast-Est. Ensuite je commence à me demander ce qui se passera quand elle va se mettre à parler.

5

Le fils difficile

Épluchez les années écoulées. Nous sommes en 2001, un mois avant le 11 Septembre. À Belfast-Est, les enfants ont encore deux grosses semaines de liberté. Ils ont une conscience aiguë de la première journée du trimestre. C'est comme une petite mort qui plane à l'horizon. Ils sucent la moëlle de chaque instant de vacances qu'il leur reste. S'élancent avec les oiseaux et dégringolent les réverbères. Ils ne sont jamais à la maison. Ils sont toujours sales et les genoux verdis de taches d'herbe. Ils sont heureux comme devraient l'être des enfants. Sammy a trois enfants, Mark, qui a huit ans, Lauren, qui en a sept, et Christopher, tout juste cinq ans, qui traîne encore une couverture doudou.

Ce n'est pas un été particulièrement chaud, mais il est sec, et ses enfants ne s'intéressent pas du tout à la télévision. Tant qu'ils sont éveillés, ils restent dehors. Sammy les observe depuis la fenêtre de la cuisine qui tapent dans un ballon et rejouent Wimbledon par-dessus la corde à linge avec des raquettes vétustes et des chaussettes roulées en boule. Les rares journées où la température se hisse assez près de 20° pour approcher la chaleur, Pamela lui fait gonfler la pataugeoire. Les enfants se ruent dans et hors de l'eau tiède, laissant une piste d'herbe coupée et de boue derrière eux jusqu'à ce qu'ils baignent dans un liquide couleur de thé froid. Quand arrive 5 heures, ils ont la chair de poule et frissonnent, mais renâclent encore pour rentrer dîner. Quand ils mangent, ils s'enfournent la nourriture dans la bouche et lui laissent à peine le temps de toucher l'estomac avant de déballer à fond de train « Merci-pour-le-dîner-je-peux-sortir-de-table-s'il-vous-plaît ». Et aussitôt ils se lèvent et foncent vers la porte, un esquimau au chocolat à la main. C'est ça qui tient lieu de dessert pendant les mois d'été.

Toutes les après-midi, les gosses du quartier circulent dans la cour arrière des Agnew comme des bus vers le centre-ville : le petit Jonno et les jumeaux, Mikey M et Mikey B, Lydia, Maureen (dont les parents sont plus âgés et l'habillent comme une vieille tante célibataire), et Stevie, du bout de la route, qui a le bras droit dans le plâtre à la suite d'une partie de cricket. Leurs vélos sont abandonnés sur l'allée des Agnew, les roues tournent encore quand ils touchent le sol, les guidons bizarrement tordus, comme des soldats tombés morts sur un champ de bataille. Sammy se fraie un chemin à travers le carnage jusqu'au garage. Les vélos sont une foutue plaie, mais il n'arrive pas à faire monter la colère.

C'est exactement tout ce qu'il a toujours voulu pour ses enfants : la vie au grand air et l'innocence et les amis aux familles sympathiques, avec des parents qui vivent encore ensemble, qui ne croient pas aux armes à feu. Ses enfants sont les plus populaires de la rue. Cela tient en partie au fait qu'ils sont trois. Garçon, fille, garçon, avec seulement une année en sandwich entre chaque enfant. Il émane d'eux une sorte d'énergie qui en fait des aimants pour tous les autres gosses. Sammy est heureux quand il voit ses enfants se comporter en enfants. Son rugissement intérieur se tait pendant qu'il se tient sur les marches de l'arrière, distribuant des verres en plastique de squash orange et des esquimaux. Il s'apaise, mais ne disparaît jamais.

Mark l'inquiète. Il ne se fait jamais vraiment de souci pour Lauren et Christopher. Ce sont de braves gosses. Ils suscitent rarement son inquiétude, et quand ils le font, c'est une forme d'anxiété parfaitement normale concentrée sur de fortes fièvres, des lits mouillés et de brefs échanges de morsure. Mark est différent. Mark n'a jamais mordu. Même tout petit, mordre était indigne de lui. On pouvait faire tellement plus de dégâts en piquant une fourchette de table dans la cuisse d'un enfant. À l'âge de trois ans, il avait maintenu le bras d'un autre garçon contre le radiateur jusqu'à ce qu'il fasse des cloques. Après quoi il appela cela un accident et tout le monde le crut, même la mère du garçon. Il y avait un truc qu'il était capable de faire aux adultes avec les yeux, comme un bébé faon. Sammy ne l'avait pas cru. Il reconnaissait la façon dont son fils faisait rouler ses yeux. Comme des billes ou du lait froid. Il savait que l'enfant réfléchissait déjà à ce qu'il pourrait bien faire ensuite.

Mark rappelle à Sammy l'enfant qu'il était. Cela suffit à le tenir éveillé la nuit, à siroter du whiskey dans un gobelet à café. Pourtant, quand il voit le garçon monter et descendre la colline à toute allure sur son vélo, debout en danseuse sur les pédales en riant comme doit rire un enfant de huit ans – bouche grande ouverte et brèchedent –, Sammy parvient à empoigner son inquiétude par la gorge et espérer.

« Tout ira bien », se répète-t-il.

Il y a plus de bon que de mauvais dans ce garçon. Il a cinq doses de Pamela contre chaque once de son Pa. Il a la beauté de sa mère, après tout. C'est ce que tout le monde dit, même les inconnus. Pendant tout l'été Sammy s'arrime à ces espoirs congelés. Il essaie de ne pas remarquer la rage quand elle jaillit de Mark sur le terrain de foot ou à la table du dîner. Il jette un regard en coin quand d'autres enfants tombent de vélo et qu'il voit Mark rire de leurs genoux ensanglantés et de leurs dents cassées, rire avec une cruelle intonation adulte. Il s'efforce d'appeler ça curiosité, une curiosité scientifique naturelle, quand il tombe sur des guêpes et d'autres insectes noyés dans des gobelets d'eau froide. Il sait que son fils a fait cela, tout seul, par malice. Sammy essaie de voir ce qu'il veut voir dans ce garçon et laisse son œil glisser vaguement sur tout le reste. Il peut tout ignorer, même les couteaux, mais l'incident avec l'appentis des volailles est comme une montagne qui l'empêche de passer. Un incident tellement calculé.

Ça commence de façon assez innocente. Lauren a peur des cygnes de Victoria Park. Ce n'est guère surprenant. Elle a toujours été une enfant nerveuse et les cygnes sont une espèce connue pour leur méchanceté, enclins à donner la chasse aux petits enfants et à siffler, comme des bouilloires bouillantes, quand les adultes s'approchent du bord de l'eau. Il y a des quantités d'enfants qui ont peur des cygnes, et à juste titre : un cygne, quand on le provoque, peut faire craquer en échardes le bras d'un homme adulte comme un cure-dent. Ni Sammy ni Pamela ne s'inquiètent beaucoup à propos des cygnes.

Puis Lauren attrape une peur des canards. Les canards sont différents. Les enfants devraient adorer les canards. Il y a des canards imprimés sur les bottes en caoutchouc jaunes de Lauren et aussi dans ses livres d'enfant, qui font « Coin coin coin », tandis que les cochons sur la page d'en face font « Groink ! ». Ça n'a rien de menaçant, un canard. Là ils commencent à être un peu plus inquiets. Ils lui montrent des vidéos avec des canards de bande dessinée, essayant de soulever la frange de sa peur. Ils l'emmènent au bord de la mare et la portent dans leurs bras tandis qu'ils jettent des miettes de pain en grands cercles autour de leurs propres pieds. « Regarde, disent-ils, les petits canards ne veulent pas te faire de mal. Ils veulent juste ton pain. » Lauren pousse des hurlements de parturiente. Elle se cramponne paniquée au cou de sa mère. Quand ils arrivent à la maison, Sammy remarque qu'elle a mouillé sa culotte pour la première fois en plus de deux ans.

La situation part en vrille. Trois jours avant la rentrée des classes, Lauren décide qu'elle a une peur folle de tous les oiseaux de la planète. « Même les pingouins », dit-elle, bien qu'elle sache qu'il n'y a pas de pingouins sauvages à Belfast. Elle purge sa chambre de toute trace d'oiseaux, jette les livres d'enfant, les peluches et les jouets éphémères en plastique dans la poubelle de la cuisine. Le simple geste d'entamer un jeu avec des semblants d'oiseaux la laisse tremblante. Des cauchemars la réveillent cinq fois au cours de la nuit.

Sammy se demande s'ils devraient l'emmener voir un médecin. Pamela le traite d'idiot. Les médicaments n'y feront rien. C'est juste une phase. Le lendemain soir il surprend sa femme en train de prier pour chasser la peur aviaire de leur fille endormie. Ses mains sont posées doucement sur le front de Lauren comme un prêtre donnant la bénédiction. Ils ne sont pas une famille religieuse, même s'ils ont tous deux été élevés dans la foi. Sous la pression c'est étrange de voir sa femme se rabattre sur la prière. Il est debout à la porte de la chambre de Lauren et il écoute. Pamela se contente de dire le Notre Père en ajoutant un bout à propos des oiseaux. C'est la seule prière qu'elle se rappelle en entier.

La prière reste sans effet. Lauren refuse de sortir par peur des pigeons alignés sur le fil du téléphone. Elle teste déjà l'idée de ne pas retourner à l'école. « Il risque d'y avoir des oiseaux là-bas », explique-t-elle.

Pamela fait preuve de fermeté avec l'enfant. « Arrête avec ces sottises », dit-elle.

Elle soulève Lauren qui était étendue sur le canapé du séjour. Ce n'est pas une mince opération. L'enfant est grande pour ses sept ans et aussi costaude que son père. Pamela vacille sous le poids en franchissant les portes du patio et en la transportant jusqu'à l'arrière-cour. Lauren est une patelle, bras et jambes enroulés autour de sa mère comme un bébé koala, mais elle est dehors et elle ne hurle pas. À coup sûr c'est un progrès. Sammy, qui regarde par la fenêtre de la cuisine, sourit et leur fait des signes à toutes deux. « Brave môme, braille-t-il par la porte ouverte. Tu voudras une p'tite assiettée de glace pour le dîner ? »

Il espère que ce sera la fin de cette phase. Ils ont baptisé cela une phase plutôt qu'un réel problème. Une phase, comme la période où Mark a pris en aversion le pain blanc, ou quand Christopher a refusé de changer de pantalon pendant deux mois pleins. Tout paraît rempli d'espoir jusqu'à ce que Lauren repère un étourneau sur le toit d'à côté, et avec des gémissements qui font relever les stores de leurs voisins, lance un coup de pied dans les côtes de sa mère et se rue à l'intérieur de la maison. Ce qui établit un précédent pour la semaine suivante. Lauren n'ira dehors que si elle ne voit pas un seul oiseau. Elle entre et sort de l'école avec le capuchon de son anorak bien serré autour de la tête. Elle refuse d'aller dans la cour avec les autres enfants pendant la récréation. Elle garde toute la famille prisonnière pendant cinq minutes à l'intérieur des portes électriques de Tesco parce qu'il y a un pigeon entre elle et la voiture. Pour finir, Mark se lance contre l'oiseau, qu'il chasse d'un coup pied. Mark n'a aucune patience envers sa sœur. Mark n'a aucune patience envers qui que ce soit. Il n'y a pas de faiblesse en lui et il ne tolère aucune faiblesse chez les autres.

C'est, selon son propre aveu, pour tenter d'aider Lauren qu'il l'enferme dans le poulailler d'à côté. Les voisins le croient. Il ouvre le robinet des larmes pour leur bénéfice, leur fait son numéro des grands yeux de biche. Pourquoi ne le croiraient-ils pas ? Ils sont habitués aux enfants ordinaires, qui sont désobéissants parfois, mais jamais, sauf à la télévision, vraiment cruels. Sammy ne croit pas Mark. C'est Sammy qui le trouve adossé au poulailler, l'oreille pressée contre la paroi de bois, pour mieux entendre sa sœur qui hurle, mieux entendre ses ongles qui se mettent en sang contre la porte verrouillée et les poulets qui s'ébattent autour de sa tête comme des ouragans à plume déments.

Pendant un bref instant, à peine quelques secondes, Sammy se tient en haut du jardin de ses voisins et observe son fils. Il y a sur le visage du garçon une expression qu'il a vue chez des prédicateurs, ou des joueurs de foot, quand ils flanquent le ballon au fond du filet. Le nom de cette expression, c'est l'extase. Sammy l'a vue sur son propre visage : une fois reflétée dans la vitre d'une voiture incendiée, et une fois au début de sa liaison avec Pamela, aussi détendue et amollie par la jouissance sexuelle que lui. Dès qu'il aperçoit son père, Mark s'éloigne du poulailler et lève les mains, comme un criminel innocent. « J'essayais seulement de la guérir, Pa », dit-il. Puis il lâche les larmes. Mais elles restent au coin de ses yeux, pas la partie noire, qui est incapable de mentir.

Ce soir-là, Sammy flanque une raclée à Mark avec une cuiller en bois. Il a fallu au moins quatre heures pour calmer l'hystérie de Lauren. Il a fallu du calmant Calpol et du chocolat chaud et Pamela roulée en boule auprès d'elle dans son lit avec des peluches plein les bras. Il frappe Mark en laissant la porte de la chambre ouverte pour que sa femme puisse entendre et intervenir s'il ne parvient pas à s'arrêter. Le garçon ne crie ni ne pleure, mais un spasme sec, comme une toux bloquée à fond de cale, sort de lui chaque fois que la cuiller aboutit sur son arrière-train. Sammy ne refrappe jamais son fils par la suite. Il a peur de risquer de le tuer. Il y a quelque chose chez l'enfant qui appelle les coups.

Après le poulailler, Sammy tremble pour Mark comme il n'a jamais tremblé pour lui-même. Le même sang brutal court dans leurs veines à tous deux, mais Mark est bien plus aiguisé qu'il ne l'a jamais été. Pour la première fois Sammy est heureux de sa propre tête épaisse, qui n'a jamais vu plus loin que la prochaine mandale. Il sait ce que c'est de faire mal aux gens. Il a senti des os se fissurer sous ses poings et nettoyé le sang d'inconnus sur ses mains et son visage. La violence n'a jamais été un concept pour Sammy. Toujours une réalité physique, lourde comme un mur de parpaings.

Mark est différent. Mark a l'aptitude de faire mal aux gens sans les toucher effectivement. C'est la distance qui l'excite, qui lui donne la sensation d'être Dieu. Cela, Sammy le sait, est une forme de grandeur. Il est parfois jaloux de son fils qui, même à l'âge de huit ans, était plus rapide que son père et sa mère réunis. Cela, Sammy le sait aussi, est la pire espèce de pouvoir : il est possible de faire baisser des poings ou même les trancher, mais un esprit comme celui de Mark est impossible à restreindre. Il a peur de son fils. Il n'y a en lui aucune douceur, même à l'égard de sa mère.

Sammy dit à Pamela que le poulailler était un accident. Il n'arrive pas à la regarder en face quand il lui dit cela. Il ne veut pas la voir les yeux noyés, essayant très fort de croire que tout ira bien. Tout n'ira pas bien. Ils le savent l'un et l'autre. Mais Pamela est une personne plus aimable que Sammy et a tendance à voir du bon chez chacun. Mais s'ils avancent en pataugeant pour le bien des plus jeunes, bientôt il restera peu de chose entre eux hormis un épais nuage de déception. Et de culpabilité.

Puis arrive mi-septembre 2001. Lauren est encore très réactive aux oiseaux, mais maintenant elle voit un conseiller. Le conseiller estime qu'elle sera remise d'ici Noël. Juste à temps pour les rouges-gorges et toutes les colombes de la paix. La fin du monde vient juste de se produire à New York et ils ont décidé de ne pas laisser les enfants regarder les nouvelles. Ce sera une des dernières décisions que Sammy et Pamela prendront ensemble, comme un vrai couple. Ils discutent de la question autour d'un gobelet de thé fumant pendant que les enfants sont couchés. La télévision du séjour montre en boucle la chute de la première tour, puis la seconde, l'avion qui traverse la paroi de verre encore et encore, comme un raté dans la pellicule.

« On ne peut pas les abriter éternellement, soutient Pamela.

— Bien sûr que non, chérie, réplique Sammy, mais personne ne devrait être obligé de voir ce genre de truc, surtout pas des enfants. »

Il pense à Lauren et Christopher, comment Christopher vient tout juste d'être débarrassé des cauchemars qu'il avait après avoir regardé par hasard un épisode particulièrement sanglant de *Taggart*. Il a le souci de placer un mur autour de leur innocence. C'est normal pour un père. Cependant, lorsqu'ils décident que, chez eux, le 11 Septembre n'a pas eu lieu, c'est surtout à Mark qu'il pense. Sammy pense presque sans arrêt à Mark maintenant ; ses yeux de spectre, sa langue vipérine, ses petits doigts blancs, déjà enclins à faire les poings. Le poulailler est encore frais dans son esprit. Chaque fois qu'il regarde sa fille, il voit son visage transpercé par la peur, pâle et flasque, comme un cadavre, et la bile lui remonte à la gorge par vagues. Mark lui a dérobé quelque chose de sa fille.

Sammy n'est pas du tout inquiet à l'idée de traumatiser Mark. Quelques cauchemars feraient peut-être du bien à ce garçon, lui inspireraient à nouveau la crainte de Dieu. Il est fort comme une plaque de métal. Tout rebondit sur lui, même la souffrance physique. Non, Sammy redoute la façon dont son fils réagira devant ces images infâmes : les corps dansant dans le ciel, comme des oiseaux sans ailes, les morts déjà fantômes de poussière blanche du béton, les explosions, le verre qui hurle en sortant de ses gonds tandis que les bâtiments se dissolvent, le bruit de tant de gens terrorisés fuyant au pas de course.

Mark sera tout yeux devant ce genre de malheur. Il essaiera de voir les vidéos encore et encore. Il se rappellera les détails, sans en faire consciemment l'effort, comme d'autres enfants se cramponnent aux détails du jour de Noël ou de Halloween. Ça le rendra heureux. Même s'il est assez avisé à huit ans pour ne pas le dire, Sammy sait que ce genre de chose rend son fils extrêmement heureux. Ça se sent dans la courbe de sa lèvre et les questions qu'il pose, nombres, distances, durées et températures, comme pour montrer qu'il voit une logique dans la destruction ; que de tête il échafaude des plans.

Ils ne parlent pas à leurs enfants des Tours jumelles, mais ceux-ci l'apprennent de toute façon, par des amis aux parents indolents ou aux parents moralisateurs, qui croient que les enfants ne doivent pas être abrités de l'aspect plus rude de la vie. Lauren pleure et Christopher bondit dans la maison dès qu'un avion les survole. Mark est différent. Mark pose des questions et repêche les journaux que Sammy a jetés à la poubelle pour en découper les images. Il les conserve dans une boîte à biscuits sous son lit. Pamela découvre la boîte nichée au fond d'un sac de couchage quand elle emporte son linge à laver. Il y a d'autres coupures de journaux et des articles découpés dans des livres de bibliothèque : tueurs en série, carambolages, sévices cruels infligés au couteau à des animaux. Elle reste assise sur le lit près d'une heure, la boîte serrée contre sa poitrine. Elle a l'impression qu'on lui a tiré dessus.

« On devrait l'emmener voir un psychiatre », dit Pamela quand elle parle des photos à Sammy. Elle est plus bouleversée qu'à l'époque où son père est mort.

« C'est juste une phase qu'il traverse, la rassure-t-il. Des quantités de gosses passent par ce stade. Ça lui passera en grandissant. »

Pamela essaie de le croire. C'est ce qu'elle a envie d'entendre. Mais elle ne parvient pas à croire Sammy. Elle a toujours senti la froideur de Mark, même quand il était bébé. Elle se laisse imaginer quel effet ça ferait de le perdre. Le premier sentiment et le plus fort, c'est le soulagement. Elle sait que Sammy éprouve le même, mais ils ne pourront jamais l'admettre. Il y a certaines choses que des parents ne peuvent pas dire. Même pas l'un à l'autre.

Ils offrent des leçons de football à Mark, un ordinateur personnel, des livres et des vidéos, n'importe quoi pour lui garder l'esprit occupé. Aucune de ces diversions ne marche. Ils ne l'emmènent pas chez un psychiatre. Ils ne demandent pas d'aide à leurs amis. Ils ne peuvent se résoudre à aborder clairement la situation. Du côté de Sammy, c'est de la résignation. Chez Pamela, juste du faire-semblant. Ils laissent Mark se détruire dans sa chambre au grenier, sans presque jamais parler, sur son ordinateur, à lire des livres qu'il a commandés sur Internet, dehors à pas d'heure avec ses amis, qui sont plus âgés ou ont peut-être seulement une mine plus dure. Ils le laissent partir. Il habite encore la maison, mais il est parti pour l'essentiel. Son poids les écrase lentement. C'est une sorte de chagrin qui suinte du grenier, à travers le plancher et le plafond, jusque dans leur chambre. Il se fraie un chemin entre eux et ils ne sont pas assez forts pour résister.

Quinze années passent. La durée d'une vie. Christopher et Lauren partent pour l'université, à Coleraine et à Glasgow. Ils montent chacun dans leur voiture d'occasion et ils partent. Ils ne regardent pas en arrière. Ils reviennent seulement pour Noël. Mark ne part pas. Il étudie des trucs en informatique à Queen's et ne sort jamais de son grenier. Il paie ses propres frais d'inscription. Ses parents ne lui demandent pas d'où vient l'argent. Ils ne lui demandent pas non plus de verser un loyer. Ils ont peur de ce que Mark pourrait répondre.

Sammy et Pamela ne sont pas les personnes qu'ils étaient il y a vingt ans. Ils n'ont même plus la même allure. La nuit ils restent au lit à écouter le poids de leur fils qui grince à travers le plancher tandis qu'il arpente sa chambre. Ils ont envie de lui faire porter tout le blâme. Au lieu de quoi, c'est eux qu'ils blâment – ou plutôt, Sammy se blâme et Pamela le laisse faire.

Le garçon qui a des roues à la place des pieds

Matthew se faufile dehors bras premiers, les mains projetées loin en avant de sa tête, comme Superman au moment de prendre son essor. « Voilà la tête qui sort, dit la sage-femme. Le pire est passé, Mrs Christie. » Elle n'est pas au courant des roues. Le corps d'une femme n'est pas taillé pour accoucher de roues. Matthew manque de déchirer sa mère en deux.

Il roule avant de marcher. La moindre inclinaison le fait glisser d'un côté de la pièce à l'autre. Dès qu'il tient debout sur ses pieds, il vole. Le garçon le plus rapide de Belfast-Est. Vous devriez le voir sillonner l'aire de jeu de Vicky Park. Il aborde la pente comme un saut à ski. Jambes pliées. Bras tendus. Visant trois, puis quatre et finalement cinq mètres d'air pur quand ses roues quittent le contact avec le bord de la piste. Avant ses huit ans, il en a déjà fini avec les pentes enfantines. Tout le monde dit qu'il file comme un éclair huilé sur les collines. Cave Hill. Black Mountain. N'importe quelle pente raide fera l'affaire. C'est splendide de le voir se jeter du haut en bas. Comme Dieu en personne, balayant son ancienne sainteté à toute vitesse. Debout sur le trottoir, ses parents admiratifs regardent leur garçon approcher et grossir, jusqu'à ce que son élan vif les dépasse. Tellement rapide. On le sent plus qu'on ne le voit. Leur Matthew laisse des empreintes de brûlure sur la route. De vraies étincelles s'électrisent sur l'asphalte. Saint. Saint. Saint nuage de fumée. Ils n'ont aucune idée d'où lui vient une telle vitesse. Elle sert les repas à la cantine scolaire et lui il travaille la nuit sur la chaîne de Shorts. Ils n'ont ni l'un ni l'autre un seul os rapide dans tout le corps.

Maintenant Matthew a dix ans et la vitesse est ancrée en lui comme le besoin de manger. Il ne peut pas rester immobile. Il pense avec ses pieds et chaque pensée est plus rapide que la précédente. Il est toujours sur Internet en quête d'à-pics vertigineux. Olympe. Everest. Kilimandjaro. Il a le cœur rivé aux pentes les plus raides du monde. Il ne se sent bien que lorsque le sol tombe à une vitesse vertigineuse. « Si je ne peux pas être normal, dit-il à son père, je serai super rapide à la place. » Ses parents savent qu'ils le perdent. L'historique de son navigateur ressemble à une lettre de suicide. Montagne de la Table. Matterhorn. Slieve Donard (qui a au moins le mérite d'être proche de chez eux). Ils envisagent d'attacher Matthew au radiateur de sa chambre. Par les chevilles. Dans son propre intérêt... Sa mère passe la nuit assise à lui passer ses propres mèches de cheveux autour des pieds. Tout pour ralentir son départ. Son père sait que c'est futile. Matthew est déjà parti. Vous ne pouvez rien faire d'autre que bouger quand vous avez des roues à la place des pieds.

6

Nommer

C'est le plein été maintenant et Sophie a quatre mois. Elle a la taille d'un chat domestique. Je la tiens comme un chat, drapée sur mon épaule comme si c'était une écharpe élégante. Elle semble apprécier. Ses jambes pendent librement sur mon torse. Ses bras empoignent mes omoplates. Je ne vois pas son visage, car elle détourne toujours le regard de moi. Ça me convient parfaitement. C'est plus facile de ne pas croire quand je vois l'arrière de sa tête.

Je l'ai appelée Sophie parce qu'il lui fallait un nom. Sophie était également le nom d'une étudiante en médecine qui m'avait suivi comme une ombre pendant six mois l'an dernier. Nous n'étions pas proches, mais c'était simple de rester assis tranquille auprès d'elle, comme deux personnes qui lisent des livres dans une bibliothèque. Quand j'ai commencé à réfléchir à un nom pour ma fille, Sophie m'est venu presque immédiatement à l'esprit et il y est resté. Peut-être que je me suis mis à associer ce nom au silence.

Une fois qu'on a fait l'acquisition d'un enfant, on a une semaine pour lui donner un nom permanent.

Je le sais parce que je suis médecin. C'est une sorte de loi dont les parents sont informés quand ils quittent le service de maternité. Quand elle est arrivée, j'ai fixé les pieds du bébé pendant sept jours pleins. C'était la seule partie d'elle que je pouvais supporter d'observer. « Comment tu veux qu'on t'appelle ? » demandais-je aux pieds, et les pieds ne réagissaient pas. Pendant des jours, tout ce à quoi j'étais capable de penser, c'étaient des noms communs du genre « enfant », et « personne », et « créature ». Ils n'auraient pas convenu à un bébé. Sophie était le seul nom propre que j'arrivais, sous pression, à me rappeler, et comme c'était un nom tout à fait ordinaire – assez lisse –, je l'ai appelée Sophie et maintenant c'est elle. Elle restera Sophie aussi longtemps qu'elle voudra garder ce nom.

J'ai prononcé son nom seulement deux fois : une en m'adressant à la dame des naissances-et-décès de l'Hôtel de Ville, et une, au téléphone, à ma mère en Nouvelle-Zélande. Avec ma mère je me suis entraîné avant d'appeler. Je voulais mettre correctement l'intonation, comme les gens dans les dramatiques de la BBC que j'ai regardées quand ils font une annonce importante. J'ai tout écrit avec des phrases complètes.

« Félicitations, Maman, lui ai-je dit. Te voilà grand-mère maintenant. Elle s'appelle Sophie. Elle est parfaite. » Je lus cet énoncé sur un carré post-it. Je m'attendais à voir suivre une question, du genre, qui est la mère de cette enfant ? Et où est la mère de l'enfant ? Et est-ce que tu n'as donc rien appris de nos erreurs, Jonathan ?

Au lieu de quoi ma mère dit « Non merci », très poliment, comme si elle refusait une offre de haut débit ultra-rapide. Puis elle raccrocha. Je restai sur le canapé, tenant le téléphone pressé si longtemps contre mon oreille qu'il laissa une empreinte rouge sur ma joue. J'attendais qu'elle me rappelle, mais elle n'en fit rien. Ma mère n'est pas le genre de femme qui rappelle. « Ça me met en colère ? » me suis-je demandé, et quand j'ai fini par décider que ce sentiment d'estomac renversé n'était pas de la colère, mais du soulagement, j'ai replacé le téléphone sur son chargeur et décidé que, quand elle sera assez grande, je dirai à Sophie que ses deux grands-parents sont morts. Je dirai que c'est un accident de voiture qui les a tués.

C'était la première fois que j'envisageais Sophie dans un avenir éloigné. Ce n'est pas un tel effort de l'imaginer demain, en train de boire du lait ou de dormir, parfois de se retourner dans son berceau. D'un jour sur l'autre il y a des choses qui changent chez cette enfant. Mais ce sont des changements minimes et progressifs : quelques cheveux supplémentaires, les ongles plus longs, ou la possibilité d'une dent qui pousse à travers les gencives, un peu plus pâles chaque jour jusqu'à ce qu'un soir une pointe acérée s'enfonce dans mon doigt. La plupart du temps, quand je la soulève le matin, c'est exactement le même bébé que j'ai déposé la veille. Impossible d'imaginer Sophie à seize ou dix-sept ans. Elle aura des seins d'ici là, et un visage à elle. Elle sera étrangère à l'enfant qui est drapée en ce moment sur mon épaule.

Je fais de mon mieux pour ne pas parler devant Sophie. Je ne prononce pas son nom ni ne la laisse écouter des chansons avec des paroles. La musique classique, c'est très bien parce que ce sont juste des instruments. Je ne suis pas un monstre. Je regarde la télévision seulement quand elle dort, ou avec des écouteurs. Je ne veux pas qu'elle entende parler d'où que ça vienne, même de loin ou dans une langue étrangère. J'essaie de la garder au calme le plus longtemps possible. C'est pour son propre bien, je ne cesse de me le rappeler. Mais la crainte d'entendre s'élever sa petite voix me tenaille constamment.

Je n'oublierai jamais les histoires que sa mère marmonnait dans son sommeil. Naufrages. Carnages. Des gestes cruels infligés à des hommes, rien que pour le plaisir de les entendre implorer. Ensuite, à son réveil, j'essayais de l'interroger, et elle n'admettait ni ne niait ce qu'il y avait de vrai derrière ces murmures. Peut-être l'avait-elle fait. Peut-être pas. Mais je savais quand même qu'elle en était capable. Et c'était cela l'horreur chez elle : l'ignoble possibilité.

Au cours des dernières semaines j'ai été trop préoccupé pour prêter attention aux nouvelles. Sophie dévore toute mon énergie : la laver, la nourrir, la nettoyer ; l'inquiétude sur ce qu'il faudra faire à long terme. Quand je ne pense pas à Sophie, je dors, mort d'épuisement, encore à rêver d'elle. Plus tard, quand je commence à retourner dans le monde, un seul bulletin de 18 heures à la fois, mes oreilles se dressent à la mention de jeunes gens qui allument des feux et se jettent dans des situations violentes, gâchant leur avenir pour un idéal déjà en faillite. Je me demande s'il se peut que sa mère soit derrière tout ce désordre, toute cette souffrance inutile. Seraitce sa voix qui chante la violence dans les oreilles de ces garçons, ses mots malades qui se plantent et commencent à germer ? Je la vois très bien les bras maigres dressés au-dessus de la ville, comme ceux d'un chef d'orchestre dément, dirigeant toute forme de chaos. C'est assez facile de l'imaginer impliquée dans tout ce pétrin.

Peut-être qu'elle est derrière la folie. Peut-être qu'elle ne l'est pas. Je risque de ne jamais le savoir avec certitude. Tout semblait beau et en voie de guérison, jusqu'à ce qu'elle vienne flotter sur la Lagan. Les gens se disaient « pleins d'espoir pour l'avenir » et « en route vers la paix », lentement, lentement, mais on avançait. Maintenant la ville ressemble à une blessure à vif, béante. Maintenant tous tant qu'ils sont – politiciens, provocateurs et citoyens lambda pareil – se désintègrent en un temps record. Elle empeste de son odeur l'ensemble de la situation. Tant de choses sont suspendues au mouvement de bascule actuel. L'ancien trouble pourrait se relever d'un coup de talon et entamer un nouveau round. L'endroit pourrait reglisser vingt ans en arrière d'ici Noël. Dans le chaos, qui n'est qu'une façon verbeuse de parler de la guerre. Je ne peux pas m'en laver les mains et partir. Pas si c'est elle la mauvaise graine qui fait virer toute la ville à l'aigreur. Pas si elle a planté également cette noirceur dans ma Sophie.

Je sais qu'il faut que je fasse quelque chose. J'essaie de formuler un plan.

Pas facile. Je n'ai pas d'amis à qui demander conseil, pas de famille digne d'être prise en compte. En dehors de leur anatomie élémentaire, ma connaissance des bébés est limitée. Je ne sais pas quoi faire avec un enfant défectueux. Au travail, les services sociaux sont toujours la réponse aux problèmes enfantins qui ne peuvent pas être traités par la médecine. Les services sociaux prennent en main les familles en souffrance et les remettent sur pied ou les divisent en unités un peu plus fonctionnelles. Je suis absolument certain que les services sociaux ne me croiront pas si je les appelle pour leur dire : « J'ai produit par accident un enfant avec une Sirène. Existe-t-il une procédure pour ce genre de situation ? » De tête, je cherche en vain une autre autorité compétente : police, hôpital, prêtre (je ne suis pas catholique, mais je me demande quand même s'il y aurait quelque chose à faire pour Sophie du côté de la prière ou de l'exorcisme).

Parfois je m'imagine en patient qui viendrait à ma propre consultation.

« J'ai une fille bébé qui ne parle pas encore, mais qui est peut-être capable de faire du mal aux gens avec sa voix », explique la version patient de moi-même à la version médecin.

Dans ce scénario, la version médecin appelle immédiatement l'unité psychiatrique. Le moi réel ne peut pas imaginer d'autre issue.

Je ne prends même pas la peine de consulter mes manuels de médecine. Je sais qu'il n'y a pas de Sirènes recensées dans leurs tables des matières. Il y a un chapitre quelque part sur la santé mentale et les gens qui se prennent pour des créatures mythiques, comme les vampires, ou Jésus-Christ. Il n'y a rien sur la façon de s'y prendre avec les gens qui sont réellement des êtres mythiques. J'ai dans mon bureau des manuels qui coûtent des sommes astronomiques, mais je ne fais plus confiance à un seul de ces ouvrages. Ils sont comme des monuments dressés en mémoire d'un autre temps, un temps où il m'était facile de croire à des choses imprimées dans des livres illustrés de diagrammes. Je mets un soin spécial à éviter tous ceux qui traitent de chirurgie de l'oreille, du nez ou de la gorge. Je les ai repoussés à l'arrière de l'étagère par crainte d'être tenté de les descendre et me fixer sur les très nombreuses façons dont on peut faire taire un être humain avec des ciseaux de cuisine ou un scalpel.

À défaut d'autres solutions plus scientifiques, j'ai passé des heures entières à regarder *The X-Files* en quête de réponses. Ce n'est pas tout à fait vrai. Ce ne sont pas des réponses que je cherche. Sophie n'est pas une question. Elle est un problème à résoudre. Je regarde *The X-Files* pour y trouver inspiration et affinités. Quand j'essaie de tracer une frontière entre fait et fiction, ce n'est plus une ligne droite. L'un est la vérité et l'autre est aussi une forme de vérité. Ils ne sont plus les opposés symétriques qu'ils étaient jadis, à l'université. Il y a des trucs glauques dans *The X-Files*, surtout les premières saisons. Je ne suis pas du tout surpris par les vampires et les loups-garous, mais l'homme mangeur de foie, qui s'étire comme un chewing-gum pour traverser les tuyaux et les bondes d'écoulement, me fiche tellement les jetons que je mets l'épisode en pause au bout de dix minutes pour aller poser un poids sur le couvercle des toilettes. Je n'ai pas encore croisé de Sirène, mais il me reste au moins trois saisons à regarder. La vérité pourrait encore se trouver là. Je mets le générique en avance rapide pour faire tenir plus d'épisodes en une seule soirée.

Je ne sais pas trop ce que je ferai si je tombe sur un épisode d'*X-Files* qui parle de Sirènes. En dehors de leurs aliens, Mulder et Scully ont peu de compassion pour quoi que ce soit d'autre que l'humain de base. L'autre est toujours l'ennemi, et je ne crois pas avoir le courage de regarder une Sirène tuée ou enfermée dans un laboratoire à des fins d'expérience. Il me reste encore un fond de désir pour la mère de Sophie. Ma tête peut la tenir en froid, comme une guerre d'il y a longtemps, mais mon corps lui reste attaché. Je sens sa force d'attraction sur mes dents et mes pointes de cheveux chaque fois que je me douche. Il m'arrive de rêver d'elle. Elle chante toujours dans ces rêves. C'est une invention de ma part, tirée de la mythologie, et peut-être la nostalgie d'un genre de mère que je n'ai jamais eu. Je me rappelle qu'elle n'a jamais chanté une seule fois pour moi pendant tout le temps que nous avons passé ensemble. C'est un soulagement, et aussi une forme de déception.

Je cherche Sirènes sur Wikipédia. En règle générale je ne me fie pas à Wikipédia, mais il reste peu d'autres choix. Les Sirènes ont droit à une entrée – Sirène (mythologie) à ne pas confondre avec Sirène (alarme) – bien que selon toute vraisemblance elles dérivent toutes deux de la même racine. Il est possible d'ajouter du contenu sur une page de Wikipédia, et pendant un moment j'envisage de supprimer les parenthèses et convertir « Mythologie » en « Histoire ». Peut-être que j'ajouterai même un paragraphe sur les Sirènes actuelles et le fait qu'elles sont maintenant capables de se servir d'un téléphone. Je sais que ces additions seront supprimées dès qu'elles viendront à l'attention des censeurs. Wikipédia n'a pas le sens de l'humour. N'empêche, je m'amuse à l'idée d'introduire ce petit acte de vandalisme. La possibilité du geste évoque un autre individu plus courageux qui tenterait de grimper hors de mes doigts.

La page Sirène sur Wikipédia est illustrée par de lourdes peintures à l'huile de Draper, Armitage et Waterhouse. Leur œuvre reflète une obsession macabre pour l'hellénisme. Elle est riche de têtes décapitées, de nymphes d'albâtre et de dieux nus, le genre de toile qui exige un gros cadre doré. Je suis une cyberpiste d'œuvres d'art, en cliquant d'une page à une autre, et finis par retourner à l'entrée d'origine sur Wikipédia. Je fais dérouler l'introduction et la liste d'ouvrages qui traitent de Sirènes. Parmi eux figurent Homère, Pline, Kafka, et *Le Livre des êtres imaginaires* de Borges. Je l'ai dans mon bureau, un reste de la bibliothèque de mes parents, qui est, comme mes parents, orientée vers l'autoritaire. Borges, bien sûr, est le plus spirituel sur le sujet, même si l'article de Wikipédia est bien plus exhaustif. C'est à cet article que je retourne plusieurs fois pendant les premières semaines de Sophie. Je ne tarde pas à ignorer l'hyperbole. J'ai vu Sophie et sa mère nues : elles n'ont ni l'une ni l'autre de queue ou de plumes quelconques. Le soupçon de cannibalisme me fait plutôt l'effet d'une blague. Sophie n'absorbe que du lait, et sa mère se nourrissait uniquement de liquides, de boîtes de soupe et de crème anglaise, comme si elle aspirait à s'entourer de fluides dedans et dehors. Je ne peux pas les imaginer l'une ou l'autre manger quoi ce soit d'aussi ferme qu'un bras humain ou une cuisse.

Ce sont les passages sur le chant et les passages sur la parole qui m'empoignent et me font poursuivre ma lecture. La voix de la Sirène a toujours été orientée vers la destruction : naufrages, démence, et morts cruelles. Je fais remonter en mémoire la mère de Sophie – sa voix d'étrangère au téléphone et puis, plus tard, ses cris perçants, comme du verre frotté – pendant l'acte sexuel, et je comprends son espèce capable de faire advenir toute sorte de calamités. Avec un avertissement préalable j'aurais pu être Ulysse, me bouchant les oreilles contre la tentation, ou Orphée, élevant ma propre mélodie pour résister, mais je me connais trop bien pour de telles comparaisons. Je ne suis pas un homme brave, et j'avais beaucoup trop faim de sa compagnie. Même si tout cela se reproduisait demain, je presserais quand même le téléphone contre mon oreille et j'écouterais, je roulerais quand même sur Castlereagh Road jusqu'à son appartement au quatrième étage. Je me détruirais avec joie pour passer encore une heure dans son lit.

Tout cela est désormais hors de propos. Elle est partie depuis longtemps. Elle ne m'a même pas laissé un nom auquel m'accrocher. J'ai un enfant maintenant, et aucune idée de quoi faire avec. Je lis et relis l'article de Wikipédia, avec l'espoir qu'il va se reconfigurer en une sorte de plan, un guide du débutant pour les parents de Sirènes. J'apprends par cœur les noms de Sirènes : Aglaopé, Leucosie, Ligie, Parthénope, Pisinoé, Thelxiope et Molpé avec son nom trapu qui me fait imaginer une Sirène courtaude, une pas-encore-femme, qui ne vaut pas un coup d'œil jusqu'à ce qu'elle se mette à chanter. Je suis heureux d'avoir nommé ma fille Sophie. Ce nom fera surgir l'ordinaire en elle chaque fois qu'il sera prononcé.

Je tombe sur une citation tirée du court essai de Kafka, « Le Silence des Sirènes » : « Or les Sirènes possèdent une arme plus terrible encore que leur chant, et c'est le silence. Il est peut-être concevable, quoi que cela ne soit pas arrivé, que quelqu'un ait échappé à leur chant, mais sûrement pas à leur silence. »

Je n'ai jamais été grand admirateur de Kafka. Mes parents adoraient son œuvre, et cette association suffit à me rendre sceptique. Toutefois, il y a dans la citation quelque chose qui sonne vrai. Le silence de Sophie est tout aussi magnétique que la voix de sa mère. Je suis perdu quel que soit le chemin pris par les mois suivants. Pour l'instant je choisis le silence, et dans le silence je ne peux penser à rien d'autre que la crainte de l'entendre parler.

Ce n'est pas juste la question de la parole, qui me tracasse. J'ai d'autres soucis plus ordinaires. Cela fait presque un an depuis le versement de mon dernier salaire. Maintenant je tape dans mon découvert juste pour payer les mensualités de l'hypothèque. Je ne peux pas demander d'argent à mes parents. Ils n'admettront pas une seconde l'idée que je puisse devenir un père-à-la-maison. Ils trouveraient cela commun, comme de s'inscrire ou de partir en voyage organisé avec des inconnus. J'entends déjà le clic-humm de ma mère raccrochant chaque fois que j'envisage de leur demander un prêt. Je pourrais leur raconter que je suis malade et hors d'état de travailler à cause d'un cancer ou une autre tout aussi longue maladie. Ils m'enverraient peut-être de l'argent si j'étais sincèrement malade. Mais ma mère trouverait quand même un moyen de me faire savoir qu'elle est déçue, que tout cela, y compris le cancer, est de ma faute. Je ne me crois pas capable de tenir cette conversation. Je ne suis pas assez brave.

Je m'applique à faire durer l'argent. Je lave mes vêtements dans la baignoire pour économiser l'électricité. Je mange des aliments à l'étiquette jaune, qui sont meilleur marché parce qu'ils ont dépassé la date de péremption, et j'achète des couches d'importation pour Sophie dans les magasins Poundland. La notice est en polonais, et elles ont tendance à fuir, mais elles coûtent trois livres de moins que les marques réputées. Dieu merci, il fait chaud dehors, donc pas de frais de chauffage. Économisez les pennies et les livres suivront. Mais cela n'est vrai que tant qu'il reste des pennies à économiser.

Je mets deux douzaines de manuels en vente sur Internet. Ce sont des livres coûteux, certains d'entre eux valent chacun plus de cent livres. Je me rappelle avec tendresse l'époque où ça n'était rien de mettre cent livres dans un manuel ou une paire de chaussures pour le travail. Les livres rapporteront de quoi payer la nourriture, l'électricité et le lait maternisé pendant encore quatre semaines. Après cela, il faudra que je recommence à gagner de l'argent. Je ne veux pas retourner travailler. Je ne suis pas sûr d'en être capable. Le souvenir de la tâche m'a déjà quitté. Je me demande si être médecin, comme la natation, est une technique qui ne s'oublie pas tout à fait. Sinon je risque de tuer quelqu'un accidentellement avec une mauvaise prescription. J'ajoute cela à ma liste de craintes.

Le vendredi matin j'achète un billet de loterie à la petite boutique Tesco en haut de la route. Je le rapporte dans ma voiture et le tiens dans ma main comme une hostie à la communion. Bien, me dis-je. Si je ne suis pas destiné à retourner au travail, alors il faut que ce soit un billet gagnant.

Je souris à Sophie dans le rétroviseur. Elle est endormie dans le siège de voiture que je lui ai acheté en ligne. Tout ce qui est pour elle vient d'Internet et arbore la même rayure rose pâle, comme le liséré qui traverse la glace marbrée à la framboise. Je veux qu'elle ait le sentiment d'être une petite princesse. Je n'ai aucune idée d'où a pu naître ce désir. Je mets le billet de loterie dans ma poche de chemise et je roule jusqu'à la maison. Plus tard dans la soirée je regarde les résultats de la loterie à la télévision en fermant le son. J'ai choisi un chiffre correctement. C'est le chiffre sept. Je ne suis pas sûr que ça rapporte quelque chose, et je ne sais pas où téléphoner pour vérifier. C'est la première et la dernière fois que je joue à la loterie. Ensuite je colle le billet malchanceux sur le frigidaire. Ça me rappellera de trouver un job avant que nous mourions de faim.

Je pèse mes options pendant près d'une semaine. Je pourrais être facteur. Ils cherchent tout le temps des facteurs dans Belfast-Est. Ce n'est pas un parcours populaire. Certains quartiers de l'Est sont si instables que les facteurs doivent porter un casque et un gilet pare-balles. Quand les gosses sont en ébullition, tout individu en uniforme risque d'être la cible de projectiles. Cette possibilité ne me rebute pas. Ça serait agréable de m'inquiéter d'autre chose que de Sophie pour changer, quelque chose de moins cérébral, comme d'esquiver les feux d'artifice ou les bouteilles. De plus, les horaires asociaux décalés me permettraient peut-être de l'emmener avec moi, nichée dans le panier de la bicyclette ou attachée à mon torse par une de ces écharpes de portage. Je pourrais aussi livrer des plats chinois en voiture et laisser Sophie bouclée dans son siège entre deux livraisons. Ça pourrait très bien marcher, car elle s'endort souvent dans la voiture. Et il y a aussi la solution du télémarketing. Avec le télémarketing je n'aurais même pas besoin de sortir de chez moi.

Toutes ces options sont parfaitement jouables, mais, au bout du compte, je suis trop terrifié à l'idée d'essayer quelque chose de neuf. Neuf, ça veut dire rencontrer des gens que je ne connais pas, et il y a déjà plus de gens dans ma vie que je ne peux en traiter. Je décide de faire une nouvelle tentative pour être médecin parce que c'est le seul métier pour lequel je suis effectivement qualifié. Même, cela me donne l'impression de sauter d'une falaise sombre.

Je bois une rasade d'alcool avant d'appeler le boulot. J'essaie de le faire sans avoir recours au whiskey, mais je n'y arrive pas. J'appelle le centre de santé et je parle à une dame réceptionniste. Elle ne reconnaît pas ma voix. Je demande à parler à Martin. C'est le médecin qui a le plus d'ancienneté au centre. Jamais auparavant je ne l'ai appelé Martin, et je ne l'appellerais certainement pas Marty, mais je suis terriblement nerveux et c'est le nom qui me vient à l'esprit sur le moment.

Quand Martin/Marty/le docteur Bell répond, je dis : « Je suis désolé, il y a eu un deuil dans la famille, mes deux parents, dans un accident de voiture. Le stress, dis-je. Nous étions très proches. Je me suis effondré. J'aurais dû appeler plus tôt. J'étais hors d'état de réfléchir. » Je me demande si le docteur Bell sait à qui il parle. J'ai oublié de dire mon nom. Ça m'arrive parfois quand je suis au téléphone.

Le docteur Bell émet quelques bruits de compassion tout en parlant. Il emploie le ton spécial à l'eau tiède que tous les médecins réservent aux patients qui ont des problèmes de santé mentale. Je soupçonne qu'il va me suggérer un conseiller ou me demander si j'ai besoin d'une ordonnance pour des antidépresseurs. Je ne veux pas me mettre aux antidépresseurs. J'ai souvent, dans le passé, prescrit des antidépresseurs à des patients tristes parce que c'est une façon rapide de s'en débarrasser sans devoir écouter les détails de leur triste existence. Je ne suis pas sûr qu'ils soient efficaces, car les patients tristes ne cessent de revenir, même après avoir été pendant très longtemps sous antidépresseurs. Je n'ai certainement pas envie de parler à un conseiller. Comme mes parents ne sont pas vraiment morts, et que je ne serai pas en mesure de mentionner Sophie, chaque séance ne serait qu'un mensonge compliqué. Rien que d'y penser aggrave encore mon anxiété. Je ne peux rien endurer de plus pour l'instant. Je décide d'interrompre le docteur Bell sans lui laisser l'occasion de suggérer des antidépresseurs ou un conseiller. Il importe qu'il croie que je vais assez bien pour revenir travailler. Tout dépend de cela.

« Écoutez, dis-je, coupant court à mes propres excuses, je ne sais pas si je l'ai déjà précisé, mais j'ai un enfant, une fille. J'ai besoin de reprendre le travail pour gagner de quoi m'occuper d'elle convenablement. J'en ai bavé pendant ces derniers mois, mais je vais mieux maintenant et je suis un fort bon médecin. Je suis plus que capable de me remettre au travail. Alors, puis-je reprendre mon job ? »

Je suis sidéré par la force de ma propre voix. On dirait une série de coups droits parfaitement placés. Ça pourrait bien être ma performance la plus franche du collier. Je ne suis pas sûr de pouvoir la maintenir pendant plus de quelques minutes.

« Eh bien, répond le docteur Bell, techniquement votre job n'existe plus, Dr Murray. Nous vous avons attendu trois mois, et comme vous ne répondiez pas à nos appels, nous avons dû faire venir quelqu'un d'autre. Susan – pardon, je voulais dire le Dr McAteer – occupe maintenant votre poste. Je ne peux pas juste la virer parce que vous avez décidé que vous voulez revenir.

— Je n'ai pas *juste décidé* que je veux revenir, j'étais malade et maintenant je vais mieux.

— C'est peut-être le cas, mon vieux, mais nous ne pouvions pas vous garder votre job indéfiniment. Nous devons aussi penser à nos malades.

— Est-ce qu'il n'y a rien d'autre que je pourrais faire ? Comme suppléant ? À temps partiel ? N'importe quoi ?

— Eh bien, Dr Murray, vous avez beaucoup de chance d'avoir choisi aujourd'hui pour nous appeler. Sarah – pardon, le Dr McKeown – est de nouveau en voie de famille. Elle vient juste de partir en congé de maternité, et je suis littéralement assis à mon bureau, en ce moment même, en train de remplir la paperasse pour lui chercher un remplaçant.

— Je pourrais faire cela.

— Je sais que vous pourriez, Dr Murray, mais j'aurais besoin d'une garantie que vous n'allez pas de nouveau disparaître dans la nature. Vous avez toute ma sympathie. J'ai perdu ma maman l'an dernier, et ça m'a fichu en l'air, mais vous ne pouvez pas simplement disparaître chaque fois qu'il y a un truc de travers.

— Ça ne se reproduira pas, dis-je. Je n'ai plus de parents à perdre. »

Et me voilà donc réembauché. Je cesse aussitôt de manger des aliments à étiquette jaune. Je crois que ça me donnait des problèmes de transit intestinal. Ma crainte concernant l'argent est remplacée pour l'instant par la crainte plus forte de quoi faire avec Sophie. Je ne peux pas la laisser seule, mais je ne peux pas non plus la laisser avec quelqu'un d'autre. Un jour proche, elle va commencer à émettre des bruits structurés. Il n'y a aucun moyen d'expliquer à un étranger combien cela pourrait être dangereux. Aucune façon de le prévenir : « N'écoutez rien de ce que peut vous dire ma fille. Elle est génétiquement équipée pour tuer des gens avec la voix. » Comment rendre ça crédible à l'oreille d'une nounou ?

J'envisage sérieusement de laisser Sophie seule toute la journée ; dans un placard, ou enfermée dans une pièce où elle serait « hors de danger ». Je rentrerais à l'heure du déjeuner pour la changer et la nourrir. Je pourrais bricoler un genre de babyphone longue-distance, peut-être en utilisant des portables. Je me dis vraiment que c'est une solution viable. J'essaie de me convaincre que l'isolement serait peut-être bénéfique pour l'enfant, que ce serait peut-être même un moyen de la stabiliser. J'ai lu des articles sur Internet à propos d'enfants enfermés dans des placards ou élevés par des loups. Privés de mots, ils parlent plus tard. Souvent ils ne parlent pas du tout, ou bien ils inventent leur propre langage : une émission gutturale qui rappelle un peu le son de l'ancien hébreu. Des chercheurs pensent que c'est peut-être le langage de Dieu, le son qu'émettait le monde avant Babel. Ils sont fascinés par les bruits qu'émettent ces enfants enfermés. Ils sont prompts à condamner les gens qui enferment leur enfant dans un placard, mais n'empêche, c'est facile de voir qu'ils sont reconnaissants que d'autres aient conduit ce genre d'expérience à leur place.

Je commence à me dire que je vais enfermer Sophie dans la nurserie pendant que je suis au travail. Ça ne posera pas de problème tant qu'elle est encore bébé. C'est une pratique jugée acceptable dans d'autres pays en voie de développement. Ça pourrait même être une forme de thérapie. Je ne peux me résoudre à rien croire de tout cela. Je peux seulement imaginer la police enfoncer ma porte d'entrée pour trouver Sophie hurlant et trempée de sa propre urine, ou pire, suffoquant. À la fin j'admets que ça ne marchera pas. Je recommence avec un carnet, où je note des idées et je les barre d'un trait de stylo-bille. Je réfléchis mieux par listes :

- Je dois travailler pour gagner de l'argent.

- Sophie ne peut pas rester seule pour sa propre sécurité.
- Sophie ne peut pas être laissée à d'autres gens pour leur sécurité.

Je travaille cette liste dans tous les sens comme une formule algébrique, bois plusieurs verres de whiskey et la modifie légèrement. Sophie ne peut pas être laissée seule avec toute personne qui l'entendra. On progresse. J'ai maintenant plusieurs options. Je pourrais embaucher une nounou et insister pour qu'elle porte des écouteurs. Ce serait difficile à expliquer. Je pourrais entourer le visage et la bouche de Sophie de bandages, et dire à la nounou qu'elle souffre d'un terrible eczéma infantile. Ce ne serait pas pratique pour la nourrir. Je pourrais embaucher une nounou malentendante. J'écris cela autrement, juste pour m'assurer que ça tient encore debout : embaucher une nounou sourde. Voilà ce que je décide de faire. Je suis un génie.

Bien sûr, ce n'est pas facile de trouver une professionnelle spécialisée dans les soins aux enfants qui n'entende rien. Je dois faire preuve de subtilité. Les gens peuvent se montrer très soupçonneux dès qu'il est question d'enfants et je ne veux pas que les services sociaux s'en mêlent. Je pense appeler quelques agences et leur demander si elles ont des nounous sourdes dans leurs registres. Cela me demanderait très peu de travail, mais je sais que le personnel des agences me demandera pourquoi je cherche particulièrement quelqu'un de sourd et je n'ai pas de bonne réponse à leur donner. J'aurai l'air d'un genre de déviant au téléphone. Il faut que je trouve l'excuse parfaite. C'est comme de résoudre une énigme. J'ai à la fois le problème et la solution dans mon viseur, mais pas la moindre idée de comment les relier.

Je suis au Tesco de Connswater, où j'achète des couches convenables, quand la réponse me saute à la figure. La femme en face de moi à la caisse tient un enfant en équilibre sur sa hanche. Il a environ deux ans et s'efforce d'éplucher une banane. Il la tient devant le visage de sa mère et l'agite violemment pour attirer son attention. Elle est absorbée par les sacs à provisions et les coupons de remise. L'enfant agite la banane encore plus fort et, quand sa mère continue à l'ignorer, il jette le fruit sur le sol et se met à hurler. La femme cesse de fouiller dans son porte-monnaie. Elle se retourne et lui lance un regard furieux. Je suppose qu'elle va lui parler sèchement ou même lui donner une tape sur les jambes. Mais elle n'en fait rien. Au lieu de cela, elle place l'enfant devant ses pieds, s'accroupit et, les mains levées, fait une série de gestes précis devant le nez du petit. Il répond par des signes – doigts écartés, pincements et poings serrés, qui expriment clairement sa frustration. On dirait qu'ils dansent, mais en n'utilisant que leurs mains. Le garçon est sourd. Peut-être que sa mère est sourde aussi.

Je suis debout dans la file d'attente du Tesco de Connswater avec un paquet familial de couches et une pizza surgelée sous le bras, en train d'observer ces gens, quand arrive mon épiphanie. Je dirai aux gens de l'agence que j'ai besoin d'une nounou sourde parce que ma fille a des problèmes d'audition et qu'elle a besoin d'apprendre la langue des signes. Je suis de nouveau un génie. Je repars en courant vers le rayon des alcools et je prends une bouteille de bon merlot. Ce soir je vais fêter cela.

Moins d'une semaine plus tard j'ai découvert Christine grâce à une agence de garde d'enfants. Christine habite Newtownards et elle est plus qu'heureuse de venir en ville chaque matin s'occuper de Sophie à domicile. Christine est sourde à cent pour cent. J'ai vérifié. Elle est sourde de naissance et utilise la langue des signes depuis qu'elle est toute petite. Elle a environ vingt-cinq ans, même si elle s'habille comme une ado avec des T-shirts à slogans et des leggings moulants aspect jean. Elle a d'honnêtes yeux bruns et un sourire trop grand pour son visage. Elle tient Sophie dans le creux de son bras, remuant doucement la hanche pour rassurer le bébé quand elle s'agite. Elle fait cela avec naturel, à croire qu'elle l'a toujours fait. Je n'ai pas cette allure naturelle avec Sophie. Je me suis regardé dans le miroir en train de la tenir, et j'ai l'air prêt à la lâcher d'une seconde à l'autre. Regarder Christine avec ma fille me rend un peu jaloux, mais aussi soulagé.

En prévision du premier jour de Christine, j'apprends le signe pour dire « bienvenue », et le signe pour « merci ». J'imagine que « merci » est probablement juste un geste de la main ordinaire. À part cela, nous communiquerons avec un carnet et un stylo. Je laisse des instructions sur le comptoir de la cuisine : horaires de sommeil, repas et changes, contacts en cas d'urgence, et en bas de la page, en grosses lettres majuscules, la consigne la plus importante de toutes : « NE SORTEZ PAS SOPHIE DE LA MAISON. » Je n'ai pas donné à Christine de raison pour cela. Je lui donne plus d'argent que le salaire suggéré par l'agence. J'espère que ça voudra dire qu'elle ne doit pas poser de questions. C'est comme ça que ça marche dans les films de gangster. J'ai dit à l'agence que ma femme est morte. En couches, ai-je expliqué, mais comme ça faisait trop époque victorienne, j'ai ajouté une fragilité cardiaque latente pour rendre la chose plus crédible.

« Je suis veuf », leur ai-je dit. J'aime bien le son de cette phrase. « Et je dois retourner travailler pour nourrir ma fille. C'est important pour moi qu'on s'occupe bien d'elle, surtout avec ses problèmes de santé. » J'éprouve le besoin d'insister sur le fait qu'elle est malentendante. Je nous construis un alibi à tous les deux. Je veux dire à l'agence qu'ils doivent prévenir Christine de ne pas s'attendre à des développements romanesques. Nous ne sommes pas dans un film. Je n'attendrai pas de réconfort de la part de la nounou, seulement de la rigueur professionnelle. À la dernière minute je décide de ne pas parler de romanesque. Ça pourrait paraître louche. Je ne peux pas risquer de la perdre.

Le premier matin de mon retour au travail, j'embrasse Sophie pour lui dire au revoir. Elle est encore endormie, les cheveux collés sur le côté par la sueur de l'oreiller. Je laisse des biscuits raffinés dans le placard pour Christine et lui rappelle de m'envoyer un texto si elle a besoin de quoi que ce soit. (Pas question de coups de fil ordinaires entre nous.) Elle sourit d'un air avisé. Je ne suis pas son premier parent inquiet. À la porte d'entrée nous échangeons le signe pour « au revoir ». Je monte dans ma voiture, la sors en marche arrière de l'allée, traverse Orangefield et continue sur

Newtownards Road. Aux feux tricolores devant les arcades de Holywood, un magasin de tapis brûle encore des faits de la veille. Il y a dans l'air une odeur de feu de camp éteint par un seau d'eau. Je passe devant cinq autres Grands Feux avant d'arriver au centre de santé. J'y fais à peine attention. Mon esprit est à des kilomètres de là.

Mon emplacement de parking habituel a été attribué au Dr McAteer, alors je me gare sur celui qu'occupait naguère le Dr McKeown. Les dames de l'accueil lèvent la tête et me sourient quand je passe devant les salles d'attente. « Bon retour parmi nous, Dr Murray », me lancent-elles. J'ai plaisir à voir que mon nom figure toujours sur le panneau d'information pour les patients, ou peut-être l'a-t-on rajouté en prévision de mon retour. Je prends une profonde inspiration au moment d'ouvrir la porte de mon ancien bureau. L'odeur me frappe de plein fouet avant que je n'entre dans la pièce : teinture d'iode, café, encaustique, et la puanteur à peine masquée de vieille urine. Rien n'a changé, mais ma plante araignée est à l'agonie.

Je pense à Sophie qui dort à la maison. Il s'est passé à peine un quart d'heure depuis que je l'ai vue. C'est déjà notre séparation la plus longue et pourtant je suis tout à fait calme, bien plus calme que je ne m'y attendais. Une dame de l'accueil m'apporte du café dans mon gobelet Garfield préféré. Elle l'a préparé exactement comme je l'aime, et je n'avais même pas demandé de café. Tout va bien se passer. J'appelle la réception et je leur dis que je suis prêt à recevoir mes patients.

JUILLET

Sammy

Tu es le fils de ton père tout comme j'étais le fils de mon père, et lui de même, très probablement. Sans aucun doute son père avant lui, qui est revenu de la guerre et a tué un mec à coups de brique pour avoir mal parlé de la Reine. Tu l'as vu en photo chez ta mamie. (C'est celui avec la barbe et la tenue de soldat.)

Dans notre famille on a tous la même tête. Intimidante, voilà comment ils l'appellent par ici, ce qui est une façon aimable de dire qu'on n'aimerait pas croiser l'un d'entre nous dans une rue sombre. C'est pas juste moi et ton papy. Tes oncles sont taillés dans le même vieux drap : Marty est en taule et Jim vient juste de sortir ce mois-ci. Les deux autres attendent leur heure. Ils peuvent pas faire tenir leur colère tranquille. Ils cherchent toujours quelque chose à détruire. Même ta tante Kathleen a la voix qui cogne comme un marteau. Une fois elle a cassé le doigt d'une femme qui avait pris le dernier chariot libre chez Tesco. Quand elle était gamine, elle faisait de la boxe. À l'époque c'était pas normal pour les filles.

La rage nous court dans les veines à tous, comme si on avait deux sortes de sang qui pompent côte à côte : du sang rouge et du sang beaucoup plus sombre. Ça remonte à très loin, à la première brute stupide qui a levé le bras de colère et frappé. C'était Caïn, pas vrai ? T'as appris ça au catéchisme avec les autres mômes, Noé et Moïse et ton type au costard rayé ? Moi oui. Je voyais bien d'où venait Caïn, comment il tuait Abel. Il faut remettre la concurrence à sa place. Un type comme Caïn se débrouillerait très bien dans le quartier Est.

Bien sûr, t'es pas rien qu'à moi, hein ? T'as aussi du sang de ta mère. Son côté, c'est des gens de la campagne, le genre qui cueillent leur dîner direct dans les champs et qui croient sincèrement à l'église. Des costauds comme nous, mais leur force sert à soulever et transporter, pas à tabasser. Tu peux remercier ta mère d'être beau garçon et d'avoir les cheveux qui virent couleur paille au soleil. T'es malin comme un renard. Ça, tu le tiens d'aucun de nous deux. Tu t'approches toujours de biais, fiston. On dirait que tu regardes en bas, perché sur une échelle. C'est pas façon de dire que t'es meilleur que moi, ni non plus que t'es pire. T'as juste plus de choix possibles. T'es affûté côté esprit et côté langue. Si ça te fait envie, tu peux tailler les gens en pièces. Pas besoin de te servir de tes poings.

Quand j'avais ton âge, j'avais les poings prêts pour n'importe quel type qui s'en prenait à moi. Celui-ci, c'était un racoleur, celui-là, un catho, et le suivant, rien qu'un peigne-cul quelconque qui débagoulait au bistrot. Je leur rentrais dedans à tous pareil. Le sang montait et le sang c'était un poing serré. Tu connais bien ça, fiston : cette espèce de rage fait un bloc. Tu peux pas l'avaler, ni voir à travers où tu vas. Je pouvais pas me sentir à l'aise tant qu'il y avait pas du sang sur le sol ou des os qui craquaient comme du bois fendu. J'avais un couteau aiguisé dans une main et une brique dans l'autre. J'aimais bien laisser des marques. J'ai laissé des marques tout le long de Castlereagh Road et jusqu'en haut de Newtownards. On pouvait voir partout où j'étais passé. Ça me faisait comme si j'avais des fuites.

Après, les poings suffisaient plus à me tenir. J'avais des flingues. C'était facile de trouver un flingue à l'époque. Une fois que t'en avais un, ça en attirait d'autres. Ta mère t'a probablement parlé des flingues, et comment ils nous faisaient des trous chaque fois qu'on s'en servait. Ta mère, c'est une femme. Les femmes comprennent rien aux flingues. Elles détestent tous les bruits forts. Elle t'a sûrement dit que les flingues c'était notre mort à tous, la fin de nos jours ensoleillés. Elle a dû pleurer en te racontant ça, prendre ta main dans la sienne et te demander de jamais toucher un flingue, même pour descendre des lapins. Tout ça, c'est vrai, fiston. Écoute ce que dit ta mère. Écoute bien. Après les flingues, on a plus jamais été ensemble de la même façon.

Il y a deux côtés de la chose, quand même. Ta mère t'a sûrement pas dit qu'un flingue c'est comme une ancre, qu'il pèse lourd dans ta main. Elle a jamais connu la façon dont ta tête ralentit et s'éclaircit, comme une pinte qui se cale, chaque fois que tu presses la détente. Comment tu seras Dieu le temps de cette seconde-là et comment après tu voudras ressaisir le moment. Pleinement Dieu et pleinement homme, c'est ce que disait la Bible à propos de Jésus. Tu peux arriver au même fondage de tête en tirant un coup de fusil. Pas besoin de crucifixion. Il existe rien de moitié aussi saint. Ta mère comprend pas que ça a jamais été une affaire de politique – les drapeaux et la liberté, Dieu et la patrie et tout le tremblement. C'étaient juste les mots que je me rangeais derrière. Je l'ai fait encore et encore avec les poings, avec des flingues, et quelquefois des bombes, rien que pour le pur flot de sang de se sentir vivant. Crois-moi, fiston, tu te sens toujours plus grand que nature quand tu te tiens au-dessus de quelqu'un d'autre.

C'est toi qui as mis fin à tout ça. Tu m'es tombé dessus comme un mur de briques. J'aurais jamais arrêté pour ta mère, ou la mienne, ou même la cause qui m'appelait à la rescousse. Mais la première fois que je t'ai tenu dans le creux de mon bras, il y avait un poids chez toi, une lourdeur que j'avais jamais sentie dans un flingue. Tu m'as foutu une peur à crever, avec ta petite frimousse, et tes doigts qui s'accrochaient aux miens. J'avais jamais eu une peur pareille depuis des mois, l'avais jamais sentie aussi fort. « Voilà, ça y est, j'ai dit à ta mère. Je suis pleinement Dieu et pleinement homme, ici même sur le canapé du salon » (ou des mots de ce genre).

« Arrête tes salades », qu'elle m'a répondu, ta mère. Elle croyait pas que tout pouvait changer aussi brusquement, sur un coup de dé. Elle était comme un vaisseau qui file dans la même direction depuis si longtemps qu'il peut pas tourner sans chavirer.

Tout a marché droit dès ton arrivée. Boulot, maison. Des chouettes pulls de chez Marks & Spencer. Des vraies vacances au soleil. Je pouvais pas tout à fait quitter le quartier Est, mais je nous ai déménagés loin du fleuve, et au-delà du périph jusqu'à ce qu'on soit si loin à l'Est que c'était presque comme une autre direction. Je t'ai mis dans une bonne école. Donné un frère et une sœur pour t'arrimer au sol. T'ai mis de force un violon dans les mains, et comme ça prenait pas, j'ai essayé la trompette. Un instrument au hasard, c'était essentiel, et un diplôme universitaire. Il serait toujours là quand les gens te demanderaient où tu avais grandi. Je voulais que tu prennes racine ici, pour appartenir à une autre espèce d'homme.

Je suis différent, ces temps-ci. Ça fait vingt ans depuis la dernière fois où j'ai levé les poings et frappé quelqu'un. J'ai pas le sentiment d'être un homme différent, je me sens comme un étranger. Je porte mon vrai moi à l'intérieur, comme une femme enceinte ou une de ces poupées russes. Quand je regarde en arrière, je peux encore voir d'où je suis venu. Je pourrais rouler dans ces rues les yeux fermés, en plein sommeil, toutes ces voitures et ces petites maisons qui m'observent des deux côtés de la route. Je pourrais retrouver les marques que j'ai laissées là, dans la rue et sur les gens. Ils se souviendront de moi, même maintenant. On oublie jamais ce genre de rage. Mais je retourne plus jamais par là. Je vous emmène jamais là-bas, toi, ton frère ou ta sœur. Je vous en parle même pas.

Je veux que tout soit doré pour toi, mon fils. Je veux que tout marche en avant.

Mais nous voilà avec ces Grands Feux et tous tes dégâts. La ville entière brûle et tu es au centre, à parler les mots de sang de ma jeunesse. Les drapeaux et les feux de joie. Les droits civiques et la liberté de parole. Inutile de nier que tu y es mêlé. Tu crois qu'un père sait pas reconnaître la main de son fils brandie en colère ? Tu crois que ta main est plus rouge que la mienne ? J'en doute, fiston. Tu sais donc pas d'où vient ta noirceur ?

J'aimerais dire que je suis fier de toi. J'étais presque fier de toi autrefois quand tu te comportais comme un gosse ordinaire, quand tu tapais dans un ballon et roulais à vélo, fauchais mon apéro quand j'avais le dos tourné. Je suis pas fier de toi maintenant. Je vois aucun sens dans ta conduite actuelle. C'est seulement repartir en arrière.

J'aimerais dire que je t'aime. Vouloir aimer quelqu'un, c'est pas pareil que l'aimer vraiment, même si des fois c'est un bon début. Demande à ta mère. Dis que tu poses la question pour un de tes amis.

J'ai peur de toi, maintenant, fiston, comme j'ai peur de l'homme violent qui dort en moi, comme j'ai peur de mes propres poings et leur façon de se serrer sans que j'y pense chaque fois que je me tiens immobile. Tu es le fils de ton père. Je le vois dans tes mains. J'ai peur pour toi et peur de comment tu te détruis.

7

Grands Feux

Je retourne travailler début juillet. Je traite mes patients. Je reprends le volant pour rentrer chez moi. C'est à peu près tout ce que je peux assumer. Ça, et le verre de whiskey occasionnel avant d'aller au lit. Tout ce qui compte au monde maintenant, c'est Sophie et je suis résolu à ne pas la bousiller.

À mon premier jour de reprise au centre de santé, mon premier patient est un garçon de deux ans qui s'est enfoncé un raisin sec dans le nez. « Il y en a peut-être deux ou trois là-dedans, m'explique sa mère. Ça faisait des heures qu'il était dans le garde-manger quand je m'en suis aperçue. Désolée, Dr Murray. »

J'ai oublié que les patients s'excusent souvent, comme s'ils étaient responsables d'avoir attrapé des poux ou contracté une leucémie, comme si, avec un maximum de précautions, ils auraient pu repousser un début d'arthrite et faire économiser d'importantes ressources à la Sécurité sociale. Quand un patient présente des excuses, j'essaie toujours de sourire en disant : « C'est sûr que je serais au chômage si personne ne tombait malade. » J'ai appris cela de Marty, qui sait s'y prendre avec les gens. C'est ce que je dis maintenant, et j'extrais le raisin coupable avec une pince à épiler. L'enfant hurle pendant toute l'opération. Je ne cesse pas un instant de sourire. Je suis heureux d'avoir un premier cas si facile. Ça fait des mois depuis la dernière fois où je me suis senti aussi compétent. Je porte déjà mon stéthoscope. J'ai ajusté le fauteuil à ma position et rangé la papeterie autour du bureau, en laissant un espace libre pour mon gobelet Garfield. Tout me revient avec une remarquable aisance, comme la natation ou quelque chose de plus vital.

Quand j'ai terminé, je colle un sticker « Bravo ! » sur le pull du garçon et il cesse immédiatement de pleurer. J'en garde un rouleau dans un tiroir de mon bureau. C'est ma seule défense contre les enfants. Les mères, je m'en accommode, mais les enfants me terrifient. Ils sont comme des chats, à cet âge, complètement imprévisibles.

Entre le café matinal et le déjeuner, je vois un psoriasis, deux angines, un cas grave de croup, trois gâche-temps qui auraient pu rester chez eux avec un flacon de sirop, des douleurs de poitrine, de l'asthme, et un vieux monsieur nommé Ronnie qui ne sait pas en quelle année nous sommes, mais insiste pour me faire un compte-rendu détaillé du match de Coupe du monde hier soir. J'envoie Ronnie à la clinique de la mémoire, où on va probablement lui diagnostiquer un Alzheimer. Quand il quitte le cabinet, je lui serre fermement la main. Je sais à quoi ressembleront ses prochaines années. Je veux le quitter honorablement, comme quelqu'un qui part à la guerre.

À l'heure du déjeuner j'envoie un texto à Christine : « TT VA COMME VS VOULEZ ? » et elle me répond aussitôt : « TOUT EST CALME SUR LE FRONT OUEST », une phrase étrange, venant d'une personne sourde. N'empêche, je me sens tranquille à l'intérieur. Je pense faire un saut en face au bar à sandwiches pour m'offrir un bacon-laitue-tomate. Quelques secondes plus tard, nouveau texto de Christine. Cette fois c'est une photo de Sophie dormant paisiblement dans son berceau framboise marbrée. Je prends un cliché mental de l'instant exact où je regarde la photo de ma fille endormie. C'est la seconde précise où je m'avise que tout commence à aller mieux.

Je mange mon sandwich dans la salle du personnel. D'habitude je mange seul dans mon bureau, mais aujourd'hui j'ai envie de lancer une nouvelle habitude. Les dames de l'accueil repèrent aussitôt le changement. Elles sont toutes en émoi quand j'apparais dans la salle. La nouvelle médecin, qui n'a pas d'idée préconçue, part du principe que ma conduite est tout à fait normale. Personne ne la détrompe. Je me présente sous le nom de Jonathan plutôt que Dr Murray. Elle ne tique même pas. Au lieu de quoi elle me tend la main et dit : « Susan. Ravie de vous connaître. J'étais tellement triste de ce qui est arrivé à vos parents. » Ma tête fait des petits plongeons dans sa compassion. Les dames de l'accueil se serrent autour de mon siège, faisant écho à ses condoléances. Elles ressemblent à des poules, quand les poules sont confinées dans un espace clos.

« Il paraît que vous avez un petit numéro qu'on ne connaissait pas », dit celle qui a des cheveux particulièrement épais. C'est une tentative maladroite pour détourner la conversation des parents défunts vers un sujet plus aimable et elles le saisissent toutes sur-le-champ, me picorant du bec en quête de détails.

« Oui, vous êtes un cachottier, Dr Murray. On ne savait pas que vous étiez devenu papa.

— C'est une poupette que vous avez, ou un petit gars ?

— Comment elle s'appelle ?

— Vous avez des photos d'elle ?

— Sophie, dis-je. Elle s'appelle Sophie. » Réponse accueillie par des hochements de tête approbateurs.

« Photo ? » réclame celle au gros menton, battant des mains contre sa poitrine comme une otarie fouettant sa propre excitation.

« Je n'ai pas de photo sur moi, mesdames », dis-je, et puis je me rappelle la photo que Christine vient de m'envoyer. Je sors mon téléphone et je lui fais faire le tour du cercle. J'ai l'impression que les dames de l'accueil sont plus nombreuses qu'avant mon départ. Peut-être qu'elles se multiplient derrière la photocopieuse et que les autres médecins ne l'ont pas remarqué.

« La nounou l'a prise ce matin, dis-je.

— Sa maman est déjà retournée au travail ? demande celle avec un accent de Ballymena.

— Non, elle n'a pas de mère.

— Qu'est-ce qui lui est arrivé ? » demandent-elles toutes ensemble. Les dames de l'accueil ne sont pas réputées pour leur tact.

« Elle est morte, dis-je.

— Dans l'accident de voiture avec vos parents ? » interroge la plus ancienne. Pendant un moment je ne comprends pas de quoi elle parle, je suis perplexe. Puis je me rappelle, et je m'avise que je vais devoir raconter un nouveau mensonge.

« Non, elle est morte en accouchant. » Et je m'empresse d'ajouter le détail sur sa fragilité cardiaque latente, histoire de rendre mon mensonge un peu plus crédible.

« Ouh là, pauvre Dr Murray, dit l'ancienne. Vous avez vraiment vécu une année de batailles. Pas étonnant si vous avez un peu perdu la tête. »

Puis elles essaient toutes ensemble de me tapoter le dos comme si j'étais une sorte de chien, un chien à la gueule triste, genre golden retriever. J'apprécie énormément, je m'enfonce dans l'oreiller de leur sollicitude. Cela fait des mois qu'on ne m'a pas volontairement touché et la sensation qu'elles me procurent, en me pressant de leurs seins et de leur tendre gentillesse, serait capable de laisser des ecchymoses. Quand elles s'éloignent, pour retourner à leur téléphone et à leurs fichiers, elles laissent le parfum pour femme d'Estée Lauder et de la laque capillaire sur mon pull. Je renifle ma manche. Elle sent une odeur comme je n'en ai jamais respiré avant.

Il est presque six heures quand je rentre chez moi. Debout sur le paillasson Bienvenue, je suis happé par mon propre reflet, qui me fait écho depuis la vitre de la porte d'entrée. Je me reconnais à peine. Cette bonne journée m'a traversé et rendu beaucoup plus fort. Je tourne la clé et j'entre dans ma maison. « Je suis là », appelé-je. À part la mère de Sophie, ça fait des années que je n'ai pas retrouvé quelqu'un chez moi. Et même là, c'était juste la femme de ménage.

Christine est dans la cuisine en train de lire un livre. Elle ne m'entend pas approcher. Je claque des pieds lourdement sur le carrelage, et elle ne se retourne même pas pour regarder. C'est un soulagement de constater qu'elle ne simulait pas. Je pose la main sur son épaule, et elle a un léger sursaut. Le livre lui glisse des mains et bat des ailes vers le sol comme un oiseau touché par un chasseur. J'aimerais connaître le signe pour dire « pardon ». Je le chercherai plus tard. Il risque d'être souvent utile. Je fais un « OK » de la main droite et elle répond d'un signe de tête, avec un sourire de sa bouche trop grande. Je prends un carnet et des stylos que je place devant elle en lui indiquant d'avancer une chaise. Nous entamons une conversation.

J'écris « Comment s'est passée la journée ?

— Vraiment bien », écrit-elle en retour. Elle est extrêmement rapide. Sans doute parce qu'elle est sourde. Quand une personne perd l'usage d'un de ses sens, les autres se précipitent à la rescousse.

« Qu'avez-vous fait toute la journée ?

— Surtout dormi. Sophie, je veux dire, pas moi. » Elle dessine un smiley sur le carnet et nous rions tous les deux sans bruit. C'est stupéfiant avec quelle vitesse j'ai glissé dans son silence.

J'écris « LOL ». J'ai vu ça sur Internet. Ça veut dire « *Laughing Out Loud* ». Mais ni Christine ni moi ne rions aux éclats. Christine en est incapable. Je ne sais pas pourquoi j'ai écrit LOL. Devrais-je lui présenter des excuses ? Mais je ne connais toujours pas le signe pour « pardon », peut-être un pouce dressé mis tête en bas, ou un visage triste (comme un artiste du mime). Je regarde Christine pour vérifier si elle est fâchée. Elle ne semble pas du tout émue. Son visage est plissé de concentration tandis qu'elle rapporte à toute allure la journée de Sophie. « Sophie a dormi 2 heures. Un peu bizarre en se réveillant. Puis parfaite. Elle a mouillé 4 couches, sali une, et pris 5 biberons. On a feuilleté des livres d'images et regardé des dessins animés. »

Je recule comme si j'avais pris une gifle en pleine figure. Je ne peux pas m'en empêcher. C'est involontaire, comme d'éternuer. » J'écris « PAS DE TV » et aussitôt je m'aperçois que j'ai utilisé des majuscules, comme si mon écriture lui hurlait après. J'ajoute un « s'il vous plaît » en minuscules.

Christine semble perplexe. Elle écrit : « Désolée. Je ne savais pas. Sophie n'entend pas, mais elle peut quand même prendre plaisir à regarder les images.

— Pas de télévision, s'il vous plaît, redis-je. C'est une affaire de religion. » Dans d'autres villes, ça n'aurait aucun sens. Les autres villes ne traitent pas la religion comme un jeu où on fixe les règles en cours de route. Belfast oui. Christine a grandi ici, elle aussi. Elle a la sagesse de ne pas pousser plus loin la discussion.

« Je dois partir, écrit-elle. Même heure demain ? »

Je fais oui de la tête. J'ajoute deux pouces dressés et un grand sourire. J'espère qu'elle les traduira en « merci » et « je vous suis reconnaissant » et « je vous en prie ne nous quittez jamais parce que vous êtes la seule bonne chose qui soit arrivée depuis des mois ». Mentalement je dresse une liste des mots en langue des signes que je chercherai sur Google plus tard. Je devrais apprendre aussi comment signifier son nom pour lui dire « Salut Christine » tous les matins. Je pourrais apprendre aussi le nom de Sophie, et le signe pour « père ». Je me corrige. Pas la peine d'apprendre « père ». Père est un mot massif sans bras ni douceur d'aucune sorte. À la place j'apprendrai le signe pour « papa ».

Une fois Christine partie, je mets une pizza congelée dans le four, vide le lave-vaisselle et regarde un peu la télé. J'ai le sentiment d'être une personne très ordinaire. Normale, même. Partout dans le monde des papas comme moi font exactement la même chose. C'est le plus près où je sois jamais arrivé de faire partie d'une équipe. Je pourrais manger cette sensation à la cuiller.

Vers 9 heures, Sophie commence à s'agiter. Je l'entends sur le babyphone. Elle fait des petits bruits mouillés avec la bouche : des clics et des miaulements de chaton, comme deux surfaces humides qui s'écartent, se rejoignent et se reséparent. Je me tiens devant la porte de la nurserie, à écouter le bruit du bébé qui ne pleure pas encore tout à fait. Je pourrais rester comme ça très longtemps, rien qu'à écouter. Quand je soulève Sophie, elle se roule dans le creux entre ma clavicule et mon cou. Son corps entier tient parfaitement dans ce creux, comme s'il avait été taillé exactement dans cette intention.

La journée a été bien remplie. La journée a été aussi très facile. Je ne me rappelle pas la dernière fois où j'ai ressenti autant d'espoir. Je regarde fixement Sophie, même sa bouche. Je ne parviens pas à me faire peur. Dans cette lumière, avec les rideaux pas encore tirés, je suis presque sûr que ses yeux sont plus bruns qu'ils ne l'étaient ce matin. Ils ont la couleur café moulu de la vieille terre. Ils s'assombrissent pour refléter les miens.

Ça c'est ma fille, me dis-je. Ce soir c'est facile de chasser les oreilles de sa mère et la nappe de cheveux sombres qui boucle sur sa tête. La bonne journée a tout doté d'une couleur plus brillante. Dehors il fait encore clair. La lune est presque pleine et déjà haut dans le ciel. Le soleil est assis en face d'elle, comme un jumeau irascible, qui refuse de descendre. Je porte Sophie jusqu'à la fenêtre et nous restons là une minute, encadrés par les rideaux.

« Regarde, dis-je en pointant vers la face pâle de la lune, ça c'est la lune, Sophie. »

Une phrase si innocente, cinq mots en tout, le genre de chose que des centaines de pères disent en ce moment à leur fille, dans des langues différentes, tout autour du monde. En d'autres circonstances je lui indiquerais aussi les étoiles qui commencent à piqueter leur trajectoire au-dessus des collines de Castlereagh. Je pourrais même lui chanter « Brille brille petite étoile », former et effacer des fleurs avec mes mains, comme de petites explosions cosmiques. Au lieu de quoi je me pose une main sur la bouche, essayant de ravaler les mots. J'ai mal au ventre, mes boyaux se nouent et se dénouent. Voilà ce que j'éprouvais chaque fois que sa mère me parlait. Douleur. Nausée. Tic nerveux. Je repose Sophie dans son berceau et je me remets d'aplomb. Il n'y a pas de mal. Elle n'a peut-être même pas entendu.

Malgré ce léger revers, aujourd'hui reste mon meilleur jour depuis très longtemps. Je veux le marquer d'une manière significative. J'aimerais sortir Sophie, nous offrir une petite aventure ensemble. Ce n'est pas que nous ne sortions jamais. Nous sommes allés au petit Tesco en haut de la route des douzaines de fois, et de temps en temps nous fréquentons le Tesco plus vaste de Connswater. Mais je garde toujours Sophie attachée dans son siège de voiture. Ce soir j'ai envie de sortir avec ma fille. Je veux qu'on me voie avec Sophie et m'autoriser à être fier d'elle.

J'essaie de penser à un endroit calme et peu fréquenté. Les cafés sont hors de question, et le front de mer sera plein de gens en train de se promener, de savourer le coucher de soleil tardif. Puis je me rappelle les balançoires de Victoria Park. Je pourrais conduire ma voiture jusqu'à la limite de l'aire de jeu, envelopper Sophie dans mon manteau et dépasser d'un pas rapide les promeneurs de chien qui rôderaient encore dans le coin. Il n'y aura plus d'enfants sur l'aire de jeu à cette heure-ci. Il fait presque nuit. Le plan est à toute épreuve. Nous irons aux balançoires. Je montrerai à Sophie les canards et les cygnes au cou ondulé qui glissent sur l'étang. Je prendrai quelques photos avec mon téléphone pour satisfaire les dames de l'accueil la prochaine fois où elles me demanderont de ses nouvelles. Si je les prends sous le réverbère, on aura même l'impression que nous sommes en plein jour, comme une famille ordinaire, qui fait une chose tout à fait ordinaire.

Ce n'est pas comme ça que la soirée se déroule.

Je boucle Sophie dans son siège de voiture et je roule vers Victoria Park. En route nous dépassons un groupe d'enfants de dix à douze ans rassemblés devant un traiteur chinois. Ils chevauchent leur vélo, qu'ils tiennent en équilibre entre leurs genoux serrés, tout en regardant les pompiers s'activer sur la fournaise de la boucherie en face. Ils fixent les flammes avec la même mine captivée que j'ai vue sur le visage d'ados contemplant leur téléphone.

Au parc je me gare aussi près des balançoires que le parking le permet. À part ma vieille Renault il y a seulement trois autres voitures réparties sur les cent et quelques emplacements disponibles. Des joggers, je suppose, vraisemblablement des joggers grassouillets qui préfèrent courir sous la protection de l'obscurité. En dehors des canards et des cygnes nous sommes pratiquement seuls dans le parc. Ça me rassure. J'extrais Sophie de son siège, je la dispose contre mon torse, et juste pour prendre toutes les précautions, je referme mon sweatshirt sur la petite bosse qu'elle forme. En silhouette, je dois avoir l'air d'une femme enceinte. Je suis le sentier qui longe l'étang, le boulingrin et les toilettes publiques jusqu'à l'aire de jeu des enfants. La puanteur de pain sec des chiures de canard m'empoigne le nez tandis que je marche. C'est pire ce soir à cause de la chaleur. L'étang a commencé à s'évaporer. Il y a une ligne d'un demi-mètre de saleté visible coincé entre l'eau et l'herbe sèche comme les couches chocolatées d'un tiramisu.

Arrivé à l'aire de jeu je choisis une balançoire, m'assois dessus et, après avoir disposé soigneusement Sophie dans le sillon de mes genoux, je commence à glisser doucement d'avant en arrière. Je ne sais pas si elle apprécie ou non. C'est impossible à dire. Après environ une douzaine d'ondulations, je commence à me demander combien de temps je devrais persister, si je fais ça bien, et ce qu'on peut faire d'autre avec un tout petit bébé dans un parc de loisirs.

Je suis juste en train de me demander à quoi ça rime de sortir Sophie quand j'entends des pas approcher de l'aire de jeu. Je cesse de me balancer, retiens mon souffle et attends que les pas s'éloignent. Ils ne s'éloignent pas. Ils s'arrêtent au portail d'entrée. Un objet mou et lourd vole par-dessus la haie. Il atterrit avec un sifflement vaincu sur le macadam caoutchouteux. Le portail s'ouvre avec un grincement. Les pieds entrent. Je comprends que ce sont des baskets, à leur bruit feutré. Il y en a plus d'une paire. J'essaie de compter combien. La scène d'action se déroule derrière moi, je peux donc seulement deviner qu'il y a maintenant au moins deux autres personnes dans le parc, pas plus de trois. Ils essaient d'être discrets. Ils avancent d'un pas léger sur le sol, s'enjoignent mutuellement le silence tout en marchant vers moi.

Ce sont probablement des drogués. J'ai vu dans des programmes télévisés comme *Casualty* et *EastEnders* que les accros à la drogue se rassemblent souvent dans les parcs pour enfants quand il fait nuit. Peut-être qu'ils savourent la sombre juxtaposition du mal et de l'innocence, quand ils se piquent sous un mur d'escalade aux couleurs primaires. Plus probablement, ils cherchent juste un endroit où se cacher. Je me demande comment j'ai pu être aussi naïf. Je suis un professionnel de la santé. Je devrais être plus au fait de la culture de la drogue dans le quartier Est. Je serre Sophie contre ma poitrine, prêt à fuir au pas de course si la situation s'aggrave. Je pense que je suis peut-être capable aussi de me battre s'ils sont jeunes, ou déjà sous l'emprise de drogues tranquillisantes. Si ça se produit, ce serait le premier combat physique de ma vie. Je devrai compter entièrement sur des gestes appris dans des films de violence modérée. S'ils ont des seringues, je ne m'attaquerai pas du tout à eux. Ils seraient susceptibles de me coller le SIDA ou une hépatite B. Je ne sais pas trop comment vérifier s'ils ont des seringues ou pas. Peut-être que je devrais poser la question avant de lever les poings.

Je pèse le pour et le contre et prends la décision de courir dès que l'occasion s'y prête. J'essaie de me mettre debout, mes pieds s'enfoncent dans la couche de caoutchouc. Les muscles de mes jambes refusent de bouger. Je semble incapable de me tenir debout ou de courir. Je me rappelle cette sensation dans mes rêves d'être figé, et ma respiration s'accélère. Sophie, sentant mon anxiété, commence à pleurer. Le bruit qu'elle fait, comme une sirène d'alarme qui éclate dans le parc paisible, ramène trois jeunes gars qui exploraient la zone du mur d'escalade.

« Merde ! glapit le premier qui nous aperçoit. Y a un type ici avec un bébé. »

D'un geste automatique je pose les mains sur mes genoux et je couvre les oreilles de Sophie. Les trois jeunes gens s'alignent devant les balançoires. Ils ont l'air perplexes. Ils ne paraissent pas du tout en colère, ni même menaçants. Je ne suis jamais très bon quand il s'agit d'estimer l'âge de jeunes,mais ces trois-là me paraissent minuscules. Ça ne veut pas dire que ce sont encore des enfants.

Dans les coins les plus rudes de l'Est, un régime permanent de cigarettes et de cartons de nouilles vous rabougrit les jeunes garçons, pas plus grands à dix-huit ou dix-neuf ans que la moyenne des Américains à douze. Je dirais que ceux-là ont environ seize ans, peut-être un peu plus. Ils portent des vêtements identiques, jean bleu et haut de survêtement, la capuche tirée en avant sur le crâne, leur encadrant le visage comme des ninjas miniatures.

« Désolé, m'sieur, dit le premier, qui a une demi-tête de plus que les deux autres. Je voulais pas jurer devant votre bébé. »

Je suis un peu perdu. Je ne m'attendais pas à des excuses. Le garçon dresse les mains pour se couvrir les oreilles, nous mimant Sophie et moi. Il hausse les épaules et sourit comme pour dire, je vous vois, là, vous veillez sur votre môme. Je maintiens mes mains fermement sur ses oreilles. Ce n'est pas idéal. Sophie est peut-être encore capable de les entendre, et je ne peux pas faire grand-chose de plus pour la protéger. L'urgence s'est dissoute. Ce serait ridicule de me mettre à courir maintenant.

Je murmure : « Pas de problème. On allait partir.

— Pourquoi vous murmurez ? me demande le plus petit des trois.

— Le bébé est peut-être endormi, réplique le modèle original.

— Non, ça dort pas, je vois ses yeux. Ça arrête pas de nous regarder.

— C'est pas un ça, Dean. C'est soit une petite fille, soit un petit gars.

— Hé, m'sieur. C'est un petit gars ou une petite fille ? »

Je vois bien que ces garçons ne sont pas des drogués. Ils sont trop aimables, trop conscients des autres. Ils s'intéressent visiblement à Sophie et ils essaient d'être polis. Peut-être qu'ils ont des frères et sœurs cadets chez eux.

« C'est une petite fille. Sophie. » Je dis cela le plus doucement possible, en espérant que les garçons régleront leur voix sur la mienne.

« C'est un joli nom, dit le grand. Y a une fille dans ma classe qui s'appelle Sophie.

— Une vraie salope, dit son pote. Sans vouloir offenser votre petite fille, m'sieur.

— Ne vous en faites pas », répliqué-je. Je me demande ce qu'ils fabriquent tous les trois dans le parc après dix heures du soir. Je sais que nous devrions partir sur-le-champ, mais je semble incapable de bouger. Je n'ai jamais éprouvé la moindre responsabilité genre serment d'Hippocrate à l'extérieur du centre de santé, mais, depuis Sophie, il est ancré en moi, comme la maladie des caissons, qui compresse et décompresse par vagues. Je ne peux pas m'empêcher de me sentir concerné. C'est probablement lié au fait de devenir père. Je garde les mains collées aux oreilles de Sophie, en me servant de mes genoux pour la bercer, et en guise d'excuse, je marmonne que l'enfant souffre d'une otite. Je préférerais être debout. Ça serait plus facile de suggérer l'autorité si je n'étais pas assis sur une balançoire, mais je suis coincé là maintenant, et ça serait toute une affaire de me lever.

« Vous êtes venus ici pour vous droguer ? » J'utilise ma voix « phase terminale ». À la fois pleine d'empathie et de fermeté.

« Naan, m'sieur, on est pas des camés, répond le grand sur la défensive.

— Un tout petit peu d'herbe de temps en temps, ajoute le petit, en m'adressant un clin d'œil, mais rien de plus dur. Jamais. Pas après ce qu'est arrivé à ton pote qui traînait avec notre Pete.

— Il est aveugle, maintenant, vrai de vrai. Voit plus que dalle *et* il a passé trois semaines dans le coma. Il a failli mourir trois fois. On a dû lui mettre les palettes pour le faire revenir, comme dans *Urgences*.

— Du mauvais ecstasy », disent-ils tous ensemble, comme si c'était la chute d'une blague qu'ils ont déjà racontée des centaines de fois.

Je hoche la tête avec solennité. Je souhaite paraître compatissant, mais aussi plus âgé, un genre d'assistant social pour jeunes. « Mais alors qu'est-ce que vous venez faire ici ?

— Rien, dit le grand.

— Rien, dit le petit.

— Allumer un Grand Feu sur le mur d'escalade », dit le seul qui n'a pas encore parlé.

Les deux autres se tournent pour le fusiller du regard. « Doux Jésus, Sheepy, t'as vraiment une grande gueule. On est pas censés dire aux gens qui on est. Ça fait partie des règles.

— Ce type-là, il est au taquet. Il va pas cafarder. Vous allez dire à personne que vous nous avez vus, pas vrai, m'sieur ? »

J'ai entendu seulement le passage où le jeune garçon m'a jugé « au taquet ». Personne ne m'avait jamais trouvé « au taquet » jusqu'ici. Ça me monte un peu à la tête, et sans trop réfléchir aux implications, je réponds « Ouais, sûr » comme dans un feuilleton américain. Ce n'est rien qu'un petit acte incendiaire. Il n'y a pas de caméras de surveillance par ici, rien pour me relier à ces garçons ou à l'incident. Je vais partir maintenant et ramener Sophie à la maison. Je ne les verrai même pas déclencher l'incendie. Je suis médecin, pas flic. Je ne suis pas responsable de ces jeunes gens.

« Vous voyez ? dit celui qu'ils appellent Sheepy. Cet homme est une perle. Il va rien dire à personne. Il est probablement de notre côté.

— C'est quoi, ce côté ? demandé-je, en me demandant brusquement ce sur quoi je vais fermer les yeux.

— Vous savez, les Grands Feux, et tout ça.

— Qu'est-ce que c'est, un Grand Feu ? » Je n'ai encore jamais entendu ces deux mots associés. Je ne suis pas entièrement ignorant. Je sais qu'il se passe quelque chose dans la ville. J'ai saisi des bribes de nouvelles, vu les restes incandescents de bâtiments brûlés, mais n'y ai jamais prêté grande attention. J'étais préoccupé autrement.

Les trois garçons rient comme si je venais de faire une plaisanterie hilarante. Je ne ris pas. Soudain j'ai le sentiment que le bord extérieur du cercle se referme de nouveau contre moi. Je soulève Sophie et remonte sur elle la fermeture de mon survêtement.

« C'est quoi exactement, un Grand Feu ? » répété-je.

Quand les garçons s'avisent que je suis sérieux, que je n'ai pas la moindre idée de ce qui se passe devant ma propre porte, ils me racontent tout sur les Grands Feux. On dirait des prophètes rassemblés autour de mes pieds, des prophètes qui ne peuvent pas coller correctement à leur histoire et ne donnent que dans les demi-vérités. C'est difficile de trier les faits dans leurs vantardises d'ados, mais, au bout d'environ dix minutes, j'ai les éléments de base et je suis sidéré.

« Je ne comprends pas, dis-je. Vous avez l'air de garçons vraiment sympathiques. Pourquoi vous allez vous mêler de ça ? Vous risquez de vous faire virer de l'école. Ou pire.

— Ces salauds essaient de réduire nos libertés civiques », dit le plus grand. Tandis qu'il drape sa langue autour de cette phrase, j'entends les guillemets et l'endroit où elle sort de la bouche d'un homme plus âgé.

Je quitte les garçons, en leur promettant que je ne dirai à personne que je les ai vus ici. J'aimerais avoir quelque chose de plus sage à dire, mais je ne suis pas philosophe, et tout ce qui me vient à l'esprit c'est « Vous êtes de braves garçons, n'allez pas vous embarquer dans ces âneries », le genre de chose que pourrait dire leur mère ou un vieux prof de catéchisme. Je sais que je n'ai pas d'impact sur eux, aucun moyen de les faire changer de mentalité. En refermant le portail du parc, je les vois transporter leurs sacs à dos en haut des marches du mur d'escalade. Mon souci est tempéré par la curiosité. Je me demande comment diable ils vont pouvoir mettre le feu à des barreaux de métal.

Sur le chemin du retour nous roulons dans Connsbrook Avenue et passons devant le Strand. Il y a des sirènes qui hurlent dans la rue. Des rouleaux de rubalise encerclent tout le bloc d'immeubles. Des gens se tiennent debout derrière et montrent du doigt le vieux cinéma qui brûle. En haut de Pims Avenue, je suis stoppé par un agent de police qui dirige la circulation. De là je peux voir le Strand tout proche. Je suis passé devant presque tous les jours de ma vie, mais je ne suis jamais entré à l'intérieur ni n'ai pris le temps de l'étudier vraiment. J'observe l'architecture particulière, les murs bleu-vert, et le panneau d'affichage, dont les coins commencent à se recroqueviller sous la chaleur. Deux films ont déjà brûlé, et les portes d'entrée ont éclaté, dispersant de minuscules fragments de verre sur tout le trottoir. Le mur proche de moi se compose de briques de verre empilées bout à bout pour former un genre de dessin. Amplifiés par les flammes, ces cubes de glace projettent une lueur démoniaque à travers la rue et jusque dans la voiture. Le bâtiment entier est une torche géante, qui illumine Belmont Avenue. Il brûle comme un sanctuaire païen, le genre d'horreur qu'on viendrait voir de kilomètres à la ronde.

Voilà ce que c'est qu'un Grand Feu.

J'ai maintenant un nom pour le fait, et une histoire confuse. Quelque chose en moi me donne envie de garer la voiture et de me faire adorateur. Quelque chose de plus puissant me force à filer au plus vite. Le feu rouge tourne au vert. L'agent de police fait signe à ma voiture d'avancer en balayant l'air des deux mains. Tout en conduisant je jette un coup d'œil dans le rétroviseur. Sophie dort à l'arrière. L'éclat du feu passe en vagues sur son visage. Elle clignote en jaune, orange et rouge satanique. Elle ne me ressemble en rien. Je ne parviens pas à détacher mes yeux d'elle.

Le garçon qui voit l'avenir dans les surfaces liquides

Connor parle en termes vagues de formes sombres et de tristesse. Le monde recourbé sur lui-même comme une peau d'orange abandonnée trop longtemps au soleil. Il voit des inconnus qui pleurent dans des chambres vides. Des enfants blessés sans raison. Plein, plein de feux qui brûlent gaiement. Quand il regarde l'eau, il voit les photographies de gens qu'il ne connaît pas, serrés pêle-mêle et qui se déplacent rapidement. C'est comme de zapper en vitesse sur les chaînes de télévision. Il a huit ans quand il raconte cela. Il n'a pas encore appris ce que c'est qu'une métaphore. Avant même ses dix ans, Connor se couvre les yeux chaque fois qu'il sort de la maison. C'est plus facile de ne rien voir avec une visière. Il lit beaucoup, des livres empruntés à la bibliothèque de Holywood Arches, et ainsi armé, il apprend à dire avec précision et exactitude ce qui ne va pas chez lui. Connor voit l'avenir dans toutes les surfaces liquides. Mares. Cuvettes des w-c. Thé qui pâlit dans la tasse. La pluie, toujours présente à Belfast-Est. Éviers. Boissons renversées. Sa propre pisse et son sang. Ses larmes salées. Depuis longtemps il ne se limite plus à l'eau. Toute substance humide fera l'affaire. Même un robinet fermé le terrifie. L'avenir n'est pas une chose sur laquelle il aime buter en premier le matin quand il se lave les dents.

Connor a maintenant quatorze ans. Il sort rarement de la maison. Il boit dans une tasse à bec d'enfant et prend son bain deux fois par semaine les yeux bandés dans une pièce obscurcie. Même les jours sans pluie il garde les stores baissés et les rideaux tirés par crainte de la condensation sur les vitres. « Parfois une goutte de pluie peut être pire que l'océan », dit-il. Personne ne sait vraiment ce qu'il entend par là. Comment le pourraient-ils ? Ils ont la bénédiction d'être dotés d'yeux temporels ordinaires. Parfois Connor demande qu'on l'emmène à la mer. Son père le conduit jusqu'à Helen's Bay et s'assoit auprès de lui sur la digue tandis que Connor frissonne, comme si on l'avait frappé, mais il relève pourtant la tête pour traverser le Lough du regard aussi longtemps qu'il peut le supporter. Il dit qu'il essaie de se forger une résistance. Il dit qu'il n'est pas infortuné, juste étrangement béni. Son père ne le croit pas. Il pense que son fils cherche des réponses. Peut-être que Connor veut voir la fin de tout cela.

8

Onze, Douze, Treize

Ça, c'est Belfast en juillet. Il fait trop chaud pour le bon sens, trop chaud pour engendrer autre chose que davantage de chaleur.

Ce soir le battement de cœur de la ville s'entend clairement sans avoir besoin d'une quelconque amplification. *Thadump, thadump, thadump* : le bruit de tambours qui résonnent le long des petites rues. Encore et encore et secs ils continuent, jusqu'à ce que la ville entière retienne son souffle au rythme de leur frappe vigoureuse. Le raffut qu'ils font commence avec les plats du dîner et imprime son battement épais jusqu'aux petites heures. C'est un vague grognement qui s'élève au-dessus du bruit de la circulation, comme le bruit de tirs en rafales au loin, ou des coups martelés sur des boîtes de biscuits. Ce n'est pas un bruit aigu, mais il est persistant et rapide, comme un cœur qui s'emballe sous la pression.

Thadump, thadump, thadump. Avec la distance, le bruit s'adoucit et ressemble plus à du tonnerre humide. C'est le bruit que font les grands tambours, suspendus au cou, et maintenus en équilibre contre le ventre. Ces tambours-là se frappent avec des baguettes, si vivement qu'on dirait un bègue pris au piège dans le poignet du batteur, une créature démoniaque défiant la vitesse. On appelle ça des Lambegs. Lambeg est aussi le nom d'un petit village situé entre Lisburn et Belfast. Là-bas il y a une pépinière, des maisonnettes et des champs ; c'est le genre d'endroit que vous pourriez traverser sans vous en rendre compte. Pendant les défilés, le Lambeg fanfaronne comme un ivrogne bavard. Il ne peut être porté que par des hommes, ou parfois une femme masculine. Un truc pareil vous plierait une fille en deux.

Ce soir il fait trop chaud pour supporter une fenêtre fermée. Dans le quartier Est le bruit des tambours entre à gros sabots sans être invité dans la cuisine ou le séjour de gens qui n'ont pas envie de les entendre. Les enfants demandent : « C'est quoi ce bruit, papa ? Des fusils ? »

Et les pères répondent : « Non, fiston, c'est juste les tambours. »

Les enfants sont soulagés d'entendre cela. Ils vont s'endormir avec l'image de tambours officiels comme on en voit dans les fanfares américaines. Ils s'endormiront en souriant, confiants dans l'idée qu'un tambour ne peut pas être méchant, comme peut être méchant un fusil dans de mauvaises mains. Ils dormiront comme des nerfs pincés, sursautant chaque fois qu'un claquement de tambour flottera par la fenêtre ouverte. Ils n'ont jamais vu de Lambeg en vrai, seulement aux actualités télévisées.

Vu de près un tambour Lambeg est un objet absurde, impossible d'en avoir peur. Le cadre est peint d'images grossières : King Billy, les soldats de la Somme, la Main rouge d'Ulster, Lady Di. « Tu ne te feras point d'image taillée », énonce clairement la King James Bible, mais ici, dans leur simplicité de peinture par numéros, figurent toutes les icônes de la foi protestante, honorées, affichées, immortalisées, comme ces ignobles saints catholiques.

Le batteur se dandine en tête du défilé sur des jambes réduites à deux moignons minuscules. L'allure d'un Lambeg, accroché au ventre d'un homme qu'il fait plier en avant sous le poids du tambour, évoque une femme lourdement enceinte. Parcourir la moindre distance avec un tel fardeau exige de la force brutale et une chemise à manches courtes. Il arrive qu'on voie du sang sur les poignets du batteur, de grands sillons rose vif creusés dans son cou et toujours, même par les soirées fraîches, des mares graisseuses de sueur, comme des continents qui s'étendent sous ses aisselles et le long de son épine dorsale. Il aura toujours la bouche rigidement fermée, les yeux plissés. Toute son énergie loge dans ses poignets qui fouettent le tambour, frappent et refouettent, forçant le sang et le tonnerre à sortir de sa peau tendue.

À proximité le son est plus aigu, plus métallique. *Tinna. Tinna. Tinna. Tinna*, comme un enfant qui se défoule sur une casserole renversée. Ce n'est pas de la musique, mais ce n'est pas non plus du bruit. C'est un art de manier un Lambeg, comme il y a un art dans le maniement de tout objet difficile. On ne peut pas comprendre ça de loin.

Ce soir il n'y a nulle part où s'enfuir hors de portée des tambours. Même les coins les plus élégants de Belfast retentissent de leur crépitement mortel.

Ce soir on est le dix. Demain ce sera le Onze, et après-demain le Douze. Dans d'autres villes il s'agit simplement de dates, de numéros sur le calendrier d'été. Dans cette ville, le Douze est un jour férié. On le prononce avec une majuscule, de même que le Onze (même si, comme la veille de Noël, cette date ne devient remarquable qu'une fois les lumières éteintes). Le Onze est réservé aux feux de joie, le Douze aux défilés, aux soûleries, et à la commémoration des fières victoires protestantes du passé. King Billy, Guillaume III d'Orange-Nassau. La bataille de la Boyne. Toutes les vérités, et les demi-vérités bien apprises, qui maintiennent Orange en ordre de marche. « Rappelle-toi 1690 », qu'ils disent, l'année où tout a démarré, et trois cents ans plus tard ils sont toujours acharnés à se rappeler, même si les détails se sont usés en passant d'une génération à l'autre. Cette année, comme une offre trois-pour-le-prix-de-deux, le Treize sera réservé à la finale de la Coupe du monde.

« Yeoooo », braillent-ils, comme des revivalistes à l'ancienne chaque fois qu'on évoque la finale. Impossible de passer devant un pub ou un bar sans entendre ce feulement barbare suinter par une fenêtre ouverte. « Yeoooo », c'est le parler local pour exprimer une joie ou parfois une mortification renversante, ou simplement quand on n'a rien de cohérent à ajouter à une conversation, mais le désir néanmoins de faire entendre sa voix. Dans ce cas « yeoooo » est un mot bref – moins un mot qu'un aboiement guttural – qui parle d'anticipation, de fraternité, et de trois jours pleins d'hédonisme déchaîné.

« Yeoooo. Alors, ce week-end de trois jours, mon pote ? », disent-ils en élevant leur pinte de bière pendant les réclames sur le thème du foot, maintenant glissées entre tous les programmes de télé. « Sûr que tu vas pas bouder ça. »

Ils sont plus heureux en ce moment qu'un mariage, une naissance ou des nuits de lune de miel ne pourraient jamais les rendre. Ils ne diraient jamais cela à leur femme ou à leur petite amie. Les femmes ne comprennent pas l'effet du football sur le moi intime d'un homme. Parler n'est même plus nécessaire quand les hommes sont en groupe, avec d'autres hommes, à regarder un match de foot. Le confort de la chose fait déjà la moitié de son attrait. On peut en dire autant des marches en cadence. Ils ne savent pas ce que les femmes ont comme équivalent, peut-être boire du thé. Les hommes du quartier Est ont l'intention de sucer chaque bonne seconde de leur week-end : les défilés, les tambours, la boisson, le foot, l'odeur de transpiration, et d'autres hommes serrés contre eux, comme des frères ou des amoureux potentiels.

On n'est même pas encore au week-end que la plupart des gens ont déjà commencé à boire. De la bière et du whiskey et du vin dans des cubitainers à bec verseur. De la vodka, du gin et des boissons fruitées aux couleurs fluo dans des bouteilles en verre. Ça, c'est plutôt pour les femmes, mais ça descend comme de la crème glacée par cette chaleur. Des panachés, du bourbon sec, de la sangria faite maison, tranches d'ananas et d'orange en boîte flottant à la surface, comme ce mélange qu'ils servent à Benidorm. Leurs épouses ont préparé des pleines cuvettes à vaisselle de sangria.

Elles la servent avec une louche dans des verres en plastique d'un demi-litre de chez Poundland. Ces jours-ci tout ce qui peut s'acheter dans un magasin discount on l'achète dans le magasin discount. C'est toujours une déception de constater que Poundland ne vend aucune espèce de boisson.

Les femmes laissent les enfants boire une gorgée de sangria avec leur burger. « En fait, c'est juste du jus de fruits amélioré », disent-elles, et elles ferment les yeux quand les mêmes gosses reviennent rafler une cannette ou deux dans le seau à glace. Elles se rappellent le goût de leurs propres neuf ou dix ans : comment on pouvait prétendre l'ivresse et se mettre chiffon en faisant circuler un litre de bière Harp entre amis. Elles ouvrent un autre carton de vin et échangent des histoires sur la jeunesse et la nouba dans les rues. Quand le vin sera terminé, il y aura de la bière, et ensuite on enverra un coursier chez le mastroquet refaire le plein de bière et de cigarettes avant la fermeture. Ils boiront tout ce qui leur tombe sous la main ce week-end, épongeant leur ivresse avec force plateaux de chips au bacon. Ils continueront à boire pendant les trois jours à venir, en cuvant juste à temps pour retourner au travail le quatorze.

Entre le soleil et le foot, on estime en général que le Douze de cette année sera particulièrement superbe. La plupart espèrent que les Grands Feux ne vont pas se mettre en travers de leurs réjouissances. D'autres gardent une vieille tendresse pour la violence. Ils ne cracheraient pas sur une bonne petite émeute, si l'occasion se présentait. Ils regardent les nouvelles chaque soir, en espérant que tout cela va germer à temps pour le grand jour.

Les vieux sont comme des disques rayés sur ce qu'était le Douze autrefois : soleil, musique, uniformes impeccables, bien portés, pas de problèmes avec la police, pas de problèmes avec l'autre côté et certainement pas de problèmes avec les jeunes gars qui se torchent dans la rue. C'est seulement la chaleur qui les fait penser comme ça. Le soleil a une façon sournoise de laisser remonter la nostalgie. Le passé est presque toujours plus lumineux qu'il ne l'était vraiment. La ville aurait intérêt à s'en souvenir. On devrait l'inscrire à la peinture sur le dernier pignon de quelques maisons, l'une à l'Est, l'autre à l'extrémité opposée de l'Ouest. Ça changerait du footballeur Georgie Best et des cagoules.

Il fait une chaleur abêtissante dans les rues ce soir. Les chats des voisins dorment sur le toit des voitures garées, se laissant doucement rôtir sur le métal chaud. Personne n'éprouve le besoin de mettre un pull. Des enfants, assis genoux écorchés sur les rebords de trottoirs, sucent des esquimaux tout en enfonçant des piécettes et des petits cailloux dans l'asphalte ramolli. Le soleil est encore accroché haut derrière les grues, jaune tendre sur jaune dur, comme un œuf cru coulant sur un œuf cuit. Il n'y a pas eu la moindre petite ondée depuis quatre semaines.

Les tuyaux d'arrosage sont entièrement interdits, et la station de lavage des voitures à l'angle de Newtownards Road est fermée. On parle de sécheresse aussi à la campagne, les champs grillés et les moissons perdues. Les gens de la ville s'en moquent. Leur monde est fait de briques et d'ardoises. Ils n'ont pas mis les pieds près d'un champ depuis des années. Voir les visages sombres des fermiers aux nouvelles, debout dans leurs bottes en caoutchouc aux abords de Tandragee et Doagh, c'est comme de voir les victimes d'une famine, le ventre gonflé, dans un quelconque pays lointain. Ces gens ne font pas partie des leurs. Ce n'est pas leur pays. Ils passent sur une autre chaîne et en un instant ils ont tout oublié de ces pauvres fermiers et de leurs champs ruinés.

Il reste à peine vingt-quatre heures avant l'allumage des feux, et ensuite, les défilés. Les tambours sont détendus par les coups. Ils sont prêts pour le combat. Partout dans la ville des milliers de chemises blanches ont été repassées, des uniformes étalés sur les lits inoccupés et suspendus aux patères de porte. La bière est rentrée, et les paquets de chips format économique. Les chapeaux melons ont été époussetés, les chaussures du dimanche cirées comme des miroirs noirs. Il reste à sortir les écharpes de leurs étuis décoratifs. C'est ce qu'on fait en dernier, le matin du Douze, de peur des taches ou des faux plis inévitables.

Dans tout Belfast, mais surtout à l'Est, on monte les couches des feux de joie, comme d'énormes gâteaux de mariage. Les drapeaux et les effigies rembourrées de l'autre camp sont liés aux palettes de bois par des cordes. Des chaises, empruntées au centre municipal, ont été disposées en cercle à bonne distance en bordure du feu, destinées aux spectateurs trop âgés pour rester debout, ou peu tentés de danser comme des sauvages autour des flammes. Des grues et des poulies servent à empiler les étages du haut. Des kilomètres plus bas, au pied du bûcher, des jeunes garçons se sont réunis en grappes pour suçoter des boissons énergétiques directement au goulot, et hurlent dans leurs mains en coupe, comme des mégaphones : « Un chouia à gauche. Balance-le vers la droite, là, mon pote. Là c'est au poil. »

Ils sont leurs pères et leurs grands-pères des chantiers navals avant eux, mains oisives enfoncées dans les poches. Ils attendent un été proche où on les invitera au plus fort du feu, pour repousser les bords avec des pelles à long manche, manœuvrer la grue, ou vider des pistolets dans les tourbillons de flammes. *Bang. Bang. Bang.* Comme une bête qu'il faut abattre. Ils doivent se couvrir le visage quand ils tiennent un pistolet, non par honte, ni exactement par peur, mais parce qu'il émane une sorte d'horreur d'un visage dissimulé.

La plupart des feux dominent déjà la limite des dix mètres de cinq, dix, douze mètres supplémentaires, et dans un cas quinze. Ils défient la police d'intervenir. Ils claquent des doigts pour enjoindre aux politiciens de mettre en œuvre les paroles austères qu'ils ont récemment prononcées. Les politiciens ici sont connus pour parler et contreparler et se replier comme des transats quand on leur demande d'agir. Ils s'entre-surveillent de près maintenant, attendant de voir qui sera le premier à condamner les feux. Personne ne veut être celui qui leur lance la première pierre. Personne ne veut être le dernier. L'astuce, c'est d'élever la voix juste au même moment que tous les autres. Sur ce point, et sur d'autres, les politiciens ne sont pas très différents des adolescents.

Les journalistes locaux sont venus et repartis. Ils ont pris des vues des feux avant allumage depuis le sol et de nouveau, pour la perspective, du haut d'une nacelle. Ils ont fait du porte-à-porte dans le quartier Est pour recueillir des interviews. Depuis, ceux qu'ils ont interrogés ont passé tout leur temps au téléphone à répandre la bonne nouvelle : ils seront au journal de dix-huit heures s'il ne sort pas une autre bonne histoire d'ici là. La grande BBC ne se montrera qu'en cas de pagaille. Il y aura de la pagaille. Il y en a toujours. Mais la BBC-mère a une échelle pour fixer le niveau de désordre qu'il faut atteindre avant d'intéresser la métropole.

La police est déjà sur place. Un trio de Land Rover est garé à un jet de pierre des feux les plus hauts. Elles sont là depuis une semaine maintenant, anticipant la pagaille et retranchant une part substantielle du budget de la police avec chaque nuit passée à se tourner les pouces sous les réverbères. Dans les Land Rover, des couples d'agents du PSNI, les services de police d'Irlande du Nord, sucent des boules de gomme, envoient des textos à leur autre moitié et lisent des polars en édition poche, en gardant un œil sur les rues sombres. Tout enfant du coin qui passe devant une Land Rover en sait assez long pour flanquer un coup de pied dans les pneus ou faire courir un bâton sur les parois blindées du véhicule, histoire de faire sursauter les agents à l'intérieur.

Partout dans la ville, les Grands Feux continuent à flamber. La police est épuisée à force d'essayer sans fin de prédire quel sera le prochain bâtiment incendié. Ce n'est pas facile d'appartenir au PSNI pendant la saison des défilés. Le Douze, les gens veulent marcher dans des rues où ils ne sont pas autorisés à marcher. La police a pour consigne de les en empêcher (même si individuellement les agents ne savent pas trop pourquoi). Neuf fois sur dix, l'acte d'empêcher quelqu'un d'emprunter une rue va provoquer une émeute. Il y a des émeutes avant le Douze et pendant le Douze, parfois une semaine des deux côtés. Elles sont prévues, et des plans sont élaborés en prévision (congés annuels suspendus, renforts recrutés dans les villes plus provinciales, canons à eau nettoyés prêts à abattre les pires délinquants).

Les Grands Feux appartiennent à une catégorie différente de désordres. Comme ils étaient impossibles à prédire, ils n'ont pas suscité de plans préparatoires. Ils trônent au sommet des émeutes ordinaires comme un incident de plus que le PSNI est censé gérer. La police est déjà un peu usée sur les bords et il reste encore deux jours avant le Douze. Les agents se demandent quand tout ça va s'arrêter, combien de temps ils doivent rester sur place, s'ils arriveront à prendre des vacances avant que les gosses ne retournent en classe. Ça dure depuis quatre semaines maintenant, et les feux ne font que s'aggraver.

Chaque nuit ils patrouillent la ville entière par lents circuits languides, les yeux fixés sur les bâtiments et les magasins abandonnés, à l'affût de la moindre flamme. Souvent ils prennent une alarme domestique ou la lueur d'un écran d'ordinateur pour un feu véritable et forcent la porte du mauvais immeuble. Ce qui coûte du temps et de l'argent. Et vaut au PSNI une image d'incompétence dans la presse locale. Parfois ils arrêtent des innocents qui allumaient un barbecue dans leur propre arrière-cour. Parfois ils procèdent à ces arrestations pendant que des établissements publics importants partent en fumée. Ça ne passe pas inaperçu.

La police n'est pas en train de gagner. Ils ont déjà perdu l'aile ouest de l'Hôtel de Ville et la bibliothèque centrale, qui a brûlé de l'intérieur : tous ces livres et manuscrits anciens ont pris feu très vite et étaient réduits en cendres avant même l'arrivée des pompiers. On leur a dit qu'ils devaient faire plus d'efforts. Ils ont reçu ce message de leurs supérieurs, de la presse, du public, et, avec un calme désespoir, des hommes politiques sur la colline qui aimeraient voir toute la situation sous contrôle avant la Nuit du Onze. Si la ville brûle et se soulève en même temps, ce sera impossible de tenir la presse internationale à l'écart. « Mon Dieu, murmurent-ils entre eux quand ils se croisent dans les couloirs de Stormont, comme si on n'avait pas déjà assez de mal à vendre cet endroit aux touristes. On pourrait espérer qu'ils attendent après l'été pour lancer leurs émeutes. Elles ne seraient pas moitié aussi dures à encaisser hors saison. »

Au cours de la dernière semaine, le PSNI a retiré cinquante de ses agents sous couverture de leurs activités régulières et les a nommés chasseurs de feu à temps plein. Certains reçoivent une prime supplémentaire en contre-partie. D'autres plus jeunes essaient juste d'en profiter pour se faire un nom. Ils passent leurs journées à suivre des pistes et leurs soirées à arpenter des lotissements dans des Mondeo banalisées. Chaque véhicule est équipé d'un extincteur, de couvertures anti-feu et d'une trousse de secours spécialement conçue pour les victimes de brûlures. Une mesure de précaution, mais c'est sûr qu'il y aura des blessés avant longtemps. Ils ont tous été entraînés à plonger rouler, plonger rouler, couvrir rapidement un collègue de couvertures au cas où la situation se présenterait.

Ils sont comme des chats de gouttière : leurs yeux se sont accoutumés à voir dans le noir. Une rayure orange, une sainte lueur blanche, et ils bondissent hors de la voiture, traversent la route au pas de course, extincteur à la main, prêts à tout recouvrir de mousse sèche. Ils arrivent presque toujours trop tard. Ils arrivent rarement sur la scène d'un Grand Feu avant qu'il ne flambe à plein. Leur uniforme empeste le barbecue de la veille, une odeur qu'ils finissent par associer avec l'échec. Ce n'est pas leur faute. Il y a des milliers de bâtiments à Belfast, tous capables d'accueillir un Grand Feu, et seulement un nombre réduit d'agents de police pour couvrir le terrain.

Ils ne sont pas plus près d'appréhender le vrai Lanceur de feu qu'il y a un mois. Il n'y a aucune nouvelle de lui depuis des semaines, rien que la même vidéo YouTube qui circule inlassablement sur les murs Facebook et les fils Twitter. La police ne peut rien faire pour mettre fin à ce message. Il est déjà viral dans tous les pays anglophones. Ils ont analysé la vidéo pendant des heures au labo informatique, agrandissant chaque image jusqu'à ce qu'elle ne soit plus qu'un lot de pixels noirs, bleus, et couleur chair. Le Lanceur de feu est doué. Il (ou serait-ce une elle ?) n'a rien laissé dont la police puisse s'emparer. Ça pourrait être n'importe qui, même l'un d'entre eux. Alors ils continuent à se mordre la queue dans toute la ville, à éteindre un feu pour en voir deux autres surgir à sa place.

On dirait ces jeux d'enfants dans les parcs d'attractions, où on écrase des taupes avec un maillet tandis que d'autres semblent se multiplier sous terre. Difficile de ne pas se sentir raillé. Plusieurs parmi les plus jeunes sont déjà en proie au stress. Ils ne peuvent pas endurer cela encore longtemps.

Tard dans la soirée du dix, les politiciens parviennent à une décision. Ils convoquent la presse locale devant les marches de Stormont et font un bref communiqué. Les Grands Feux ne gagneront pas. « L'anarchie, disent-ils avec une assurance inusitée, ne peut être tolérée sous aucune forme. » Tous, même les femmes, portent une veste de tailleur pour le dire. C'est le genre de déclaration grave qui a besoin d'épaules bien soulignées. Demain à la première heure tous les feux enfreignant la règle des dix mètres seront démolis.

Le Parti nationaliste affiche la jubilation, le Parti unioniste la lassitude. Ceux qui sont coincés dans l'espace impuissant entre les deux lancent des coups d'œil de part et d'autre, comme des animaux pris dans des phares de voiture, sur le point d'être écrasés. La décision ne sera pas sans répercussions. Tout le monde sait qu'il va y avoir du grabuge, plus de grabuge que la pagaille habituelle du Douze.

Les politiciens sont interrogés sur la logistique mise en œuvre pour abattre des feux de vingt mètres. Va-t-on les démolir complètement ou seulement les ramener à la limite autorisée de dix mètres ? Qui en prendra la responsabilité ? On fera appel à un prestataire de service ou on compte sur les agents du PSNI pour faire le travail à la main ? Ce genre de tâche est-elle incluse dans les termes de leur contrat ? Les syndicats ont-ils été consultés ? Quand les politiciens ouvrent la bouche pour répondre, le bruit qui sort est l'équivalent parlé d'un immense haussement d'épaules. Ils ne savent pas exactement. Ils sont épuisés d'avoir pris cette unique décision difficile, et il leur faudra une semaine ou davantage pour réfléchir à ses implications logistiques. Ils n'ont pas une semaine. Dans moins d'une heure ce sera le Onze et vingt heures plus tard la Nuit du Onze. Il va se passer quelque chose maintenant. Ça ne sera pas bon. La ville retient son souffle et attend.

Moins de deux heures plus tard une nouvelle vidéo fait son apparition sur le Net. Avant le petit déjeuner, elle est déjà devenue virale.

Le format est connu. Une petite pièce avec un drap blanc qui couvre tout un mur. Une personne, sans doute de sexe masculin, assise devant le feu, porte un masque de Guy Fawkes, un jean bleu et un sweat à capuche tirée en avant sur le front. Elle ne parle pas. Elle présente des pancartes devant la caméra. « Ils ne nous écoutent pas » ; « Faites brûler toute la ville » ; « Je suis le Lanceur de feu. » À l'arrière-plan, on entend la même trente-deuxième mesure du « Fire Starter » de Prodigy. Une fois que toutes les pancartes ont été affichées, un écran noir apparaît, avec sept mots imprimés en majuscules blanches : « VOUS AURIEZ DÛ LAISSER NOS FEUX TRANQUILLES ».

Les journaux se saisissent rapidement de l'histoire. À chaque édition qui suit, elle se rapproche un peu plus de la une. Le Lanceur de feu a décidé qu'il était temps d'accentuer la violence. Qui sait ce qui va se passer ensuite ? La police lance un appel au calme. Les politiciens reprennent en chœur, avec force déclarations au nom de leurs partis respectifs. Les responsables ecclésiastiques font aussi une apparition : un prêtre catholique et un pasteur presbytérien se tiennent côte à côte sur la Ligne de Paix, demandant aux gens de prier et de rester chez eux, et de réfléchir à tout le chemin parcouru au fil des dernières années.

Les jeunes gens et jeunes filles de Belfast ont déjà entendu tout cela auparavant. Ils ne veulent pas rester chez eux à prier pour la paix. Ils n'ont pas envie d'obéir à des règlements ou de donner priorité à la sécurité des autres. Ils ont les yeux rouge sang de colère. « D'abord les murs de la paix, après ça les routes, les drapeaux et maintenant nos feux de joie, disent-ils. Bientôt on n'aura plus rien. » Ils sont secrètement terrifiés à l'idée que quand on leur aura volé leur dernier symbole ils ne se reconnaîtront plus différents de l'étranger dans la rue. Ils n'auront plus rien de ferme sur quoi s'appuyer. Ils ne sauraient comment l'exprimer à un journaliste, même si un journaliste prenait le temps de venir le leur demander. Au lieu de quoi ils parlent de la violence retentissante que leurs parents ont connue, comme si on leur déniait une sorte de droit de naissance. Ils échangent entre eux leurs pensées virulentes, adossés aux parois du centre municipal, au téléphone, dans des commentaires et des posts au vitriol sur Facebook et des tweets. Ils emploient le langage du devoir de vétérans : « C'est à nous d'agir » ; « L'heure est venue » ; « Nos libertés civiques sont menacées. » En une seule matinée baignée de soleil, leur colère s'aigrit jusqu'à ce qu'elle déborde dans les rues de la ville et qu'ils incendient immeubles, voitures et arbres pour le simple flux de sang qui leur donne le sentiment de faire quelque chose.

Avant que les autorités n'aient le temps d'intervenir pour démanteler les feux de joie, ils sont tous allumés. Belfast rôtit sous la chaleur combinée du soleil et d'une centaine de feux en plein jour. Les plus hauts perdent le contrôle de leur combustion et coulent le long des rues, comme de la lave en fusion. Faute de supervision, ils s'approprient tout ce qu'ils trouvent sur leur chemin, incendient les voitures et les rangées de maisons mitoyennes, changent l'asphalte chaud en mélasse, écorchent le double vitrage jusqu'à ce qu'il explose couche par couche, avec un bruit d'eau qui rit. Les gens âgés sont évacués de leur logement et se tiennent au bout de leur rue en regardant les feux flamber. Certains pleurent, même parmi les hommes.

La brigade de pompiers n'arrive pas à maîtriser la situation. On appelle à l'aide des véhicules du Sud. Ça ne s'est plus produit depuis que Éamon de Valera en a donné l'ordre pendant le Blitz. Partout où ils vont, des adolescents les bombardent de bouteilles et de briques. C'est déjà assez dur de combattre le feu sans mettre des enfants dans la partie. Les jeunes se sont enroulé une écharpe autour du visage pour s'abriter des caméras de télévision. Ils sont debout jambes écartées sur les toits de voitures garées et sur le haut des murs, surveillant le chaos qu'ils ont causé. C'est une sorte d'enfer et ils ont à peine commencé. Ils lèvent le poing en signe de rage et de triomphe, et font retentir leur « Yeooo » perçant démoniaque le long des petites rues. Le bruit s'harmonise avec les sirènes et les tambours, qui sont de nouveau dehors, tonnant à l'horizon, et les chiens qui hurlent dans leurs arrière-cours torrides. C'est le bruit de la guerre qui démarre et les jeunes sont fiers d'apporter leur contribution.

Avant même minuit le Onze, les jeunes lanceurs de feu commencent à trouver ces brasiers ennuyeux et se déplacent vers d'autres sources moins probables. Des centaines d'adolescents et de jeunes qui n'ont guère plus de vingt ans ont envahi les rues de Belfast en mettant le feu à tout ce qui évoque l'autorité : églises, écoles, bus de l'Ulster musant au bord de la route, boîtes aux lettres, véhicules de la poste, Land Rover de la police où ils peuvent sortir les agents de derrière le volant, magasins, arbres, pubs, et tout ça comme le soir d'Halloween quand l'alcool prend le dessus. Tout ce qui peut brûler a été brûlé. Aux petites heures du Douze, la camionnette d'un marchand de glace, déjà garnie en vue des défilés, est poussée sur le pont Albert et incendiée. Le tintement de la chanson « Show Me the Way to Amarillo » flotte en liberté quand les flammes montent, et des enfants masqués postés sur les franges de l'incendie font passer les glaces au chocolat et les esquimaux fauchés juste à temps dans le congélateur de la camionnette. Ce sont ces images vidéo que la BBC diffuse lors de sa matinale. On dirait un instantané de la fin du monde : des enfants masqués qui mangent leur glace pendant que la ville entière brille dans leur dos d'un rouge infernal.

Au cours de la matinée, ils remplacent ce clip par d'autres vidéos. Avant de les montrer, la journaliste soulève la liasse de papiers empilés devant elle, les brasse maladroitement et dit : « Certains spectateurs risquent de trouver le contenu perturbant. » On dirait qu'elle a quelque chose de coincé dans la gorge.

On a du mal à imaginer un spectateur qui ne trouverait pas ce contenu perturbant. Les politiciens de Stormont, honteux, n'ont pas le cœur de le regarder. Les agents de police, en train de boire du café dans la salle du personnel entre leurs astreintes, tendent le bras pour changer de chaîne, en signe de respect, ou peut-être de peur. Les parents interdisent à leurs enfants de regarder les nouvelles cette semaine, et dans d'autres pays, des gens qui avaient presque oublié les problèmes à Belfast regardent ce clip et avalent lentement l'air entre leurs dents, avec un bruit qui mêle choc et compassion, là encore comme un souvenir ancien ressuscité.

Dans le grenier d'une maison mitoyenne en haut de Castlereagh Road, Mark Agnew ne parvient pas à détacher les yeux de l'écran. Il regarde un groupe de jeunes qui portent des pantalons de survêtement, le visage enturbanné d'écharpes de football. Ils tendent les bras par-dessus les barricades disposées devant le Short Strand pour traîner une femme du PSNI au milieu de la route.

Il est encore en train de regarder quand ils prennent un bidon d'un litre d'essence diesel pour tracteur et le lui vident sur la tête. Il regarde les deux qui lui tiennent les bras en croix, comme si elle allait être crucifiée, celui qui agite un briquet au-dessus de sa tête et celui qui verse l'essence. Mais surtout il regarde la fille, qui ne bouge pas, qui n'essaie même pas de s'enfuir.

Mark regarde au ralenti quand le garçon qui est chargé de mettre le feu lève les mains, puis n'ouvre pas le briquet, ou ne peut pas, ou peut-être s'avise-t-il qu'une écharpe de foot n'est pas assez épaisse pour le cacher. Puis il y a des coups de feu. *Snip. Snip. Snip.* Exactement le bruit que fait un pistolet dans un film. Celui qui tient le briquet est mort. Les trois autres sont tombés derrière lui. Mais la fille reste debout au milieu de la route, bras étendus, comme Jésus attendant qu'on le descende de croix.

Mark regarde le clip et le met en pause avant le début du prochain journal, puis il le regarde encore et encore. Il pense à la jeune femme du PSNI debout sous la douche ce soir, son odeur de station d'essence qu'elle essaie de faire partir en frottant avec du gel-douche et du shampoing, sachant bien qu'elle n'est pas seulement dans ses narines. Cette odeur est partout maintenant. La femme aura six mois de congé à cause du stress et parlera de ce moment jusqu'à ce qu'il ne paraisse plus du tout réel et pourtant, malgré tant de médicaments et de thérapie, ne pourra plus progresser au-delà d'un emploi de bureau. Il pense à tout cela tandis qu'il rembobine, met sur pause et repasse ce clip, gardant ses écouteurs de crainte que son père ne l'entende en bas.

Mark sait que tout ça c'est de sa faute. Il en est absolument certain. Il a le sentiment d'être le roi du monde, mais il ne peut le dire à personne.

9

Les nouvelles

J'écoute les nouvelles, maintenant. J'allume la télévision dans la cuisine pendant que je remplis les biberons de Sophie et que je prépare mon déjeuner à emporter. Je garde le son éteint et laisse les sous-titres courir en bas de l'écran. L'idée vient juste de me venir, et ça rend déjà les soirées beaucoup plus supportables. J'ai même commencé à regarder des films étrangers sur DVD. Quand on n'entend pas les paroles, peu importe dans quelle langue elles s'expriment. J'aime bien l'idée d'être quelqu'un qui regarde des films d'art et d'essai. Même les comédies romantiques ont plus de classe en français ou en espagnol.

Chaque jour je découvre de nouvelles manières de m'adapter à Sophie. Pour le moment on se débrouille. On fait mieux que se débrouiller. Peut-être même que nous prospérons. Je dors mieux que depuis des années, et quand Sophie me réveille, ou le soleil qui rougit à travers les rideaux de ma chambre, j'ai souvent le sourire aux lèvres. Je suis plus près d'être heureux que je ne l'ai jamais été, même tout petit enfant. Je recense encore mes peurs – c'est une habitude comme de se brosser les dents ou se tirailler l'oreille dans les moments de nervosité –, mais il me reste une seule crainte et c'est une crainte tout à fait neuve : la crainte de ce qui va arriver ensuite.

Sophie est agitée ce matin. Elle a mal dormi ces dernières nuits. Je mets cela sur le compte de la chaleur et des tambours qui grondent sur les pourtours de la ville. Il n'y a aucun moyen d'expliquer les tambours à un petit enfant. Ils donnent l'impression d'une horreur qui vous encercle, et moi-même je ne comprends pas vraiment ce qu'ils signifient. Je sors ma fille de son berceau et je la tiens contre moi tandis qu'elle combat la fatigue. Ses cils m'effleurent le cou, s'ouvrent et se ferment, luttent contre le sommeil, comme un homme ivre qui veut la jouer sobre. Je sens avec plaisir son poids s'alourdir tandis qu'elle s'endort. Mon bras gauche est devenu plus ferme que le droit rien qu'à force de tenir Sophie. Sa tête en sueur laisse un îlot humide sur ma chemise, mais ça m'est complètement égal. Je chantonne à son oreille – des vieilles chansons populaires et des ritournelles de la télé, tout ce qui vient à l'esprit. J'ai une assez bonne voix. Ma mère me l'a dit un jour. C'est le seul compliment que je puisse me rappeler dans toute une vie de piques subtiles. Je chante et les tambours me donnent le rythme. Je suis tout à fait satisfait de cet arrangement.

Sophie dort mieux quand je la tiens dans mes bras, encore mieux quand je chantonne. Je ne suis pas en train de chantonner. Je regarde les nouvelles et j'essaie un mouvement pour lui faire passer son agitation. Tandis que je fais danser ma fille autour de la cuisine, le bruit de ses bulles n'est pas tout à fait humain. On dirait plutôt le son émis par un appareil ménager : un mixeur, ou un aspirateur. Ça me donne des maux de tête. Elle s'est réveillée tôt ce matin. Moi aussi. La chaleur monte au cours de la nuit et devient presque insupportable au dernier étage de la maison. Je projette d'acheter un ventilateur électrique pendant le week-end. Si le temps ne change pas d'ici là.

Tout en préparant mes sandwiches, je garde une oreille tendue vers la porte d'entrée, prêt à éteindre la télévision dès que j'entendrai Christine. Tout se passe bien avec la nounou. Il n'y a pas eu d'autres erreurs depuis les dessins animés du premier jour. Je ne veux pas qu'elle découvre qu'en dépit de ce que j'ai dit je laisse encore Sophie regarder la télévision. La vie est dix fois plus facile depuis l'arrivée de Christine. Je suis content de partir travailler, puis content de rentrer à la maison. Je m'autorise à imaginer Sophie à un, deux, et même quatre ans, en route pour l'école dans des chaussures à boucle. Tout cela à cause de Christine et de l'ordre qu'elle a apporté. Je vois bien que Sophie l'apprécie aussi. Elle s'illumine d'une façon particulière, comme un souvenir qui refait surface, chaque fois qu'elle fixe le visage de Christine. Elle en fait autant avec moi, mais ça c'est bien naturel. Regarder mon visage, c'est comme regarder le sien dans un miroir.

Le soir, après son bain, je tiens mon visage auprès de celui de Sophie dans le miroir de la salle de bains et je la scrute comme un dessin du type repérez-les-différences. Mêmes yeux. Même nez. Mêmes pommettes hautes et même menton rond comme une tasse. Je passe rapidement sur sa bouche et ses oreilles. Je me rappelle à peine à quoi ressemblait sa mère. « Nous sommes normaux », dis-je à mon reflet qui fronce le sourcil. « Nous sommes une famille. » J'aime bien employer l'expression « père célibataire » quand l'occasion se présente au cours d'une conversation. Ça me donne le sentiment d'être normal. Des quantités de gens sont des parents seuls, ces temps-ci, même des hommes. Récemment j'ai beaucoup réfléchi à ce que ça signifie d'être un homme. Ce n'est pas une chose à laquelle j'ai porté beaucoup d'attention jusqu'ici.

Hier soir c'était la finale de la Coupe du monde. J'en ai regardé un morceau sans trop de passion, en faisant des allers et retours avec un vieux film de Bruce Willis sur Channel 4. Je n'ai jamais été un féru de sport, mais, maintenant que je suis père, j'expérimente diverses pratiques masculines : boire de la bière à la place du vin, lire des journaux au petit déjeuner, le football, le rugby, me raser convenablement avec une lame et de la mousse, commander des pizzas. J'ai fait une tentative de film porno, mais trouvé que c'était une expérience extrêmement détachée, comme d'observer des animaux au zoo derrière une vitre protectrice. Je n'ai pas réessayé. Je suis probablement le genre d'homme qui préfère le golf à la pornographie.

Regarder les nouvelles est une autre de mes activités masculines. C'est bien d'être informé. Ce matin l'actualité est un match en deux mi-temps. Cinquante pour cent du temps d'antenne passent à disséquer la finale de la Coupe. Le reste se concentre sur les « feux de Belfast ». C'est ainsi que les médias de la planète se sont mis à désigner la situation devant ma porte. Par une forme de courtoisie, le présentateur du journal survole brièvement les nouvelles d'autres pays, puis revient aussitôt à Belfast. La finale de la Coupe du monde n'a fait qu'aggraver les choses, explique-t-il à l'intention des gens mal informés des tendances partisanes de la ville. La mauvaise équipe a gagné, ce qui veut dire que, dans certaines parties de la ville, c'est la bonne équipe qui a gagné. Résultat interprété comme une raison supplémentaire de semer le désordre. Les choses connaissent « une tension croissante », équivalent en jargon journaliste de compliqué, de violent, de « Pas la moindre foutue idée de comment ils vont s'en tirer ce coup-là ».

Il y a de la lassitude dans la manière dont le journaliste lit son téléprompteur, comme un acteur qui a déjà joué un rôle cinq semaines sur les six programmées. C'est l'un des visages reconnaissables de la BBC. Il fait le journal depuis le début des années 70. Ce n'est pas la première fois qu'il prononce les mots « tension croissante » et « Belfast » dans le même souffle. Ce ne sera sans doute pas la dernière. N'empêche, c'est rassurant de le voir, en costume et brassant ses notes, à croire que Dieu est toujours dans son paradis ; le bulletin météo ne va pas tarder.

Les derniers jours ont été une sorte de guerre. Stormont continue à tergiverser sur la tournure que devrait prendre l'implication du gouvernement. Ils pourraient entamer une nouvelle tournée de discussions. Là, aucune surprise. L'armée marque le pas sur les marges, jamais entièrement engagée ni autorisée à faire retraite. Les orangistes décident de continuer avec leurs défilés traditionnels. Le Douze tempête furieusement le long des rues déjà en flammes : tout n'est que feu, tout est rage et chaos. Il y a des affrontements et des émeutes, des duels d'insultes, des raclées punitives, et dans un lotissement en bordure de Castlereagh, deux jeunes gars qui portent encore l'uniforme de leur clique ont les rotules brisées. Il y a peu de chances qu'ils redéfilent.

Les hôpitaux sont débordés. Ils soignent les gens sur des chariots dans le parking. Grâce au ciel, le beau temps se maintient. Ils n'ont pas de plan de secours s'il se met à pleuvoir. Les ouailles des curés prient pour qu'il pleuve. Ils réclament un déluge comme celui de Noé, et bien que Dieu ait promis de ne pas renouveler cette initiative humide, ils se demandent si peut-être Il fera une exception pour eux et leurs désordres en cours. À l'arrière-fond de leur esprit, ils se souviennent que le monde terminera dans les flammes. « Nul ne connaît ni le jour ni l'heure », ressassent-ils, tandis que l'odeur de cendre et de silex rôde le long des rues petites et grandes. Ils ne sont pas aussi prêts qu'ils croyaient l'être.

Les pompiers sont débordés. On parle de faire venir des voitures supplémentaires d'Écosse par le ferry de voyageurs. On parle encore d'interdire les allumettes et briquets de toute nature. Maintenant les fans de football se battent à coups de bâtons, de briques et de cocktails Molotov fabriqués avec des bouteilles de lait vides. Ce sont pour la plupart des jeunes qui orchestrent l'opération. Une image fixe tirée de la vidéo du Lanceur de feu s'illumine derrière le présentateur, et une série de statistiques sur le chômage des jeunes dans la classe ouvrière de Belfast.

Le décor du bulletin disparaît, enchaînant sans rupture avec des images filmées en extérieur à Cave Hill par une de leurs équipes. La caméra survole lentement les toits de Belfast. Le présentateur parle du manque à gagner : tourisme, petit commerce, transports. Il cite un nombre nettement au-dessus d'un million. On dirait qu'il s'efforce de ne pas rouler des yeux de frustration.

Je blottis Sophie dans le creux de mon cou. J'ai passé tellement de temps à m'assurer qu'elle n'entende rien qui puisse lui faire du mal. Maintenant il y a des choses que je ne veux pas qu'elle voie.

Sur l'écran une marée d'hommes et de femmes assaille la brigade anti-émeutes, qu'elle mitraille de bouteilles et de briques tout en courant. Alors surgit un petit groupe de gamins, vêtus de vêtements enfantins, T-shirts Disney, espadrilles d'uniforme blanches, étoiles et petits cœurs dans leurs lobes percés. Ils démolissent la baie vitrée d'un traiteur chinois, ravagent les frigidaires en quête de boissons pétillantes. Ensuite on voit des voitures en feu, des ambulances en feu, une école primaire sur Antrim Road à l'intérieur carbonisé, même s'il est encore possible de distinguer les contours des œuvres d'art des enfants, girafes, lions et éléphants grossièrement dessinés, punaisés aux murs. Tout cela à moins de trois kilomètres de ma porte d'entrée. « Voici une vidéo filmée il y a tout juste une heure », dit le présentateur. Je le crois. Je sens l'odeur d'essence brûlée se faufiler par ma fenêtre ouverte.

J'éteins la télévision, autant pour moi que pour Sophie, et je pense aux trois gamins qui mettaient le feu au mur d'escalade de Victoria Park. J'ai du mal à croire qu'ils sont mêlés à cette folie. Je revois leurs survêtements tout frais, leurs échanges bon enfant de taquineries, comme seuls de bons amis en sont capables. Je ne parviens pas à réconcilier le souvenir que j'en garde avec la violence crue des nouvelles. Je ne crois pas que ce soit le genre d'enfants à vouloir détruire volontairement. Ils n'étaient pas dépourvus de gentillesse, meilleurs que tout ceci ou, sinon au-dessus, héritiers infortunés de la malveillance d'un autre.

La porte d'entrée s'ouvre et se ferme brutalement. Christine se précipite dans la cuisine. Elle jette son sac sur la table et se penche vers Sophie. Je lui mets le bébé dans les bras et m'étonne une fois de plus de voir combien elles paraissent naturelles ensemble, adossées au congélateur. Elles pourraient être mère et fille. Peut-être qu'on pourrait dire cela de toute femme de moins de cinquante ans qui tiendrait un enfant dans le bon sens. Christine paraît plutôt fatiguée ce matin. Son maquillage a coulé du coin de l'œil comme si elle avait pleuré ou s'était frotté les yeux. Son teint habituellement pâle est empourpré. On dirait quelqu'un qui vient de vivre un chagrin. Je fais un cercle avec le pouce et l'index, des queues de comète avec les trois autres doigts, et lève la main dans sa direction. Je dispose mon visage de manière à ce qu'il demande aussi : « Ça va ? »

Christine fait « Oui », d'un signe. Elle tape sur sa montre une fois, deux fois, trois fois. Puis, avec Sophie en équilibre précaire sur le coude, elle fait mine de tenir un volant, qu'elle tourne lentement de droite et de gauche, avec toujours une expression de colère. Je devine embouteillage. C'est ainsi que nous communiquons la plupart du temps : des fragments de langue des signes et un genre de charades. Ça marche pour nous deux et quand ça ne marche pas nous utilisons le carnet. Là je le prends et j'écris : « Les Grands Feux ? » Christine fait oui. J'écris : « Ça donne une impression de fin du monde, n'est-ce pas ? » Elle refait oui. Elle lève la main droite et la frappe fermement contre son front, en alignement parfait avec le nez. Ça, je m'en souviens, c'est le signe pour « idiot », ou peut-être quelque chose de plus fort. Je m'entraîne à la langue des signes sur Internet, et j'ai demandé mon inscription à un cours au centre de santé. Marty est très content chaque fois que j'en parle. Il pense que je suis revenu avec un enthousiasme ravivé pour mon travail.

Je pose la main légèrement sur l'épaule de Christine. Je n'ai pas encore appris la façon de dire « désolé ». Je me laisse constamment distraire par des injures. Les gestes, pour je ne sais quelle raison, sont plus drôles que ceux des mots ordinaires. J'aime bien l'idée de les faire discrètement quand mes collègues ou les dames de l'accueil m'ennuient. Christine repousse ma main. Ai-je été trop audacieux ? Va-t-elle croire désormais que je suis amoureux d'elle ? Je ne suis pas du tout amoureux de Christine, mais je ne sais pas si j'arriverais à me débrouiller sans elle. Une fois de plus je me demande si je devrais lui dire qu'il n'y a aucune possibilité qu'une romance fleurisse entre nous. Pas le moindre risque. Mais les femmes sont étranges quand on en vient à ce genre de chose. Elles entendent le contraire de ce que disent les hommes. Ça risquerait de créer davantage de complications.

Christine soupire et fait le signe « Partez », qui ressemble beaucoup au signe qui me pousse visage en avant vers la sortie. Je saisis mon déjeuner au passage, reviens prendre mes clefs et, juste avant de quitter la cuisine, fais demi-tour pour gribouiller : « Il y a des lasagnes dans le frigo. Servez-vous. » Je retrouverai cette note plus tard et m'autoriserai le plaisir aride de faire semblant qu'elle émane d'une épouse entièrement crédible, en route pour une séance de pilates ou qui va travailler tard. C'est le genre d'ordinaire auquel j'aspire tout comme d'autres aspirent à avoir de l'argent ou une maison de vacances en Espagne.

En faisant marche arrière avec la Renault pour sortir de l'allée, je remarque la petite Corsa de Christine garée sous un réverbère. Il lui manque un rétroviseur extérieur. La portière côté passager est fortement enfoncée, comme si on lui avait mis un coup de pied ou cogné plusieurs fois avec une arme contondante comme une brique. Je lui envoie un texto quand j'arrive au centre de santé : « VU VTRE VOITURE. KES KI C PASSÉ ? » Elle me répond aussitôt. « ÉMEUTIERS M'ONT ATTRAPÉE AU FEU ROUGE. PETITS SALAUDS. » En lisant ce message je lève instinctivement la main droite comme un trait vertical et me la lance contre le visage. Je me souviens que c'est le signe pour « salaud ». « Idiot » est beaucoup plus doux, comme une vague.

Le centre est plus calme que d'habitude. Les gens restent chez eux s'ils le peuvent. Il n'y a pas eu d'émeute d'avant-dîner depuis le Douze et les feux ne démarrent vraiment que la nuit. Mais les gens, surtout les vieux, sont prudents. Ils vont rester cloîtrés et mourir sans bruit de maladies guérissables, plutôt que risquer de se faire prendre dans un blocus. Comme des vampires inversés, ils ont peur de ne pas pouvoir rentrer chez eux dans le noir. Ce n'est pas seulement à cause des feux. C'est endémique par ici : quelque chose en rapport avec les Troubles et la peur de ces créatures, à la fois mortelles et magiques, qui rampent alentour dans l'ombre. Les vieux hibernent pratiquement pendant tout l'hiver.

Ni l'un ni l'autre des deux plus jeunes médecins n'ont réussi à venir travailler. Ils vivent plus loin, de l'autre côté de la ville, alors que la maison de Marty est à un bloc d'immeubles d'ici, et la mienne à moins de deux kilomètres. C'est dangereux de franchir le pont après 17 heures, et craignant qu'ils ne soient coincés ici à l'Est, Marty leur a dit de rester chez eux jusqu'à ce que le calme revienne. Il décide que nous allons nous partager les patients restants. C'est ainsi que je fais la connaissance de Sammy.

La fille qui est parfois un bateau

Dans une arrière-cour à la limite de Castlereagh, Lucy Anderson se change en bateau pour la troisième fois cette semaine. Elle est plongée jusqu'à la cheville dans la pataugeoire de sa sœur et elle attend. Son père a laissé la haie pousser en hauteur pour que les voisins ne puissent rien voir. Lucy préfère être un bateau sur la rivière. Elle aime glisser avec les cygnes au cou ondulé de Victoria Park. Mais parfois le besoin de changer s'empare d'elle si vite qu'elle n'a pas le temps d'aller plus loin que l'arrière-cour et la pataugeoire avec son motif criard de poissons exotiques. L'intimité est essentielle. D'où la haie et les rideaux tirés dans toute la maison. Il ne faudrait pas qu'un passant inconnu – postier ou politicien en campagne électorale – jette un coup d'œil par la fenêtre de devant et aperçoive son visage pâle tendu à la proue d'un navire, ses bras et jambes étirés en planches.

Lucy attend dans l'eau tiède. Elle attend patiemment pendant que toute lourdeur la quitte, comme l'humidité goutte d'une lessive humide sur le lino. Ses os commencent à faire mal de la manière habituelle. Ce n'est pas exactement douloureux. L'élongation.

La torsion. Le rassemblement de parties disjointes. Ce n'est pas normal non plus. Lucy ne peut pas vraiment dire ce que fait son corps en ce moment. Se transformer. Tourner. En chier. Elle s'est mise à appeler cela « change » et ensuite elle a la sensation d'avoir été crucifiée. Elle sera incapable de plier le dos pendant une semaine. Sur le moment, c'est sublime, pourtant. Ses os sont faits d'air, sa peau de plumes, et le souffle de ses poumons n'est plus un souffle, mais une substance plus légère, l'hélium peut-être ou un nuage blanc pur. Alors Lucy n'est plus la fille boulotte qu'elle voit dans le miroir. Elle n'est plus lourdaude avec des os épais et de grosses cuisses. Elle repose légèrement sur l'eau. Elle flotte. Elle glisse, à la façon dont vous décririez les mouvements d'une fille élégante : une ballerine par exemple, ou un mannequin haute couture.

Lucy est déjà devenue un bateau 149 fois. Elle ne se rappelle plus son tout premier changement. Elle n'avait que deux ans à l'époque, son petit corps découvrait chaque jour une nouvelle aptitude. Qui peut dire qu'elle n'avait pas déjà pris tout cela dans la foulée, ajoutant les bateaux à la marche, la parole et tous les autres tours qu'elle avait appris récemment ? Ses parents lui disent qu'ensuite elle a hurlé pendant des heures. « C'était juste une mare », disent-ils, et ils lui racontent que le bruit qu'elle a fait était saisissant, comme des allumettes qui se fendent et du caoutchouc étiré jusqu'au point de rupture. Son père ne s'est jamais remis du choc. Désormais le corps de Lucy s'est accoutumé à devenir un bateau. Elle a presque seize ans et elle est si habituée au craquement des os, au désir à fleur de peau de changer, qu'elle ne tient plus le compte du nombre de fois où elle l'a fait. C'est une malédiction qu'elle porte. C'est une sorte de bénédiction. Elle ne se connaîtrait pas elle-même sans cela. Elle ne saurait pas où commencer. Quel est l'intérêt de devenir un bateau ? Lucy ne l'a pas encore décidé. Elle pense que c'est en rapport avec l'acte de porter : des gens, des problèmes, de gros objets encombrants. Elle refuse de se dire malchanceuse. Mais ce serait agréable d'avoir un nom pour désigner ce qu'elle est, un mot pour l'entre-deux.

10

Un très méchant homme

Sammy compte parmi les patients de médecine générale depuis six mois. Il n'avait jamais eu affaire jusqu'ici qu'au Dr Owens. Il est de ces individus qui se sentiraient mal à l'aise s'ils devaient montrer une partie de leur corps à un autre homme, même médecin. Il ne supporte pas l'idée d'être nu et touché par qui que ce soit d'autre qu'une femme, pourtant, s'il s'agissait d'une intervention chirurgicale, il insisterait pour que ce soit un homme. Ce serait une question de compétence.

Sammy attend déjà à l'accueil quand Jonathan arrive au centre de soins. Les deux hommes se font un signe de la tête en se croisant. Sammy ignore que Jonathan est médecin. L'homme est plus jeune que lui, il le regarde traverser le hall d'un pas décidé dans son costume et sa chemise repassée, et imagine qu'il doit être avocat ou quelque chose d'aussi bien payé et sophistiqué. Il se demande pour quoi il vient se faire soigner. Pas le plus petit soupçon de gêne n'émane de lui, aussi Sammy diagnostique une angine ou quelque chose d'aussi banal ; rien de sexuel, rien de sinistre impliquant les intestins ou la peau qui desquame, sûrement rien de mental.

Sammy se sent un peu malade mental.

Il lui a fallu toute la nuit pour rassembler le courage de voir le médecin. Maintenant il s'appuie de tout son poids sur le comptoir de l'accueil, comme si en s'appuyant il serait moins enclin à battre en retraite et repartir chez lui. Il demande Melanie par son nom. La dame de l'accueil au parfum lourd souhaite clarifier, est-ce qu'il parle du Dr Owens, et Sammy fait signe que oui. Le Dr Owens est une jeune généraliste, récemment diplômée. Elle autorise ses patients à l'appeler par son prénom. Sammy peut se représenter en esprit le Dr Owens. Son visage lui fait penser à un mouton aimable. Il a passé toute la nuit à répéter sa confession et dans chacune de ces répétitions c'est cette femme moutonnière qui prend des notes et lui prescrit des médicaments. C'est Melanie, avec son long nez plongeant et ses dents qui lui rappellent les petites dents souriantes de sa grand-mère défunte, qui lui couvre la main de sa main blanche en lui disant : « Ne vous faites plus de souci, Mr Agnew. Ce n'est pas la fin du monde. »

La dame de l'accueil fait non avec un air d'excuse. Il y a des problèmes. Sammy se sent de plus en plus mal à l'aise. Il se demande s'il ne va pas vomir partout sur le comptoir. Elle lui dit : « Je regrette, monsieur. Le Dr Owens n'est pas là aujourd'hui. À cause des feux, vous savez. Je peux vous proposer le Dr Murray ou le Dr Bell. Lequel voulez-vous ?

— Est-ce que l'un des deux est une femme ?

— Pas la dernière fois que j'ai vérifié », réplique la dame de l'accueil avec un clin d'œil.

Le clin d'œil laisse Sammy froid. C'est un homme costaud, mais il a l'air sur le point de pleurer. D'instinct, elle tend le bras et pousse la boîte de Kleenex vers le bord du comptoir, à l'endroit où les mains de Sammy creusent le bois comme un étau coudé.

« C'est qui le plus gentil ?

— Le Dr Bell », réplique-t-elle, puis elle pose la main sur sa bouche. « Je veux dire, ils sont tous les deux épatants, mais le Dr Murray est juste un peu plus... sérieux.

— Je le prends.

— Vous êtes sûr ?

— C'est pas du gentil que je veux, ma cocotte. Je veux quelqu'un qui va me remettre d'aplomb. »

Sammy ignore pourquoi il dit cela. Il veut du gentil. Il est venu ici exprès pour se faire traiter gentiment par la médecin au visage de mouton. Maintenant sa bouche lui dit qu'il veut quelqu'un de sérieux et abrupt, peut-être même cruel. Sa bouche sait qu'il ne mérite pas du gentil. Il mérite quelqu'un qui marche sur lui avec un fusil à canon scié.

« Entendu, monsieur. Emballé pour le Dr Murray. Prenez un petit siège dans la salle d'attente et il va venir vous chercher. »

Sammy se détache du comptoir et se dirige pesamment vers la salle d'attente. La dame de l'accueil le regarde s'éloigner. Il a l'air d'un gorille triste, penché sur sa propre lassitude. Il prend un siège dans le coin le plus éloigné de la pièce, se plaçant entre le mur et Barry, qui vient ici tous les jours, imprégné d'alcool, juste pour s'abriter du mauvais temps. Il prend une vieille revue automobile sur la table basse et feuillette les pages du début à la fin, sans que son œil se concentre une seconde sur l'une d'elles. Quand c'est son tour de voir le médecin, il reste encore trente secondes sur son siège, contemplant le bout de ses chaussures comme s'il se forçait à se lever et arpenter la moquette du long couloir qui mène à la porte du Dr Murray.

Il s'arrête devant chez le médecin. Il frappe à la porte, bien qu'elle soit entrouverte. Il aperçoit une mince tranche du jeune médecin assis à son bureau. Merde, pense-t-il. C'est le type classe de l'accueil. Il se sent jugé, alors qu'il n'a pas encore ouvert la bouche. Il mérite d'être jugé pour ce qu'il a fait. Il ouvre la porte et se glisse dans la pièce. À côté du bureau du médecin il y a une chaise en plastique du genre qu'on trouve souvent dans le mobilier des centres de soins. Sammy s'y enfonce. C'est un soulagement d'être enfin assis.

Il ne prend même pas le temps de se présenter. « Je suis un méchant homme, docteur, dit-il, un très méchant homme. »

Cela paraît à Jonathan plutôt absurde, une phrase qu'on pourrait entendre dans un film, mais jamais pour de bon dans la vie réelle. Il étouffe une envie de rire et lève le nez du formulaire qu'il remplit pour encore une tournée d'antibiotiques. (Les antibiotiques ont pris la place d'opium de l'Est qu'occupait jadis la religion. Apparemment il n'existe aucune maladie, réelle ou imaginaire, qui ne puisse être traitée par une ordonnance de pénicilline ou une de ses drogues cousines.) Jonathan pousse le formulaire de côté. Il le finira plus tard. Il donne toute son attention au patient. L'homme en face de lui a environ cinquante ans. Il porte des tennis très blanches, un blue-jean et un pull à col en V en laine d'agneau corail pâle. Il n'a pas l'air d'un très méchant homme. Il a l'air d'un professeur de géographie en retraite. Mais encore une fois, se rappelle Jonathan, les apparences peuvent être trompeuses. Le visage d'Hitler sur un homme différent aurait peut-être paru ordinaire, voire même rassurant, comme celui d'un maître d'hôtel retraité.

Jonathan sourit au très méchant homme. « Dr Murray », dit-il en lui tendant la main. Il baisse les yeux sur ses notes. « Et vous êtes... Samuel Agnew. Que puis-je pour vous ?

— C'est Sammy », dit l'homme. Il jette un regard furtif autour de la pièce. Ses yeux vont de gauche à droite, balayant tout le sol, comme des projecteurs de prison.

Jonathan enregistre l'ensemble, de la tête aux pieds, la manière dont ses yeux bougent. Il décide d'employer sa voix tout-doux tout-doux pour maladies mentales. Il sourit, en se gardant de découvrir ses dents. Sammy déplace son poids sur son siège. Il soulève une jambe et l'accroche par-dessus sa cuisse, de sorte qu'il est assis là comme un triangle rectangle, tout en arêtes et nerfs tendus. Il se penche en avant. Jonathan se penche en avant pour venir à sa rencontre. Il décroise les bras. Il a appris cela de Melanie : un langage corporel ouvert signifie que vous vous ouvrez aux besoins de votre patient. Jonathan n'est pas ouvert aux besoins de son patient. Il a déjà la tête ailleurs, se demandant à quoi il pensera pendant que cet homme lui racontera sa propre histoire tire-larmes spéciale. Il devine que Sammy va se révéler un bavard. Peut-être que les dix prochaines minutes lui donneront l'occasion de penser à Christine et à la manière d'étouffer dans l'œuf leur non-romance.

« Vous connaissez ce truc qui dit que vous pouvez répéter à personne ce que je vais vous dire ? interroge Sammy.

— Le secret médical, répond Jonathan.

— Ouais, c'est ça, le secret médical. Ça marche encore si je vous raconte un truc illégal ? »

Ce n'est pas la première fois qu'on pose cette question à Jonathan. Elle est étonnamment fréquente dans les cabinets médicaux. Elle prélude en général à un aveu d'usage de drogue. Il retient son sourire par les cornes, et le sent qui se raidit sur son visage.

« Illégal comment ? Comme si vous aviez tué quelqu'un, ou comme si vous vous droguiez ? »

L'homme, qui est plus âgé que lui, semble désarçonné. « Eh bien, j'ai fait les deux. Mais pas depuis des années, et c'est pas comme si les flics étaient pas au courant. Mais c'est pas pour ça que je suis venu. C'est pour autre chose. De pire. »

Dans l'Est il y a une seule chose de pire que de tuer quelqu'un.

« Vous avez pratiqué des attouchements sur un enfant ? » interroge Jonathan.

Sammy n'admet ni ne nie, Jonathan suppose donc qu'il s'agit d'actes de pédophilie. Il n'est plus du tout à des kilomètres, en train de penser à Christine. Il est pointu comme un paquet d'aiguilles, se repasse de tête le protocole. Il faudra qu'il rédige un rapport et en informe Marty, qui est leur responsable désigné de la protection de l'enfance. Il devra probablement parler à la police. Il pense, Merde, merde, merde, surtout parce que la maltraitance des enfants est une chose affreuse à croiser un mardi matin, mais aussi parce qu'au fond c'est un égoïste et qu'il y a un énorme tas de paperasse associé au traitement de ce genre d'allégation.

Sammy ne remarque pas sa consternation. « Écoutez, poursuit-il, encore plus penché en avant, vous devez me le dire maintenant. Si je vous raconte un truc, vous irez voir la police ou non ? »

Jonathan revient brusquement au présent. « Si vous me dites que vous avez fait quelque chose d'illégal et que la police n'est pas au courant, ou si je soupçonne que votre conduite peut mettre en danger une autre personne, je suis tenu d'informer la police. » C'est une phrase qu'il a apprise par cœur et rarement eu l'occasion d'utiliser. Elle s'inspire en partie d'années à regarder *Casualty*, le feuilleton médical de la BBC. En la prononçant maintenant, Jonathan n'est même pas sûr qu'elle soit exacte dans les faits.

« Bien, dit Sammy. Alors j'ai rien à faire ici.

— Je crois que c'est un prêtre dont vous avez besoin, Mr Agnew. »

Cette phrase n'est pas bien reçue. Sammy s'adosse à son siège. Jonathan peut voir le fantôme d'un vieux tatouage paramilitaire émerger du poignet de son pull. Ce n'est pas le genre de tatouage qu'on trouverait dans une chapelle. C'est l'autre genre.

« Voyons, dit Jonathan, essayant de ramener la conversation en arrière, y a-t-il quelque chose que je puisse faire pour vous... médicalement ? »

Sammy reste silencieux un moment, retournant cette offre dans sa tête. Ses mâchoires s'arrondissent lentement pendant qu'il réfléchit, formant des ronds souples comme s'il suçait un berlingot. À deux reprises, il fait mine de se lever et Jonathan pense qu'il va partir, mais il reste sur son siège, inspire, expire, luttant pour maintenir chaque souffle rauque sous contrôle.

« Je me sens un peu à plat, docteur », dit-il enfin.

À la grande surprise de Jonathan, une petite larme, pas plus grosse qu'un pépin de citron, suinte du coin de son œil et rampe le long de sa joue. Sans réfléchir, il prend un mouchoir dans la boîte et le tend à l'homme plus âgé. Sammy fixe le mouchoir. D'abord il a l'air perplexe, puis horrifié, comme si le médecin lui avait placé une crotte de chien fumante dans la main. Il ne s'était pas rendu compte qu'il pleurait. Ce n'est pas le genre d'homme qui pleure en public. Il pose la main sur sa joue et la sent humide. Ses joues s'empourprent sur-le-champ. Il est mortifié. Ce truc des pleurs, c'est presque aussi mauvais que laisser un médecin le voir nu.

« Désolé, dit-il.

— Vous n'avez pas à vous excuser, dit Jonathan. Vous n'imaginez pas le nombre de gens qui viennent ici pour la même chose.

— Même des hommes ?

— Des quantités d'hommes.

— Des tarlouzes », dit Sammy, la voix lourde d'autodénigrement. Jonathan passe en revue la liste à vérifier en cas de dépression : perte d'appétit, sommeil perturbé, perte de poids, prise de poids, anxiété. Sammy fait oui à la plupart de ces symptômes et tapote son ample panse en marmonnant « J'ai l'air de dépérir ? » quand le médecin mentionne la perte de poids.

Il est dans le cabinet depuis déjà presque huit minutes. Jonathan doit faire avancer la consultation sinon le patient suivant arrivera sur leurs talons. À l'évidence, c'est une dépression. Il prévoit déjà de prescrire des antidépresseurs. Il pourrait rédiger une ordonnance pour un médicament qui atténue sa tristesse et le faire sortir de la pièce en quatre-vingt-dix secondes pile. Il pourrait dire : « Revenez la semaine prochaine parler d'une thérapie avec le Dr Owens. » Il pourrait faire les deux et ce ne serait même pas une faute médicale. Mais il ne le fait pas.

Quelque chose a bougé chez Jonathan depuis peu. Depuis Sophie. Il a toujours suivi les règles – comme une sorte de recette –, une action menant naturellement à la suivante. Il a choisi le chemin le plus facile dans chaque situation. Il a pensé « Que feraient la plupart des gens face à une telle décision ? » et, sans tenir compte du désir ou de l'intention, toujours adopté l'option la plus populaire : généraliste plutôt que médecin hospitalier, carnivore pas végétarien, nuque-et-côtés-courts, jeans bleus, godillots marron, break quatre portes et coffre profond, Tesco plutôt que Sainsbury's, et U2 de préférence à tous les groupes rock plus intéressants. Ce n'est pas une question de paresse, mais la peur, comme toujours, est l'un des facteurs. Avec Jonathan il s'agit toujours du désir de s'intégrer, ou peut-être, de façon plus précise, de la peur – la bruyante, bruyante horreur – de dépareiller. Les choses sont différentes désormais.

Il ne peut pas s'en empêcher. Il a des opinions, des goûts, des attirances et des rejets, qui refusent de se tenir muets sous la surface de sa réserve. Il a le sentiment d'être un objet en mouvement, une voiture ou un train, un objet capable d'une vitesse prodigieuse, qui pourrait causer des dégâts.

Jonathan ne dit pas : « Voulez-vous que je vous prescrive des antidépresseurs, Mr Agnew ? »

Il ne dit pas : « Revenez la semaine prochaine et le Dr Owens vous organisera une thérapie. »

Il ne dit même pas : « Tout ce que vous me dites pourrait être retenu contre vous, Mr Agnew. »

Au lieu de quoi il ouvre la bouche et une sorte de gentillesse se rue hors de lui : « Y a-t-il quelque chose qui vous met à plat, Mr Agnew ? demande-t-il. Est-ce la chose dont vous ne pouvez pas me parler ?

— Ouais », répond-il, et Jonathan devine à la manière dont ses épaules se relèvent un peu, qu'un poids lui a été enlevé par cet aveu. Il se demande quelle impression ça fait de confesser un acte, puis le laisser en repos et ne pas y retourner encore et encore, comme à la croûte d'une égratignure. Il pense à Sophie et au secret qu'elle représente chaque fois qu'il quitte la maison. Peut-être que ses propres épaules se dresseraient comme des ailes s'il pouvait – ne serait-ce qu'une minute – parler à une autre personne de toutes les manières dont elle le terrifie.

« Ah, on s'en fout, dit-il, façon de s'exprimer pas du tout professionnelle de la part d'un médecin. Je ne répéterai à personne ce que vous dites. Vos secrets ne sortiront pas de cette pièce.

— J'ai votre parole là-dessus, docteur ? demande Sammy.

— Vous avez ma parole. Allez-y, maintenant, dites-moi cette chose terriblement mauvaise que vous avez faite. Ça vous aidera, de vous la sortir de la poitrine. »

Sammy se redresse sur son siège. Il plie les bras, le gauche sur le droit, comme une paire de cintres qui s'emmêlent. « J'ai fait des vilaines choses quand j'étais jeune, docteur, commence-t-il. Je vais pas vous donner le détail, mais je suis sûr que vous pouvez faire marcher votre imagination. C'était pendant les Troubles. Vous connaissez le genre de trucs que je vous parle. Je croyais que tout ça c'était derrière moi. Je voulais être différent. J'ai dit que je voulais plus faire du mal à personne.

— Vous avez fait du mal à quelqu'un ? »

Sammy acquiesce. Les larmes recoulent. Il se frotte les yeux rudement avec le poignet de son pull.

« À qui avez-vous fait du mal ?

— J'ai fait du mal à mon fils, docteur.

— Il est mort ?

— Naan, il est pas mort. Ça vaudrait peut-être mieux pour lui, n'empêche.

— Vous l'avez touché ?

— Bien sûr que non, je l'ai pas touché, docteur. Je suis pas un pervers. » Son visage se plisse sur les bords, comme s'il suçait fort sur un citron amer.

« Vous l'avez frappé, alors ? Vous lui donnez des coups ? Il faut me dire ce que vous avez fait si vous voulez que je vous aide, Samuel.

— J'ai jamais levé la main sur ce garçon. Mais je lui ai quand même fait du mal. »

Jonathan commence à perdre patience. Il imagine les autres patients qui s'empilent dans la salle d'attente, comme la circulation aux heures de pointe à la queue leu leu autour de la bretelle de Westlink. Il triture la partie molle de son oreille, la pince entre le pouce et l'index jusqu'à ce que la douleur le fasse revenir dans l'instant. Il commence à se demander si Agnew fait partie de ces vieux qui adorent geindre. Trop tard pour interrompre sa confession et lui prescrire à la place une brève cure de Prozac. Il tend le bras au-dessus de son bureau, attirant vers lui son bloc d'ordonnances.

Sammy parle toujours. « Je me fais tellement de mouron pour mon fils, docteur, poursuit-il. Il s'est changé en moi. Pas en moi maintenant, moi comme j'étais avant. En fait il est pire que moi. Il va faire souffrir quelqu'un pour de bon. Il va faire souffrir des tas de gens et ça sera tout de ma faute. »

La main de Jonathan reste en suspens au-dessus du bloc d'ordonnances. « Qu'est-ce que vous voulez dire, il va faire souffrir quelqu'un ?

— Tout ça dépasse les bornes. Les incendies. Il y en a tellement, maintenant. Je sais pas où ça va s'arrêter, réplique Sammy, qui commence à radoter. Faut que je fasse quelque chose, que je l'arrête avant que ça empire. C'est ma faute s'il est comme ça. »

La douceur disparaît brusquement de son visage. Il y a en lui maintenant une sorte d'urgence, qui lui crispe les poings. Puis il se redresse, bondit de sa chaise en plastique, franchit la porte et se jette dans le couloir. Il ne dit même pas au revoir. Jonathan non plus. Il se lève de derrière son bureau et referme la porte. Le comportement d'Agnew ne le surprend pas. Le plus vraisemblable, c'est qu'il y a en cause des problèmes psychiatriques, et qu'il est impossible de prédire comment va se dérouler un rendez-vous avec un dément. Une fois, une dame d'âge mur a tenté de l'embrasser sur les lèvres, pendant qu'il lui prenait sa tension. Il a aussi pris des gifles, des coups, des injures et, à plusieurs reprises, on lui a craché dessus. Partir sans prendre congé semble presque normal en comparaison.

Jonathan baisse les yeux sur sa main et sur le bloc qui est resté dessous. Il a sans réfléchir griffonné « DÉSOLÉ » en lettres majuscules, comme si le regret était une denrée qui pouvait être prescrite par la Sécurité sociale. Il se demande s'il est désolé, ou si Sammy est désolé, ou si l'un d'eux est désolé pour l'autre. Les trois options paraissent également plausibles.

Il arrache la première page du bloc, fourre la feuille dans sa poche et s'efforce d'oublier Agnew. Il passe au patient suivant, et au patient d'après, à qui on vient de diagnostiquer un diabète. Il ne parvient pas à oublier Agnew ni le « désolé » qu'il transporte maintenant dans sa poche de pantalon. Ses doigts l'effleurent chaque fois qu'il cherche un mouchoir en papier ou un morceau de chewing-gum. Il le rapporte chez lui après le travail. Quand il franchit la porte d'entrée du hall, les anciennes peurs l'attendent et de nouvelles s'y ajoutent : peur d'aimer les gens, et peur de faire mal aux gens qu'il aime. Il pose son sac près de la table du téléphone, grimpe les marches trois par trois et arrache Sophie à son sommeil pour la tenir, hurlante, contre sa poitrine.

11

Petites ailes

Ella Penney arrive au centre de soins pile au bon moment. Deux jours plus tôt et je l'aurais probablement manquée. Plus tard aurait sans doute été trop tard.

Je ne suis pas réputé pour mon talent avec les jeunes enfants. Une fois, alors que je prenais le pouls d'un bambin, j'ai imité le miaulement censé attirer un chat. La mère n'a pas trouvé ça drôle. Elle a déposé une plainte officielle et transporté toute la famille dans un autre cabinet. Depuis, il y a eu d'autres incidents : je ne pense jamais à réchauffer le pavillon du stéthoscope avant de l'appliquer sur le torse d'un enfant ; j'oublie de laisser la crème magique faire son effet ; et parfois je donne du monsieur ou du mademoiselle à mes plus jeunes patients, adoptant le style austère d'un dentiste victorien. Les dames de l'accueil savent tout cela. Elles savent tout ce qui se passe dans le centre de soins. Elles sont, à cet égard et à d'autres, comparables à Dieu. Ce qu'on ne leur dit pas explicitement, elles le déduisent de bribes de conversations saisies en douce et à la manière particulièrement furieuse dont certains patients entrent ou sortent du bâtiment. Elles ont tendance à orienter les petits enfants et les personnes sensibles loin de moi, vers les autres médecins, qui ne font pas pleurer les enfants ni enrager les mères. Même Marty, qui est relativement âgé, avec des lunettes féroces et le visage creusé d'un communiste, passe pour plus aimable avec les enfants que moi. Peut-être qu'elles me verront d'un autre œil maintenant que je suis père moi-même.

Si les médecins plus jeunes n'avaient pas été coincés chez eux et Marty chez le dentiste pour une carie, Ella Penney n'aurait jamais trouvé le chemin de mon cabinet. Deux jours après, ç'aurait été trop tard pour changer quoi que ce soit.

Deux jours après, je rentrerai de bonne heure du travail. J'arriverai chez moi avec une pizza à emporter : jambon et ananas avec un supplément de champignons de mon côté. Christine me croisera à l'entrée, tenant un carton écrit à la hâte qui dira : « Désolée, peux pas rester pour la pizza, j'ai un rendez-vous. » Ce prétendu « rendez-vous » me causera à la fois un choc et un soulagement. J'essaierai encore de faire atterrir la jeune fille en douceur. Pendant un moment, je me sentirai brièvement, mais affreusement, mortifié. Je serai planté sur mon propre seuil à passer très vite en revue toutes les occasions où j'ai été certain, absolument certain, qu'elle flirtait avec moi : ses mains s'attardant sur mon épaule, ses sourires détendus, le chemisier rouge qu'elle avait porté trois fois jusqu'ici, l'encolure descendant très bas sur ses petits seins. Je finirai par conclure, comme je l'ai souvent fait dans le passé, qu'il est impossible de se fier aux femmes ou de parvenir à être sûr de les comprendre. Puis je lèverai les deux pouces et je présenterai à Christine le genre de sourire torride bouche fendue qui est le geste de code pour « absolument ravi ». À cette occasion il signifiera aussi : « Personne ne le mérite plus que vous. » Le sentiment sera entièrement sincère. Sophie mise à part, j'aime Christine autant que toute autre personne que j'aie jamais rencontrée.

Je me tournerai alors de profil, permettant à Christine de se frayer un passage et filer tout droit à son rendez-vous, mais elle ne partira pas encore tout de suite. Au lieu de cela, elle lèvera une main, me fera signe de venir dans la cuisine et sortira son bloc-notes du tiroir fourre-tout, où il séjourne d'habitude. « Sophie a beaucoup ri aujourd'hui », écrira-t-elle. Et tout comme de voir écrit le mot « bâiller » va souvent susciter des bâillements, lire cette phrase nous fera sourire largement tous les deux. « Bientôt, vous verrez, elle va essayer les mots », écrira ensuite Christine. « Vous devrez en tenir une liste à jour pour le moment où elle commencera des séances d'orthophonie. » Puis elle prendra une tranche de pizza du côté sans champignons, me posera un baiser léger sur la joue et trottinera le long de l'allée vers son rendez-vous et la soirée qui l'attend.

Je resterai une demi-heure dans ma cuisine, le bloc-notes entre mes mains tandis que la pizza délaissée refroidira et se raidira dans sa boîte. Je lirai et relirai maintes fois ses phrases en me demandant si les mots « bientôt, vous verrez » est une expression toute faite ou un danger imminent. J'arracherai la page du bloc et l'enfouirai dans ma poche, la sentirai crisser contre ma cuisse et le bout de papier que j'y ai fourré mardi. Cela me paraîtra à des siècles de distance parce que mardi j'étais heureux et plein d'expectative. Je sortirai l'ancien bout de papier, le déplierai et lirai le mot « DÉSOLÉ » écrit de ma propre main. Il aura l'air d'une prophétie de biscuit chinois tout d'un coup avérée.

« Désolé. »

Je saurai alors avec certitude, sans autres précisions, que toute chose bonne finira par disparaître. Il faudra s'occuper de Sophie et ce sera à moi de le faire. Je viderai un verre pour me calmer les nerfs et je le ferai suivre d'un deuxième. Ni l'un ni l'autre verre n'émousseront ma peur. Je m'arrêterai avant le troisième, car je reste malgré tout un père et je prends cette responsabilité au sérieux : il faut penser à Sophie, qui dort en haut. J'aurai le sentiment d'être un condamné.

Mais tout cela, c'est dans deux jours. Aujourd'hui nous sommes mercredi et Ella Penney arrive dans mon cabinet pile au bon moment.

L'enfant entre la première dans ma salle de consultation. Sa mère marche deux pas derrière elle, son anorak disposé sur le bras comme la serviette d'un garçon de café. Elle soulève sa fille jusqu'à la table d'examen, bien que la petite soit en âge d'y grimper seule. La femme scrute la pièce et finit par se percher maladroitement sur la chaise en plastique près de mon bureau. Ses cheveux blonds fatigués pendent par mèches autour de son visage. Ils ont la couleur des plafonds tachés de nicotine. Des racines noires commencent à se graisser près de la peau du crâne. Elle porte un manteau rose bon marché, si vif qu'il draine les dernières traces de couleur de son visage. Elle pourrait avoir n'importe quel âge entre dix-huit et quarante ans. C'est difficile à dire chez les femmes du quartier Est, surtout celles qui boivent.

L'enfant ne ressemble pas à sa mère. Elle a des cheveux couleur cuivre qui pendent raides de part et d'autre de son visage, comme la chute ininterrompue d'une cascade. Ses yeux sont d'un bleu profond d'eau de mer et ils clignent rarement. Elle porte des bottes en caoutchouc et une sorte de cape, bien que le temps s'accorde mal aux vêtements d'hiver. Son visage a exactement la même teinte que le papier d'une photocopieuse, mais ce serait erroné de la déclarer pâle. Pâle est un terme négatif, impliquant un manque de couleur. Sa blancheur est lumineuse comme de la porcelaine, comme de la neige intacte, comme le Christ en personne récemment transfiguré. Elle luit. Ça m'est difficile d'imaginer cette créature blanc bouillant sortir de sa mère. Peut-être fait-elle partie de ces enfants qui sapent la vie de tout ce qu'elle touche. Je pense à Midas. Ce n'est pas tout à fait la métaphore appropriée, mais elle colle.

L'enfant s'appelle Ella Penney. Elle a sept ans, presque huit. Je le sais parce qu'elle me le dit. Elle me dit beaucoup, beaucoup de choses sans qu'on le lui demande : elle va avoir un chien pour Noël, pas un chiot, un vrai chien. Elle est la deuxième plus grande en taille de sa classe. Elle sait compter jusqu'à vingt en espagnol. Elle en fait la démonstration avec force panache : « *Uno, dos, tres, cuatro, cinco, seis*... » Je n'ai pas encore pu placer un mot. « *...siete, ocho, nueve, diez*... »

Je regarde Mrs Penney droit dans les yeux et je hausse un sourcil comme pour lui dire : « Donnez-moi un coup de main. »

Mrs Penney interrompt sa fille à mi-parcours : « Tais-toi, maintenant, Ella. Laisse parler le docteur. »

Ella Penney cesse de parler. Pendant un instant j'oublie que c'est moi le docteur. Cela se produit parfois pendant une consultation. Je dois maintenant poser des questions sur la santé de l'enfant et ce qui l'amène ici aujourd'hui. Je suis assis dans mon siège, les yeux fixés sur ses bottes jaunes en caoutchouc. La lumière du plafond se réfléchit une fois sur chaque orteil, comme le soleil dans une mare. J'aimerais lui demander quelle est sa couleur préférée, et si elle a déjà choisi un nom pour son futur chien. La présence de cette enfant a changé l'atmosphère de mon cabinet. Il fait plus tiède dans la pièce désormais. On y respire mieux. C'est devenu soudain un endroit où je pourrais avoir envie de traîner un peu, comme au lit, tout de suite après le réveil.

« Qu'est-ce que je peux faire pour toi, Ella ? » demandé-je. Au moment même où je parle, je comprends que j'ai pris la situation à l'envers. Il n'y a rien que je puisse faire pour une enfant aussi lumineuse. Je devrais lui demander ce qu'elle peut faire pour moi et combien de temps elle peut m'accorder.

Ella Penney me sourit. Son sourire est comme un bang supersonique. « Je me suis cassé le bras, dit-elle. Je crois qu'ils ont trop serré le plâtre. Mes doigts deviennent tout bleus. » Elle les agite pour en faire la démonstration.

« Ah, on ne peut pas continuer comme ça, répliqué-je. Tu permets que je regarde ? »

Elle tend son bras droit vers moi et je vois la manchette d'un blanc de mâchoire du plâtre émerger de sous sa cape. Ses doigts sont un peu plus gris qu'ils ne le devraient. Ce n'est pas un bon signe.

« On peut retirer ta cape pour me permettre de mieux voir ton bras, Ella ? demandé-je.

— Non », s'écrie Mrs Penney. Elle se redresse toute raide sur sa chaise de plastique. Son sac à main lui tombe des genoux, vomissant des mouchoirs en papier, des stylos-bille et de la petite monnaie sur tout le sol du cabinet. Elle se met à genoux pour tout ramasser.

« Bien sûr », dit Ella Penney.

Elle fait glisser sa cape vers le haut, par-dessus la tête, comme un chandail, et elle est nue de la taille jusqu'au cou. Elle n'a pas encore perdu les douces rondeurs de son ventre de bébé, mais je peux voir que la chair autour des tétons commence à enfler en préparation des seins à venir. Elle est partout d'un blanc de lait, son torse aussi pur que son visage.

Impossible de ne pas regarder fixement.

Enjambant l'espace entre les bras et les flancs, comme un oisillon ptérodactyle, se trouve une paire d'ailes d'une forme parfaite.

Absolument impossible de ne pas regarder fixement.

Je me surprends à sortir de mon siège et traverse la pièce à grandes enjambées pour voir de plus près. Je n'avais pas l'intention de faire cela. C'est une réaction involontaire, comme d'éternuer ou de pleurer en coupant un oignon. Mes yeux sont à quelques pouces de ses aisselles. Je regarde avec une furieuse intensité. Maintenant j'effleure de mes doigts son aile gauche. La mère d'Ella fait mine de se préparer à intervenir, puis semble en perdre l'envie. Elle s'affale sur sa chaise et observe. J'aurais sans doute dû d'abord lui demander la permission, mais là je ne fonctionne pas normalement. J'aspire et souffle l'air par la bouche à travers mes dents, ma respiration produit une sorte de sifflement doux. Je ne me rappelle plus comment former des mots.

Ella Penney lève les bras pour moi. Elle a déjà fait ce geste auparavant. Les plis de ses ailes se déploient en accordéon et la voilà oiseau en blue-jean et bottes de caoutchouc. Je prends son poignet intact dans ma main, étire le bras de toute sa longueur et la dévore des yeux. J'oublie que c'est une enfant. Elle n'est pour moi à cet instant qu'une patiente, moins qu'une patiente, en réalité, un spécimen. Je prends de tête des notes détaillées. J'écris un livre.

Un réseau d'os minuscules parcourt chaque aile par intervalles. Entre ces os, une fine membrane de peau est étendue au maximum, presque transparente par endroits, mais charnue et solide, comme le pli mou entre le pouce et l'index. Un fin duvet blond recouvre chaque aile. Je souffle doucement sur la surface de la peau et je regarde les petits poils se dresser comme un seul, comme des épis de blé s'inclinent en douceur. Je vois l'emplacement où les ailes rejoignent ses bras. La chair y est plus épaisse et lisse, comme la peau d'une vieille cicatrice. Je touche l'endroit du bout de mon doigt ganté et elle tremble, peut-être de douleur ou du choc de ma main, dont on m'a souvent dit qu'elle était trop froide pour un médecin.

« Je ne peux pas voler », me dit-elle.

Je ne lui ai pas demandé, mais bien sûr je me pose la question. Elle écarte sa main de moi, plie le bras cassé sur son torse et laisse l'autre pendre mollement à son côté. Je repars d'un saut au fond de moi-même et fais retraite jusqu'à mon siège. La pièce tourbillonne légèrement. Je m'empare de mon carnet avec l'espoir que la papeterie va me donner la sensation d'être en sécurité ou au moins d'atterrir.

« Tu *peux* voler, Ella, dit sa mère d'un ton ferme. Mais seulement tu ne veux pas.

— Je ne peux pas voler, maman. Tu sais bien que j'ai essayé. Les ailes ne marchent pas. Je peux faire d'autres choses, mais pas voler. »

Mrs Penney se tourne vers moi. « Je suis désolée, docteur. J'aurais dû expliquer. J'espérais qu'on arriverait à faire soigner ce poignet sans avoir à entrer dans cette histoire d'ailes, mais comme vous pouvez probablement le deviner, notre Ella est le genre de petiote qui fait toujours ce qu'elle veut, sans penser aux conséquences. »

J'ai cent mille questions à poser. Je veux enregistrer notre conversation. Et prendre des photos. Je veux rassembler toutes les dames de l'accueil dans mon cabinet pour qu'elles soient témoins de ce miracle. Je pense téléphoner à la BBC. Au lieu de quoi je demande : « Elle a toujours eu des ailes ?

— Elle est née avec, explique Mrs Penney.

— Incroyable. » Je m'extasie. On croirait un médecin de bande dessinée.

« Elle n'est pas la première de notre famille. Je suis originaire de la région de Cushendall et ce n'est pas comme s'il y avait des centaines d'enfants volants ou autre chose, mais là-bas à la campagne c'est monnaie courante d'en voir un ou deux à chaque génération. Autrefois les fermiers comptaient sur eux pour survoler les vallons, garder un œil sur leurs moutons quand le temps les obligeait à quitter les montagnes. Bien sûr ils ne le font plus du tout. Ils ont presque tous des quatre-quatre ou le même genre. Mais voler, les gens du coin ont ça dans la peau, et même maintenant, ce n'est pas rare d'entendre parler d'un nourrisson qui vole. Je n'étais pas tellement choquée quand Ella est sortie avec des ailes. J'ai un cousin issu de germain qui en a aussi. Mais le mari a failli trépasser. Il est pur Belfast-Est. Il n'avait jamais entendu parler d'enfant volant. Il la prenait pour une espèce de mutant. Ça lui a pris une éternité pour comprendre quel miracle elle représente.

— Et elle peut voler ? demandé-je.

— Bien sûr qu'elle peut voler, répond Mrs Penney. Vous ne voyez pas qu'elle a des ailes ?

— Non, dit Ella, surmontant la voix de sa mère. Je ne *peux* pas voler, mais ils continuent à me pousser du haut d'échelles et de trucs comme ça pour essayer de me faire démarrer.

— C'est comme les oiseaux, docteur. Des fois il faut leur donner un petit coup de pouce pour mettre leurs ailes en route.

— C'est comme ça que tu t'es cassé le poignet, Ella ?

— Ouais. Papa m'a poussée de l'araucaria sur la pelouse de derrière. J'ai mal atterri. Mon bras a fait un bruit comme quand on marche sur des corn flakes. J'ai su tout de suite qu'il était cassé.

— Et qui te l'a remis ? »

Mrs Penney s'entremet. « Il y a un médecin au Royal qu'on va toujours consulter, le Dr Kunari. C'est un Indien, mais son anglais n'est pas trop mauvais. Il soigne les Enfants infortunés. La plupart des médecins ne savent même pas qu'ils existent. Le Dr Kunari dit que c'est aussi bien comme ça. Les gens ne savent pas comment s'occuper d'eux. D'autres médecins feraient sans doute des expériences ou les feraient passer à la télévision ou Dieu sait quoi. Le Dr Kunari préfère en prendre soin. Bien sûr, il y a beaucoup plus d'Enfants infortunés en Inde qu'ici, mais le Dr Kunari a réussi à en repérer pas mal, maintenant. Quand Ella est née, il existait un seul groupe de soutien à Belfast. Maintenant il y en a deux, à l'Est et à l'Ouest, et ils pensent en démarrer un troisième en centre-ville. Bien sûr nous on va à celui de l'Est, c'est plus commode. »

Je croise les bras. Puis je croise les jambes. C'est bon de sentir la pression de mon propre corps qui se pousse vers lui-même. Je ne me sens pas très réel en ce moment.

« Les Enfants infortunés ? » demandé-je, et avant que Mrs Penney n'entame une de ses longues explications décousues, Ella intervient.

« Les gosses qui ne sont pas normaux, explique-t-elle.

— Comme ceux qui ont des besoins particuliers ?

— Plutôt des pouvoirs particuliers.

— Comme de voler ?

— Je vous l'ai dit, je ne peux pas voler. J'ai d'autres pouvoirs à la place, des pouvoirs meilleurs que voler. Je peux faire revivre des choses.

— Comme Jésus ?

— Naaan, rien d'aussi gros qu'une personne entière et rien de tellement vieux qu'il serait mort de toute façon. Je fais des tas d'insectes et de vers de terre, une fois un hamster, et une quantité de plantes. Il suffit que je touche les trucs, et ils arrêtent d'être morts...

— Cesse de dire des bêtises, Ella, l'interrompt Mrs Penney. Tu ne peux pas faire revivre des choses mortes. Tu as des ailes. Tu es censée voler. Tout le reste, c'est dans sa tête, docteur.

— Donc, dis-je, m'autorisant l'espace nécessaire pour laisser grossir l'information, voyons si j'ai bien compris. Il y a des quantités d'enfants ailés à Belfast.

— Pas vraiment, explique Mrs Penney, il y a une poignée d'enfants volants, deux qui flottent, un qui arrive à planer une quinzaine de centimètres au-dessus du sol, on n'appellerait pas ça des quantités. Mais il y a pas mal d'enfants avec des dons différents.

— Donc, il y a un grand nombre de ces enfants dotés de pouvoirs spéciaux dans tout Belfast et le Dr Kunari s'occupe d'eux.

— Il ne s'en occupe pas particulièrement, c'est plutôt qu'il nous réunit toutes les deux semaines, un genre de groupe de soutien. C'est plutôt fait pour les parents que pour les mômes – ce n'est pas facile d'avoir un Enfant infortuné.

— Pourquoi les appelle-t-on des Enfants infortunés ?

— Le Dr Kunari a juste décidé que c'est comme ça qu'il fallait les appeler. Je crois que c'est la traduction de leur nom en Inde. En Inde on laisse les Enfants infortunés mourir de faim dans les fossés ou les poubelles. Les gens pensent que c'est un genre de malédiction. Le Dr Kunari préfère les appeler des miracles.

— Et il y a des Enfants infortunés dans Belfast-Est ?

— En tout il y en a une vingtaine. Certains ont de meilleurs pouvoirs que d'autres. Pour être honnête, Dr Murray, il y en a deux que je ne qualifierais même pas d'Enfants infortunés, comme celle qui peut retenir sa respiration sous l'eau vraiment longtemps.

— Je n'appellerais pas ça un pouvoir spécial. Elle a probablement juste des poumons plus grands que la moyenne.

— Et puis il y a ce garçon dans l'arbre, ajoute Ella.

— Exactement, ma cocotte. Qu'est-ce que ça a de spécial, de rester assis dans un arbre pendant cinq ans ? En tout cas, docteur, on se réunit chaque jeudi soir au Modulaire derrière le foyer municipal d'Inverary. Des fois les enfants viennent. Des fois c'est rien que les parents. Ça a été un cadeau du ciel de rencontrer des gens à qui parler, des gens qui comprennent. »

Je me renfonce dans mon fauteuil. Je regarde Mrs Penney. Elle est d'un sérieux absolu. Elle a l'habitude qu'on ne la croie pas, je le vois bien. Elle tient son sac comme une sorte de bouclier.

Je regarde Ella Penney et les engins bizarres accrochés à ses aisselles. La lumière dispensée par la fenêtre du cabinet la traverse et l'illumine, rendant ses ailes si translucides que je distingue toutes les veines bleues minuscules qui rayonnent sous sa peau. Elle est la meilleure chose qui me soit arrivée depuis Christine. Peut-être encore meilleure que Christine.

« Vous nous prenez pour des folles, n'est-ce pas ? demande Mrs Penney. Tous les médecins à qui nous avons parlé nous croient folles, sauf le Dr Kunari.

— Non, dis-je, je ne vous crois certainement pas folles. » Je me lève et me tourne vers Mrs Penney. Sans qu'on le lui dise, elle comprend qu'elle devrait se lever aussi. Elle le fait. Nous nous regardons fixement l'un l'autre. Ella a le bon sens de tenir sa langue. Elle observe depuis la table d'examen. Je suis le premier à bouger. Je bouge avant même d'avoir pensé bouger : c'est parfaitement instinctif. J'entoure Mrs Penney de mes bras. Au début elle se raidit contre le geste. Elle est un mur, une brique, une espèce de bloc résistant. Puis je sens son corps se détendre et elle me rend mon étreinte.

« Je pense que j'ai moi aussi un Enfant infortuné », dis-je. Je le murmure dans la corolle de son oreille, assez bas pour qu'Ella ne puisse pas entendre. Le souffle suivant est le plus profond que j'aie jamais inspiré depuis bientôt trois mois. Quand nous nous écartons, Mrs Penney est en larmes. Je lui offre un mouchoir de la boîte posée sur mon bureau et elle m'en tend un. Je pleure aussi. Je ne m'en étais pas rendu compte.

Plus tard, tandis que je desserre le plâtre d'Ella, que l'enfant est préoccupée par la chair pincée et les bandages trop étroits, Mrs Penney se penche pour me murmurer à l'oreille : « Ce n'est pas votre faute. Rappelez-vous juste que ce n'est pas votre faute. »

J'essaie de m'en souvenir, mais c'est difficile de garder ça en tête.

Mrs Penney rédige les informations pour se rendre au foyer municipal où les Enfants infortunés de Belfast se réunissent. Elle offre de passer me prendre si je ne veux pas y aller seul. Elle dit : « Appelez-moi Kathleen » et c'est ce que je fais, à deux reprises, quand elle se prépare à passer la porte. Elle ne me demande aucune précision sur Sophie. Ce dont je lui suis extrêmement reconnaissant.

Après le départ des Penney, j'annule le rendez-vous avec mon dernier patient. C'est un affreux manque de professionnalisme. Je dis à la dame de l'accueil que j'ai la migraine et besoin de m'étendre pendant une heure. Je m'allonge sur la table d'examen et je pleure et pleure à flots. J'essaie de m'arrêter en m'enfonçant les pouces dans les orbites, sans succès. Je me demande si ce sont des pleurs de soulagement. Je ne suis pas vraiment triste, mais je ne suis pas non plus heureux. On dirait que la peur a glissé vers une autre partie de mon corps et que, pour l'instant, mes poumons sont mieux armés pour la respiration.

Au-dessus de ma tête, sur le classeur de documents, la plante araignée, qui était morte il y a peu, semble reverdir. Je sais qu'Ella Penney l'a touchée. Ou peut-être qu'elle n'a même pas besoin de toucher les choses. Peut-être qu'il lui suffit de les regarder, ou de penser bonne santé, comme Jésus et l'homme dont la fille était morte, à des kilomètres de là, et puis tout d'un coup, elle ne l'était plus. On dirait qu'un miracle vient de se produire dans mon bureau, et j'ai besoin de me poser une heure ou deux dans son rayonnement.

Loïs, la vampire diurne

C'est beaucoup plus facile en été. La plupart du temps il ne fait pas nuit avant dix heures ou plus tard. N'empêche, Loïs doit être prudente. Une fois que le crépuscule commence à assombrir les toitures, le picotement démarre. Ses dents cuisent. Ses ongles la démangent. La peau sous ses taches de rousseur se met à rosir. Si elle reste dehors trop longtemps et laisse la nuit la recouvrir, son corps entier lui donne l'impression d'être en feu. Le corps entier de Loïs pourrait bien prendre feu si elle s'autorisait à traîner dans le noir. Elle n'a jamais persisté assez longtemps pour s'en assurer. Les films semblent suggérer qu'une combustion rapide s'installe. Lumière du jour. Hurlements. Une sorte d'émiettement sous pression et, ensuite, un petit tas de cendres qui fume sur le sol. L'opinion commune penche pour l'évaporation.

Bien sûr, dans les films, les gens comme Loïs craignent la lumière du jour. Loïs est différente. Tout chez elle est devant derrière. Elle ne peut pas se passer de lumière. Soleil. Projecteurs. Même la froide lumière bleue d'un frigo ouvert peut faire l'affaire. C'est l'obscurité qu'elle redoute. Dans la journée, Loïs est libre d'aller à l'école et de retrouver des amies, en s'attardant sous les lumières blanches éclatantes du centre commercial. Elle est bronzée en permanence, mais quelle fille de Belfast ne l'est pas ? Pendant le jour elle peut presque passer pour normale.

La nuit, toutefois, Loïs est enfermée dans la maison. La nuit ressemble à un genre de mur, si haut et si bas et tout autour : elle n'aurait pas l'idée de se risquer dehors. Pas même avec un projecteur de 60 watts braqué sur son visage. Elle reste assise dans sa chambre, à manger du hachis cru par poignées, car même si la faim l'habite, elle a appris à l'apaiser par de la viande et du sang morts. Elle ne s'abaisserait jamais à mordre. Rien que d'y penser la révulse. Sucer le cou d'inconnus. Ne pas savoir d'où ils viennent, ni même s'ils sont propres. Pendant les heures de sommeil elle dort par saccades et rafales nerveuses. Ce n'est pas facile de s'endormir avec les grosses lampes allumées et la lampe de bureau orientée droit sur votre visage, mais Loïs commence à s'y habituer. Elle passe chaque minute de l'été dehors : à faire du vélo, courir, prendre des bains de soleil dans l'arrière-cour sans rien d'autre sur elle qu'un bikini. Ici les hivers paraissent sans fin. Ils le sont. Belfast n'est pas l'endroit idéal pour une vampire diurne. Parfois Loïs passe des semaines sans sortir de la maison.

12

Conversations

Il est huit heures du soir, un samedi. On est presque en août. Les Grands Feux font la une dans tous les pays importants. La ville a une odeur de crématorium. Quiconque a un peu de bon sens est parti ailleurs. Seuls demeurent ceux qui n'ont nulle part où aller, qui tentent de préserver un minimum de normalité. Les hommes politiques ont presque perdu espoir. Ils n'en voient pas la fin : les feux, les émeutes, la chaleur incessante. Ils n'ont fait aucun progrès dans la traque du Lanceur de feu.

Sammy est assis sur la marche la plus haute de son escalier. Il y a deux biscuits Penguin nichés dans la poche de poitrine de sa chemise : un bleu et un orange. Il n'arrive même plus à se rappeler si Mark aime les Penguin. Peut-être est-ce Christopher qui en raffole, ou Lauren. Maintenant qu'ils sont grands, les détails concernant ses enfants se mélangent et parfois il confond leurs sujets d'intérêt avec ceux d'enfants dans des feuilletons télévisés. Les biscuits commencent à fondre sous l'effet de la chaleur qui monte de sa poitrine. Il pense les laisser sur les marches et revenir les chercher plus tard, quand tout sera terminé. Il regrette de n'avoir pas emporté un plateau de la cuisine. Un plateau lui aurait apporté du réconfort, quelque chose à quoi s'accrocher au départ.

Sammy a deux gobelets de thé : un pour lui, un pour Mark. Il veut donner de la solennité à cette journée, alors il a pris les beaux gobelets : des gobelets assortis plutôt que ceux offerts gratuitement avec les œufs de Pâques de l'an dernier. Les gobelets dans lesquels ils boivent quand ils ont de la visite. Œuf fondant à la crème. KitKat. Crunchie. Mars. Ils ont la collection presque complète. Aujourd'hui il utilise les gobelets fantaisie avec des rayures. Sammy prend son thé blanc avec deux sucres. Celui de Mark est noir. Pamela l'a prévenu de ne pas mettre de lait ni de sucre dans le thé de son fils parce qu'il est végétarien, ces temps-ci. Cela, Sammy le sait, n'a pas d'incidence sur le fait que le garçon prenne du sucre dans son thé, ou même du lait, mais il tient sa langue malgré tout. Il a pris l'habitude de tenir sa langue devant Pamela.

Elle n'a jamais été une grande lectrice, mais autrefois elle avait du bon sens. Maintenant l'inquiétude semble la travailler constamment. La plupart du temps on dirait qu'elle est à des kilomètres, qu'elle n'écoute pas. Ce n'est pas comme si auparavant Sammy était particulièrement attiré par les qualités cérébrales de sa femme. Il a commencé par s'éprendre de son visage. Au début des années 90, elle était le portrait craché de Lady Di. Il aimait bien sa façon de le regarder du haut de ses yeux et de ses lèvres minces, comme si elle était trop bien pour lui ou pour tout autre de son espèce. Elle était trop bien pour lui. Tout le monde le disait.

Elle n'était pas originaire de l'Est, ni habituée à ses routines. C'était la principale raison qui avait poussé Sammy à l'épouser. Et aussi sa longue chevelure blonde, comme une Barbie à peine sortie de l'emballage, et son postérieur, devenu légendaire dans le cercle rapproché de l'Est.

L'Est ne s'était pas montré tendre pour Pamela. Elle commença à disparaître du jour où elle quitta la ferme de son papa. Maintenant elle ressemble à un contour d'elle-même sans couleur ni force.

Sammy n'éprouve plus la même force d'attraction vers elle. Il essaie. Mais il n'en reste rien. Le couple n'a plus grand-chose à se dire, car tous les grands mots sont maintenant hors de portée. Enfants. Avenir. Sexe. Ils parlent des langues différentes, et ces langues sont comme un mur de verre qui s'élève entre eux chaque fois qu'ils s'assoient. Ils essaient. Encore maintenant, Sammy n'est pas contre l'idée d'essayer. Les lèvres bougent. Les fronts se plissent. La colère monte et redescend lentement. Tout se perd sur le trajet de la traduction. Ils ne sont synchro que sur les choses élémentaires. Argent. Nourriture. Télévision. Ces choses-là ne comptent pas. Elles ne sont pas du tout assez solides pour qu'on puisse s'y accrocher.

Il essaie de stimuler une attirance pour elle, mais ce n'est pas facile. Pamela a pris du poids, un paquet de kilos. Elle ne ressemble plus du tout à ce qu'elle était à vingt ans. Elle s'abrite sous des chemises d'homme et d'énormes pulls chaque fois qu'elle sort de la maison. Elle se décrit comme une grosse vache et il n'exprime ni accord ni désaccord audible. Il sait qu'il devrait faire plus d'efforts. Il continue à la complimenter quand elle revient de chez le coiffeur, ou qu'elle s'habille pour un mariage, mais ses mots manquent de vigueur. Ils ne semblent pas s'imprimer. Pamela suit des régimes et fait les exercices de ses DVD, qu'elle met sur le téléviseur du salon, faisant trembler toute la maison quand elle lève ou plie ses cuisses flasques au rythme de la musique. *Bom, bom, bom,* et le bêlement aigu de Whitney Houston qui veut toujours danser avec quelqu'un. Sammy regarde par une fente de la porte et se demande s'ils auraient dû décider que c'était fini il y a des années, avant que tout ne commence à s'effriter, quand ils étaient encore assez jeunes et auraient pu trouver le bonheur ailleurs.

Pamela ne mange pas de viande, mange uniquement de la viande, des bols de pamplemousse et du thon séché, du fromage blanc, du pain complet, uniquement des aliments verts, pas de vin ; fait jeûne le jeudi, ripaille pendant le week-end, se pèse deux soirs par semaine devant des inconnus au centre de loisirs et paie cinq livres pour ce privilège ; commande des recettes dans les magazines féminins ; essaie le pilates, le yoga et la zumba au centre municipal les jours de semaine, quand c'est moins cher. Elle tente de convaincre Sammy de venir avec elle, mais il a toujours une excuse prête. Jamais elle ne fait une pause pour se demander à l'intention de qui elle déplace tout ce poids. Sammy a envie de dire : « Arrête. Parle-moi comme tu me parlais avant. Peut-être qu'il reste encore quelque chose à sauver. »

Il ne fantasme pas sur d'autres femmes. Son fantasme, c'est de voir revenir l'ancienne Pamela. La fille plume dont il était tombé amoureux. Les bons jours il va saisir un coin de bouche qui se redresse comme elle en avait coutume, ou ils plaisanteront gaiement ensemble à la table du petit déjeuner, et il comprendra qu'il serait incapable de la quitter. Il s'est passé trop de choses entre eux, et d'ailleurs, de quel droit reprocherait-il à Pamela sa silhouette ? Il n'est pas un petit dieu, ces temps-ci. Il est un ballon gonflable sur deux baguettes livides. Il y a de jolis sacs en papier froissés là où sa peau pend autour des bras et des jambes, des vergetures nacrées, comme des éclairs, qui zèbrent son ventre en expansion. Parfois il pense que seule la paresse les maintient ensemble, la paresse et la culpabilité. À d'autres moments il se rappelle leur tendresse réciproque jadis, comme des enfants qui partagent des secrets. Et alors il ne supporte pas d'être dans la même pièce qu'elle.

C'est Pamela qui lui a suggéré de parler à Mark. Elle ne l'a fait que par méchanceté. Sammy aurait été parfaitement satisfait de passer la soirée côte à côte sur le canapé, à ne pas vraiment regarder les mêmes programmes de télévision. Ils ont regardé une émission du cuisinier Jamie Oliver. Son choix à elle. Ce soir Jamie Oliver prépare du poisson bio de provenance locale. Pamela ne mange même pas des bâtonnets de poisson, de peur de s'étrangler sur une arête, mais elle est fascinée par Jamie Oliver. Elle lui trouve bonne allure dans un style vaguement londonien. « Comme Michael Portillo », explique-t-elle, et Sammy comprend que cela a un rapport avec le fait qu'ils ont tous les deux les lèvres un tantinet charnues. Elle aime bien quand Jamie Oliver déchire de la salade avec ses mains, et comment il a pleuré à propos des enfants à qui on sert des frites tous les jours pour leur casse-croûte à l'école. Sammy pense que Jamie Oliver est un trou du cul. Le poisson bio de provenance locale ne l'intéresse pas du tout. Il aurait bien aimé regarder cette histoire de crime sur ITV, mais n'a même pas eu l'occasion de défendre son point de vue. Il avait à peine eu le temps de s'installer confortablement quand Pamela lui a suggéré de monter dire un ou deux mots à Mark.

« Tu devrais aller lui parler », avait-elle dit, sans crier gare, comme si l'idée venait de lui jaillir dans le cerveau.

Sammy avait fixé le gros visage grassouillet de Jamie Oliver sur l'écran. Il était en train de dépiauter un morceau de morue avec les doigts. Sammy ne comprenait pas ce qui avait conduit Pamela à penser à Mark. (Jamie Oliver ne ressemble pas du tout à leur fils. Mark est une longue nouille blanche, avec un toupet de cheveux blond-blanc, comme une éponge à récurer, perché sur le sommet du crâne.)

« Pourquoi je devrais aller parler à Mark ? demanda-t-il sur un ton qui se voulait détaché.

— Aucune raison, en fait. C'est juste qu'il ne sort plus jamais de sa chambre, et que je regardais ce truc l'autre jour sur Channel 4 – un de ces talk-shows avec ton ex qui était à la BBC avant – et il était question de ces jeunes qui se suicident. Ils sont des centaines par minute qui font ça, tous des antisociaux, comme notre Mark. On dit que c'est une épidémie. Ça m'a fait réfléchir, Samuel. Tu devrais peut-être vérifier qu'il est pas là-haut en train de penser à une façon de se tuer, ou de regarder de la porno enfantine sur son ordi. Ils disent dans le programme que c'est important de faire comprendre aux gens suicidaires qu'on les aime. »

Ni l'un ni l'autre, ils n'aimaient Mark. Il était fort possible que pas un être au monde n'aime Mark. Ils avaient échangé un regard aux deux extrémités du canapé, sans dire exactement cela, mais en l'admettant des yeux.

« Pourquoi tu montes pas lui dire que tu l'aimes ? suggère Sammy.

— Naan, je regarde Jamie Oliver. J'ai jamais vu cette émission-là. Toi, vas-y... avant qu'il soit trop tard !

— Putain de merde, Pamela, on sait très bien tous les deux que Mark est pas là-haut en train de se tuer.

— Comment tu sais ça ? Tu l'as vraiment vu quand pour la dernière fois ? »

Sammy a dû résister à la tentation de répondre : « Ce matin, aux infos, en train de semer la pagaille. » Au lieu de quoi il dit : « Je suppose que ça ferait pas de mal d'avoir une petite conversation avec ce gosse, voir si je peux l'inciter à faire un peu de recherche d'emploi.

— Vas-y, alors », répliqua Pamela, en montant le volume de trois crans dans l'espoir de l'irriter au point de le pousser à franchir la porte et grimper l'escalier. D'abord Sammy fut incapable de bouger. Il essaya d'ordonner à son arrière-train de s'arracher au canapé, mais comme sa tête, et le reste de ses attributs mobiles, ses muscles ne se sentaient aucune envie de s'aventurer près de Mark. Pamela s'était penchée vers lui sur le canapé. Il pensa qu'elle allait lui passer un bras autour des épaules, comme elle avait coutume de le faire quand ils se promenaient ensemble en voiture. Mais elle s'en servit comme d'un levier pour tenter de le faire sortir du canapé. « Va parler à Mark, dit-elle, monte-lui une tasse de thé et un biscuit. »

Sammy sentait enfler l'ancienne colère, comme des marteaux montant et descendant dans sa gorge. Il avait envie de cogner sa femme. Il n'avait jamais frappé Pamela jusqu'ici et il était fier de sa maîtrise. Il l'avait couverte d'injures, cependant, et elle était toujours prompte à la riposte. Ils ressemblaient à deux chats en train de se siffler à la tête quand ils se battaient. Il jura et posa brutalement son gobelet sur la table basse. Le thé froid se répandit sur le dernier numéro de *Woman's Weekly*, formant des plis humides sur le visage de la vedette en couverture. Comme des vagues de sable dans le désert. Tout était gâché.

« Bien, dit-il. Je vais aller parler à Mark. » Il essaya de faire comme si c'était son idée. Mais ce n'était pas son idée. Parler à Mark, c'était bien la toute dernière façon dont il avait envie d'occuper sa soirée.

Sammy n'a pas dépassé la marche la plus haute de l'escalier. Cela fait maintenant près de cinq minutes qu'il est assis, tenant deux gobelets, un dans chaque main. Il sent le thé refroidir entre ses paumes en coupe. Il fixe les gobelets des yeux et saisit un reflet graisseux de son visage sur la surface de celui de Mark, assombri et sévère. Il ne comprend pas comment on peut boire son thé noir. Rien que d'y penser lui fait recroqueviller les dents dans leurs gencives, comme du papier alu qu'on aurait mordu par accident. Il y a tellement de choses qui lui échappent à propos de son fils. Le thé noir devrait être la dernière de ses préoccupations. De fines rides roulent en surface des deux gobelets, du centre vers les bords, comme les premiers présages d'un tremblement de terre. Ses mains s'efforcent de rester tranquilles. Il pose les deux gobelets avec soin sur la marche et met ses paumes à plat contre ses cuisses jusqu'à ce qu'elles cessent de trembler. Puis il franchit la dernière volée de marches jusqu'à la chambre de Mark et frappe à la porte.

Mark n'ouvre pas. Au lieu de cela il braille « Attends une minute ! » et pendant deux minutes, peut-être trois, Sammy reste debout sur le palier, en sueur, tandis que le garçon s'agite autour de sa chambre à cacher des choses qu'il ne veut pas qu'on voie. La porte s'ouvre de l'intérieur. Mark est encadré par le linteau. Toutes les fenêtres ont été occultées et la seule lumière émane d'une petite lampe inclinable posée sur son bureau. Sammy jette un coup d'œil autour de la pièce, par-dessus l'épaule de son fils. Son lit est fait proprement. Ses livres sont empilés en tours perpendiculaires au sol. Il n'y a pas d'affiches sur les murs, pas de photos, rien qui marque la possession de l'espace. Ça pourrait aussi bien être une cellule de prison. Pourtant Mark vit là depuis plus de vingt ans, dont il a passé presque chaque moment à l'intérieur de ces quatre murs.

« Comment ça va pour toi, fiston ? » demande Sammy.

C'est de cette manière qu'il entamerait la conversation avec un vieil ami en pleine rue. Cela paraît étrange de parler comme ça à son fils, qui vit à l'étage du dessus. Mais il ne l'a pas vu depuis des semaines. Le garçon mange une fois qu'ils sont endormis, déboule du haut en bas de l'escalier pour se préparer des bols de céréales et des pizzas surgelées. Il utilise les toilettes de l'étage du haut. Parfois le bruit de la chasse d'eau est la seule façon dont ils savent qu'il est toujours en vie.

« Je vais bien, dit Mark.

— Tu as bonne mine », dit Sammy.

Mark n'a pas bonne mine. Il est d'une pâleur de fantôme, comme quelqu'un qui n'a pas vu la lumière naturelle depuis des semaines. Sa peau a quelque chose de luminescent, comme l'intérieur lisse d'une coquille d'œuf. Ses lèvres sont presque exsangues.

« Tu es monté pour me dire de chercher un boulot, papa ?

— Oui... non, pas vraiment. Je voulais juste voir si tout allait comme tu veux.

— Je vais bien », dit Mark. Il maintient la porte si peu ouverte que Sammy ne peut même pas glisser sa pantoufle à l'intérieur de la pièce. Il la referme progressivement en parlant, faisant comprendre de la voix et de son dos tourné qu'il n'a aucune intention de parler à son père. Sammy sent ses poings se crisper dans ses poches de chandail. Le sang commence à escalader l'arrière de sa cage thoracique. Il y a quelque chose dans ce visage blême de fantôme qui demande à être vaincu.

« Écoute », dit Sammy, et il n'est même pas certain de ce qu'il va dire avant de le dire effectivement, et il voit la façon dont le visage de Mark se raidit et sourit comme un visage de poupée. « Je sais tout.

— Tu sais quoi exactement, papa ?

— Je suis au courant pour la vidéo et les Grands Feux. Je sais que c'est toi.

— Tu crois vraiment ? » Mark rit. Ce n'est pas un son naturel. Le bruit ressemble à quelque chose qu'on aurait fait entrer de force dans un trou trop petit. « Et comment tu sais ça ?

— Il faut que tu arrêtes, Mark. C'est de la folie. Quelqu'un va se faire tuer.

— Rien à voir avec moi, papa. Je n'ai fait de mal à personne.

— Ça a tout à voir avec toi, Mark. C'est toi qui l'as démarré. Ça m'est égal que tu l'aies réellement fait toi-même ou que tu aies juste dit à des gens de le faire. Tu es responsable.

— Tu te trompes sur toute la ligne, papa. Ça n'a rien à voir avec moi.

— Je sais que c'est toi, dit Sammy, et il faut que ça s'arrête, maintenant.

— Oh, ça ne risque pas de s'arrêter, riposte Mark. Une fois qu'un truc comme ça a démarré, il n'y a plus moyen de l'arrêter. Ça devient pire à partir de là. Rien à voir avec moi, genre, mais je parierais un bon paquet d'argent que ça va devenir drôlement plus crade. »

Une sorte de nappe de glace se glisse devant son visage et fond tout aussi vite, si bien qu'il se remet à sourire, il sourit de son affreux sourire sardonique. Tous les petits poils sur les bras de Sammy le picotent. Il sent le courant d'air froid de son fils monter et descendre le long de son épine dorsale. Il est au bord des larmes. Il ne peut pas pleurer devant Mark. Salaud malfaisant, pense-t-il. Il ne peut le voir que comme un étranger, mais une nausée lui tient les boyaux, ils sont quand même unis, tous les deux.

« Je vais le dire à la police. » On croirait la voix d'un enfant, geignarde.

« Leur dire quoi, exactement ?

— Tout, dit-il, même s'il sait que ce n'est pas le genre de chose qu'il pourrait exprimer avec des mots ou même prouver.

— Et pendant que tu diras tout à la police, n'oublie pas de leur parler de toi, papa. Tu n'es pas vraiment un saint, n'est-ce pas ? »

Mark lui referme la porte en pleine figure. Il ne la claque pas tout à fait – la moquette est trop épaisse pour permettre un claquement correct –, mais l'intention y est. Sammy reste un instant à contempler la porte, se demande s'il devrait réessayer en élevant la voix. Il a le sentiment d'être très vieux. Même ses yeux sont las. Au bout d'une ou deux minutes, il fait demi-tour et redescend l'escalier. Sur la dernière marche, il s'arrête pour récupérer les gobelets de thé. Ils sont tous les deux tièdes, maintenant. Il descend dans la cuisine se faire une nouvelle tasse et Pamela hurle depuis le séjour pour demander comment va Mark. « Bien », hurle-t-il en retour, parce qu'il ne supporte pas l'idée de la rendre encore plus triste qu'elle ne l'est déjà. Il se refait une tasse de thé et il le boit noir sans sucre. C'est ce qu'il mérite.

13

Les Enfants infortunés de Belfast-Est

Le soir de la réunion je paie double tarif à Christine pour qu'elle s'occupe de Sophie. Je lui dis que j'ai rendez-vous avec mon comptable, laissant entendre que c'est en rapport avec mon hypothèque. L'excuse passe facilement avec elle, et après avoir dîné ensemble – une rapide poêlée de légumes et un roulé à la confiture –, je la laisse assise sur le canapé avec un verre de vin et un livre de poche. Elle a un livre différent en route chaque fois que je la vois. Peut-être que la lecture est un domaine où on s'améliore si on ne peut pas parler.

« Je vous envoie un texto si j'ai du retard, noté-je sur son carnet. Vous pouvez prendre la chambre d'amis si vous voulez rester la nuit. »

À mon retour quatre heures plus tard, je trouverai Christine enroulée comme un bretzel dans le petit lit de Sophie. Ça m'est arrivé de faire pareil quand elle est agitée et refuse de dormir. Ce n'est pas confortable, mais j'ai découvert que quand on manque de sommeil on peut dormir n'importe où à l'horizontale, même dans une baignoire. Je me préparerai à la réveiller, puis je déciderai que non, car les Enfants infortunés m'auront trop épuisé pour que j'envisage de faire encore la conversation. Je leur mettrai une couverture et je m'étendrai sur le plancher près du lit de Sophie. J'aurai besoin d'être proche de ma fille ce soir, assez proche pour voir son petit visage se plisser et s'ouvrir tandis qu'elle rêve ses doux rêves de bébé, assez proche pour me rappeler que Sophie est un bien précieux, pas un fardeau, pas un monstre, certainement pas une crainte.

Je décide de mettre un costume et une cravate pour ma première réunion des Enfants infortunés de Belfast-Est. Je veux paraître adulte, comme une personne capable de prendre soin d'une autre personne.

Quand j'arrive au Modulaire derrière le foyer municipal, je m'avise immédiatement que ce n'est pas une réunion du genre costume-cravate. Il y a des affiches au mur sur l'allaitement maternel, et dans quelle boîte à ordures mettre quel produit à recycler. Les sièges sont du genre chaises en plastique qu'on empile contre un mur, jusqu'à douze épaisseurs de haut. J'évalue mon entourage, puis je glisse la cravate sans la dénouer par-dessus ma tête, la fourre dans ma poche de veston et déboutonne le haut de ma chemise. Je fais encore trop habillé. La plupart des parents sont en jeans ou en survêtement ; il y a une mère en robe de chambre. La pâle lueur pêche de son pyjama en satin frémit dans l'espace où le peignoir ne couvre pas tout à fait son ventre. Elle est trop fatiguée pour envisager de s'habiller vraiment. Ici c'est parfaitement acceptable. Quiconque a un Enfant infortuné est un peu usé sur les bords. Personne n'est en position de juger.

L'homme assis à côté de moi se présente, il s'appelle Mike. Il passe toute la réunion à tirer sur des mèches de cheveux derrière les oreilles. Il a des plaques chauves à quatre endroits du crâne. Il affirme avoir un enfant qui brille dans le noir et ne peut sortir en public que pendant les heures d'ensoleillement. Ça, me dit-il, ce n'est pas facile à gérer à Belfast, où l'obscurité permanente commence le 1er septembre et continue sans interruption jusqu'au mois de mai.

« Et vous, qu'est-ce que vous avez ? me demande-t-il, tandis qu'un plateau chargé de gobelets de café et de biscuits fourrés circule autour de la pièce.

— Une fille. Sophie.

— Qu'est-ce qu'elle a qui ne va pas ? »

Je ne sais pas trop comment répondre à cela. La plupart du temps elle me semble parfaite. Mais certains jours je pense qu'il vaudrait mieux qu'elle soit morte. Je n'ai jamais eu l'occasion d'exprimer cette crainte. Sous la pression, j'avale une gorgée de café bouillant et je me brûle le bout de la langue. Je ne peux pas retrouver mon souffle pour formuler une réponse.

Puis, juste au bon moment, rappel à l'ordre, la réunion commence. Chacun se présente. Certains sont venus en couple. La plupart sont solitaires. Je m'en réjouis, même si au fond cela ne signifie rien, je suis réellement célibataire, alors que tous les autres peuvent très bien avoir une moitié qui est restée chez eux pour s'occuper des enfants. Le Dr Kunari envoie ses excuses par le truchement d'un homme plus âgé, Davy (dont la fille adolescente est parfois un bateau et aime flotter parmi les cygnes à Victoria Park). Davy est l'un des membres fondateurs des Enfants infortunés. Il explique que le Dr Kunari est retenu au théâtre et ne pourra pas assister à la réunion de ce soir. Un vague murmure mécontent grogne autour du cercle. Cela fait presque deux mois depuis la dernière apparition du Dr Kunari. Je suis un peu déçu. J'espérais parler à cet homme, entre médecins, sur le sujet des Sirènes.

Quand c'est mon tour de parler, je me présente. Le groupe dit : « Salut Jonathan. » Certains me saluent de la main. L'espace d'un instant on se croirait en Amérique. Puis je reprends la parole. Mon accent est cent pour cent collège d'Orangefield, et son écho nous lie tous à ce Modulaire sur la bretelle de Sydenham. Je dis « C'est la première fois que je viens », et « Merci de m'avoir invité », et « J'ai une petite fille qui s'appelle Sophie ». Je ne dis pas que je suis également médecin. Je ne dis rien de la mère de Sophie, ni de ce qui peut arriver quand Sophie parlera. C'est déjà beaucoup d'être venu ce soir. La prochaine fois, j'essaierai d'expliquer la peur de parler et la peur de ne pas parler et toutes les autres peurs qui se sont précipitées dans la pièce sur mes talons. Personne ne me presse d'en dire plus. Les autres parents sourient et inclinent la tête dans ma direction. Ils sont contents que je sois venu. Ils sont toujours contents d'accueillir un nouveau membre. Plus on est nombreux, plus on est en sécurité, et la sécurité, c'est sans doute le mieux qu'ils puissent espérer, pour leurs enfants.

Chacun dans le cercle a l'occasion de parler. Le temps que les présentations soient faites, j'apprends qu'il y a deux autres enfants volants, un enfant qui entend les arbres et un garçon qui vit dans un arbre, des jumeaux invisibles et une petite fille qui est née avec un œuf d'oiseau non éclos dans chaque main, un enfant qui voit l'avenir dans toutes les surfaces liquides, un bébé qui se change en nuage chaque fois qu'il s'endort, et le meilleur de tout, un garçon nommé Matthew qui a des roues fixées au talon et à la pointe des deux pieds.

« Elles ne sont pas en métal, explique le père, ni en caoutchouc comme des pneus de bicyclette. On dirait plutôt de l'os ou un genre de matière comme les dents. »

Les autres membres du groupe ont déjà entendu cela. « Il file comme un éclair huilé sur les collines », marmonne Mike dans sa barbe, et d'un geste nerveux il s'arrache un autre poil derrière l'oreille.

Un quart de seconde après l'homme nous répète que son fils file comme un éclair huilé sur les collines. Je comprends que les parents d'Enfants infortunés répètent les mêmes histoires chaque fois qu'ils se réunissent. Ils viennent pour cela. C'est une forme d'absolution, ou peut-être de confession. Ils viennent uniquement pour les raconter. La partie écoute n'est que du bruit, qu'il faut endurer jusqu'à ce que vienne le moment de parler. Ils ne s'intéressent pas à la personne assise à côté d'eux ou aux diverses manières dont leur enfant est infortuné. Ils s'intéressent seulement à leurs propres enfants et leurs propres problèmes. C'est tout à fait compréhensible. Ce n'est même pas de l'égoïsme. Moi ça m'intéresse, pourtant. Je suis tout yeux, tout ouïe. Ce soir je suis une sorte d'appareil photo qui enregistre le moindre détail.

Kathleen Penney reste assise pendant qu'elle parle aux autres parents du poignet brisé d'Ella. Voilà ce qui constitue les nouvelles parmi les Enfants infortunés. Elle passe rapidement sur les détails. Elle fait de son mieux pour paraître désinvolte quand elle dit « triple fracture » et « mobilité réduite ». Elle dissimule mal un sanglot quand elle dit « possible nouvelle intervention chirurgicale ». On ne peut pas la blâmer. Ella n'a jamais été poussée ou forcée vers les grandes hauteurs. La petite a simplement été légèrement blessée pendant l'apprentissage du vol. Ce genre de blessure est prévisible, et est-ce que la fillette qui est parfois un bateau n'a pas failli presque se noyer en apprenant à dériver ?

« Est-ce qu'il lui est jamais arrivé de voler ? interrompt la mère d'un autre enfant volant. Notre Simon se faisait des bâtiments de trois étages avant d'avoir l'âge d'Ella. »

Simon, à en croire sa mère, est un as des as en matière de vol. Simon a su voler avant même de marcher, peut-être depuis qu'il a été conçu. Il y a tout à parier qu'il volera un jour en orbite autour de la Lune. Je déteste Simon par principe. Il m'a l'air d'un archi-fort à bras. Ou peut-être est-ce la version maternelle de Simon qui m'énerve.

« Oh oui, s'exclame Kathleen. Ella vole tout le temps. C'est une grande mini-volante. Elle a juste un peu de mal à perfectionner sa technique. »

Je saisis son regard. Elle me lance des lames de poignard à travers la pièce, puis cligne des yeux et regarde ailleurs. Kathleen ment. Elle sait que je peux la démasquer. Je ne le fais pas. Parfois les mensonges passent plus facilement que la vérité.

Mes parents m'ont appris cela de bonne heure. Cela ne sert à rien de dénoncer la mère d'Ella devant les autres parents. Ils s'appuient sans doute presque tous sur leurs tristes petits mensonges. Je suis navré pour Kathleen et aussi pour son mari, mais je n'arrive pas à me sentir navré pour Ella Penney. Elle est bien trop magnifique pour inspirer de la compassion. Ce serait comme de plaindre le soleil ou un truc aussi furieux. Je ne peux pas cesser de penser à Ella et à ses ailes superflues.

À l'instant même je me la représente équipée de lunettes d'aviateur à l'ancienne et d'un casque en cuir, comme un pilote de la Première Guerre mondiale. Elle se prépare à sauter d'un arbre très haut : un genre de pin ou de sapin. Elle sait qu'elle va tomber – elle tombera toujours – et pourtant elle ne refusera jamais de sauter. Elle éprouve un amour immense pour ses parents. Ce genre d'amour pourrait s'appeler de la patience, ou peut-être de la résignation. Les parents sont des imbéciles. Ella est sage et bonne et parfois proche de la sainteté. Elle se cassera tous les os de son corps minuscule plutôt que de détruire leur foi en elle.

Je peux l'imaginer aussi dans un lieu boisé. Ses pieds sont nus et elle s'enfonce jusqu'à la cheville parmi les feuilles mortes. C'est l'automne dans cette vision, ou peut-être un hiver très précoce. Ella arbore un visage comme celui de Jeanne d'Arc dans le film muet : des yeux âgés dans un visage jeune ; des yeux assurés, d'une constance incroyable. Tandis que le ciel reste provisoirement invaincu, le sol humide de la forêt grouille de miracles : vers de terre, mille-pattes, araignées et bousiers, tous récemment ressuscités et luttant, tels les propres messagers de Dieu, pour se frayer une place aux pieds blancs, si blancs, d'Ella. Tout cela je l'imagine et je me demande si c'est pareil pour le garçon qui voit l'avenir dans un verre d'eau, un lac froid ou la cuvette des W-C. Si c'est le cas, je suis jaloux. C'est un pouvoir qui mérite qu'on y croie. Je ne suis pas du tout triste pour Ella Penney. Je suis triste pour ses parents qui ne comprennent pas le don qu'ils ont reçu. Qui manquent peut-être la part la plus splendide de leur enfant.

Maintenant c'est une adolescente qui prend la parole. Elle parle cachée sous un rideau de cheveux, tout doux, tout doux, comme des mouchoirs en papier plissés en poings. Elle porte un jean, un sweat à capuche, et au lieu de gants ordinaires, des maniques scotchées solidement autour des poignets. Elles ne font pas la paire. L'une a la forme d'une grenouille, avec des yeux mobiles et une langue rose qui se balance entre son pouce et la griffe épaisse de ses quatre doigts réunis. L'autre est un souvenir de Tenerife. Jaune canari avec l'île tout entière étalée, comme une tache de naissance, sur le dos de sa main. Elle se lève pour parler. Un homme plus âgé est debout à côté d'elle. Il a le même menton, façon de dire qu'ils n'ont ni l'un ni l'autre de menton, mais plutôt une absence en pente douce entre la mâchoire et le cou. On dirait des marmottes, ou peut-être que je confonds avec suricate, un genre d'animal au regard inquisiteur, dressé sur les pattes arrière.

« Voici ma fille, Karen, dit l'homme. Je suis vraiment fier d'elle. Elle va partager son histoire ce soir. »

Chacun applaudit, sauf Karen, d'abord parce que c'est impoli d'applaudir ses propres prouesses et aussi parce que c'est presque impossible d'applaudir quand on porte des maniques.

« Salut, dit-elle quand les applaudissements diminuent, je m'appelle Karen. Je suppose que je fais partie des Enfants infortunés. En tout cas, c'est ce que dit le docteur Kunari. Tout ce que je touche se change en Noël. » Elle lève ses mains emmaniquées à titre d'exemple, et chacun autour du cercle approuve de la tête d'un air averti. Je ne sais pas du tout de quoi elle parle. Peut-être qu'elle est capable d'inspirer un genre de vague sentiment festif, ou de faire réellement apparaître du papier d'argent et des cierges magiques ; peut-être que le vrai sens de Noël – un effroi sacré devant l'Enfant Jésus – se niche en elle juste sous la peau. Je n'ai pas la moindre idée de ce que fait exactement Karen, et même après son témoignage, je reste tout aussi perplexe. Je croise les bras, prends une attitude d'écoute et me demande comment je pourrais expliquer ma Sophie aux autres parents d'Enfants infortunés. Ce n'est pas comme si elle avait déjà fait des trucs horribles. Mais elle pourrait. Cette possibilité est constamment présente, comme un nuage orageux, petit mais bien réel, planant au-dessus de nos têtes.

Karen raconte son histoire. Elle est comme Midas, mais avec du Noël, pas de l'or, au bout des doigts. Karen préférerait ne pas avoir ce « don », savourer Noël pendant la période festive reconnue et ne pas le sentir suinter d'elle pendant tout le reste de l'année. C'est vexant d'avoir dix-sept ans et voir tout ce que vous touchez prendre un air de fête. Karen a développé ce don à l'âge de treize ans. Elle a réussi à survivre au lycée en portant des gants et en gardant ses distances ; elle l'a quitté à seize ans sans rien d'autre qu'un diplôme de fin d'étude en éducation physique. Elle a choisi comme sport la course de fond. Pas besoin de toucher quoi que ce soit. Les autres disciplines lui échappaient. Karen ne pouvait pas espérer se maîtriser lors d'un travail en groupe. Les expériences scientifiques étaient dangereuses et les ordinateurs étaient frappés d'hystérie dès que ses doigts nus effleuraient les touches. Après le lycée elle avait pris un job comme caissière au Tesco de Connswater. Alors qu'elle aurait préféré la coiffure ou les gardes d'enfant, elle avait choisi Tesco parce qu'on ne lui demandait pas de qualifications ni de toucher les gens directement de ses mains.

Karen portait des maniques pour éviter de toucher les clients par accident ou de laisser une trace lumineuse sur les produits, qui défilaient devant elle comme une parade de cirque. Elle a duré deux semaines et trois jours. C'était une sorte de miracle. Elle n'espérait même pas tenir une journée complète. Les choses commencèrent à se gâter la deuxième semaine. À son arrivée le mercredi elle trouva la caisse d'à côté occupée par une dame d'âge mur qui portait un badge au nom de Doreen.

« Salut, chérie ! glapit Doreen, utilisant une brève accalmie dans la parade de denrées pour se présenter. Comment tu t'appelles ? Moi c'est Doreen. »

Karen ne répondit pas. L'essentiel de son existence se passait à éviter d'attirer inutilement l'attention. Elle poussa une pastèque d'un bout à l'autre du tapis, en se servant du bout de son nez pour enfoncer les touches de la balance électronique. Doreen en resta bouche bée.

« Ouh là. Désolée, chérie, fit Doreen, un peu moins fort parce que des clients s'approchaient de sa caisse. J'avais pas compris que t'étais *handicapée*. Tu veux un petit coup de main ? »

Karen fit semblant de ne pas avoir entendu. Elle continua à pousser les oignons et les poivrons rouges vers la balance des légumes. Doreen, pas du tout gênée par le silence, se tourna vers la dame de la caisse voisine et, avec un accent épais comme une tranche de pain beurré, demanda : « Il lui manque une case à la petite ?

— Non, répondit Margaret depuis la caisse d'après. Elle est aussi futée que toi et moi. C'est juste qu'elle se pousse du col. Va pas s'embêter avec des gens comme nous.

— Chuis pas sûre, chérie. Elle m'a l'air un peu besoins-spéciaux. Elle porte des maniques. Elle tape avec le menton pour enregistrer. »

Karen entendit toute cette conversation derrière un baril de lessive géant. Elle avait envie de se cacher, mais, à part s'accroupir sous la caisse, elle n'avait nulle part où aller.

« Je vais juste aller vérifier si ça va, hurla Doreen. Tu veux bien t'occuper de mes clients deux trois minutes ? »

La phrase suivante se perdit dans un brouhaha de couinements apeurés et de grincements d'ongles quand Karen abandonna le baril de lessive, les clients, et tout espoir de conserver son job, et qu'elle tenta de se faufiler sous la caisse. Au bout de quelques secondes elle risqua un œil à l'extérieur. Le visage lunaire de Doreen, énorme et auréolé par la lumière des néons, se penchait par-dessus le lecteur de cartes de crédit.

« Coucou, ma cocotte, dit-elle lentement, la bouche entière s'incurvant autour de chaque syllabe. Pas de quoi avoir peur, tout ça je connais déjà. Tu peux me croire, mon petit dernier il a un brin d'autisme, fou surexcité quand il voit des Smarties, parole ! »

Elle sourit. Karen la foudroya du regard.

« Alors, grande bébête, tu vas enregistrer avec des maniques ? Sûr de sûr, tu pourras pas appuyer sur les boutons. »

Avant que Karen ne se prépare à mordre, frapper, poignarder et protéger la femme plus âgée contre l'explosion à venir, Doreen avait tendu le bras derrière la caisse et arraché les deux gants. D'abord le droit, puis le gauche. Noël jaillit à flots de Karen, tout à coup, comme les vomissements d'une gastro. Même si le phénomène n'est jamais clairement expliqué en détail, j'imagine que cela doit ressembler à un débordement du Saint-Esprit. Le genre d'événement qu'on raconte à propos des églises charismatiques. Pas déplaisant, mais un peu oppressant. Karen ne pouvait s'en empêcher. Elle se remit debout derrière la caisse. Elle avait la sensation de perdre et de gagner simultanément quelque chose d'important. La sensation était la plus forte au bout de ses doigts là où ils touchaient les poignets de Doreen. Chacun cessa d'emballer et de faire glisser les produits d'épicerie pour regarder fixement dans sa direction. Elle sentait les regards traverser sa chemise polo comme des cure-dents.

Doreen ne la fixait pas. Saisie d'une autre préoccupation, sa bouche tomba ouverte comme le pont-levis d'un château. Karen pouvait voir distinctement les plombages de sa mâchoire inférieure. Un bruit étrange sortit en gargouillant de la femme plus âgée, un peu comme le son produit par une crevaison lente. Les gens cessèrent de dévisager Karen pour dévisager Doreen. C'était agréable d'être à la périphérie pour changer. Doreen s'assit, puis s'allongea par terre, formant un ange de neige échoué sur le linoléum. Ses cheveux – gris, dorés, mouchetés – se dénouèrent autour de sa tête, grimpèrent en flammes dans la direction du casier des chariots. Ses mains étaient des étoiles de mer, nageant à l'aise au bout de chaque bras. Elle paraissait noyée et charmante. Cela s'abattit sur elle comme un coup de soleil. Karen ne pouvait même pas être en colère contre elle quand Noël prenait une telle épaisseur.

« Oh, dit Doreen, et son sourire était étrange, tout en dents de scie sur les côtés, tout dans les yeux et les joues. « Oh, c'était tellement délicieux. Tu peux refaire ça ?

— Oui, dit Karen. Je suppose que oui. » Puis elle libéra Noël, à profusion, outrageusement, sans réserve, tout le long des travées jusqu'à ce que même la section des surgelés se mette à fondre par simple vague rose de bonne humeur. Quand, à la direction, ils commencèrent à voir apparaître des objets bizarres sur les écrans de leurs caméras de surveillance, ils se précipitèrent à l'étage de l'alimentation et renvoyèrent Karen, en plein rayon des conserves de légumes.

« Vous ne savez donc pas où vous êtes ? braillaient-ils. Ici c'est le Tesco de Connswater, on ne fait pas dans les miracles ! »

Ils lui donnèrent de l'argent en prime, un mois entier de salaire, pour qu'elle parte sur-le-champ, sans rien dire de tout cela aux journaux locaux, et promette qu'elle irait faire ses courses ailleurs désormais. Ils prirent soin, craignant une action en justice et les titres des tabloïds, de déclarer dans leur procédure de licenciement que Karen n'était pas un être maléfique, que Noël était une très bonne chose, bien trop bonne pour le Tesco de Connswater, peut-être mieux adaptée à un magasin haut de gamme : Marks & Spencer, suggéraient-il, ou House of Fraser.

« Donnez à ce genre de gens une belle chose gratuite, expliqua son chef de rayon, et ils en demanderont toujours plus. »

Puis ils escortèrent Karen jusqu'à la sortie sous l'œil vigilant de trois agents de sécurité. Ils la poussèrent dehors avec un rouleau de papier-cadeau long de trois mètres pour éviter que la plus petite parcelle de leur personne n'entre en contact avec la plus petite parcelle de Karen et se mette à rayonner. Même s'ils ne pouvaient pas la supporter en public, les membres du personnel attendaient sur le parking, traînant autour des poubelles, gauches et affamés, mains grandes ouvertes, mendiant un frôlement, rien qu'un léger frôlement : la tranche de Noël la plus mince qui soit.

« L'occasion, expliquaient-ils d'un ton anxieux, ne reviendra peut-être jamais. »

Ils étaient incapables de se regarder entre eux dans les yeux. Ils ne voulaient même pas relever la tête quand elle les toucha. Ils ne voulaient pas dire son nom. Le lendemain ils nieraient tout. Le jour d'après, feindraient l'ignorance. Ce n'est qu'à l'instant où Noël les submergea qu'ils se sentirent, pour la première fois depuis des années, comme des petits enfants pleins d'espoir, qu'ils sourirent et s'autorisèrent l'immense plaisir du possible. Karen savait qu'elle ne reviendrait jamais ici.

Tout cela s'était produit en mars. Depuis, Karen est à peine sortie de la maison. Elle travaille maintenant comme télévendeuse et tient le téléphone dans un torchon afin de ne pas s'infiltrer sur la ligne alors qu'elle fait la promotion de doubles vitrages et d'assurances de protection-paiement à des personnes âgées du continent. Parfois elle a des doutes. Elle se demande si elle sera jamais capable d'aimer quelqu'un de la façon courante. Elle sait que tout cela est injuste, mais à quoi bon connaître la différence entre le juste et l'injuste si on ne peut rien y faire ?

C'est un thème assez fréquent parmi les Enfants infortunés et leurs parents. Je les ai connus le temps d'une unique soirée, mais j'ai déjà entendu « Qu'adviendra-t-il d'eux ? » répété au moins une demi-douzaine de fois. L'avenir pèse sur la pièce, comme le dîner de la veille, et rend âcre l'atmosphère. Il colore tout ce que disent les parents, et aussi tout ce qu'ils ne disent pas. Il y a une immense inconnue qui plane sur les frontières de tous leurs horizons.

Peut-être que Karen deviendra DJ d'une chaîne de radio, sa voix touchant les gens d'une façon qui n'est pas permise à ses doigts, ou peut-être qu'elle apprendra à aimer ces mêmes doigts fautifs et trouvera un emploi dans une maison de retraite ou un hospice, qu'elle posera les mains sur des âmes désespérées, apportant de la joie et du répit dans les lieux les plus sombres. Peut-être que la fille qui est parfois un bateau s'habituera à ses jambes terrestres et n'éprouvera plus le besoin de flotter parmi les oies et les cygnes au long bec, ou qu'elle trouvera un job d'été, à véhiculer des touristes autour du lac des canotiers à Pickie Pool, et finira par comprendre que sa vocation, c'est de transporter des étrangers, d'être présente, mais à peine remarquée, sur leurs photos-souvenirs. Peut-être qu'un des garçons cessera de voir l'avenir dans chaque liquide, ou que cet autre garçon descendra de son arbre et prendra un poste de fonctionnaire, et qu'il portera un costume de travail de chez Next comme un homme ordinaire.

Peut-être que les Enfants infortunés sortiront d'eux-mêmes en grandissant, ou y rentreront, et qu'à la fin ils se sentiront bien dans leur propre peau bizarre. Peut-être qu'ils ne deviendront pas des Adultes infortunés. C'est ce qu'espère chaque parent dans la pièce. Je l'espère, moi aussi. Je m'accroche fermement à la science – médicale, sociale, psychologique – qui dit que les enfants sont des êtres fluides, pas encore formés. Qu'ils ne sont pas, à six mois ou à six ans, figés dans leurs habitudes. Que certains enfants, même ceux qui n'ont jamais connu un seul jour d'infortune, deviendront des adultes tellement éloignés de leur être enfantin qu'il est impossible de les reconnaître sur de vieilles photos ou dans de vieilles anecdotes. Tout cela est possible. Chaque parent de la pièce, moi compris, garde l'espoir chacun dans sa version particulière du bonheur à jamais. Mais sur le bord présent de leur histoire il n'y a aucun moyen de savoir comment elle se terminera.

Karen a l'air près des larmes, mais elle ne se laisse pas aller. Quand elle a fini de raconter son histoire, tous applaudissent. « Vous devez être très fier d'elle », dit Davy, et le père répond que oui. Je peux comprendre pourquoi il est fier. Oui, Karen est une Enfant infortunée. Je le vois à la manière dont elle tire ses cheveux devant son visage et ne lève jamais les yeux de ses pieds. Mais elle ne fait de mal à personne. Elle est bénie par une espèce de bonté trop grande pour qu'elle puisse la contrôler. Je jette un coup d'œil autour du cercle. Les jumeaux invisibles ne font de mal à personne, et le garçon qui voit l'avenir dans les liquides non plus. La fille qui est parfois un bateau est bizarre, mais sans rien de destructeur, et Ella Penney ne pourrait blesser personne, même si elle essayait. Ce sont des enfants qui souffrent plus qu'ils ne font souffrir. Ils sont infortunés.

Sophie est différente. Sophie a le potentiel requis pour être un genre de créature terrible. Elle n'est pas de la même espèce que ces enfants. Elle appartient à la famille des animaux sombres – les démons et les vampires et les spectres errants sans âme – qui ne peuvent rester les deux pieds dans le monde souterrain. Je ne fais pas partie des parents d'Enfants infortunés. J'ai apporté une chose honteuse parmi eux.

Je présente mes excuses, prends ma veste posée sur le dos du siège et m'échappe avant la deuxième tournée de café. Tout le long du chemin de retour je me dis à quel point j'ai été près de faire partie du cercle. Cette proximité, suivie par la distance, est encore pire que d'être toujours seul. Je me rappelle ce sentiment depuis l'enfance, depuis l'université, depuis chaque jour que je passe au centre de santé. Je suis toujours, toujours livré à moi-même. Bien sûr, il y a Sophie, maintenant, mais ce n'est pas le genre de compagnie que j'espérais.

AOÛT

Jonathan

Je me suis coupé la nuit dernière, assez profondément pour avoir besoin de points de suture.

J'ai fait ça pour voir quel effet ça aurait sur toi. J'ai pressé la lame contre ma cuisse et j'ai regardé le sang former un trait, puis des bulles et pour finir un fort jet rouge qui a couru le long de ma jambe et sur le sol de la salle de bains. Le sang a fait une mare sombre sur le linoléum, une tache comme du vin rouge resté trop longtemps dans le verre. J'aurais dû étaler du papier journal avant de commencer, ou des serviettes de toilette. J'aurais dû avoir de l'eau de Javel toute prête.

J'ai cru que la coupure me ferait bien plus mal que ça, qu'elle me démangerait comme une brûlure accidentelle. Je pensais que ma main refuserait de m'obéir. Mais elle ne l'a pas fait. Ma main était tout aussi curieuse que le reste de mon corps, les yeux, le nez, les muscles, la peau, les testicules se rétractant à mesure que la lame s'enfonçait. J'ai senti chaque part identifiée de mon être former une unité distincte, se tendre, se relâcher, se retendre, comme une femme en travail. Je me sentais me diviser. Une fois lancé, je n'ai pas eu le bon sens d'arrêter.

Se couper, c'était une expérience neuve.

J'ai déjà subi des fractures et des points de suture auparavant, mais jamais une blessure volontaire. Toi aussi, tu es une expérience neuve pour moi, comme l'était ta mère et pratiquement tout ce qui s'est produit depuis que j'ai pris le téléphone et l'ai entendue, tel un aimant, parler ou peut-être chanter. Non, soyons honnête sur ce coup : elle ne faisait vraiment que parler, même si les livres tendraient à suggérer qu'elle chantait. Parler, chanter, peu importe au fond ce qu'elle a fait. Je n'avais aucun contrôle sur moi auprès d'elle. Ta mère était une expérience nouvelle pour moi, une sorte d'accident. Elle n'était pas le genre de chose qui supporte la répétition.

Me couper, c'était différent. Purement intentionnel. Je me sentais forcé de faire cela correctement, comme un chirurgien à la télé. J'ai rapporté une trousse de suture et un scalpel à la maison. Personne n'a remarqué la disparition de ces outils. Je rapporte tout le temps chez moi du matériel de la clinique : antidouleurs, thermomètres, pansements, les plus jolis stylos qui font de la réclame pour des médicaments. Tous les médecins font de la fauche. La plupart n'utilisent pas les objets volés sur eux-mêmes. Mais moi je l'ai fait. Cela faisait plus d'une semaine que je projetais de me couper. J'avais mémorisé tous les détails jusqu'à en faire une sorte de musique qui me courait dans la tête chaque fois que j'étais silencieux.

Tous mes autres chagrins m'ont fait l'effet d'une chute. Mais celui-ci me donnait le sentiment de danser : un pas appris après l'autre jusqu'à ce qu'il ne reste plus de pas qui suive. Je peux refaire ces pas encore maintenant. C'est important de ne pas oublier. J'aurai peut-être besoin de recommencer.

J'ai choisi la jambe parce que les jambes sont charnues et parce qu'il est facile de recouvrir une jambe sous un pantalon. J'ai choisi la gauche de préférence à la droite parce que je suis droitier. Cela rendait la manœuvre moins malcommode quand il s'est agi d'orienter la lame. Je me suis servi d'un rasoir jetable pour raser vingt centimètres carrés de jambe. Ma chair gris pâle est apparue en dessous, comme un champ tondu de frais. J'ai versé de l'antiseptique sur la jambe, versé de l'antiseptique sur le scalpel, passé le scalpel en douceur d'un bord du carré à l'autre pour tracer une ligne à peine visible, une ligne pas plus épaisse qu'un cil. Je repassai le scalpel le long de cette ligne d'une main plus lourde. Je creusai, évitai l'artère, évitai l'os : ce genre de situation ne pourrait pas être traité en solitaire dans une salle de bains privative. Je tenais le couvercle des toilettes d'une main, comme si c'était la main d'une femme qui voulait m'offrir un soutien sincère. Pas ma mère. Pas ta mère. Une sorte de mère parfaite, aux cheveux rassemblés dans un chignon mou, et une odeur émanant d'elle comme un gâteau sorti du four.

Je transpirais un peu. J'arrivais au plus dur.

Le plus dur était encore à venir. J'ai versé de l'antiseptique sur la plaie. J'ai poussé un hurlement. C'était la fin du monde dans les flammes, le sacré-cœur saignant du Christ, une femme étalée comme une tranche de viande, une chose trop pure pour être regardée en face. J'eus la sensation d'avoir la tête si légère que j'aurais pu en tomber. C'était une sorte d'extase.

Je me ressaisis et m'empêchai de tomber.

J'étais déjà assis. J'ai rapproché mes bords de chair à vif et je me suis recousu, un point noir bien serré à la fois. Il a fallu six, peut-être sept points de suture. Je ne me rappelle pas les détails. Dans ma tête je faisais cela à un autre homme. C'est comme ça que j'y suis arrivé sans anesthésiant. J'ai versé encore un peu d'antiseptique sur ma jambe. Il glissait sur moi, comme des mensonges. J'aurais pu boire l'antiseptique si j'avais pensé que cela pouvait m'apaiser.

C'était bien cette partie-là la plus dure.

Une fois en place, les points faisaient des « xxx », comme une série de baisers noirs bien nets à la fin d'une lettre. Le reste, c'était des fioritures : antiseptique, gaze, pansements blancs tout propres entourant ma cuisse comme un pull à col roulé, deux comprimés d'ibuprofène contre la douleur, qui commencerait à me ronger la jambe dès que l'effet de choc s'effacerait, un pantalon de pyjama propre disposé contre ma chair brûlante, doucement, doucement, doux comme une caresse de vent. J'épongeai le sang avec de vieilles serviettes, jetai les serviettes dans le lave-linge et vérifiai que c'était un programme à haute température pour qu'il ne reste aucune tache. Puis j'avalai un whiskey pour la souffrance ; puis un deuxième verre pour chasser le premier ; suis peut-être revenu m'en servir un troisième. À ce stade les antidouleurs commençaient à chanter. Je me suis mis au lit avec un oreiller en bosse sous la cuisse.

Je n'ai pas dormi et pas dormi et je ne dors toujours pas tellement je pense à toi.

Je repense à ta bouche.

Je pensais que je m'étais habitué à ta bouche. Ce n'est pas le cas. Je pense constamment à ta langue, et à tes lèvres, aux deux murailles noueuses de tes gencives. Elles sont lisses à cracher et pas encore au stade de la dentition. Je les vérifie tous les matins, en passant le doigt d'un côté à l'autre, en me raidissant contre la morsure granitée d'une quenotte. Tu me suces le doigt. Les muscles de ta bouche aspirent et repoussent, et je sens la poussée de mon sang qui monte de la racine au sommet. Ta bouche est très puissante, autant qu'une machine de bien plus grande taille. Même privée de mère, tu es préconditionnée pour aller droit au mamelon. On ne t'a jamais appris cela. Certains talents n'ont pas besoin d'apprentissage.

Chaque fois que je ferme les yeux, je vois ta bouche qui me sourit. Parfois tu as un visage. Parfois tu n'es qu'une bouche qui flotte du haut en bas de l'escalier ou qui plane au-dessus de la table de la cuisine. Tu es le Chat du Cheshire sans les dents. Ta bouche a tellement de nuances de rose, rouge et rouge rosé. Elle ressemble à la devanture d'un boucher. La bouche est le lieu où l'intérieur d'une personne se hisse à l'extérieur. C'est pour cela que j'ai peur et suis incapable de te regarder en face ou même de biais. C'est pour cela que je ne dors toujours pas, malgré les comprimés.

Ce serait tellement plus facile de te mettre des scellés.

De prendre une aiguille et de coudre une lèvre rebondie à l'autre, ou peut-être prendre de la colle, la variété forte, celle qu'on recommande pour faire tenir ensemble des morceaux de meuble. Ça te rendrait silencieuse. Ça te garderait sûrement en sécurité. Mais j'ai toujours su que je serais obligé de te couper. Ta langue devrait suffire. Je n'ai aucune envie de te défigurer davantage. Si tu gardes la bouche close et si tu n'essaies pas de parler, personne n'en saura rien. Mais je crois tromper qui ? Bien sûr ils sauront, mais à ce moment-là ce sera trop tard pour revenir en arrière.

Tu ne peux pas comprendre cela maintenant, mais ta langue est une racine, comme un œil de pomme de terre qui creuse profond sous la surface. Ta langue est reliée à ta gorge, à tes poumons, à ton cœur, qui étreint et libère tout ce qui fait ton essence, soixante-cinq fois par minute. Si ta langue est pourrie, tout le reste est gâté : cœur, poumons, gorge, tête et yeux. Une langue pourrie doit être tranchée à coups de couteau. On ne peut pas sceller le mal à l'intérieur d'un individu et s'attendre à ce qu'il guérisse. C'est une leçon que j'ai moi-même apprise. J'ai utilisé les portes et les nœuds de cravate et les bras serrés fort pour garder mon être pourri en moi jusqu'à ce que je sois perclus à fond de sa tristesse. J'ai mis trente ans à accomplir cette opération. La colle à bois aurait été bien plus commode.

Je ne veux pas que tu sois toujours contrainte de te renfermer. Je veux pour toi un franc départ. Je veux toutes les bonnes choses. Je peux te donner cela avec un couteau. Je te promets que je le ferai bien, une seule fois et plus jamais.

Je me suis coupé la nuit dernière, assez profondément, pour avoir besoin de points de suture.

Je me suis dit que je faisais cela pour toi. « Maintenant je saurai ce qu'elle éprouve, me suis-je dit. Maintenant je serai capable de la regarder avec compassion quand elle saignera. »

Quel couard je fais. Quel peureux. Cela n'avait rien à voir avec l'empathie. Il s'agissait uniquement d'absolution : ma petite souffrance pour ta grande souffrance, qui ne soutiendra pas la comparaison.

Ici il y aura une marque rouge sur ma cuisse, et là le moignon sanglant de ta langue tranchée.

Ici une cicatrice lisse et rose, à peine visible avec le temps, et là ta bouche à vingt et à trente ans, incapable de formuler une pensée ferme.

Ici il y aura le souvenir du plongeon rapide d'une lame, et là, le vide de toutes tes années muettes, hurlant sans relâche, et ne s'accrochant qu'à tes propres dents.

Quel couard je fais. Quel enfant craintif.

Me pardonneras-tu quand tu seras assez grande pour comprendre le pardon ? Trouveras-tu les mots pour le faire ?

J'espère qu'on n'en arrivera pas là, ma toute petite. Je regarde ta bouche comme une horloge. C'est ici que le monde va commencer et finir pour nous. Je me demande si ma main me résistera le moment venu. Je devine que c'est possible. Je répète de tête la première entaille. C'est bien plus difficile maintenant d'appeler cela de la bonté, maintenant que tu as poussé à l'intérieur de moi, comme une racine têtue.

Comme une chose que d'autres appelleraient l'amour.

14

Les pluies

Depuis des jours il y a une pesanteur dans l'air qui ne veut pas s'atténuer ni éclater en tonnerre. Puis un nuage apparaît derrière Cave Hill, un nuage unique, pas plus gros qu'un poing d'enfant et pas plus menaçant. Il est d'un blanc remarquable sur le vide du ciel, comme un mouton perdu en mer. Les gens le regardent fixement. Ils sortent de chez eux pour le regarder. Ils prennent des photos sur leur mobile, les envoient par SMS à des parents à Portrush et Enniskillen. Cela fait des mois qu'ils n'avaient pas vu un nuage. Ils sont tellement reconnaissants d'en voir un maintenant, qui jette son ombre cotonneuse sur Cave Hill.

Ce sont les vieux les plus heureux. Ayant épuisé tous les propos les plus évidents qu'on peut tenir sur la chaleur, ils attendaient avec anxiété un signe de variation climatique. Ils ont toute une gamme de sentiments humides prêts à faire glisser dans la conversation – bruine, brouillard et vents cinglants –, mais il leur manquait un peu de pluie en guise de lubrifiant. « On dirait qu'il va peut-être pleuvoir », disent-ils avec ardeur, sans jamais quitter des yeux un seul instant le petit nuage.

Le nuage met plusieurs jours à enfler. Il est mentionné au bulletin météo le vendredi, et quand arrive le samedi soir il est en vedette aux nouvelles du journal. Les gens s'autorisent à y croire un peu. Certains prient pour la pluie. Certains ne veulent pas forcer la main à Dieu. Ils demandent que Sa volonté soit faite, même si cela signifie encore plus de chaleur. Personne n'a envie que la chaleur continue. Le tempérament nordique ne peut absorber qu'une quantité moyenne de soleil.

Pendant que la ville dort, le petit nuage donne naissance à d'autres nuages plus gros. Tout cela est lié à des zones de haute pression et des courants froids qui se déversent de l'Atlantique, mais les églises locales persistent à dire que c'est une réponse aux prières. Au matin le ciel est une épaisse barbe de couverture qui s'abat sur la ville. Les commentateurs météo font des hypothèses : « Peut-être, il se peut, on espère. » Ils ne veulent pas décevoir leurs auditeurs. Ils ne veulent pas qu'il y en ait un qui change de chaîne. Les gens commencent à porter un manteau léger chaque fois qu'ils sortent de chez eux. « Juste par sécurité », disent-ils, histoire de fournir une excuse à leurs espérances. Certains transportent même un parapluie de poche glissé dans leur sac.

Quand la pluie finit par arriver, le ciel est un océan. Tout est tête à l'envers et tout jaillit. Le monde semble finir dans l'eau et, sous l'averse, toute pensée de feu est noyée. À l'Est ils sont pris par surprise. Ils ont oublié ce que c'est d'être mouillé. Quel soulagement que la pluie. Quelle façon de repartir à neuf.

La pluie démarre le lundi matin. Lundi est aussi bon qu'un autre jour pour un nouveau départ. La plupart des résidents de la ville sont encore endormis quand elle commence à tomber. Ils s'éveillent au son aigu de gouttes de pluie qui chatouillent leurs fenêtres et leurs lucarnes. Ils s'éveillent avec le sourire. L'air est bon aujourd'hui. Il n'a pas d'autre odeur que l'air.

La première grosse goutte de pluie atterrit sur la main d'un facteur tandis qu'il pousse des enveloppes dans une boîte aux lettres de Beersbridge Road. D'instinct il lève les yeux, se demandant ce qui l'a touché. La deuxième goutte prend contact avec son front, et en quelques secondes il est trempé jusqu'à l'os, pas transi de froid, car la pluie est tiède comme à Majorque ou à Tenerife, mais trempé quand même, à travers son uniforme, jusqu'à ses sous-vêtements et ses chaussettes. Les lettres qu'il tenait s'imbibent d'eau. L'encre coule. Le papier se désintègre. Il serre dans sa main une liasse pâteuse marron. Partout en ville d'autres espèces de debout-de-bonne-heure-et-en-route vivent le même baptême brutal. Promeneurs de chien, joggers, éboueurs et factionnaires qui attendent le bus se retrouvent inondés et avancent en pataugeant. Ils sont tout sourire ce premier matin. Quelle rigolade d'être mouillé après toute cette sécheresse. Ils considèrent la pluie comme une vraie bénédiction. Ils n'ont aucune idée du temps qu'elle va durer.

Avant même la fin de la semaine la plupart des gens en avaient plus qu'assez de la pluie. Les gouttières ont débordé, et le contenu des égouts nage dans les rues par épais morceaux charnus. Les plus vilains quartiers de la ville empestent l'animal humide, les épluchures de pommes de terre et la merde humaine à chaud. Le Westlink baigne sous un mètre d'eau. Il n'en reste plus à présent qu'un souvenir de route. Au sud de la ville, près de Cutters Wharf, la Lagan fait éclater ses rives et les voitures garées glissent le long de la rue, leurs pare-brise risquant un œil au-dessus de la ligne de flottaison, comme des sous-marins qui émergent pour prendre l'air. L'équipe de rameurs de l'université force l'entrée du hangar à bateaux et pagaie autour des ronds-points dans des canots orange lumineux. Ils font la une des nouvelles de 18 heures, souriant aux caméras, brandissant leurs pagaies comme des banderoles de joyeux anniversaire. Pour eux ce sont des vacances, une évasion hors du morne quotidien. Ce ne sont pas des vacances pour les malheureux résidents dont les maisons bordent la rivière de part et d'autre. Plutôt un jour du Jugement. On ne peut pas sauver grand-chose avec une serpillière et un seau.

En centre-ville les trottoirs ont la même teinte gris métallique que le ciel, que les vitrines des magasins, que le lac qui se forme rapidement à l'extérieur des marchés. Tout est gris et glissant. Les gens sont des empreintes de pouce rose pâle baveuses derrière la pluie. La plupart restent à l'intérieur, ne quittant leur maison que pour la plus stricte nécessité : travail, courses d'épicerie, parents âgés, qui peuvent avoir besoin d'être arrimés. Marcher, même sur une courte distance, donne le sentiment de nager en profondeur dans les poumons. L'odeur de la pluie est d'une propreté douloureuse après une telle abondance de fumée. Certains sortent et se tiennent sous l'ondée avec la bouche et les mains ouvertes, la boivent et se fendent de sourires larges comme des acteurs dans un film romantique. La plupart de ces gens ne sont même pas amoureux. Juste soulagés de retrouver leur climat. Les parapluies sont pratiquement inutiles face au torrent. Ils servent seulement à indiquer où se trouve le haut. Tout est humide. Tout est lisse comme un crachat et muni d'une doublure ouatée.

Il pleut maintenant depuis six jours. De lundi à samedi, sans même ne serait-ce qu'une heure de répit. Ça continue à tomber par nappes, rebondir sur les pavés, comme avec hâte de remonter jusqu'aux nuages, reprendre tout le cycle. Impossible d'allumer un feu en plein air. La pluie n'a aucune patience envers la chaleur. Même une cigarette exige des manœuvres appliquées avec parapluie et mains en coupe. L'eau tue le feu encore et encore et encore, comme un jeu immense de Papier, Caillou, Ciseaux. Belfast nage.

Les Grands Feux sont terminés. La pluie a tracé un trait sur l'été et toutes ses inepties. Maintenant la ville s'arme en vue d'une autre saison. Il est possible d'entendre son murmure vrombir autour des bus du centre : « Les nuits se rapprochent, disent-ils, et l'air pince bigrement. » Ils se frottent les mains en parlant, même s'il fait à peine assez froid pour porter un manteau. Les écoles reprennent dans quelques semaines et les feuilles vont bientôt muer. Noël n'est qu'à quatre mois de distance. On n'est plus en été. Les Grands Feux sont déjà de l'histoire ancienne. Si vous les cherchez sur Wikipédia, vous verrez que l'article est rédigé au passé. Il y a des dates, comme des serre-livres, accouchant et achevant ce chapitre de l'histoire de la ville.

Rien n'a été résolu ni accompli, mais on ne considère pas cela comme un échec. C'est comme ça que ça se passe à Belfast chaque été depuis l'accord du Vendredi saint. La même colère brûlante monte à la fin juin et arpente les petites rues. Piaffe et hurle et sème la chienlit pendant tout le mois de juillet jusqu'à ce que, vers la fin août, toute l'énergie se soit vidée. La hargne baisse graduellement, comme un pendule qui perd son élan. Il y a moins de gens furieux dans les rues, de moins en moins à chaque soir de fin d'été, jusqu'à ce qu'il n'en reste plus qu'une poignée dans les coins, qui discutent football et télé de la veille pour tenir leur ennui en respect. Ces gens-là ne sont pas aussi bruyants qu'autrefois. Ils n'ont plus de troupes assez nombreuses pour une émeute digne de ce nom, ni l'envie d'allumer des feux ou de brailler au nom de leurs droits civiques. Ils deviennent de plus en plus jeunes à chaque soir qui passe, certains guère plus grands que des bébés. Par ici, manifester n'est rien qu'une façon d'occuper un week-end terne, un truc à faire en attendant que le football commence pour de bon.

Les résiduels commencent à se demander ce qu'ils fabriquent encore là à concocter des plans tièdes pour faire brûler de la merde ou protester contre la manière dont on les traite. Mais où est passée le reste de la meute ? « Sympa, grommellent-ils, ceux qui restent chez eux, regardent leur feuilleton, préparent les mômes pour l'école. C'est nous les abrutis de vouloir continuer tout ça. » Chaque jour leur nombre se réduit jusqu'au soir, où il n'en reste plus un seul debout au coin de la rue à grogner ou brandir une bannière. Il n'existe aucun moyen de prédire ce jour avec précision. Il arrive quand il arrive et passe presque inaperçu, comme le dernier gros éternuement d'un rhume de cerveau. Le temps de la colère est terminé pour un an. Les gens de Belfast-Est enroulent leur âme rebelle et retournent à la normale. Ils sont soulagés de récupérer leurs soirées. D'un jour à l'autre maintenant, *The X Factor* va démarrer sur ITV, et *Strictly* dans l'autre camp. Ils n'ont pas envie de rater ça. « Sacré été qu'on a passé », disent-ils et ils remballent leur rage, comme des tenues de vacances, toute prête à repartir en juin prochain, quand le soulèvement recommencera du tout au tout.

C'est toujours comme cela que ça se passe à l'Est. Même si les Grands Feux ont rendu cet été plus chaud que la plupart, il est largement entendu qu'on est désormais en août et qu'il est temps de se poser. Même les plus jeunes ont perdu l'envie d'allumer des feux ou de gueuler après la police. Le besoin qu'ils en avaient semble évacué de leur système.

Ils longent les lieux où ont surgi les Grands Feux et, sur le moment, n'arrivent pas à s'imaginer suffisamment enragés pour brûler quoi que ce soit. La pluie les a entièrement lavés de tout souvenir de feu. Ils contemplent les traces sur le sol, les taches noires calcinées qui ont cessé d'être des boutiques ou des maisons. Ils tisonnent la cendre humide du bout d'un bâton ou d'un orteil de basket blanche toute propre, laissant de faibles empreintes dans le goudron. « C'était nous, celui-là ? s'interrogent-ils entre eux. Ou c'est l'autre en bas de la rue qu'on a fait ? » Ils ne se rappellent pas une seule seconde précise de leur été.

Les politiciens ne disent rien. Ils ont un vrai talent dans ce domaine et se montrent souvent capables de parler pendant des heures sans rien dire. Quand ils se croisent dans les couloirs de Stormont, ils haussent les épaules avec un sourire averti. Ils ont du mal à croire que la situation s'est rincée toute seule. Quand ils parlent, ils parlent bas, derrière des portes closes et des mains dressées. Des bouches pleines de platitudes. Il faut laisser reposer les chiens qui dorment et à cheval donné on ne regarde pas les dents, surtout quand le cheval en question a arrosé exactement le genre de défilé qui convenait. Certains se risquent même à dire : « Ce coup-ci on s'en est sortis blancs comme neige, les gars », mais c'est dangereux d'exprimer ce genre de sentiment par ici. La vieille garde est plus avisée. Ils s'attaquent de toutes leurs forces à la pluie, commandent des sacs de sable, des pompes à eau, des détecteurs d'inondation, et en cas de nécessité, des mesures d'évacuation.

Tous tombent d'accord qu'il faut arrêter la pluie.

Tous veulent s'impliquer.

Quel soulagement d'être tous du même côté pour changer.

Les politiciens se montrent ensemble à la télévision, parlent des inondations, fort, très fort, en pull décontracté, manches retroussées jusqu'au coude, comme s'ils étaient prêts à entrer en action. Ils se tiennent épaule contre épaule avec des politiques de l'autre camp. C'est ce qui s'appelle un front uni. Chose qu'on voit rarement à Belfast. Ils sont à peu près certains que personne n'a remarqué leur échec contre les feux. Juste pour s'en assurer, ils sont tout en devanture et baratin. La politique dans cette ville est un tour d'illusionniste, la douleur ici allégée par la douleur là-bas ; un interminable jeu de diversion rapide. Tout est calme sur tous les fronts : à l'Ouest, à l'Est, en centre-ville et dans les quartiers chics de part et d'autre.

La saison touristique est presque terminée. Elle n'a pas été un grand succès – d'abord les feux et maintenant la pluie. Le beau temps inhabituel n'a pas exercé un attrait suffisant pour faire oublier les problèmes plus évidents de Belfast. Tous en dehors des âmes les plus courageuses sont restés à l'écart. Certains sont venus et se sont cantonnés à la périphérie côté Nord : Enniskillen, Donegal, le whiskey Bushmills, et la Chaussée des Géants qui ne semble jamais perdre son charme. Même l'Office du tourisme, qui a pour mission de vendre la ville de biais, estime que cette saison est un fiasco. Ils chiffrent le coût en millions : plus de dix, mais au-dessous de cent. Quel gâchis. Quel désastre. Quel foutu gaspillage de beau temps. On ne reverra peut-être pas un autre été correct avant une décennie.

Il n'y a pas eu de nouvelle vidéo du Lanceur de feu. Cela fait presque un mois depuis la dernière, et même celle-là ne circule plus sur les réseaux sociaux. L'équipe de la BBC mère a rangé ses caméras et repris le chemin du continent. Il ne se passe rien à Belfast qui mérite d'être présenté aux branchés de Londres, rien qui rivalise avec le vrai terrorisme : avions détournés, radicaux barbus et attentats suicides. Les nouvelles locales se consacrent de nouveau à la météo et aux accidents de voiture, parfois au trafic de drogue, et environ toutes les deux semaines, une agression raciste. Rien comme le bon vieux temps, rien qui retienne les vieux à l'intérieur.

Certain que l'été des Grands Feux est enfin terminé, le PSNI libère ses unités spéciales. Et voilà les vaillants chasseurs de feu partis vers la Floride et Lanzarote sur des vols de dernière minute à prix cassés. Ils sont ravis de passer quinze jours au soleil avant que les gosses ne retournent à l'école, plus ravis encore de laver la puanteur de fumée de leurs vêtements. Les voitures de pompiers supplémentaires repartent pour l'Écosse. Ils s'en vont, chargés de remerciements pleins de gratitude et de promesses mal définies d'aide de Belfast, si jamais ce genre d'aide est requis. La *News Letter* publie une photo des six camions écossais en train de gravir la passerelle et d'embarquer sur le ferry Larne-Cairnryan. Ils se détachent en rouge Noël sur le gris du bateau et du ciel, affichant une allégresse presque pornographique.

Ailleurs en ville, les entreprises en bâtiment s'installent. La perte de l'un est une occasion à saisir pour l'autre, le moment n'a jamais été aussi bon pour construire à l'Est. Quand on voit les entrepreneurs se presser devant le département commercial de la multinationale B&Q, il est difficile de croire à la récession. L'argent des assurances commence à couler et tout le monde a les poches pleines. Les maçons luttent contre les éléments pour mixer leur ciment et creuser leurs fondations, poser les toitures avant l'arrivée de l'hiver. Ils prennent des raccourcis et les services de l'urbanisme gardent une distance modérée. Il est dans l'intérêt de tous que la ville se reconstruise.

Et hop, les murs montent. Hop, les magasins et les maisons. Tous les entrepreneurs promettent : « Pas de problème, vous serez installés chez vous d'ici Noël. » C'est une sorte de mantra. La ville entière se met à y croire. De petites maisons mitoyennes surgissent des décombres, des écoles, des cafés, des centres municipaux renaissent des cendres de leur être précédent. Sûrement ils seront tous installés chez eux d'ici Noël. Ce sera comme si les Grands Feux ne s'étaient jamais produits. Belfast sera comme neuve. Elle se reconnaîtra à peine avec tous ces bâtiments classieux.

15

Anarchie

En haut de Castlereagh Road, Sammy Agnew ne se sent plus de pur soulagement d'avoir échappé aux balles. L'été des Grands Feux est terminé. Il ne se prolongera pas pour saboter une autre saison. Il ne se targuera pas d'un seul décès. Pour cela Sammy est profondément reconnaissant, et pour son fils, qui a échoué, et en échouant s'est gardé ouvert à d'autres étés futurs plus innocents. Le garçon peut encore être retourné. Il n'a tué personne, pas directement – du moins, aucun cas n'a été signalé dans les journaux. C'est plus que Sammy ne peut en dire pour son propre compte.

Il autorise son imagination à s'évader vers l'avenir de son fils. Bienveillant il se montre envers le garçon, se le représente entre trente et trente-cinq ans, un homme différent avec un emploi de col blanc et un nom respecté en ville. Un homme sur qui on peut compter/s'appuyer/parier son dernier bouton de chemise : tous les clichés se bousculent. Mark sera une pointure en informatique. Sammy est trop ignorant pour orner cela de précisions, mais à coup sûr un ponte avec un bureau à lui. Peut-être qu'il aura même des enfants et une femme, une jolie maison avec un jardin dans Holywood ou Bangor. Il n'aura pas de casier judiciaire, ça non, c'est sûr et certain, même pas un point retiré sur son permis pour excès de vitesse. Il se dit que Mark va évoluer en bien. Ça ne demande pas un immense saut qualitatif. Allons, est-ce qu'il n'y a pas toujours des criminels repentis qui vous racontent leur histoire aux matinales de la télé, des gamins qui ont commis des trucs bien pires que Mark ?

Parfois ils entendent le garçon faire crisser les planches à l'étage au-dessus, et Pamela l'interroge du regard : « Qu'est-ce qu'il va advenir de notre Mark ? »

Sammy dit à sa femme exactement ce qu'il se dit à lui-même : « Attends de voir, chérie. Le gamin va être formidable. C'est juste une petite phase de rien qu'il traverse. » Il enroule ses poings en marteaux quand il dit cela, façon de se dire que l'espoir est une chose qu'on peut saisir et garder serré. Et en fait il le croit vraiment. Il y a des marques d'ongles griffées en rose sur la paume de ses mains, qui prouvent à quel point il y croit dur. Toute la violence de Mark se révélera n'être qu'une phase passagère, comme les paris en ligne, ou cet été où il fricotait avec les gothiques, à voler aux étalages et traîner devant l'Hôtel de Ville.

Si Sammy parvient à éviter le véritable Mark, c'est assez facile d'imaginer un avenir correct pour son fils. Il peut même imaginer les Noëls qu'ils passeront ensemble, bientôt, comme une famille dans une comédie télé. Christopher et Lauren viendront à la maison ; Pamela aura perdu un peu de poids et sera de nouveau heureuse. Ils vont tous rire, rire et rire encore, jouer à des jeux de société autour de la table de la salle à manger. Ils regarderont des films de Noël ensemble, *Maman, j'ai raté l'avion !* et *Mary Poppins*, *Piège de cristal* pour les garçons. Ils mangeront des chocolats Quality Street directement dans la boîte, et des grignotis de chez Marks & Spencer, réchauffés au micro-ondes. Ils prendront des photos comme une famille normale.

Quelle daube. Quel lâche nombrilisme. Cinq secondes en compagnie de Mark, même un bref aperçu de sa silhouette lugubre errant sur le palier du haut suffit pour rappeler à Sammy que le garçon reste identique à ce qu'il a toujours été. « Perturbé », c'est comme ça que le maître d'école l'a décrit un jour, mais perturbé est un sentiment trop passif pour Mark. Mark *est* la perturbation en acte.

Pour l'instant, Sammy repousse son fils à l'arrière de ses pensées. Il a besoin de ça pour se reposer les nerfs. Il fait de son mieux pour éviter le garçon en vaquant dans la maison. Ce n'est pas difficile. Mark a des horaires de fantôme. De temps en temps Sammy entend les planches crisser et il se rappelle que son fils est encore debout là-haut, en train de mijoter Dieu sait quoi. Il sent le garçon, comme une sorte de lassitude, suinter à travers le plafond. Mais il n'y a rien qui révèle les plans de Mark maintenant, pas même une coupure de journal. Les Grands Feux sont terminés. L'air à l'intérieur de la maison est moins épais et meilleur à respirer. Quand Sammy dort, il dort sur ses deux oreilles, assuré que le PSNI ne va pas débouler chez lui armé de pistolets. Il est assis dans le salon, son gobelet de café à la main, et regarde la pluie ramper sur les vitres. Il a le sentiment d'être un cancéreux en phase de rémission. Il ne peut cesser de contempler la pluie. Elle est la réponse à une prière qu'il n'avait même pas pensé formuler. Bien sûr, il reste toujours une méchante démangeaison qui s'attarde derrière tout ce contentement, mais Sammy choisit de l'ignorer. C'est bon d'endormir ses nerfs. Ils sont aussi fins que des cordes de piano, ces temps-ci. Il y a toujours en lui une migraine au bord de se déclencher, une tension dans la poitrine.

Il garde toujours ses journées sobres et ses soirées très légèrement éméchées : trois bières pour faire descendre le dîner et un whiskey avant de se mettre au lit. Il aime la sensation de langue empâtée. Il parle à Pamela des coffrets DVD qu'ils regardent, de ce qu'ils doivent commander chez le Chinois, et s'ils ont les moyens de s'offrir une cuisine neuve cette année ou la suivante. Ils s'en tiennent au bavardage superficiel, rien qui ressemble à une sirène d'alarme. C'est important de faire rouler la conversation, quand même ; pas grave, ce qu'ils racontent, du moment qu'ils parlent. Parler, c'est comme un muscle. Si on ne s'y met pas régulièrement, ça finit par se coincer. Ils ne peuvent pas courir ce risque. Sammy n'a que Pamela et Pamela n'a que Sammy et ni l'un ni l'autre ne pourrait se débrouiller seul.

Ils sont plus aimables qu'ils ne l'ont été depuis une éternité. Ils s'avancent chacun à pas de loup sur les nerfs de l'autre, se versent mutuellement de sempiternelles tasses de thé et ils disent : « Tu as assez chaud, trésor ? Tu veux que j'allume le chauffage pendant une petite heure ? » On pourrait croire qu'il y a un mort dans la maison, tellement ils sont attentionnés l'un envers l'autre. Ce n'est pas parce qu'ils sont retombés amoureux, c'est plutôt qu'ils se rappellent comment être ensemble, chaque jour, au même endroit. Il faut une crise grave pour vous rappeler ce que vous avez, pense Sammy, et pas une fois il ne dit à Pamela à quel point ils sont devenus proches de tout perdre. Il maintient une ambiance calme et paisible, normale, comptant sur la télévision pour remplir les vides gênants. Il monte le volume quand Mark commence à bouger en haut. Il fait cela pour protéger Pamela. Il sait qu'ils font seulement semblant. Il sait que c'est assez bien pour eux deux. Mieux vaut garder la tête dans le sable. Mieux vaut éviter une scène. Il n'a pas les couilles de remonter là-haut. Il espère en secret que Mark ne descendra jamais.

On est presque en septembre maintenant, et il continue à pleuvoir. Sammy part vers le centre-ville pour s'acheter une paire de pantoufles neuves. Les épouses des autres hommes leur achètent leurs vêtements, mais Pamela n'a jamais été ce genre d'épouse. Il en est heureux. Il n'est pas du genre qui se laisserait facilement mener par le bout du nez. Les semelles de ses pantoufles bâillent à l'orteil et ouvrent une gueule béante à chaque pas, mais elle ne l'a même pas remarqué. Il achète ses propres pantoufles comme il a acheté ses propres jeans, ses pulls et ses pyjamas à veste boutonnée pendant les trente dernières années ou environ.

On est samedi et c'est l'enfer pour trouver une place où se garer, alors il prend le bus. Il monte à l'arrêt en haut de Castlereagh Road. Il lui manque encore quelques années pour bénéficier d'un passe gratuit, ça lui coûte donc presque deux livres pour parcourir les sept kilomètres jusqu'au centre-ville. « Ça serait moins cher de prendre l'avion », murmure-t-il au conducteur, et juste pour lui faire les pieds, ce salopard effronté démarre sec sans lui laisser le temps de s'asseoir. Il se laisse tomber, en titubant comme un ivrogne du vendredi soir, sur le premier siège vide. Deux jeunes ados sont assis derrière lui. Il remarque leur visage blême, sent la sueur du deuxième jour ramper hors de leur peau. Ils portent des bonnets de laine comme en portaient les maçons dans les années 70, ou les gars des chantiers navals. À chaque seconde ils sortent un juron, tout en consonnes dures et en glaires. Clic et ploc et je te crache dans le caniveau, comme une paire de poules rageuses. Leur bruit se colle à l'oreille de Sammy, qui ne peut pas faire autrement qu'écouter.

À part eux trois, et un vieux équipé d'un déambulateur, le bus est vide. S'il tourne la tête de côté, Sammy peut voir les deux gamins réfléchis sur la vitre d'en face. Ils regardent quelque chose sur un téléphone mobile, qu'ils tiennent loin de leur torse pour pouvoir regarder ensemble. Sammy a un téléphone basique. Il permet les appels et les textos. Il lui coûte dix balles par mois et tombe constamment en panne de batterie. Ce jeune type a le même iPhone que celui qu'il a offert à Christopher pour Noël l'an dernier. Le prix a failli le tuer. « Tu pourrais avoir une voiture pour ce prix-là », avait-il gémi à Pamela, en lui tendant malgré tout sa carte de crédit. Il ne peut pas se permettre de tout gâcher avec Christopher. C'est le seul fils correct qui lui reste.

Le bus passe devant une pizzeria et, l'espace d'un instant, les saisit tous trois dans la vitrine : Sammy dans son anorak d'été, les deux gamins en survêtement derrière lui. Ils ont de sacrément grosses montres, dont le bracelet d'or enflamme la vitre, et des petits appareils à musique suspendus par des fils à leurs oreilles. Un kit de survie, pense Sammy. Il se demande d'où les jeunes tirent l'argent pour leurs joujoux. Probablement de la drogue.

« Tu l'as déjà vue, celle-là ? » interroge celui qui est juste derrière lui. Non, l'autre ne l'a pas vue.

« C'est ton type qu'a fait les vidéos du Lanceur de feu, dit le premier. Il en a posté une nouvelle hier soir. »

Sammy est soudain électrisé. Le courant circule entre sa nuque et ses épaules. Il est vitrifié. Son estomac nage. Sa tête se bloque. Il sent qu'il risque de vomir et n'a rien où s'en débarrasser, pas même un sac à provisions. Il a envie de se retourner et d'arracher leur téléphone à ces gamins. Il ne le fait pas. Il ne peut pas. Au lieu de quoi il regarde droit devant lui ; se concentre sur le pare-brise du bus, les essuie-glaces qui s'agitent, l'arrière de la tête chauve du conducteur. Il se tient comme un poteau télégraphique, raide et droit et présent de toute son épaisseur. Il ne doit pas se retourner. Ça ne serait pas une bonne idée d'attirer l'attention sur lui, de paraître plus que modérément intéressé.

Il n'a pas peur de ces jeunes gars. Il pourrait les flanquer tous les deux par terre, même maintenant avec son genou estropié et son bide de vieux qui ballonne à la ceinture. Non, il n'a vraiment peur de personne. Il craint seulement le nœud furieux coincé derrière sa cage thoracique et la façon dont ça commence à lui empoigner la gorge. Il sait que ça ne s'arrêtera pas, une fois lancé. Il serre les mâchoires. Poigne ses mains. Il veut tout démolir : ces deux gars avec leur téléphone mobile, Mark, lui-même, cette putain de ville tout entière. Il n'y a plus de raison en lui, seulement la rage. Il la maintient fermement rentrée. Il s'est entraîné à le faire par la respiration et certains muscles-clés, surtout la tête. Il reste assis parfaitement immobile et il écoute. Il écoute, il n'est plus que tout oreille.

« Qu'est-ce qu'il raconte maintenant ? demande le second. C'est sûr, les Grands Feux, c'est complètement terminé depuis que la pluie a commencé.

— Non, d'après ton zigue, là. Il dit que ça vient seulement de commencer. Regarde, en attendant de le voir pour de bon. »

Sur la fenêtre latérale, Sammy peut voir le second de profil. Il ne doit pas avoir plus de quinze ans. Sa voix garde un ton de fillette sur les voyelles.

« Passe-moi ça », dit-il. Il prend le téléphone de son pote en main et le maintient devant son visage, s'enfonce les écouteurs dans les oreilles si bien que Sammy n'entend pas ce qui se dit. Il doit imaginer le martèlement menaçant de Prodigy qui encadre le clip, et le crissement de papier des pancartes qui défilent entre les mains de son fils, comme Bob Dylan affichant le texte de ses chansons devant la caméra. Il faut qu'il imagine tout cela. Ce n'est pas difficile. Il voit ces vidéos en rêve.

Le gamin regarde la vidéo de bout en bout. Elle dure moins d'une minute. Et semble durer un mois pour Sammy, mais le bus est encore en train de flemmarder au feu rouge quand le gamin arrache les écouteurs de ses oreilles et repasse le téléphone à son copain.

« Mortel, dit-il.

— Je sais, réplique l'autre. Ce mec est un psychopathe, non?

— Un pur mentaliste.

— Salement gonflé d'en remettre une louche. On aurait pu croire qu'il avait fini par abandonner.

— Naan, mon pater il dit que les cinglés comme ça ils changent jamais. Il était en classe avec ce mec qu'était à donf dans la torture et les plans comme ça pendant les Troubles. Pa dit qu'on aurait tout de suite deviné qu'il avait une case de travers. Il avait pas peur ni rien. Pas de compassion pour les gens. Il était juste chtarbé. Ton type sur la vidéo du Lanceur de feu il est pareil.

— Tu crois ?

— Ouais, mon pa il dit que c'est pas la politique qui l'intéresse. Il fait ça juste pour mettre le bordel.

— Comme le Joker ?

— Ouais, Darren, exactement comme le Joker.

— Trop cool.

— Ouais, cool. J'aimerais pas me mettre ce genre de mec à dos, n'empêche. Tu peux jamais savoir ce qu'un psychopathe comme ça est foutu de faire. »

Les garçons observent un bref silence tandis que le bus s'éloigne des feux rouges et cahote sur Castlereagh Road et tangue entre les rangées de voitures en stationnement.

« Moi je serais partant, tu peux me croire, dit le premier, rompant le silence humide.

— Partant pour faire quoi ? demande le second.

— Tout ce qu'il a envie.

— Encore des feux ?

— N'importe – des feux, des bastons, caillasser la flicaille. Sans déc, c'était pas chouette d'avoir un projet en route, pour changer ?

— Ah ouais, c'était géant.

— Meilleur été de jamais.

— Pas obligé que ça s'arrête.

— Pas obligé du tout.

— C'est pas un brin de pluie qui va nous empêcher de défendre nos libertés civiques.

— Cent pour cent d'accord. Psychopathe ou pas, ton zigue est pas une gonzesse. Il va pas s'allonger par terre et laisser l'autre côté le piétiner. Ch'uis dans le coup. Il peut nous demander de faire tout ce qu'il veut, ch'uis complètement OK.

— Chaos. Anarchie. Pas de reddition », psalmodient-ils ensemble.

Boom. Boom. Boom. Comme les refrains d'un vieil air punk. Sammy en est réduit à supposer que ça fait partie de l'appel aux armes du Lanceur de feu. Il imagine chaque mot isolé, imprimé sur une seule feuille de carton. Il entend presque gronder la ligne de basse. Pas très originale, mais Mark sait exactement ce qu'il fait, dégainer la langue maternelle, provoquer la nostalgie.

Pas de reddition, vraiment.

Le vomi remonte dans la gorge de Sammy. Il se force à le faire redescendre, place une main sur sa bouche pour garder la bile à l'intérieur. Ce n'est pas ma faute, pense-t-il. J'ai fait tout ce que j'ai pu pour le maintenir sur le droit chemin. Les péchés des pères, pense-t-il, allant puiser dans les vieilles sornettes du catéchisme. Il sait que sa main est dans le coup, lourde comme un coup de marteau. Il pourrait aussi bien poster ces vidéos lui-même. Une part de lui aimerait le faire. La plus petite, la plus laide part de lui est fière de Mark. Jalouse, même. Il sent venir une migraine, un serrement au niveau du cœur, qui pourrait être de l'angine de poitrine, ou juste de l'angoisse. Peut-être, s'il a de la chance, que le bus va tomber du haut de l'Albert Bridge, mettre fin à ses souffrances.

« C'est quoi l'anarchie ? » demande le gamin derrière lui. L'autre n'est pas très sûr, mais à peu près certain que ça fait intervenir des flingues. « Mortel », dit le premier. L'autre affirme qu'il a appris par un pote de son frère que le Lanceur de feu va fabriquer une bombe, maintenant.

« C'est encore de l'anarchie si tu utilises une bombe à la place des flingues ? » interroge son copain, et l'autre le rassure, c'est totalement de l'anarchie du moment qu'il y a un genre d'explosion. Cela semble les satisfaire tous les deux. Ils retournent chacun à son téléphone, googlent les résultats du foot et envoient des textos à leurs amis.

Ils quittent le bus deux arrêts avant le pont. Sammy reste assis tout le trajet, jusqu'au terminus. Il a l'intention de descendre aux marchés et il n'y arrive pas. Il essaie encore à Rosemary Street, mais ses muscles refusent de bouger et il ne compte pas sur ses jambes pour le faire tenir debout. Quand il réussit enfin à descendre les trois marches à l'avant du bus, il a le sentiment d'avoir vieilli de dix ans pendant le parcours. Il se cramponne à la portière pour s'empêcher de basculer en avant.

Sammy arpente la ville pendant une heure. Il n'achète pas de pantoufles. Il n'achète rien du tout.

Il se déplace d'un banc à un autre, reste assis à regarder les clients du samedi après-midi trimballer leurs sacs de courses et leurs enfants dans la tournée des boutiques. Ils entrent et sortent, achètent des cadeaux d'anniversaire et des livres, des souliers d'uniforme pour les gosses et des petites gourmandises de Marks & Spencer, un pull qui leur a plu chez H&M, du démaquillant chez Boots, des cappuccinos au Starbucks : cent mille échanges ordinaires que d'habitude Sammy ne prend pas le temps d'observer. Cette fois il observe. Il se demande d'où ils viennent tous, ces gens qu'il ne connaît pas ; où ils seront dans trois heures ; qui tient à eux ; qui remplira le vide qu'ils laissent derrière eux. Ils lui semblent si ordinaires, aussi peu remarquables que des fourmis. C'est le sentiment que Dieu doit éprouver avec tout le pouvoir entre ses mains.

Il imagine l'après-midi en morceaux. Ce n'est pas difficile. Il y a des photos d'avant : les reportages des années 70 et 80 lui reviennent vite à la mémoire. Ces images ne sont pas faciles à oublier. Les fenêtres brisées. Les sacs à provisions déchiquetés, comme des confettis de noces, des boîtes de conserve et d'autres produits d'épicerie qui roulent le long de la rue. La poussière qui retombe. La texture granuleuse de quelque chose que personne n'a vraiment besoin de voir : un bras, une tête, une jambe déchaussée qui talonne l'air raréfié. Une peluche d'enfant, couverte de suie par l'explosion. Du sang. Des voitures et des poubelles renversées cul par-dessus tête. Gyrophares. Sirènes. Le silence mortel, spectral, avant que ne commencent les hurlements. Sammy voit tout cela : comment ça s'est passé ; comment ça pourrait se repasser. Il reste assis quinze minutes devant le magasin de jouets Build-a-Bear à regarder les enfants qui font la queue pour dépenser leur argent de poche. Des familles avec des poussettes et des petits bébés sanglés sur la poitrine de leurs parents. Des grands-parents. Des touristes. Des ados qui pépient à perdre haleine, comme des étourneaux en colère. Des vendeuses pendant leur pause. Personne ne se raidit dans l'attente d'une explosion. Personne n'est soupçonneux ni craintif.

Ces gens sont comme des enfants, implicitement confiants. Ils devraient être plus avisés. Comment ont-ils pu oublier aussi vite ? Ils mettent Sammy en colère. Stupides ils sont, comme des moutons qui vont tous dans la même direction, sans un regard en arrière. Leur ignorance lui donne envie de hurler, de proférer des jugements comme un prédicateur de rue à l'ancienne. Puis la pitié déferle par vagues. Il en pleurerait presque. Il ne peut pas, pas en public, mais les sanglots le traversent, réguliers comme des contractions. Il souhaiterait pouvoir se placer comme une barrière entre eux et les choses que son fils risque de commettre. Il peut faire cela sur-le-champ avec son téléphone mobile. Il peut appeler à l'aide. Police. Ambulance. Pompiers. Tous ceux-là, et en plus les gardes-côtes. C'est mon fils. Qui va tout détruire. Abraham il sera alors, ou peut-être Dieu, offrant son fils en sacrifice. Non, ça ne s'approchera même pas de la vérité. Le sacrifice ne fonctionne qu'avec les bons fils. Les mauvais ne sont pas indispensables. N'empêche, il ne peut pas se résoudre à faire le numéro.

Sa poitrine se retourne comme un gant. Il n'arrive pas à respirer. Ça doit être une crise cardiaque, se dit-il. Il espère que oui : une voie de sortie commode ; une décision retirée de ses mains. Ce n'est pas une crise cardiaque. Au bout de vingt minutes, sa respiration se calme. Il peut marcher tant qu'il évite de penser au pas qui sera le suivant. Il prend un taxi pour rentrer, traverse l'Est, franchit la route périphérique en direction de sa maison. Et de Mark.

Police. Ambulance. Pompiers. Sammy sait ce qu'il conviendrait de faire. Il ne sait pas s'il en est capable. Pas aujourd'hui, se dit-il. Ce n'est pas si urgent que ça. Il décide de dormir dessus. Il ne dort pas. Le lendemain il se sent atrocement mal. Pamela le met dans la voiture et le conduit chez le médecin. Elle ne lui demande pas ce qui va mal. Elle sait qu'il vaut mieux pas.

16

L'inondation

La pluie tombe maintenant à torrents. La ville nage dans sa propre pisse et tout le monde est préoccupé par la montée de la ligne des eaux. Il n'a pas plu comme ça depuis des décennies. Je suis au travail quand Christine m'envoie un texto m'annonçant que le rez-de-chaussée est inondé. L'eau s'est infiltrée sous la porte. Elle atteint trente centimètres de haut dans le séjour. Les meubles les plus légers commencent à flotter.

Je ne peux pas partir sur-le-champ. Marty me maintient encore à l'essai. Il garde un œil vigilant sur tout ce que je fais et je veux paraître aussi professionnel que possible. Il y a deux patients inscrits avant le déjeuner. Ensuite je peux m'échapper une heure, peut-être plus si l'inondation se révèle être une vraie urgence. Je pourrais demander à une des femmes de me remplacer. Elles ont des jeunes enfants elles aussi. Elles ont des partenaires qui partagent le fardeau et s'attendrissent quand on évoque ma situation avec Sophie. Parfois elles m'apportent des cakes et des petits pains faits maison, ou une portion de lasagne dans une boîte en plastique jetable, le genre qui sert pour la livraison de plats chinois. « Jette la boîte à la poubelle quand tu auras fini », disent-elles, et elles expliquent combien de temps il faut la réchauffer au micro-ondes. Elles ne feraient pas cela si j'étais une femme. Elles ne le feraient certainement pas si j'avais une épouse. Je ne me plains pas. C'est épatant qu'elles acceptent si volontiers de me couvrir pendant mes heures de service.

Mon téléphone ne cesse de s'allumer. Je le sens vibrer dans ma poche pendant toute la durée de mon premier rendez-vous. Je le vérifie à la sauvette pendant que ma patiente se déshabille. Je prends soin de ne pas éveiller les soupçons. Il vaut mieux ne pas fricoter avec un mobile quand vous avez une patiente à moitié nue en face de vous. Christine veut savoir ce qu'elle doit faire. Elle m'a déjà envoyé trois textos. Le troisième n'est qu'une série de points d'interrogation : deux douzaines ou plus en bloc. Je contemple cette liste de petits crochets et me sens pris de vertige. Du diable si je sais ce que tu devrais faire, me dis-je. Je ne l'écris pas. Je ne sais pas ce que je devrais écrire. Dans ce genre de situation je n'ai jamais le sentiment d'être un adulte ou même un homme digne de ce nom. Je suis tout aussi bon à rien pour les problèmes de voiture et tout ce qui touche à l'électricité.

« TENEZ BON, j'écris, ARRIV DS 2. » Christine utilise maintenant des émoticônes à l'air chagrin, un avec des larmes qui coulent vraiment, et un petit bonhomme qui agite frénétiquement les mains au-dessus de deux traits ondulés. Pas en train de saluer, mais de se noyer, dois-je comprendre. Pas drôle, Christine. Pas drôle du tout. Je commence à paniquer. La panique épaissit quand elle demande si elle devrait appeler quelqu'un : un plombier, un bricoleur, ou son père, qui est très bon dans ces cas d'urgence.

« NON », je réponds. Personne ne doit venir à la maison avant mon retour. Même pour une urgence je ne peux pas prendre le risque de laisser des inconnus approcher Sophie. « RESTEZ EN HAUT. OUVREZ BIEN SOPHIE. PAS DE PANIQUE. JE SERAI LÀ DANS UNE HEURE. »

Je suis de retour en quarante-cinq minutes. Je ne suis pas fier de moi, mais je suis à peine présent avec mes deux derniers patients. Je rédige des ordonnances pour des antidouleurs et des antidépresseurs avant même qu'ils aient fini de me décrire leurs symptômes. Je les fais entrer et sortir en moins de cinq minutes. C'est une vitesse record, même pour moi – en règle générale, je ne donne pas dans le bavardage. Je ne peux penser à rien d'autre qu'à retrouver Sophie. J'ai une image logée dans la tête : ma fille dans une bouée à l'ancienne, flottant autour de sa chambre inondée, poussant des cris hystériques. Ce n'est pas rationnel. L'eau n'est même pas arrivée au premier étage, mais je n'arrive pas à chasser la pensée de son petit visage, crispé de terreur. J'essaie de me concentrer sur mes patients, mais toutes mes pensées vont à Sophie.

Pendant le chemin du retour, la pluie crache un mollard sur mon pare-brise. Les essuie-glaces n'arrivent pas à le virer. Il glisse d'un côté à l'autre comme de la graisse répandue, laissant des traces de sillage sur la vitre. Dehors, la pluie rebondit sur la chaussée, elle tombe aussi fort qu'un lavage automatique. Le temps de foncer du centre de santé jusqu'à ma voiture, je suis trempé, et je serai retrempé entre la voiture et ma porte d'entrée. J'ai réglé la situation avec Susan. Elle me couvre, si bien que je n'ai pas besoin de revenir après déjeuner. Je m'écris un rappel mental de lui acheter une bouteille de vin et une carte de remerciements, une avec des animaux dessus. Je signerai « Sophie et moi », en imitant une signature gribouillée pour le bébé. Susan adore ce genre de conneries.

Je gare ma voiture dans l'allée. Une rivière traverse mon jardin, arrache les buissons de leur lit et les répand sur la pelouse. La route est une rivière encore plus large. J'y vois à peine à travers les nappes de pluie. C'est comme d'être dans une pièce où tous les murs dégoulinent. Je m'abrite la tête des mains – elles forment un parapluie inutile – et je cours de la voiture jusqu'à la maison, sans même prendre le temps de verrouiller les portières.

Je sens l'odeur de l'eau avant même de franchir le seuil. Ce n'est pas la même que celle de l'eau du robinet ou même de l'eau fluviale. Elle a une pointe fétide, comme des mares stagnantes ou de la lessive restée humide à l'intérieur d'un lave-linge. Elle a une couleur de thé pâle, imbibe le tapis de l'entrée et fait des flaques sur le carrelage de la cuisine, maculant tout ce qu'elle touche. Je reste un moment en arrêt sur le perron, abrité par l'auvent du toit, et je prends la mesure du chaos. La table basse s'efforce de flotter. Il y a une ligne de marée qui escalade l'ourlet des rideaux et l'électricité est en panne. Au moins on n'a pas besoin de craindre une électrocution. J'hésite sur le seuil de ma demeure. C'est un spectacle d'horreur. Je pourrais facilement prendre la fuite, courir loin de tout cela et revenir plus tard, quand l'assurance aura géré les dégâts. L'ancien moi l'aurait probablement fait. Je n'ai jamais été très bon dans les crises. Mais maintenant il y a Sophie. Elle est comme une ancre fichée à l'intérieur de moi. Je ne peux m'empêcher de penser à elle. Je n'ai pas le cœur de la laisser derrière.

Je clapote jusqu'en haut de l'escalier, deux marches à la fois, entraînant l'humidité dans mon sillage. Je n'ai pas les bonnes chaussures pour cela. Je me suis mouillé jusqu'aux genoux rien qu'en pataugeant à travers l'entrée. Je trouve Christine dans la chambre d'ami nichée avec un roman en format poche. Je suis planté sur le palier, répandant des sédiments sur tout le tapis, et j'attends qu'elle me voie. Je n'ai pas encore décidé comment il faut l'approcher et souvent j'apparais brusquement auprès d'elle, ce qui la fait sursauter ou lâcher ce qu'elle tenait à la main. Dieu merci, jamais Sophie. Quand elle finit par relever les yeux, elle sourit et me fait le signe OK, quand OK est une question plutôt qu'une assertion. Je lève le pouce, oui, OK, ça va. Elle signale des mains et de la tête que Sophie va bien, qu'elle dort à poings fermés à côté dans son berceau. Il n'y a rien ici pour écrire. Dans la panique, Christine a laissé son carnet sur la table de la cuisine. La table est une île désormais, naufragée sur une mer d'eau boueuse marron. Nous utilisons nos téléphones pour parler, tapant des messages que nous faisons aller et venir au-dessus du lit.

« DÉSOLÉ, je tape. N'IMAGINAIS PAS UNE CHOSE PAREILLE.

— PAS VT FAUTE, réplique Christine. N'ÊTES PAS DIEU. » Elle ajoute un smiley qui fait un clin d'œil.

Rien que penser à un sourire suffit à la faire sourire. Elle est du genre ensoleillé par défaut, le contraire de moi, et même si elle n'est pas vraiment belle, quand elle sourit elle a vraiment l'air moins étrange. Plus tard, quand nous ne serons plus pris dans une réelle urgence, il faudra que je trouve un moyen de le lui dire sans paraître flippant. Christine n'est pas très à l'aise avec les compliments ; même le plus petit éloge semble l'affoler. Elle rougit encore chaque fois que je lui dis qu'elle s'occupe bien de Sophie, et qu'elle m'apporte une aide considérable.

« COMMENT VA SOPHIE ?

— TT VA BIEN. RAVIE. ADORE L'EAU. BIZARRE. DEVRIEZ L'EMMENER NAGER. »

Ce n'est pas ce que j'ai envie d'entendre. Je veux la garder confinée sur la terre ferme. À tout prendre, je préférerais que cette enfant ait une peur folle de l'eau. Je ne veux à aucun prix que l'eau l'aspire comme elle a aspiré sa mère. Mais Sophie n'a pas peur de l'eau. Elle est au comble du bonheur dans son bain, à moitié submergée, et barbote autour de la baignoire comme un saumon rose agile. Sa peau semble retenir l'humidité comme un nuage. Même plusieurs heures après le bain, ses cheveux sont lisses et froids au toucher, comme s'ils étaient mouillés en permanence. Elle est capable de contempler un robinet qui coule avec la même attention fascinée que d'autres enfants accordent à des images mobiles sur un écran de télévision. Et maintenant la voilà, cette petite sirène bébé, qui chevauche radieuse la crête d'une inondation. Ça ne veut rien dire, c'est ce que je me répète. Tous les petits aiment l'eau, ça vient de leur long séjour dans le sein maternel. Ça ne veut rien dire du tout.

« MERCI, je tape, PR AUJOURD8. J'APPRÉ6 BCP. POUVEZ PARTIR SI VS VOULEZ.

— VS ALLEZ FAIRE QUOI PR EN BAS ?

— SEAU ET SERPILLIÈRE.

— Smiley. NON SANS RIGOLER. VS ALLEZ FAIRE QUOI ?

— APPELER UN PLOMBIER.

— SI VS POUVEZ VS DÉBROUILLER SS MOI JE VAIS RENTRER AVANT KIL FASSE NUIT.

— ALLEZ Y. TT IRA BIEN. »

Christine tend le bras au-dessus du lit et me tapote la main, une, deux, trois fois. Si elle était le genre de fille qui peut parler, elle me dirait : « J'ai toute confiance en vous », ou : « Tu sais gérer, mec. » Mais elle n'a que ses mains pour m'instiller ces sentiments. Ce qui marche aussi bien que des mots. Chaque fois que sa main croise la mienne, je me sens entièrement capable. Comme un homme. Comme un homme qui est aussi un père. Peut-être que je devrais demander à Christine de rester. C'est plus facile quand elle est là. Deux peuvent endurer bien plus qu'un seul. Je crois que c'est une phrase de la Bible, ou peut-être du Shakespeare. Mais je ne peux pas lui demander de rester. Elle se ferait peut-être des idées fausses. Elle prendrait peut-être peur et nous quitterait pour toujours.

Je trouve une torche dans la salle de bains et je l'aide à descendre. Pendant sa traversée du sol inondé, elle tient son sac en hauteur, au-dessus de la tête, comme un explorateur dans la jungle. Ce n'est pas vraiment nécessaire. L'eau ne lui arrive qu'à la cheville et ça me fait sourire. Ce n'est pas une fille très subtile, pas du genre à faire montre de réserve. Même cela, c'est une aventure pour elle, une péripétie pour briser le silence. Je suis jaloux de la manière dont elle mord dans tout à pleines dents. J'envie sa joie. Je n'ai jamais eu la niaque pour ça.

Après le départ de Christine je nourris et change Sophie. Elle est particulièrement satisfaite ce soir. Elle se niche dans le creux de mon cou pour somnoler. J'espère que ce n'est pas l'eau qui l'a apaisée. Elle n'a jamais été aussi ventouse depuis des semaines, pas depuis la première fois où elle a appris à se retourner. Nous restons assis sur le bord de mon lit pendant quelques minutes, savourant notre proximité tandis que la pièce plonge dans l'obscurité. C'est seulement quand la pendule de l'entrée sonne six heures que je me rappelle le plombier. Je feuillette les pages jaunes et j'en choisis un tout à fait en fin de liste. Mr Young, avec un Y : je pense que je suis très malin, d'éviter le début de l'alphabet. Les plombiers vont être très demandés ce soir. Les gens appelleront le premier nom qu'ils trouvent. Pas moi. Je suis plus futé que ça.

Mr Young se révèle plus âgé que je ne m'y attendais. Il arrive dans une camionnette blanche équipé d'une paire de cuissardes de pêcheur, avec un jeune gars, Mickey, qui commence un stage de formation. « Il a bien choisi sa semaine, dit Mr Young. Au moins il en aura pour son argent. » Mickey hausse les épaules. Je devine qu'il a entendu cette phrase déjà plusieurs fois et qu'il l'entendra encore, des quantités de fois, d'ici la fin de la semaine.

« Allez-y, travaillez, dis-je, mais si vous pouvez le faire sans bruit, j'apprécierais. Je viens juste d'endormir le bébé à l'étage. Elle était déchaînée aujourd'hui, avec les inondations et tout le tremblement. Ça a été un cauchemar de la calmer.

— Compris, réplique Mr Young. J'en ai trois chez moi. Le plus jeune se levait une douzaine de fois par nuit jusqu'à ce qu'il commence la crèche. Vous nous entendrez pas faire le plus petit gargouillis, pas un. »

Ce n'est guère vrai. À eux deux ils font un raffut du diable, éclaboussent partout en bas, pompent l'eau par la fenêtre de la cuisine, font résonner leurs clés à molette sur les tuyaux. Ça m'est égal. Ils peuvent abattre les murs et déclencher la sonnette d'alarme, japper et miauler comme des bêtes sauvages, je m'en fiche, du moment qu'ils ne parlent pas devant Sophie. Elle est en haut dans son berceau, dort sans bouger un cil pendant tout ce brouhaha. Les plombiers sont en bas, ils réparent les dégâts. Tout semble pratiquement sous contrôle. Ce n'est plus la fin du monde d'il y a quelques heures. Je m'étends sur mon lit pendant une demi-heure. Qu'est-ce qu'on peut faire d'autre dans une maison privée d'électricité ? Je pense à la lecture. Je tire un roman de la pile sur ma table de nuit et m'éveille à la vue de Mr Young debout dans l'encadrement de la porte, casquette dans une main, clé à molette dans l'autre, comme une caricature de plombier.

« Tout est en ordre, Mr Murray, dit l'homme. C'est un peu la pagaille en bas, mais l'eau est partie, et on a mis des sacs de sable autour des portes, comme ça elle devrait pas revenir. Si vous appelez un électricien à la première heure, ils remettront votre éclairage en route. »

Je me pousse en position assise et me frotte les yeux pour chasser le sommeil. Je me demande combien de temps cet homme plus âgé que moi s'est tenu devant ma chambre, à me regarder dormir. « Merci, dis-je, essayant de paraître sensé. Combien je vous dois ?

— Je vous envoie la facture à la fin de la semaine, fiston. Pas de panique. J'enchaîne direct avec un autre boulot maintenant. La moitié de Belfast est en train de se noyer.

— Encore merci, Mr Young. » Je fais mine de me lever. Je devrais raccompagner les plombiers à la porte. C'est ce qu'on fait avec les artisans.

« Trevor, insiste l'aîné. C'est juste Trevor, pour la prochaine fois, et prenez pas la peine de nous raccompagner. J'ai tout remballé. Mickey est déjà dans la camionnette. Montez voir votre fillette. Ça fait une paie qu'elle dort pas et qu'elle babille dans son berceau. J'espère que ça vous embête pas, elle était déjà réveillée et, quand je l'ai entendue glousser, j'ai pas pu m'empêcher de jeter un petit coup d'œil. Une jolie petite caille, ça oui, et qui promet d'être une sacrée bavarde quand les mots corrects lui viendront. Elle va vous donner du fil à retordre, fiston. »

Je passe de la position assise à debout d'un mouvement souple.

« Elle ne parle pas encore, dis-je. Elle a encore beaucoup de temps devant elle avant de savoir.

— M'a tout l'air d'essayer quand même, mon vieux. Ça sera pas long. Pouvez me croire, j'ai l'expérience de mes trois. Y a pas mieux au monde, quand un de vos enfants vous appelle "Papa". Rien qui approche de ça. »

Mr Young s'en va. Je reste assis une éternité, figé sur le lit. J'entends Sophie qui se met à pleurer dans la chambre voisine. Je n'ai pas envie d'aller la rejoindre. Je répugne à l'admettre, mais, pour la première fois depuis des semaines, j'ai réellement peur de ma propre fille. J'essaie de bouger, mais mes muscles restent collés. Je tente de me rassurer. Le plombier n'était peut-être que tout baratin. Il ne doit pas savoir qu'il ne faut pas autoriser Sophie à parler. La plupart des parents veulent que leurs enfants parlent et marchent et accomplissent toutes les étapes de la croissance au plus vite. Il essayait peut-être de se rendre aimable, en disant juste la première chose qui lui est venue à l'esprit. L'alternative est terrifiante. Si jamais le plombier avait raison et qu'elle se mette à parler bientôt ? Ce serait me forcer la main. Il y aurait des mesures à prendre et à prendre vite.

Quand j'entre enfin dans sa chambre pour soulever Sophie je porte des écouteurs : de grands disques de protecteurs d'oreille, un vestige de mes années d'étudiant. Je la soulève de son lit et je change sa couche à la lueur des bougies. Les flammes jettent des ombres de lave folle sur son ventre. Elle a l'air d'un sauvage dans la lueur tiède, un petit bébé de l'enfer. Elle est tout sourire ce soir. Elle lance des bras joueurs vers ma tête, intriguée par les grosses excroissances rouges qui coincent mes oreilles. Ses fossettes se creusent. Elle rit. Peut-être qu'elle émet d'autres bruits, mais avec mes écouteurs je n'entends rien. Je l'emporte dans ma propre chambre et je la pose délicatement sur le lit. Elle rentre bras et jambes, roule du ventre sur le dos et retour au ventre, savourant le rebond du matelas. Elle est blanche comme une coquille d'œuf dans l'obscurité mouvante. Elle pèse moins lourd qu'un sac de pommes de terre. Difficile de la croire capable de détruire quoi que ce soit. Pourtant la peur est installée en moi maintenant, comme un petit gravier logé entre mes dents. Il accroche tout.

Je prends la mâchoire de Sophie dans ma main gauche, le plus doucement possible. Elle n'est pas plus grosse qu'un pamplemousse. Je peux facilement la pincer entre le pouce et l'index. Je pointe ma main droite et je fais courir mon doigt légèrement autour de son cou. Elle m'envoie un sourire. C'est un jeu pour elle, comme les chatouilles ou les baisers péteurs sur son ventre nu. Elle me fait confiance. Peut-être, quelque part au plus profond d'elle-même, sait-elle déjà que je suis son père. Je passe le doigt sur son cou, lentement, délibérément, comme une aiguille qui tire un fil. C'est ici que je pénétrerai avec la lame. C'est comme ça que je sauverai Sophie. C'est comme ça que je me sauverai moi-même. C'est à moi d'accomplir cette tâche, à personne d'autre. Je suis son père, ou comme aimait me dire mon père depuis longtemps disparu, je suis responsable de toutes mes propres fautes.

« Suis-je capable de lui faire mal ? me demandé-je. Si c'était pour son propre bien ? »

D'autres parents font mal à leurs enfants tous les jours. Je le sais. Après tout je suis médecin. Ils plantent des aiguilles dans la chair de leurs enfants et leur font avaler des médicaments nauséeux. Ils les tapent fort entre les épaules pour leur faire expulser tout le phlegme qui les étouffe.

Ils les sanglent et les soulèvent, palpent, tisonnent et extirpent la maladie de leur corps. Ils disent : « Fais-nous confiance. C'est pour que tu ailles mieux », et ils pleurent sous cape dans une salle de bains ou un couloir d'hôpital où les enfants ne verront pas. Ils se rendent délibérément cruels. Ils le doivent.

Ces gens ne sont pas comme moi. Ils sont braves et altruistes. Leurs enfants doivent être sauvés du cancer ou du diabète, ou de poumons qui ne savent plus respirer. Ils ne méritent aucun blâme. Ils ont besoin d'être portés par des frères et sœurs et d'autres parents dont les enfants sont sans défaut. Personne ne devrait se sentir obligé de me porter. Mon enfant n'est pas une victime. Mon enfant a besoin d'être sauvée d'elle-même. Le défaut parcourt Sophie, comme une maladie charriée par son sang. C'est moi qui la lui ai causée, qui lui ai transmis ma faiblesse. Quelle paire nous formons. Quel affreux gâchis.

Je ne crois pas que je pourrais lui faire mal. Ou, en prenant le problème sous un autre angle, je ne crois pas pouvoir l'aider. Pas avec un scalpel. Pas avec du sang. Même confronté à un inconnu, ce serait dur de briser la peau. Avec Sophie j'aurais de la peine à garder la main ferme. Raison pourquoi j'appelle le Royal et demande le docteur Kunari, pourquoi la colère monte au galop quand la secrétaire refuse de me le passer : « Pas sans rendez-vous, monsieur. Même si vous êtes médecin. » Pourquoi je place Sophie dans la voiture et la conduis à travers les inondations jusqu'au parking devant le Modulaire où se rencontrent les Enfants infortunés, pour attendre de voir sortir le docteur Kunari. Pourquoi je pleure sur mon volant, embrumant les vitres de la voiture, quand Mrs Penney me découvre, toujours à attendre, près de deux heures plus tard.

« J'ai besoin de quelqu'un qui m'aide, avoué-je. Je ne peux pas faire ça moi-même. »

Mrs Penney comprend. Elle est passée par là, et ça ne fait pas si longtemps. Un jour ou l'autre, chaque parent d'Enfant infortuné a besoin d'aide. Elle a probablement une vision de moi assis à sa table de cuisine, buvant du thé, pleurant si j'ai besoin de pleurer, repartant chez moi plus tard avec une large portion de hachis parmentier pour le dîner du lendemain. Ce serait sa manière de m'aider. C'est comme cela qu'on l'a aidée. J'imagine quelque chose d'entièrement différent quand je dis que je ne peux plus continuer seul. Je me représente sur les marges tandis que le docteur Kunari retranche entièrement la langue de ma fille de sa bouche. C'est comme ça que je veux qu'on m'aide. Je ne veux pas moi lui faire mal. Ça serait peut-être plus supportable si je me contentais de regarder. Tel Judas, rôdant sur les marges.

« C'est votre petite fille ? » demande Mrs Penney, observant Sophie à travers la buée dans son siège de voiture. Nous parlons par un minuscule tronçon de vitre libre. Même ça, c'est un risque pour Sophie. Je sors de la voiture et referme doucement la portière. Il pleut. Mrs Penney a un parapluie. J'avance sous le toit qu'il offre et j'aperçois Ella, qui se cache derrière les jambes de sa mère.

« Oui, dis-je, c'est Sophie. Mais elle dort.

— Elle est adorable », réplique Mrs Penney. Je ne sais pas comment elle peut voir cela à travers la vitre suante. Elle le dit sans doute juste pour me remonter le moral.

« Où est le docteur Kunari ? Je suis venu pour le voir.

— Il n'est pas là ce soir. Il vient rarement ici. Entre nous, je crois qu'il préfère les enfants de Belfast-Sud. Leurs parents ont les moyens de consulter en privé.

— Oh », dis-je. Je retourne vers la voiture, avec l'intention de partir.

Mrs Penney m'empoigne le coude et me fait revenir sous son parapluie. « Je peux vous aider ? » interroge-t-elle, et je me demande si elle veut m'embrasser. Si c'était un film, avec une dame debout sous la pluie qui demande à un homme si elle peut l'aider, cela signifierait à coup sûr un baiser. Mais elle est mariée et nous ne sommes pas dans un film, et Ella risque un œil qui contourne la taille de sa mère, souriant sous le capuchon de son anorak.

« Le groupe est là pour vous aider, Jonathan, dit Mrs Penney. Je sais que c'est dur d'être le père d'un Enfant infortuné, mais nous sommes là pour vous... si vous avez besoin de nous. Mais pour ça il faut que vous ayez envie d'aide.

— J'ai besoin d'aide », dis-je.

Mrs Penney se penche vers moi. Ses bras remontent sur les côtés comme si elle se préparait à m'étreindre. Je recule d'un pas.

« Vous ne pouvez pas m'aider, dis-je d'un ton ferme. Aucun de vous ne peut. Vos enfants ne sont pas infortunés. Ils sont juste des défis à relever, ou un peu insolites... ou réellement doués. » Je regarde Ella droit dans les yeux en disant cela.

« Sophie est vraiment infortunée. Elle va probablement faire du mal autour d'elle, je veux dire vraiment faire du mal. Elle ne pourra pas s'en empêcher. Vous ne pouvez pas m'aider avec elle. Ça serait prendre un trop grand risque.

— Allons, Jonathan, répond Mrs Penney, je pourrais vous emmener dans cette pièce tout de suite et demander à chacun des parents de vous dire à quel point leurs enfants sont terribles et il ne faudra pas beaucoup d'efforts pour leur faire sortir leur histoire. Les caprices. Les rages violentes. Ce n'est pas facile d'être un Enfant infortuné. Cette petite fille qui se change en bateau, eh bien ses parents n'en parlent pas très souvent, mais quand elle avait cinq ans, ça la rendait si folle furieuse de ne pas être normale qu'elle a essayé de noyer son frère bébé dans la pataugeoire. Et celui qui voit l'avenir dans les surfaces liquides, il était tellement méchant, il s'amusait à raconter aux gens âgés qu'ils allaient bientôt mourir, il leur disait qu'il l'avait vu dans une mare ou une saloperie du même genre. Complètement inventée. C'était juste une petite ordure vindicative... »

Je l'interromps en plein exorde. « Oui, dis-je, mais ces gosses ne sont pas programmés pour être mauvais. Ce sont juste de braves gosses coincés dans des situations bizarres, qui essaient de comprendre qui ils sont. Sophie est réellement, eh bien, peut-être dangereuse.

— Ah, vous croyez qu'il n'y en a pas des dangereux, d'Enfants infortunés ? dit-elle, d'une voix qui monte et s'aigrit. Vous croyez que c'est juste un petit club de parents de gosses un peu insolites ? J'aimerais bien. Vous êtes juste tombé sur un bon soir. Vous avez raté les parents de l'ado qui met le feu à tout ce qu'il trouve quand il a la trique. Malheureusement pour vous, ils se faisaient du souci pour leur autre fils. En ce moment, il est dans le service des grands brûlés. Comme la fille de leur voisin et le fils de leur professeur de géographie. Oh, et Loïs, la vampire diurne. On ne peut pas la laisser seule la nuit, alors ses parents n'étaient pas là non plus. Et bien sûr, on ne parle même plus de Simon, pas depuis qu'ils l'ont enfermé pour avoir éternué du vitriol dans le bus scolaire. Tous ces beaux petits visages enfantins marqués à vie. Il n'y a pas grand-chose à faire pour une brûlure au vitriol, même maintenant, avec tous les progrès de la chirurgie esthétique. Non, Jonathan, nous n'avons pas d'enfants vraiment “infortunés” ici. Personne d'aussi mal loti que vous.

— Oh, dis-je, je ne sais pas. Je pensais sincèrement que Sophie était la seule capable de vraiment faire du mal aux gens.

— Tous les enfants font du mal aux gens, Jonathan », dit Mrs Penney. Sa voix a perdu la note de dépit. Elle semble juste vaincue maintenant. « C'est surtout à leurs parents qu'ils font du mal. Vous ne pouvez pas protéger Sophie pour toujours. Aucun d'entre nous ne le peut.

— Je sais. Mais il faut que j'essaie.

— Écoutez, vous savez où nous trouver si vous souhaitez notre aide, mais je ne peux pas vous forcer. Vous êtes toujours bienvenu ici. » Elle semble lasse, comme si elle avait déjà eu cette conversation dans le passé, souvent, dans le même parking. Je me demande s'il y a eu d'autres parents trop terrifiés pour continuer à venir, des parents dont les enfants sont aussi esquintés que Sophie. Des gens peut-être encore plus mal lotis que nous.

« Merci, dis-je. J'apprécie vraiment. »

Elle se détourne de moi, emportant le parapluie avec elle tandis qu'elle s'éloigne dans l'obscurité. La pluie tambourine sur ma tête. Elle s'infiltre à travers mon pull et descend le long de mon col. Jamais, de toute mon existence vide, je ne me suis senti aussi seul. Je veux lui dire quelque chose et ne parviens à sortir qu'un « Au revoir » étranglé. Elle ne m'entend pas à cause de la pluie, ou peut-être qu'elle entend et choisit de ne pas réagir. La chose que j'ai envie de lui dire, c'est « Priez pour nous », mais je ne sais pas si je crois à la prière ou à quoi elle sert quand rien ne peut être arrangé.

Ella ne suit pas immédiatement sa mère. Elle se tient sur le macadam couvert de mares en me souriant. Son visage est une sorte de lune, qui luit sous l'ombre de son capuchon d'anorak. Elle est tellement étonnante à regarder. C'est impossible de ne pas la dévisager. Elle tend la main. La pluie s'accumule dans la paume de sa main. J'étends ma propre main pour rencontrer la sienne. Nos mains se nouent. La sienne est tellement plus chaude que la mienne, tellement plus petite.

« Ça va aller », dit Ella, et presque aussitôt elle a disparu.

L'endroit où elle m'a touché est chaud maintenant. Je sens la vie en elle s'élancer le long de mes bras et se répandre sur tout mon torse, dans ma bouche et mes poumons, comme la chaleur d'un whiskey brûlant. Elle entre dans mon cœur. Elle entre dans ma tête. Ça va aller, pensé-je. Je me demande si c'est cela, la réponse à une prière. « Ça va aller », je me le répète en conduisant jusqu'à la maison et je mets Sophie au lit et plus tard je me couche aussi et je me lève pour aller travailler le lendemain matin et m'asseoir à mon bureau, sachant qu'il faut faire bientôt quelque chose à propos de l'enfant.

Une décision doit être prise. De manière étrange, cela a rendu tout meilleur et pire de savoir que Sophie n'est pas la seule. C'est réconfortant de penser à d'autres enfants capables d'instaurer le mal. Réconfortant au sens le plus tordu. Cela rend aussi ma fille plus réelle. Ce n'est pas mon imagination qui se met en surchauffe. Pas une névrose latente qui se déclenche sur le tard. D'autres parents, ici même à Belfast, traitent le problème de leurs Enfants infortunés résolument, brutalement, avec une froide objectivité, dans le but de protéger les autres. Je dois prendre ma situation en main. Je dois être froid, la mâchoire raide, tout aussi objectif. Je ne peux pas différer encore longtemps.

À la clinique, mon premier patient de la journée est Samuel Agnew. Je ne m'y attends pas. Je ne suis pas préparé aux questions qu'il est venu me poser.

17

Confession

La porte prend des coups.

« Entrez », dit Jonathan.

La porte ne s'ouvre pas. La porte prend encore des coups. *Tac. Tac. Tac.*

« Entrez », dit Jonathan, plus fort cette fois. Il cesse d'écrire et pose son stylo sur le bloc-notes. La porte reste close. La porte prend une troisième série de coups, puis, en succession rapide, une quatrième et une cinquième.

C'est sans doute un patient âgé, très vraisemblablement un vieillard avec une aide auditive mal réglée. Ce sont les pires quand il s'agit de frapper. Voyez, je suis debout devant la porte et je frappe et je frappe et je n'entre jamais, bordel, pense Jonathan, en souriant un peu de son trait d'esprit. Il se fait une note mentale, comme chaque fois que le coup de la non-ouverture de porte se produit, qu'il doit demander aux dames de l'accueil de lui faire une pancarte. « Entrez, je vous prie » ou « Le docteur est présent » ou « ASSEZ FRAPPER SUR MA PORTE ET OUVREZ-LA VOUS-MÊME, BORDEL ». Il demandera que la pancarte soit entièrement rédigée en majuscules grosses comme des boulets afin que les myopes ne puissent pas invoquer la cécité comme excuse. Il est à peu près sûr que ça ne fera aucune différence. Les vieux continueront à rester sans bouger tout en frappant discrètement. Mais fabriquer une pancarte donnera un peu d'occupation aux dames de l'accueil.

Elles sont toujours après lui à réclamer des photos de Sophie. Au début il savourait leur attention. Maintenant leurs questions lui donnent le sentiment de ne pas être à la hauteur.

« Elle n'est pas un peu petite pour son âge ?

— Elle ne fait pas encore ses nuits ?

— Il faut que vous lui donniez des compléments alimentaires, puisqu'elle n'est pas nourrie au sein. »

Il essaie d'éviter les dames de l'accueil, mais elles sont si nombreuses, c'est comme vouloir éviter de respirer. Elles exigent constamment de voir Sophie, comme si elles avaient une sorte de droit sur elle.

« Pourquoi vous ne l'amenez pas à la clinique, docteur Murray ?

— Doux Jésus, cette enfant sera mariée avant qu'on ait posé les yeux sur elle.

— Vous croyez qu'on va la manger, ou quoi ? »

Oui, a-t-il envie de dire, oui, je crois que vous allez la manger vive, sacrée bande de harpies. Enfin, sauf si Sophie attaque la première.

Elles ne savent pas ce qu'elles lui demandent. Elles ne peuvent absolument pas comprendre ce que cela implique.

La porte est encore frappée, si violemment que le manteau de Jonathan qui était pendu à son crochet glisse et se ratatine sur le sol. Il ne peut pas continuer plus longtemps à ignorer ce martèlement. Tandis qu'il franchit l'espace de sol et tend la main vers la poignée de la porte, son moral remonte à l'idée que sa requête de pancarte va lui donner quelque chose à dire aux dames de l'accueil. Elles vont discuter couleurs, polices de caractères et choix de papier. Sophie n'interviendra même pas dans leur conversation. Le soulagement est énorme. Il insistera pour que la pancarte soit plastifiée. Les dames de l'accueil aiment beaucoup plastifier les objets.

Jonathan ouvre sa porte. Il se raidit en prévision d'un vieillard. Ils ont leur odeur particulière et leur façon d'entrer dans un espace silencieux. Il a déjà revêtu sa voix à vieillards. Elle est plus forte et plus aiguë : plutôt un marteau qu'une pelle. Il ouvre la porte en la poussant loin de lui et recule pour faire place à son visiteur.

« Je vous en prie, entrez », dit-il avec un ample geste de la main. Une fois de plus, il a l'impression d'être un personnage dans une pièce en costumes de la BBC : un curé âgé tiré de Jane Austen ou Dickens. Le patient ne bouge pas. Il doit être plus vieux que Jonathan ne l'imaginait. Peut-être qu'il est sourd ou aveugle ou atteint de démence. Il y a une quantité de maladies qui peuvent changer un être humain en statue. L'homme debout dans le couloir est plus jeune que Jonathan ne s'y attendait. Il connaît cet homme. Il s'appelle William ou Samuel, un nom sec qui vient de l'Est. Samuel. Sammy Agnew. À la vue de cet homme, l'estomac de Jonathan fait un plongeon, pas comme une nausée, plutôt la peur.

« Oh, c'est vous, dit-il, pas besoin de sa voix à vieillards maintenant. Vous feriez mieux d'entrer. »

Sammy Agnew se tient immobile dans le couloir. Il a le poing levé, prêt à entamer un nouvel assaut contre la porte. Il range rapidement sa main dans une poche. Cela fait moins d'un mois depuis la dernière fois où Jonathan l'a vu, mais le changement est profond. Sammy a vieilli de dix ans en quelques semaines. Il a pris des rides autour des yeux et de la bouche ; des plis profonds, au tracé net, comme les pliures d'un sac en papier. Son pull est fripé, ses baskets crasseuses. Il a le menton givré par une barbe de trois jours, blanc et gris, assortie à sa tignasse hirsute. Il se tient voûté, les épaules plus hautes que le cou, comme un homme qui se raidit contre le froid. Il entre dans le cabinet de Jonathan et s'affale sur le siège le plus proche.

« Vous avez la mine de ce que moi j'éprouve, docteur », dit-il.

On ne peut pas dire que ce soit un compliment. Sammy ressemble à une émulsion de merde. D'un geste instinctif, Jonathan lève la main jusqu'à son col, redresse sa cravate et plaque les mèches vagabondes de ses cheveux à leur place. Il sait qu'il n'a pas l'air à son avantage aujourd'hui – il n'a pratiquement pas dormi de la semaine –, mais il ne pensait pas que son patient le remarquerait. Ils lui demandent rarement comment il va, et même quand ils le font, c'est par politesse, en passant, une sorte d'introduction à leurs propres problèmes de santé. Ils disent : « Ça va comme vous voulez, docteur Murray ? » et il répond : « Pas trop mal. Qu'est-ce qui vous amène aujourd'hui ? » et les voilà partis avec leurs douleurs et leurs ulcères, leurs champignons aux pieds et leur croup. Ils ne s'intéressent pas au médecin. Ils ne remarqueraient sans doute rien si ses bras tombaient, du moment que ça n'affecterait pas son aptitude à rédiger des ordonnances pour antibiotiques et pommades à l'hydrocortisone. Il est rare qu'un patient le regarde en face. Mais voici Sammy, qui ne lui présente rien d'autre qu'un gros œil globuleux et un commentaire détaillé sur son aspect pas tout à fait jeune premier.

« Je vais bien, Mr Agnew, fait sèchement Jonathan. Je suppose que vous ne vous sentez pas non plus en très grande forme.

— Non, docteur, je me sens patraque.

— C'est la même chose qu'avant ?

— Oui. Mais encore pire, maintenant. C'est tout le temps. J'ai une tête de mort quand je me lève et une tête de mort passée au four quand je vais me coucher. Ça me porte sur le système sans arrêt.

— L'anxiété ?

— L'anxiété, l'inquiétude, la peur, appelez ça comme vous voulez, docteur Murray. La plupart du temps j'ai l'impression que ça vaut pas la peine de continuer.

— Vous diriez que vous êtes déprimé, Sammy ?

— Bon, je passe pas mon temps à tourner en rond chez moi à pleurer et prendre de la bouteille, si c'est ça que vous voulez dire.

— Vous pourriez avoir d'autres symptômes. Les gens déprimés ne pleurent pas forcément. Vous êtes plus fatigué que d'habitude ? Anxieux ? Insomniaque et sans appétit ? Libido en panne ?

— Libido ?

— Le sexe, Sammy. Est-ce que le sexe vous intéresse moins ces temps-ci ?

— Oui, docteur, beaucoup moins. Mais c'est plus rapport à ma femme qui a pris beaucoup de poids que pour d'autres raisons. Mais je dirais oui, sûrement oui, à tous ces trucs que j'ai plus envie, dormir, manger et tout le reste. Je me sens pas dans ma peau à cette heure. Pas du tout.

— Diriez-vous que vous avez des idées suicidaires ?

— Doux Jésus, non, docteur. En voilà une question à poser aux gens !

— Désolé, je ne voulais pas vous offenser. Je suis obligé de le demander. Ça m'aide à évaluer la gravité de votre dépression.

— Elle est pas si mauvaise que ça. Je penserais jamais sérieusement à me foutre en l'air.

— Vous ne vous sentez jamais vaincu, Sammy, ou à vous demander si vous tiendrez jusqu'à la fin de la journée ?

— Eh bien, quand vous le dites comme ça, des fois je me sens un tout petit peu au désespoir. L'impression que les murs se resserrent.

— Il y a quelque chose en particulier qui déclenche ces sentiments ?

— Ouh là, d'habitude c'est quand je pense à mon fils aîné et le pétrin où il s'est fourré, et tout ce que j'ai bricolé quand j'avais son âge. Bon, je sais que c'est de ma faute si notre Mark est comme il est. C'est un sacré poids à trimballer avec vous. Si je me laisse trop aller par là, des fois je commence à penser que ça serait plus facile si j'étais plus dans les parages.

— Plus facile pour qui, Sammy ?

— La meuf, les gosses, moi, la moitié du quartier Est. À peu près tous les habitants de Belfast iraient mieux sans Sammy Agnew. »

Une fois de plus, Jonathan est frappé par le truisme de cette assertion, comme une réplique empruntée à une superproduction hollywoodienne. Il peut se représenter Tom Hanks ou un de ces autres ratés de première classe en train de regarder droit dans la caméra tandis qu'ils se demandent si le monde ne se porterait pas mieux sans eux. Il y a un film de Noël, un classique en noir et blanc, entièrement construit sur ce principe de départ. Jonathan s'évertue à faire émerger le titre et n'y parvient pas, et se demande pour la centième fois cette année pourquoi ces gens parlent comme ça, à coups d'argot banal et de clichés, d'expressions récoltées à la télévision. On dirait qu'ils ont perdu leur propre langage. Ou qu'ils s'en servent en paresseux. Il ne croit pas pouvoir endurer encore une saison de patients qui parlent comme des escrocs de Los Angeles ou des figurants du feuilleton *East Enders*.

« Bien sûr votre famille serait malheureuse de vous perdre, dit Jonathan. Leur monde ne serait plus le même sans vous. » Presque aussitôt il regrette ces mots, se les rejoue de tête. Il est aussi médiocre que Sammy. On dirait des vers de mirliton sur une carte de vœux, le genre de chose que les femmes collent sur la porte de leur frigo.

Cet homme, son aîné, est touché, malgré tout. Il a l'air au bord de se remettre à pleurer. Jonathan cherche rapidement des mouchoirs en papier sur son bureau, et oui, il y en a une boîte pas encore ouverte à côté de son porte-stylo. Il voit cela comme une sorte de filet de sécurité, à éviter si possible. Il n'est pas à l'aise avec les patients qui pleurent. Surtout les hommes. Il s'éclaircit la gorge et laisse sa voix se placer au niveau voix de professeur calme qu'il réserve aux patients un peu hystériques. Quand il prend cette voix-là, il prononce chaque phrase comme des consignes d'utilisation. Voici comment ça va se passer. Voici ce que vous allez faire. Tout ira bien.

« Écoutez, Sammy, dit-il, glissant avec aisance dans le domaine de la familiarité, vous allez respirer profondément et me raconter tout cela. Ensuite nous allons établir un plan. Ensemble. Afin que vous vous sentiez mieux.

— Ça devient pire, docteur. Je crois pas pouvoir continuer à faire comme si de rien.

— Eh bien, si la situation s'aggrave, nous devrions certainement essayer d'y remédier au plus tôt au lieu d'attendre. Nous avons plusieurs options possibles.

— Quel genre d'options ?

— Eh bien, je sais que vous n'avez pas envie de vous mettre aux antidépresseurs, Sammy. Beaucoup de gens sont comme vous. Mais ce serait une solution dans l'immédiat, quelque chose qui vous remette d'aplomb, qui vous aide à dormir et à vous défendre contre l'anxiété. Ça, c'est une des options. Ou je peux organiser un rendez-vous avec un professionnel, un conseiller. Ou bien nous pouvons faire les deux. Je recommanderais les deux options, pour être honnête. Ça ne ferait pas de mal de parler de vos problèmes à quelqu'un, même si vous preniez déjà des comprimés.

— Je veux pas aller voir un psy.

— Pas un psy, Sammy, un conseiller. Quelqu'un qui vous aiderait à affronter les choses qui vous préoccupent tant.

— Je veux pas parler à un inconnu.

— Alors je vous écris juste une ordonnance ?

— Naaan, je veux pas de drogues non plus. Je suis venu ici pour vous parler.

— Je ne suis pas un conseiller, Sammy, juste un médecin généraliste. Vous feriez mieux de parler à quelqu'un qui a été formé à ce genre de chose. Je peux vous arranger cela.

— Non, docteur Murray. C'est seulement à vous que je veux parler.

— Pourquoi moi ? » demande Jonathan. Il ne sait pas pourquoi il pose cette question. Il n'a pas particulièrement envie d'entendre la réponse. Il sait qu'elle sera moche. Mais sa bouche soulève la question avant que sa tête ait le bon sens de la stopper.

« Parce que vous êtes en rade sur le même bateau que moi, dit Sammy. J'ai vu ça la première fois où j'ai posé les yeux sur vous. Vous êtes juste aussi pété de trouille que moi. Juste aussi démoli.

— Ne soyez pas ridicule », réplique Jonathan. Mais ça ne rime à rien d'essayer de discuter avec cet homme plus âgé que lui. Ses mains bafouillent sur toute la surface du bureau, s'efforçant de contenir leur impatience. Il prend un stylo. Le repose. Saisit son bloc-notes et le tourne de côté. Il transpire. Il sent l'humidité de la sueur faire une petite mare à la base de son épine dorsale, dessiner de grands traits graisseux en travers de son front. Il sue comme un porc qu'on saigne. Il est tout aussi perturbé que Sammy Agnew, tout aussi démoli.

Il pense sans cesse à disparaître. Dans sa tête il appelle ça disparaître, mais il pourrait aussi bien dire : « Le monde se porterait beaucoup mieux sans moi. » C'est par pur snobisme qu'il recule devant le cliché. Il repousse son fauteuil loin du bureau. Il y a maintenant au moins trente centimètres d'espace vide entre ses genoux et le bureau. Il croise les jambes à la hauteur des genoux, pose les coudes sur ses cuisses et niche sa tête tout entière dans le creux de ses mains. Comme un petit garçon qui tente de se replier en lui-même. Du coin de l'œil il peut voir la boîte neuve de Kleenex. C'est bon de savoir qu'elle est toujours là, en cas de besoin.

« Vous avez raison, dit-il. Je ne suis pas en grande forme non plus. »

Sammy se lève de son siège, traverse la pièce en deux enjambées maladroites et verrouille la porte. Il les enferme tous les deux à l'intérieur. Enferme tous les autres à l'extérieur. Jonathan n'est pas censé verrouiller sa porte quand il reçoit un patient. Pour sa propre sécurité. Pour leur protection. Il voit la situation sous les deux angles, mais la porte est verrouillée maintenant et il ne peut pas y faire grand-chose sans déclencher une scène. Sammy tire son siège à travers la pièce de manière à ce qu'ils se voient face à face, comme deux personnes assises au café, s'ils n'avaient pas une table entre eux. Il s'assied pesamment.

« Parlez, dit-il. J'écoute.

— Vous d'abord », dit Jonathan. Il sent qu'il doit insister sur ce point. C'est lui le professionnel, après tout. Techniquement, il est toujours assis derrière un bureau.

Sammy raconte son histoire. Avant de commencer, il décide de ne rien éluder, même les morceaux les plus moches et ceux qui sont peut-être sans rapport avec ce qu'il raconte : comment des fois il est obligé de penser à cette fille qui fait la météo à la télé quand il tringle sa femme. Le soulagement amer de mettre deux enfants dans le ferry P&O, les faire flotter jusqu'au continent en sachant qu'ils ne reviendront jamais. La fois où le petit Mark l'a surpris dans le garage en train de se faire les poings contre un pneu usé, comme si c'était le jeune gars de Falls Road, celui qui lui a soufflé une promotion. Et comment, quand le petit lui a demandé : « Qu'est-ce que tu lui fais au pneu, papa ? » il a répliqué : « Je m'empêche de faire mal à quelqu'un, fiston. » Il pensait que l'enfant était trop jeune pour se rappeler l'expression bestiale de son visage quand la rage s'emparait de lui. Mais peut-être que le garçon se la rappelait. Peut-être que quelque chose à ce moment-là l'avait retourné. Ou peut-être qu'il était impossible de situer le changement avec précision : date et heure du point de conversion enregistré, comme un chrétien régénéré. Peut-être qu'il n'a aucun moyen de savoir quand une chose bonne tourne mal.

L'histoire de Sammy Agnew commence : « Il y a ce truc au fond de moi qui veut détruire les gens. » Jonathan a déjà entendu la même histoire, avec des variantes. Il y a des douzaines d'hommes à Belfast-Est qui ne savent pas comment gérer leur colère. Ils en ont le visage rougi et souvent l'ivresse. Elle peut les rendre hystériques. Parfois il suggère de consulter un conseiller ou un groupe de parole quelconque. La plupart du temps il sait qu'une rage aussi enfouie ne peut pas se déraciner avec des mots. « Essayez de courir, conseille-t-il. Soulevez des poids. Inscrivez-vous à un club de boxe. » La colère ne peut pas être exorcisée, mais parfois on arrive à en user la force.

Puis Sammy lui parle de Mark : son fils, le Lanceur de feu. Jonathan n'a encore jamais entendu cette version de l'histoire ancienne. La plupart des hommes qu'il écoute sont tordus de culpabilité et de regret amer. Ils veulent des antidépresseurs ou des pilules pour les assommer la nuit. Ils voient encore en rêve les horreurs qu'ils ont commises dans les années 70 et 80. Ils savent qu'ils ne sont pas exactement des victimes. Mais essayez d'expliquer ça à une terreur nocturne. Autant raisonner avec une crise de panique. Tout ce qu'ils cherchent, c'est une occasion de se confesser, de faire remonter la culpabilité jusqu'à leur gorge et dans les oreilles de quelqu'un d'autre. Voilà ce qui tient lieu de soulagement à l'Est.

Ils ne veulent pas parler à un prêtre, ils ne peuvent pas se fier à la police, et ils ne songeraient pas, pas une minute, à partager le fardeau avec leur épouse. Alors ça retombe sur le médecin, à cause de ce serment que doivent prêter tous les médecins, où tout ce que dit un patient reste entre vous deux et les quatre murs blancs. Avant de parler ils demandent toujours : « Vous ne pouvez raconter ce que je dis à personne, c'est sûr que vous ne pouvez pas ? » Ensuite ils se sentent moins lourds, moins monstrueux, mais seulement pendant une heure ou deux. Seulement jusqu'à la fois suivante où ils se voient en reflet dans une vitrine de magasin et se rappellent qu'ils sont encore, malgré toutes leurs confessions, les mêmes hommes avec les mêmes mains sales.

Jonathan connaît ces hommes. Il en voit au moins un par semaine. Il écoute leurs vilaines histoires. Elles suivent une sorte de modèle. Armes à feu. Bombes. Tabassages. Peur. Longues « vacances » en taule, ou là-bas sur le continent. L'air de son cabinet épaissit chaque fois que l'un d'eux y entre et, quand ils repartent, il éprouve le désir de se frotter les mains avec du savon chirurgical, comme vous le feriez après avoir touché un produit pourri.

L'histoire de Sammy Agnew est différente. Il passe rapidement sur les armes, les bombes et les coups de matraque. Il n'est pas venu pour parler du passé lointain. Il est ici pour se délester de son fils. Tenter de se convaincre en parlant d'un possible dénouement heureux. Peut-être, si Mark joue habilement ses cartes, si c'est la fin des feux, et s'il ne cause plus de désordres, peut-être, je dis bien peut-être, le garçon va s'en remettre. Jonathan a envie de l'interrompre au milieu d'une phrase. Il a envie de dire : « Soyez un peu lucide, mon vieux. Votre fils est un psychopathe. Il faut l'enfermer. Cette histoire ne peut pas avoir de dénouement heureux », mais il garde ses pensées pour lui et le laisse terminer. C'est important de ne pas interrompre. On vous enseigne ça aux stages de formation clinique. L'histoire de Sammy Agnew se dissout plutôt qu'elle ne se termine. « Je sais pas quoi faire maintenant », dit-il, et il s'arrête. Il s'adosse à son siège, les mains nouées derrière la nuque qui lui font des coudes en ailes. Il prend une profonde inspiration et l'exhale lentement. Il a l'air exténué.

Jonathan ne sait pas non plus ce que Sammy devrait faire. Il sait ce que lui devrait. Il devrait prendre son téléphone et appeler le 999, car ça c'est bel et bien une urgence. En tant que médecin il a fait la promesse de protéger le public de tout mal. La maladie. La contagion. Les individus déments capables de fabriquer des bombes. Il est un homme responsable. Les réponses sont censées lui venir naturellement. Mais, depuis Sophie, ce n'est plus le cas. Il n'arrive pas à voir plus loin que ses propres problèmes. Il ne s'en soucie pas autant qu'il le devrait, et parfois il s'en soucie trop. Après tout, c'est réconfortant, d'écouter quelqu'un dont la vie est encore plus impossible que la sienne. Il a envie de conserver l'histoire de Sammy Agnew à l'arrière de son cerveau, une chose à revisiter chaque fois qu'il regarde Sophie et pense : « Les choses ne pourraient pas être pires. »

« Vous devriez probablement aller à la police », dit-il. Mais il n'insiste pas. Il dit cela comme il pourrait tout aussi facilement dire : « Vous devriez emporter une veste pour plus tard. » Sa voix n'a aucun mordant ni forme quelconque d'autorité. Il est mal placé pour invoquer des règles dures et fixes. Pas quand il a déjà envisagé d'enfermer sa fille dans un placard, pas quand il prépare la manière la plus efficace de la taillader. Les règles sont faites pour les gens simples, pas pour les parents d'Enfants infortunés.

« Vous avez raison, dit Sammy. Je *devrais* probablement aller à la police.

— Au plus tôt, de préférence à au plus tard.

— Donnez-moi une semaine, docteur. Pour mettre tout en ordre.

— Demain, Sammy. Avant qu'il n'y ait des blessés.

— Deux jours, dit Sammy, coupant au milieu, comme s'ils marchandaient la vente d'une voiture d'occasion.

— Deux jours, grand max. Si vous ne le faites pas d'ici là, je téléphonerai moi-même à la police.

— Il faut que j'appelle moi. Vous comprenez ça, hein ? Je suis son père. »

Jonathan comprend. C'est différent pour les pères. Il accepte de ne pas aller à la police. Il fait promettre à Sammy de lui téléphoner dès qu'il les aura appelés. Il n'a aucune intention d'appeler lui-même les autorités, même si son patient ne fait rien. Quand il tente d'imaginer Mark en train de planter des bombes et d'abattre des gens dans la rue, ce n'est pas réel pour lui. C'est un montage tiré de vieux films d'action et de dramatiques télévisées. Des morts. Du sang. Du verre brisé et des volutes de fumée, comme des nuages de glace carbonique. Cette image n'engendre aucun sentiment d'urgence, aucun tiraillement de responsabilité dans les boyaux. Sa compassion s'est émoussée à force de s'inquiéter pour Sophie. Il ne peut voir aucune situation aussi nettement que la sienne. Il n'est pas apte désormais à exercer comme médecin, mais personne d'autre ne semble l'avoir remarqué.

Le téléphone sur son bureau émet un signal rouge et commence à sonner. C'est l'une des dames de l'accueil. Les patients se pressent dans la salle d'attente. Ils se demandent combien de temps il va les faire attendre. Il a déjà passé vingt minutes avec Sammy et il ne risque pas de terminer avant le déjeuner.

« J'ai une migraine », dit-il à la dame de l'accueil (Clara ? Claire ? Cathy ? Certainement un nom qui commence par C, mais ça pourrait tout aussi bien être un L.)

Elle soupire. « Encore une, docteur Murray. Ça fait trois en deux semaines. Peut-être que vous devriez voir un médecin. »

Elle essaie d'être drôle ou, peut-être, impertinente. Il n'est jamais capable de discerner quand les dames de l'accueil l'insultent. Il faut qu'il prenne une attitude ferme avec celle-ci. Elle est beaucoup trop effrontée avec les médecins et elle ne porte pas convenablement l'uniforme. Il prend sa voix trêve de plaisanterie : la voix qu'il utilise pour les vendeurs de télémarket et les chauffeurs de taxi.

« Dites aux patients que je suis souffrant et reportez-les sur le planning de demain, Cathy », dit-il.

Elle ne le corrige pas. Jonathan suppose que soit c'est bien Cathy, soit elle est trop intimidée par la sécheresse de sa voix pour admettre qu'elle s'appelle en réalité Claire ou Clara. Il raccroche sans lui laisser le temps de poursuivre la conversation. Il se retourne vers Sammy, le prie de l'excuser pour cette interruption.

« À votre tour, doc », dit l'homme plus âgé, pliant les bras et avec un hochement de tête presque imperceptible, comme on le ferait face à un enfant hésitant.

Jonathan lui raconte alors son histoire. Il en maintient tous les détails, mais censure le passage où il est séduit par la mère de Sophie. Il n'est pas à l'aise pour parler de sexe à la première personne. « Une chose en a entraîné une autre, et puis elle est tombée enceinte », dit-il. Il n'arrive pas à croire que ce soit si facile de glisser à travers des vérités si complexes.

Les mots sont élastiques. Il raconte tout, depuis le triste gâchis de ses parents jamais là jusqu'aux récentes inondations, mais ne mentionne pas qu'il prévoit de trancher la langue de sa fille avec un scalpel. Cela n'a pas encore eu lieu. Inutile d'inclure quelque chose qui ne se produira peut-être jamais, se dit-il, en guise d'excuse à son autocensure. Il ne veut pas que Sammy Agnew le prenne pour une bête. C'est une chose d'avouer un enfant psychopathe, et tout à fait une autre de confesser vos propres intentions cruelles. Il a trop honte pour dire cette chose qu'il a déjà décidé de faire.

Quand il a terminé, un silence assourdissant emplit la pièce. L'air a une pesanteur funèbre. Les deux hommes s'adossent à leur siège et se dévisagent.

« Sacrée histoire, dit Sammy Agnew.

— Cent pour cent vraie, dit Jonathan.

— Je vous crois.

— Vous n'avez pas besoin de me ménager, Sammy. Je sais que ça paraît ridicule. Personne ne croit plus à tout ce fatras surnaturel de nos jours. La plupart des gens ne croient même pas en Dieu.

— Il y a un tas de gens à l'Est qui croient à votre soi-disant fatras surnaturel : les fantômes et Dieu et des mioches avec des pouvoirs que personne comprend pour de bon. Je les ai jamais entendu appeler des Enfants infortunés, mais je vous garantis, descendez n'importe quelle petite rue au coin d'Albertbridge Road, ou dans la direction d'Orangefield, et arrêtez les anciens pour leur demander : “Vous avez déjà entendu parler de gosses avec des pouvoirs spéciaux ?”, ils auront tous une histoire à vous raconter. Tous, sans exception.

— Vous plaisantez.

— Juré devant Dieu. Sûr, il y avait pas un petit gosse l'année d'avant moi qui pouvait endormir les gens rien qu'en les regardant très fort ? Genre fixer et loucher en même temps. Et ma mère me parlait toujours d'une amie à elle, son bébé avait parlé allemand en sortant. Et il le parlait couramment qu'il avait même pas deux ans, et avant de savoir marcher il se débrouillait aussi en français et en espagnol, sauf que personne sur Cregagh Road était capable de dire s'il prononçait correctement les mots. Oh, et puis une petite fille – une vraie méchante – l'année avant ma sœur, qui faisait un bruit bizarre en se frottant les mains, comme un criquet fait avec ses genoux, et si vous vous bouchiez pas les oreilles vite fait, vous pouviez plus respirer. C'était comme suffoquer. Je vous jure qu'elle a tué pour de bon un petit gosse qui avait de l'asthme. Elle lui a tellement fait son tour du frottage de mains qu'il a eu une énorme crise d'asthme et il est mort dans l'ambulance. Bien sûr ils ont jamais pu rien prouver, mais nous on savait tout sur elle et sur ses petites mains osseuses. Naan, docteur Murray, vous m'avez pas choqué du tout avec vos Enfants infortunés. Encore que, je dois vous dire, j'ai jamais entendu parler de Sirènes à l'Est avant vous.

— Et comment se fait-il que je n'aie jamais entendu parler de tout cela avant Sophie ? demande Jonathan.

— Parce que – vous vexez pas –, docteur, vous êtes trop huppé pour savoir ce qui se passait à l'autre bout de la rue. »

Jonathan a le sentiment qu'il devrait s'excuser de son ignorance. S'il faut en croire Sammy Agnew, les Enfants infortunés ne sont pas un phénomène nouveau à Belfast-Est. Il comprend très bien que la bonne bourgeoisie a horreur du scandale. Tout Enfant infortuné ayant la chance d'habiter Upper Newtownards Road serait confiné comme une adolescente enceinte : nié, désavoué, gardé comme un sale petit secret dans la chambre du fond. Ce que Jonathan n'arrive pas à comprendre, c'est comment quiconque vivant dans une maison mitoyenne pourrait cacher une telle chose à ses voisins. Sûrement la nouvelle se répandrait du haut en bas des petites rues, aussi rapide que la grippe estivale.

« Pourquoi les journaux n'ont jamais eu vent de la chose ? » interroge-t-il, mais il aurait pu aussi bien demander : Il y a d'autres choses que j'ignore ?

« Ah, ma foi, s'il y a un truc que les gens de l'Est savent bien faire, c'est garder un secret. Toutes ces petites maisons collées ensemble comme cul et chemise, vous pouvez même pas vous retourner dans votre lit sans que vos voisins soient au courant. Tout le monde sait tout. Mais ils serrent les rangs et ils sont très bons quand ils veulent garder leurs affaires pour eux. Si les gens de l'Est veulent pas vous laisser voir ce qu'ils fricotent, vous avez pas l'ombre d'une chance de le savoir. C'est un gros boulot et les secrets,c'est le ciment du quartier.

— Je suppose que ça fait du bien de partager vos problèmes avec vos voisins », dit Jonathan. Il s'imagine brièvement présenter Sophie aux deux vieilles peaux de vache en face de chez lui. Il se voit tenant l'enfant sous leur nez, comme un genre d'agneau du sacrifice. Il ne peut pas croire qu'elles seront particulièrement heureuses de la rencontrer. Il ne voit pas ce qu'elles pourraient faire, sinon aggraver la situation.

« On dit bien qu'un problème partagé est un problème divisé par deux, dit Sammy Agnew.

— C'est peut-être vrai si votre bébé parle allemand ou se voit pousser des ailes, mais ce n'est pas pareil quand il constitue une véritable menace. Je ne crois pas que je pourrais parler de Sophie à qui que ce soit. Ça ne servirait à rien. Elle est différente de tous ces autres enfants. Elle pourrait réellement blesser des gens.

— Ou ça se pourrait qu'elle aille très bien, docteur. C'est du fifty-fifty, pas vrai ? Elle a autant de chances de vous ressembler à vous qu'à sa maman. »

Fifty-fifty, pense Jonathan, et il pense à tous les parents qu'il a croisés dans les salles de soins intensifs et les services de soins spécialisés pour enfants : le genre de gens qu'on invite à s'asseoir pour entendre les mauvaises nouvelles. « Cinquante pour cent de chances de survivre, ou de guérir, ou de franchir les quelques heures qui viennent. » Il a lui-même prononcé ces mots-là des quantités innombrables de fois. Ainsi que « trente pour cent de chances », et « dix pour cent » et au moins un petit nombre de fois « aucune chance ». Vous ne pouvez pas hésiter quand c'est « aucune chance ». Ni pleurer. Vous devez être un roc. « Fifty-fifty », c'est presque positif. C'est tellement loin de « aucune chance ». Jonathan a rencontré des parents qui se couperaient les bras pour qu'on leur offre une cote aussi élevée. Il est, au fond, un veinard. Il devrait voir son verre à moitié plein. Il devrait espérer pour le mieux.

« Vous avez raison, dit-il. Elle est à cinquante pour cent de moi. Peut-être qu'elle est entièrement humaine... ou peut-être pas.

— Pas moyen de savoir à ce stade. Alors ça sert à rien de vous faire du mouron pour un truc qui arrivera peut-être jamais.

— J'aimerais tellement pouvoir faire quelque chose pour influencer le résultat.

— Ouh là, calme, fiston. Vous l'avez peut-être déjà fait : la nature contre la culture et tout ce qui s'ensuit. Je crois beaucoup à l'éducation, conduire les enfants sur le droit chemin. »

Jonathan résiste à la tentation de dire : « Et comment ça a marché avec votre fils Mark ? Vous avez toujours eu envie d'avoir pour fils un cinglé en cagoule, ou c'était plutôt une aspiration récente ? » Au lieu de quoi il dit : « Je ne me fie pas trop à ces histoires de culture, Sammy. Vous êtes comme vous êtes, ce que les autres vous font n'y change rien.

— Alors Mark aurait pu mal tourner même si on l'avait éduqué autrement ?

— Je crois bien, Sammy. Je n'ai aucune preuve scientifique de cela, mais je l'ai observé à maintes reprises. De très bonnes personnes élèvent parfois de très mauvais gosses. Il n'y a pas grand-chose que vous pouvez faire si vous avez un enfant méchant sur les bras. Je ne veux pas impliquer pour autant que votre fils est méchant.

— Impliquez tout ce que vous voulez, mon pote. On doit bien avoir en soi un côté sombre pour préméditer le genre d'actions qu'il a rêvées cet été.

— Ça marche aussi dans l'autre sens, Sammy. J'ai vu des gosses grandir en bien alors qu'on les traitait vraiment très mal. Prenez moi, par exemple. Mes parents ne m'aimaient pas. Ils ont montré clairement qu'ils n'avaient même pas envie de moi et pourtant me voilà, un être humain entièrement opérationnel, un médecin, un père, un type plutôt correct. »

Chaque mot de cette phrase est un mensonge. Jonathan sait qu'il n'est pas un être humain entièrement fonctionnel. Il est un médecin médiocre, un père tiraillé : un spécimen plutôt pathétique de virilité. Il a toujours eu le sentiment d'être une demi-personne ; le produit misérable des mauvais soins parentaux et de la négligence bourgeoise. Mais il ne peut pas l'admettre devant Sammy Agnew. Ce n'est pas ce que cet homme plus vieux a besoin d'entendre. Il s'efforce de faire croire à Agnew qu'il n'est pas à blâmer pour ce qu'il y a de mauvais chez son fils. Ni une main lourde ni une discipline légère n'aurait fait la moindre différence sur la nature du garçon. Jonathan veut qu'il ne se sente pas responsable de ce qu'est Mark, ou en tout cas, moins responsable.

« C'est scientifiquement prouvé, dit-il. Je pourrais vous montrer un article du *British Medical Journal* si vous ne me croyez pas, ils ont fait des tests sur des singes et des dauphins pour montrer que c'est pareil chez les animaux et chez les humains. Les gens ne changent pas, peu importe tout ce que vous faites pour les influencer. Si vous êtes né mauvais, vous le resterez toujours. Si vous naissez bon, vous serez toujours foncièrement un être humain correct, même si la vie vous harcèle.

— Vraiment ? demande Sammy. Vous êtes sûr ?

— Vous n'êtes pas obligé de me croire sur parole. C'est dans le *BMJ*. Une étude toute récente, achevée l'année dernière. Vous pouvez essayer de diriger quelqu'un, au bout du compte, il sera toujours et seulement ce qu'il est vraiment.

— La nature, plutôt que la culture.

— Exactement, Sammy.

— Alors c'est pas ma faute si Mark a tourné comme ça ?

— Je ne crois pas que ce soit votre faute.

— N'empêche, je me sens quand même coupable.

— Je comprends parfaitement, mais il faut essayer de lâcher prise. Des remords pareils, ça finira par vous dévorer. Vous ne serez d'aucune aide pour votre fils si vous êtes dans cet état-là.

— Je vais essayer. Mais je garantis rien. Et vous ? Si votre nature-contre-culture est vrai, vous êtes bien dans la merde avec votre fille. Vous êtes peut-être assis sur une bombe à retardement.

— Je sais, Sammy.

— Qu'est-ce que vous allez faire d'elle, docteur ?

— Je n'en ai pas la moindre idée. »

Bien sûr, c'est encore un mensonge de Jonathan. Chaque mensonge sort plus facilement que le précédent. Mais celui-ci, c'est le plus gros et le plus effronté de tous. Jonathan sait exactement ce qu'il va faire de Sophie. Il n'est pas prêt à parier sur la chance avec elle. Il a déjà rapporté de la clinique tout ce dont il a besoin : scalpels, gaze, anesthésique, aiguilles stérilisées, fil de suture. Il a tout rangé au fond de son tiroir à caleçons, là où Christine ne devrait pas aller regarder. Il fait ses plans pour le week-end. Il va lui couper la langue.

Il n'a pas l'intention de le dire à Sammy. Il ne se l'avoue même pas à lui-même.

18

Le dernier souper

À l'Est le soir approche. Le ciel dégringole par nappes.

Ballyhackamore est une rivière bordée de cafés et de restaurants, traiteurs chinois, marchands de frites et pizzerias. À une extrémité de la rue, les restaurants ont des noms à prix élevés. À l'autre, des tranches énormes de pepperoni dansent la macarena tandis que des burgers fendus d'un large sourire hantent les vitres des restaurants, comme des effigies de saints inconnus. Les gens viennent ici manger et se faire voir en train de manger. Ils appellent l'endroit « Ballysnackamore » et garent leur voiture en double file le week-end. Ils se fichent éperdument des résidents qui ont besoin aussi de places de parking pour leur voiture. Ils font tout le trajet depuis Dundonald, et même Newtownards, pour un petit déjeuner avec leur belle-famille, un brunch, un café l'après-midi, pour des cocktails hors de prix dans des verres rétro, des dîners tardifs, de longues soirées, et pour se mettre minables avec les gars du club de rugby.

Ils sont en général trop habillés. Les femmes bien en chair, sanglées dans le genre de robe qu'on porterait à un mariage si on était seulement invité à la partie en soirée. Elles sont en talons aiguilles et, pour la plupart, orange à la fois par le teint et la couleur politique. Les hommes portent des vestes de sport et des chemises sans cravate, déboutonnées pour dévoiler un petit triangle de chair rose comme la langue juste sous le menton. Ils espèrent que les femmes remarqueront ce bref éclat de nudité et voudront enquêter plus loin. Les femmes n'en font rien. À moins d'avoir bu. Elles ont souvent bu : du vin les soirs de semaine, de l'alcool le week-end. Quand elles parlent, elles sont aussi perçantes que des oiseaux le matin. Le bruit qu'elles font toutes réunies dans une pièce a de quoi vous faire grincer les dents ou vous forcer à sortir avec les fumeurs. Même si vous ne fumez pas, même si vous ne l'avez jamais fait, c'est un soulagement d'être dehors sous la pluie froide qui commence tout juste à tomber, enfin capable d'entendre où s'achève une phrase et où commence la suivante.

Personne ne reste dehors ce soir. Même les fumeurs s'abstiennent. La pluie s'abat par intermittence. Les gens foncent de leur voiture à leur bistrot et retour, traînant partenaire et enfants derrière eux. Ils se tassent sous des parapluies de golf et avancent dans la rue courbés comme des tortues bossues. Un pied, un bras, ou un enfant à la traîne déborde toujours du bord du pépin et fait entrer la pluie à l'intérieur, laissant de tristes petites marques de transpiration sur les sols et les sièges. Après quoi le contour de l'humidité extérieure forme un huit flou à l'endroit où leurs fesses se sont mollement enfoncées. Des parapluies noyés s'étiolent derrière chaque porte comme des arbrisseaux vaincus. Une fenêtre sur deux est embuée de sueur : la chaleur corporelle se glace contre la vitre froide. Les serveuses sont encore plus tendues que de coutume.

Sammy ne se soucie pas de la pluie cet après-midi. Il a à peine conscience des glissades qu'elle fait sur le pare-brise. La circulation est un cauchemar, pourtant. Il ne peut s'empêcher de l'entendre souffler à l'avant et à l'arrière. Il parcourt la moitié de Ballyhack avant de trouver une place libre devant le fruitier, à trois minutes de marche de son chinois favori. Trois minutes de marche sous une pluie torrentielle.

Sammy ne porte pas de manteau aujourd'hui. Il a cessé de penser aux détails pratiques ou à l'allure qu'il présente devant les autres. Il porte un pantalon de survêtement et un pull paroissial, des sandales avec des socquettes de gym qui pâlissent entre les brides. Pamela serait mortifiée si elle voyait la touche qu'il a dans ses sandales. Elle refuserait de marcher à côté de lui dans la rue. Mais Pamela est absente. Sammy sait qu'il doit affronter cette journée seul. Tandis qu'il se bat avec la serrure de la portière, la pluie s'infiltre sous son col de chemise, lui collant le tissu à la peau du dos. Il est mal à l'aise dans son humidité. La pluie coule dans ses sandales. Elle sue entre ses doigts de pied. La laine de son pull commence à le démanger. Il fait déjà un froid d'automne à Belfast, plus froid que cette pluie. Mais Sammy ne se plaint pas.

Sammy est parvenu depuis peu à accepter jusqu'aux plus petites irritations – hoquets, tranchant d'une feuille de papier, constipation et ainsi de suite – comme une forme de pénitence. Au vu de péchés anciens et actuels, il se considère comme ne méritant rien de bon. Aucun confort, ni carte gratuite vous-êtes-libéré-de-prison. Aucune esquive quel que soit le malaise qui pourrait surgir. Que ce soit un problème de digestion, une balle rapide dans la rotule, ou juste un pull à col en V humide, il doit endurer l'inconvénient, car ce n'est rien de plus que ce qu'il mérite. Il ne s'autorisera pas le luxe des plaintes. Pas même un soupir. Il tire les manches de son pull maintenant trempé sur ses mains frissonnantes et se lance au milieu des voitures.

Ce sera son dernier repas correct. Ça pourrait même être la dernière fois où il se fera saucer avant un bon bout de temps. Il ne sait pas s'ils lui permettront de sortir. Dans les films, c'est oui. Ils font marcher les prisonniers en rond dans des cours inondées de soleil vêtus de salopettes orange. Parfois ils les laissent même jouer au basket. Mais les films se passent tous en Amérique. C'est probablement différent ici. Ici le soleil est rare et on ne s'intéresse pas trop au basket, et ils ne pourraient pas habiller les prisonniers en orange de la tête aux pieds. L'autre camp se mettrait aussitôt à hurler « Violation des droits civiques », et ils réclameraient pour eux-mêmes des salopettes de pilotes de course en pimpant vert chasseur. Sammy n'a aucune idée de comment ça se passera en taule. Il a entendu des rumeurs, bien sûr, mais il ne croit plus depuis longtemps aux choses qu'il n'a pas vues de ses yeux.

Une clochette tinte au-dessus de la porte quand il pénètre dans le restaurant chinois. La pluie entre avec lui, laissant une mare écumeuse sur le linoléum. Mr Chang surgit de derrière la caisse comme s'il était accroupi au sol, sous le comptoir, juste en prévision de l'arrivée d'un client. Il est toujours là en bas, à attendre, sauf le samedi soir, où la porte a à peine le temps de se refermer entre deux ouvertures.

« Sammy, mon ami, comment vous vous portez ? dit-il, son accent pur Belfast-Est, avec le stress à tous les mauvais endroits.

— Je vais bien, Mr Chang, et vous ?

— Top excellent. »

Sammy a décidé de s'offrir un dernier repas. Il n'a pas particulièrement faim. Il n'a pas réussi à s'ouvrir un solide appétit depuis des semaines. Il grignote des toasts et des biscuits, laisse des tasses de thé froid à moitié pleines se figer sur la table basse. Il ne se sent affamé qu'en pleine nuit, quand le poids de tout l'empêche de dormir. Alors il descend à pas de loup à la cuisine et mange des biscuits secs ou des flocons d'avoine par poignées. Ils ont tous le même goût de carton, mais il ne s'autorise pas à savourer sa nourriture, même quand il se gave. Aujourd'hui c'est différent. Le dîner d'aujourd'hui, c'est le repas que Sammy se rappellera chaque fois qu'il s'attablera devant du porridge plâtreux ou des pommes de terre trop cuites. Il en conservera la mémoire contre les jours sans goût à venir pendant des mois, des années, peut-être même des décennies. Il n'a aucune idée de la durée qu'il va prendre.

« Vous voulez votre habituel, Sammy ? demande Mr Chang.

— Oui. Peut-être. En fait je suis pas sûr. Laissez-moi jeter un coup d'œil avant de décider. » Il se penche par-dessus le comptoir et scrute le menu plastifié qui est scotché à côté de la caisse. Chow mein. Aigre-doux. Poulet Kung Pao. Bœuf Satay. Crevettes miel et chili. Qu'est-ce qu'il regrettera le plus quand il sera réduit à la tambouille de la prison et des petits colis de chez lui ?

« Je vais prendre du chow mein de bœuf, s'il vous plaît, du poulet aigre-doux style cantonais, une portion de rouleaux de printemps, les crêpes au canard que vous nous avez servies le week-end dernier, et un bœuf aux champignons.

— Riz sauté ou bouilli ?

— Oui, allons-y pour le riz sauté, Mr Chang, et pas un mot à ma meuf, hein ? Elle me fait suivre le programme Slimming World en ce moment. »

Mr Chang lui lance un clin d'œil complice par-dessus le comptoir. Sammy n'a jamais vu de Mrs Chang, mais elle est parfois suggérée.

« Petite portion de chips aux crevettes, mon ami ? Petit secret de pas dire à la meuf.

— Ouais, pourquoi pas ?

— Cannette de Coca ?

— Bouteille, s'il vous plaît.

— Vous faites fête avec vos amis, Sammy ?

— Naan », dit Sammy, puis, apercevant l'énorme liste de nourriture griffonnée sur le carnet de Mr Chang, décide qu'il vaut mieux mentir. « Oui, dit-il, j'ai les gars qui viennent regarder le match. Ma meuf est partie chez sa sœur pour la journée.

— Quand le chat est parti, les petits rats dansent.

— Les souris, dit Sammy. C'est des souris, pas des rats. »

Mais Mr Chang s'est déjà éloigné du comptoir et il crie des ordres à son frère, le cadet, qui n'a jamais le droit de sortir de la cuisine. Sammy s'assied près de la fenêtre et commence à feuilleter un vieux magazine d'automobiles. Il tourne rapidement les pages l'une après l'autre. Leurs coins sont fragiles et graisseux après des douzaines de feuilletages du même genre. Voici une voiture rouge. En voici une bleue. Voici une décapotable et en voici une qui grimpe de 0 à 140 presque aussi vite qu'un Comet. C'est le genre de truc qui intéresse les gens, les conneries qui les rendent dingues. Les voitures. L'argent. L'alcool. Les femmes.

Quelle ineptie. Quelle archimerde tout cela semble aujourd'hui à Sammy.

Demain il n'aura pas de voiture. Il n'aura pas d'argent ni de bière ni de femme qui le touche avec désir ou même tendresse. Il n'aura rien que des souvenirs desséchés et, s'il a de la chance, un coup de fil de temps en temps. Ça devrait lui clarifier les idées, aiguiser le tranchant de sa réflexion. Il n'est pas en quête d'un moment d'épiphanie ou quoi que ce soit. Il aimerait juste penser que, au moment de tout perdre, il pourrait avoir une vague idée de ce qui est vraiment important. Il ne fait certainement pas ça par amour. Et ce n'est pas la culpabilité qui le pousse, ni même l'espoir. C'est un étrange sentiment du devoir, je dois le faire, se dit-il. Je dois essayer de remettre les choses en ordre. Ça, décide-t-il donc, en attendant que son poulet aigre-doux soit cuit, c'est le plus important. Il appelle cela réparer ses torts. Ça aurait pu tout aussi bien s'appeler absolution, mais le mot sonnait trop papal pour Sammy Agnew.

« Voilà pour vous, Sammy-mon-gars, dit Mr Chang en déposant deux sacs à provisions remplis de plats en boîtes individuelles sur le comptoir.

— À la vôtre, dit Sammy. Portez-vous bien, Mr Chang. » Il ajoute un billet de vingt livres en prime dans la main du traiteur, juste au cas où c'est un scénario genre der-des-ders. Il espère ne pas l'avoir embarrassé ou joué les grands seigneurs d'une manière plus ou moins raciste. Doux Jésus, pense-t-il en soulevant les sacs, cet homme va croire que je suis mourant ou barge, de lui filer vingt balles de pourboire, et c'est même pas Noël.

Il soulève les sacs du comptoir sans regarder Mr Chang en face. La nourriture chaude les fait luire de sueur, les chips aux crevettes jouent déjà les fantômes sous leur enveloppe plastique translucide. Il équilibre les sacs, un dans chaque main. Ils s'affalent gauchement contre ses jambes, ce qui l'oblige à adopter une démarche de fanfaron, comme un porte-flingue à l'ancienne. Mr Chang rit, juste un peu, pas méchamment. Sammy garde les yeux sur le plancher, sur ses sandales, sur le pâle centimètre de peau qui lui fait des guêtres entre ses socquettes et l'ourlet de son survêtement. Il est à deux doigts des larmes, leur première vibration sourde se met déjà en place à la base de son nez. Il incline le front vers le comptoir, marmonne quelque chose qui pourrait être « 'soir », ou « merci pour tout » ou « peut-être qu'on se reverra jamais », et fait marche arrière à travers la porte dans la pluie.

« Savourez bien », crie Mr Chang, quand la porte se referme derrière lui.

Sammy sait qu'il ne savourera pas une seule bouchée de sa nourriture, mais qu'il va refaire tout le trajet jusque chez lui. Il la pose sur le sol côté passager et règle la température sur très chaud, la chaleur directement sur les chevilles. Il a appris cette astuce de Pamela, qui l'a apprise d'une fille au lycée. Qui l'a peut-être apprise d'un frère ou d'un cousin plus âgé. Rien ne s'apprend vraiment par ici, ça s'hérite, sans plus. Il oriente maintenant l'air chaud vers tous ses plats à emporter, tout sauf les pizzas, qui sont trop grandes pour tenir sur le sol. C'est le genre d'habitude qui ne se perd pas, même en cas de crise. Au bout de deux ou trois kilomètres ses socquettes humides commencent à fumer. Puis ses pieds ont trop chaud. Le temps d'atteindre le périphérique, ses orteils commencent à rôtir, se recroquevillent instinctivement le plus loin possible de la chaleur. Cela aussi, il l'endure, même si ce serait simple d'ajuster le chauffage. C'est comme une petite aiguille qui le fouaille au point malade. Ne le laisse jamais tranquille. Et ce n'est que le début.

Au bout de sa rue, le volant tente de se retourner contre lui. Sa tête dit à la maison, mais ses bras sont attirés vers le sud : vers Lisburn, Dublin, puis l'océan, qui pourrait facilement l'engloutir tout entier. Ses mains, agrippées au volant, sont toutes en jointures, coiffées de blanc par la pression. Ses yeux le brûlent. Sa peau est sèche. Aucune part de lui n'a envie de rentrer. Le corps de Sammy se raidit en prévision d'un coup douloureux, genre coup de poing. Il sent déjà cette raideur remonter son épine dorsale et parcourir ses épaules. S'il lève la main vers son cou, il peut le toucher. Il est contracté et replié comme un muscle qui s'est durci en os. La pensée de franchir son propre seuil lui donne la nausée, mais il persiste à conduire vers la maison. Sa tête gagne. Sa tête résonne de culpabilité, d'un besoin porteur d'une migraine aiguë de réparer ses torts. C'est une sorte d'aimant qui lui fait quitter le périphérique, monter la colline et rentrer chez lui vers la perdition assurée.

Mark n'est pas là ce soir. Jeudi est le seul soir où il sort de la maison. Sammy n'a aucune idée d'où il va. Pamela encore moins. Chaque jeudi, depuis deux ans, le gosse a dévalé l'escalier en tempête à 18 h 15 et quitté la maison sans même un « À plus tard » à ses parents assis comme une paire de pigeons empaillés sur le canapé du salon.

« Mark s'en va où ? » demandait régulièrement Pamela, comme si Sammy pouvait vraiment le savoir, partageait à l'occasion un tête-à-tête avec son fils sur le palier.

« Pilates, répondait-il. Club de lecture. Réunion de prière. Weight Watchers », et ils riaient à l'idée que Mark puisse faire des choses normales avec des gens normaux dans un centre municipal ou une salle paroissiale.

« Zumba », avait une fois suggéré Pamela, et Sammy s'était étouffé en imaginant leur fils à la gueule d'empeigne tortiller des fesses sur un rythme latino. Un gargouillis de thé tiède lui avait giclé du nez, éclaboussant les magazines télé entassés sur la table basse. Ils avaient ri pendant tout le journal météo et une partie de la pub. Aujourd'hui Sammy ne fait plus de plaisanteries et Pamela ne demande plus où va leur fils. Ils détournent à peine les yeux de l'écran au son de la porte qui se referme derrière lui. Cellule terroriste. Bordel. Squat de camés, pense Sammy chaque fois que Mark sort de la maison. Il se demande si Pamela a les mêmes pensées. Ou pire.

Bien sûr ils pourraient essayer de le retenir. Ils pourraient se mettre en travers de la porte, lui bloquer le passage vers la sortie, l'interroger encore et encore jusqu'à ce que Mark leur donne un semblant de réponse. Ils ne le font jamais. La vérité, c'est que toute la maison paraît plus légère sans lui. Parfois ils se risquent même à converser le jeudi soir. Rien de trop pesant : les nouvelles et le temps qu'il fait, des choses amusantes récoltées sur Internet. Des souvenirs. Il y a plus de place pour eux quand Mark n'est pas dans la maison. Sammy se réjouit de pouvoir compter sur les jeudis soir. Pas un détail de son plan ne serait possible avec le garçon tapi dans le grenier, à l'affût.

Pamela n'est pas là non plus. Sammy s'en est assuré. Il lui a donné sa carte de crédit et la permission d'inviter les filles à sortir pour la soirée. Quelques verres. Dîner. Encore quelques verres ailleurs. « Pas de raison spéciale, chérie, lui a-t-il dit, devançant ses soupçons. Simplement tu as droit à une petite gâterie. » Pamela ne l'a pas cru. Il n'est pas le genre d'homme qui donne dans le « pas de raison spéciale ». Il pense à peine à acheter une carte pour son anniversaire, qu'il confond parfois avec celui des enfants. Il sait qu'elle ne l'a pas cru. Sa bouche a une façon particulière de se contracter quand elle est soupçonneuse. Il l'a sentie frémir, comme une mite pressée contre sa joue, quand elle l'a embrassé sur le seuil. Est-ce qu'elle croit que je vais ramener une autre femme ici ce soir ? se demande-t-il. Est-ce qu'elle pense que j'essaie de me débarrasser d'elle ? Et la réponse, c'est peut-être que oui, ce qui rend Sammy très malheureux. Il aimerait savoir comment rattraper les choses avec Pamela, comment tirer un trait et prendre un nouveau départ.

Sammy tourne la voiture dans sa propre rue. Il a fait cela cent mille fois auparavant, mais peut-être plus jamais. C'est un cul-de-sac avec toutes les petites maisons disposées autour d'un îlot de pelouse soigneusement tondue. Quand ils étaient plus jeunes, ses trois enfants ont appris à faire du vélo sur ce même lopin d'herbe. Les stabilisateurs retirés, il regardait chacun d'eux vaciller et parfois basculer, tranquille dans l'idée que l'herbe était moins impitoyable que les routes goudronnées sur lesquelles ils rouleraient bientôt à fond de train. Seul Mark n'avait pas eu besoin de son aide, lui avait lancé des coups de baskets au lieu de prendre la main tendue pour le maintenir en équilibre. Seul Mark avait pris son envol à la première tentative, sans hésiter, sans jamais regarder en arrière, tandis qu'il s'élançait de l'herbe sur la route et les autres rues au-delà.

La pluie a ralenti pendant un moment et les voisins sont dehors sur l'herbe pour en profiter : Tom, qui habite trois portes plus bas, et son fils aîné, Caleb. Sammy les connaît par leurs allées et venues et d'avoir gardé parfois leur courrier quand ils étaient absents. Le garçon est une grande tige de gamin, âgé de sept ou peut-être huit ans. Il est blond californien à côté de la toison gris graisseux de son père. Sammy voit à quel point Caleb sera beau quand il aura atteint toute sa dimension. Pour l'instant il tient ses bras gauchement, comme s'il les gardait pour un garçon bien plus âgé. Il est timide à certains moments et à d'autres poussé par cette sympathie amicale qu'on trouve chez les enfants très aimés.

Ils sont tous deux en train de jouer au cricket en chemises Liverpool assorties. La tenue du garçon est dernier cri, celle de l'homme un vestige de ses années d'étudiant, le logo du sponsor fané après une course de trop dans la machine à laver. Ils utilisent une vraie batte de cricket, mais leur balle est une balle de tennis, et les guichets un seau retourné. Ils rient comme s'ils ne savaient pas la chance qu'ils ont, à quel point c'est normal, facile, à quel point c'est tout ce que Sammy n'a jamais connu avec Mark.

Il les contemple à travers le pare-brise. Il imagine le garçon dans vingt ans, marié ou pas marié, peut-être même amenant son propre fils ici pour une séance de présentation. Il va quitter la maison et revenir à l'occasion, juste rendre visite. Son père sera toujours heureux de le voir. Il voit tout cela à la façon dont l'enfant regarde son père, les yeux et les oreilles tendus, l'air de dire que l'homme plus âgé mérite de s'apprendre. Mark n'a jamais regardé Sammy comme ça. Pas même quand il offrait à son fils des jouets coûteux.

Il ralentit la voiture presque à l'arrêt. Il est tiraillé entre plusieurs sentiments. Il déteste ses voisins. Il déteste leur garçon audacieux et leurs chemises assorties, leur putain de seau renversé. L'avenir appartient à des gens comme eux, des gens qui ont déjà mis toute la main dessus. Son pied plane au-dessus de l'accélérateur. Il pourrait facilement monter sur le trottoir et leur rouler dessus. Foncer. Écraser. Émietter. Ça ne demanderait pas beaucoup d'effort de les mettre en pièces. Rien qu'une légère bascule de la cheville. Ça doit se passer comme ça tous les jours pour Dieu, pense-t-il. Chaque geste un geste de retenue. Après ça ils cesseraient de rire. Ils ne seraient plus aussi à l'aise ensemble. Ce serait une sorte de soulagement de ne plus voir leur bonheur lui sauter au visage chaque fois qu'il fait machine arrière pour sortir de l'allée.

Tom l'aperçoit et lève la main pour lui faire bonjour. Sa propre main pèse trop pour lui retourner le geste. Elle est juste assez bonne maintenant pour faire le poing et donner des coups. Et voilà qu'il remonte, le sang ancien, bouillant et jaloux. Et qu'elle remonte, la rage. Elle a un goût particulier à l'arrière de sa bouche, comme le vin de la veille dans une gorge du lendemain matin. Remonte aussi le besoin de casser d'un coup sec, de détruire. Arrêtez, se dit-il à lui-même, à ses mains sur le volant, à ses pieds sur la pédale, à tous les morceaux pensants entre les deux. Arrêtez, dit-il, parce qu'à cet instant il comprend son propre fils et cette sensation est infecte. Il tourne le volant à l'opposé d'eux, longe le bord de l'herbe et freine la voiture devant sa propre maison.

« Hé, crie-t-il de l'autre côté du cul-de-sac. Hé, Tom ! Hé Caleb ! » Il lève même la main pour les saluer.

« Salut ! crient-ils en retour, et Sammy ressent une sorte de tendresse à leur égard. Il sait à quel point ils sont cassables.

Il emporte son dîner à la cuisine et le place, encore fumant, dans le frigo. Il sait qu'il n'en mangera pas une miette ce soir. La nausée est comme un mur épais installé en bas de sa gorge. Il tente deux chips aux crevettes et elles reviennent en glissant sur une marée de vomi. Il les jette à la poubelle avec un haut-le-cœur quand l'odeur d'océan frit lui passe entre les doigts. Demain, une fois qu'il sera parti, Pamela trouvera son dîner dans le frigo. Peut-être qu'elle réchauffera une portion de chow mein et se demandera pourquoi il n'a touché à rien. Il se pourrait même qu'elle prenne cette profusion de nourriture pour un acte de gentillesse de sa part. Sammy aime s'imaginer prenant soin d'elle, même une fois parti. Il ouvre le Coca, laisse l'écume s'évaporer et en boit une lampée à la bouteille. Le sucre lui monte en hurlant à la tête. Il avale deux comprimés contre la migraine et descend une seconde lampée de Coca. Il a besoin d'avoir l'esprit clair. Il a besoin d'être au taquet. Il y a tant à faire avant le retour de Mark.

Et hop, il monte les marches, passe devant sa propre chambre, dont la porte entrebâillée révèle le lit défait du matin, la lessive qui déborde en avalanche du panier, et le chat lové, comme un minuscule bouddha, sur une montagne de pyjamas désassortis et de serviettes humides. Il tire la porte vers lui. Il ne supporte pas tout cet ordinaire : les poils du chat, l'odeur du bon shampoing de Pamela qui s'évade de la salle de bains attenante, le livre de poche de la veille ouvert, dressé comme une petite tente sur la table de nuit.

Il fait halte dans la salle de bains principale pour prendre des sacs-poubelle et des gants de caoutchouc Marigold dans le placard des produits d'entretien. Il a regardé suffisamment d'épisodes des *Experts* pour en savoir long sur les empreintes digitales et l'ADN, ne pas laisser ses traces humides sur la scène de crime. Tandis qu'il glisse les mains dans des gants jaunes, il essaie d'imaginer sa maison en scène de crime, imaginer l'air qu'elle aura demain matin avec l'allée entourée de rubalise. Les voisins observant cela de loin. Il ne peut pas. Sa tête ne cesse de bloquer sur le silence. Il n'y a pas un bruit dans la maison ce soir. Il s'arrête un moment sur le palier, autorise son souffle à s'accrocher et enfler dans ses poumons. Maintenant il n'y a pas le moindre mouvement, pas même un frémissement sec dans toute la maison. En l'absence de Mark, l'endroit ne dégage aucune urgence. Aucune pression.

Sammy continue à monter, par l'escalier de derrière, jusqu'à l'extension où habite Mark. Il y a un craquement à la troisième et à la sixième marche. Sammy le sait déjà. Parfois le grognement des vieilles lattes du parquet est la seule façon dont ils sont avertis que le garçon est toujours vivant là-haut. La chambre de Mark est étroitement fermée, et l'espace d'un instant, Sammy se demande si elle est verrouillée. Il n'a pas de plan prévu pour ça. Peut-être qu'il pourrait se servir d'une épingle à cheveux ou d'une carte de crédit, comme ils font dans les films. Ce n'est pas nécessaire. La poignée tourne librement. La porte s'ouvre et il se tient là, debout au milieu de la chambre de son fils. C'est difficile de respirer. Il n'y a pas assez d'air ici à l'étage du haut.

Tout est blanc : les murs, le tapis, l'armoire bon marché IKEA et les tiroirs assortis, les draps sur le lit, tirés proprement au carré à chaque coin, comme s'il venait tout juste d'être fait par une femme de chambre d'hôtel, l'unique lampe de bureau qui incline sa tête en forme de tulipe au-dessus de la table et du fauteuil blancs. Sammy ne s'attendait pas à toute cette blancheur. Il regarde ses bras, avec leurs gants jaune d'œuf qui claquent à chaque extrémité, ses sandales crasseuses, et il se sent déplacé dans cet espace blanc, si blanc. Dévoilé. Comme une créature colorée sur la neige.

Il commence à ouvrir les tiroirs. Ce n'est pas difficile de trouver les objets qu'il cherche : dans l'armoire, pendu avec soin parmi les chemises et les pulls, le sweat à capuche des vidéos. Un masque en plastique dans le tiroir du bas. Des pancartes sous le lit, rangées à plat sous un sac de marin, qui contient une caméra vidéo et un trépied. Des feutres, debout dans un pot de confiture comme un groupe de soldats casqués qui attendent les ordres. Et l'ordinateur de Mark, posé bien au milieu du bureau, les angles réglés sur les bords du meuble. Deux stylos-bille sont posés proprement de chaque côté du clavier, comme des couverts encadrant le pourtour d'une assiette. Sammy jette tout cela dans un sac-poubelle. Il s'en fiche si les objets se cassent ou saignent les uns sur les autres. Tout ira au feu de toute manière.

Il commence à fouiller les tiroirs et les placards. Il ne sait pas ce qu'il cherche : journal intime, lettres, matériel pour fabriquer des bombes, tout ce qui pourrait impliquer Mark quand la police arrivera. Il ne trouve rien d'un réel intérêt, mais jette quand même dans son sac deux ou trois objets sur quatre. Juste pour avoir le sentiment qu'il accomplit quelque chose. Il n'y a aucun indice suggérant une bombe. Mais bon, là aussi, les bombes ne ressemblent plus à l'air qu'elles avaient du temps de Sammy. Réveils. Tuyaux. Bouteilles. Clous. Essence. Flammes réelles. Aujourd'hui les bombes ont plutôt l'air d'ordinateurs. Il jette le réveil de Mark dans le sac, balance derrière lui son chargeur de batterie et la prise de son ordinateur. Mieux vaut prendre toutes les précautions, pense-t-il. Il a l'impression d'être un aveugle, tâtonnant pour trouver la sortie.

Quand c'est terminé, il ferme la porte de l'armoire, fait glisser les tiroirs dans leurs cales et lisse les froissures du couvre-lit de Mark. La chambre semble intacte. Il se tient une dernière fois au milieu du plancher, examine l'espace en quête d'objets oubliés, comme il le fait toujours avant de quitter une location de vacances. Une fois qu'il aura quitté la pièce, il ne reviendra pas. Ce sera la fin d'une époque et le début d'une autre. Il essaie de convoquer le spectre de sa rage, mais le spectre est parti. Ses poings refusent de se fermer. Il ne reste plus de chaleur dans son sang. Rien ne remonte plus que l'envie de pleurer. Il referme la porte derrière lui, traîne son sac-poubelle jusqu'en bas de l'escalier et dans la cour arrière.

C'est plus difficile qu'il ne le pensait de faire démarrer un feu. Tout est trempé au bout d'un mois de pluie et l'équipement électronique refuse de prendre. Il empile tout le fourbi de Mark dans le barbecue et l'arrose d'essence à briquet. Les papiers brûlent rapidement, le tissu et le plastique fondent et reprennent forme sous la chaleur, mais l'ordinateur refuse de brûler. Il reste juste planté là, noirci sur les bords, émettant une âcre fumée grise, qui empoigne l'arrière-gorge de Sammy, comme quand on inhale de la laque capillaire. Il remonte le col de son pull sur sa bouche et respire à travers un filtre laineux, et revient avec un bidon d'essence.

Soudain le barbecue est enfoui dans une explosion de flammes rouges brûlantes. La chaleur l'oblige à reculer, son talon trébuche sur le bord d'une jardinière si bien que, pendant l'instant du choc, il est repoussé à l'intérieur de sa peau par la morsure du ciment sur sa chair nue. Il s'assied sur les marches de la porte de derrière, serre son talon dans sa main jusqu'à ce qu'il cesse de le lancer. Le sang a traversé sa socquette et coulé sur ses doigts. Sans réfléchir il porte sa main à sa bouche et suce le sang avant qu'il n'ait le temps de former une croûte. Ça a un goût de sel et de pièce de monnaie. D'un truc qu'il ne devrait pas se mettre dans la bouche.

À dix heures moins cinq il se lève et appelle la police depuis le téléphone de l'entrée. Mark va rentrer d'une seconde à l'autre. Il ne dépasse jamais dix heures le jeudi. Sammy doit régler l'heure de son appel téléphonique avec précision. Trop tôt, et la police l'aura embarqué avant qu'il ait eu l'occasion de parler au garçon. Trop tard, et Mark essaiera de l'en empêcher. Il fait presque nuit dehors et le feu est réduit à ses derniers tisons, sa lueur une brève traînée orange réfléchie sur les fenêtres de la serre. Tandis qu'il fait le numéro, Sammy peut voir la cuisine depuis l'entrée, là où le ciel est comme une pinte se posant en couches noires et dorées au-dessus de la haie du jardin.

Ça va être une belle journée demain, pense-t-il, sachant que le temps aura peu d'importance pour lui désormais.

« La police », dit-il, quand la dame lui demande quel service il veut. Puis il donne son adresse et son numéro de téléphone.

« Je voudrais me rendre, dit-il, se demandant sans cesse pourquoi il ne reconnaît pas sa voix, pourquoi il se met à parler comme dans un film. Je suis le type qui a fabriqué les vidéos, celles du Lanceur de feu. Je veux me livrer. »

Ils lui disent de rester où il est.

Il essaie de tourner ça en plaisanterie, dit : « Sûr, je vais juste mettre la bouilloire en route et attendre jusqu'à tant que vous arriviez. »

Ils ne rient pas.

Ils s'efforcent de le faire parler. « Il y a quelqu'un avec vous ? Vous êtes armé ? Il y a un chien dans la maison ? »

Tellement de questions. Il faut qu'ils le gardent au téléphone. C'est ce qu'ils ont de plus proche d'une vraie paire de menottes. Si Sammy est là, à faire le malin avec une gentille dame standardiste, il ne peut pas être en train de s'enfuir jusqu'à la frontière. Il répond à leurs questions. Pourquoi ne le ferait-il pas ? C'est lui qui se livre. C'est important qu'on comprenne bien qu'il coopère. « Oui », et « Non », et « Je suis pas trop sûr », et « C'est pas épatant que la pluie s'arrête enfin ? », jusqu'à ce qu'il entende la porte d'entrée s'agiter sur ses gonds et sache que Mark est de retour pour la nuit.

« Faut que je parte », dit-il, et il raccroche avant que l'opératrice ait le temps de lui poser d'autres questions ineptes.

Il intercepte le garçon dans l'entrée, se tient entre lui et l'escalier. Il se tient une marche au-dessus de lui et ainsi, pour la première fois depuis des années, se trouve regarder son fils de haut. Il remarque qu'une plaque chauve commence à éclore au milieu de la chevelure de Mark, et sans réfléchir, lève la main pour suivre le contour lisse de son propre crâne, nu maintenant sur presque toute la tête. Il laisse retomber son bras. Il a envie de placer une main sur l'épaule de son fils, mais il ne lui reste plus d'énergie pour la gentillesse.

« J'ai réglé l'affaire, fiston, dit-il. Je leur ai dit que c'était moi. Ils me croiront. J'ai un passé. Ils m'ont jamais mis en taule jusqu'ici. Je faisais partie de l'accord. Tu es au courant, pas vrai ? »

Mark ne dit rien. Il se tient là, mains dans les poches, dévisageant Sammy comme s'il ne parlait pas la même langue, comme s'il n'allait pas s'embêter à essayer.

« La police est en route, Mark. Ils vont arriver tout de suite. Il faut que tu suives le mouvement. Faut leur montrer que tu es pas mêlé à tout ça. Tu as toute ta vie devant toi, fils. Tout le temps de changer de cap et prendre un nouveau départ. S'il te plaît. Si c'est pas pour moi, fais-le pour ta mère. »

Mark fait basculer son poids d'un pied sur l'autre, sort la main de sa poche et regarde sa montre, on ne peut plus détendu, faisant mine de vérifier l'heure d'un programme télé qui va commencer.

« Faut pas que tu aies peur de te faire coincer. Ils ont rien sur toi. J'ai tout brûlé dans le barbecue et fait le vide dans ta chambre, alors il y a aucune preuve. Je dirai que c'était moi tout seul, Mark. Ça me gêne pas de faire ça. Je suis ton Pa. C'est ça que je suis censé faire. »

Mark regarde Sammy droit dans les yeux. Son visage est comme un bloc de ciment. Il ne renferme aucune chaleur. C'est difficile de dire si même le garçon l'écoute. « Doux Jésus, Pa, dit-il enfin. On n'est plus dans les années 70. Les gens brûlent pas des trucs dans leur arrière-cour. La police va jeter un seul coup d'œil ici et elle saura que c'était moi, pas toi. Tu n'as pas l'intelligence pour faire ce que j'ai fait. Tu as vraiment cru que tu pouvais te ramener ici comme le Christ en croix et endosser le blâme ? Tu es encore plus crétin que je ne croyais. »

La pendule du salon sonne l'heure. Un. Deux. Trois. Quatre. Cinq. Six. Sept. Huit. Neuf. Dix coups métalliques, le son de chaque heure étouffé tandis qu'il roule de l'arrière jusqu'à l'avant de la maison, à travers un air tellement, tellement épais.

« Désolé », dit Sammy.

Le mot lui glisse de la bouche avant qu'il puisse l'arrêter.

« Désolé », dit-il, une deuxième fois, et plus fort.

Alors montent la tristesse et le puissant regret. Mais il n'est pas désolé pour Mark. Il ne lui présentera pas d'excuses. Il est désolé pour lui-même maintenant et pour toutes les années qu'il a passées à traîner sa culpabilité comme une jambe morte. À offrir des réparations. À se tenir pour responsable. À regarder le garçon et voir seulement son propre affreux reflet. Mark n'a rien de pareil à lui. Il le voit maintenant. Pas un éclat de sa souche. Pas de mauvaise graine. Pas de seconde naissance. Mark est son propre monstre.

Sammy s'éloigne du garçon, monte une autre marche, si bien qu'il le domine. Alors montent la rage et les coups de boutoir du sang ancien. Monte la pure colère blanche. Montent les poings. D'abord le droit. Puis le gauche. Il tend le bras en arrière et lance tout son poids sur le visage de son fils. Il entend le craquement des os, la gifle humide de la langue contre la joue, et au loin, qui se rapprochent, une armée de sirènes saintes qui hurlent à travers la nuit. Il continue à frapper des poings et des pieds et des griffes jusqu'à ce qu'il ne sente plus le sang chaud lui marteler la tête. Le souffle tombe le premier, car il n'est plus aussi en forme qu'autrefois. Peu après la rage est passée et il peine à se souvenir comment il est arrivé là, les phalanges brisées, dégoulinant du sang de son propre fils.

Mark est toujours debout. Il vacille devant Sammy, lentement de gauche à droite et retour à gauche, comme un boxeur au douzième round qui tente de se remettre sur pied. Derrière lui, fleurissant sur le verre dépoli de la porte, l'éclat des néons bleus des voitures de police annonce leur présence urgente. Il ne lui reste presque pas de temps avec son fils. L'air sort de Mark par soupirs et sifflements rauques. Il a le teint couleur de papier sale. Sa tête penche. Ses jambes plient et Sammy arrive tout juste à le rattraper avant qu'il ne heurte le sol. Ils plongent ensemble, le dos appuyé contre le radiateur de l'entrée, Sammy tenant son fils lové dans le creux de ses bras. Il tient le garçon serré contre sa poitrine. Comme le Christ à sa descente de croix sur les peintures médiévales. Il a tellement de choses à lui dire. Toutes les questions anxieuses. Tous les tellement-désolé. Tout ce qu'il aurait pu faire autrement si prendre un nouveau départ était jamais possible. Il n'y a pas le temps pour tout cela. Les policiers sont à la porte maintenant, ils glapissent dans un mégaphone, réveillent les voisins, cernent la maison avec des chiens et des armes à feu.

Il reste si peu de temps. Aucun espace pour réparer. Rien qu'il soit possible de faire avec des mots.

Sammy regarde Mark et il ne parvient pas à voir un mauvais homme, seulement un petit garçon perdu et brisé, seulement une chose qu'il a frappée de ses poings et détruite. Le rouge du sang lui barbouille le visage, goutte sur son menton, dessine des mares sombres sur le devant de sa chemise. Il remonte sa manche en quête d'un mouchoir en papier. Il l'extrait, le mouille de sa propre salive et tente de ramener la blancheur sur le visage du garçon. Sa main tamponnant doucement la lèvre fendue de Mark lui rappelle ce geste qui remonte à des années : tant de genoux entaillés tendrement pansés, de visages nettoyés, tant de mèches à épi aplaties avec la salive de Papa. Ses mains savent comment traiter ce fragile moment. Ses bras sont assez forts pour le tenir. Il se sent plus proche de son fils que depuis des décennies. Il le connaît, de la surface de la peau au noyau diabolique. Et ce sentiment n'est pas de l'amour, mais quelque chose de plus essentiel, comme la connaissance de sa propre tête de salaud. Et il ferait n'importe quoi pour le garder ici, en sécurité et docile, tenu dans ses bras. Tout près. Encore plus près. Près comme un enfant nouveau-né.

Sammy serre encore son fils quand les policiers enfoncent la porte et transportent Mark, inconscient, dans la rue. Il perd ses chaussures quand on le traîne sur la pelouse. Ses talons nus laissent des traces dans les plates-bandes. Sammy regarde depuis le seuil, horrifié. Il ne peut pas se détourner. Il ne supporte pas la vue de ces inconnus qui portent son fils n'importe comment, sans même prendre soin de son pauvre visage qui frotte sur le gravier. Il sait sans raison ni regret qu'il sentira encore la lourde brûlure de Mark des années plus tard, portera encore le poids mort de son fils dans son sang et ses os. Parce que c'est cela, être père, et il ne peut pas rendre le privilège.

19

Coupure

C'est aujourd'hui l'« opération » de Sophie. J'ai marqué la date sur notre calendrier de cuisine, dessiné un petit x à côté du jour que j'ai choisi : un vendredi, le dernier du mois. Je ne peux pas prendre le risque d'écrire le mot « opération ». Il fait trop explicite. En outre, Christine risque de voir et de poser des questions. Je n'ai pas de bonne réponse à lui donner. Aucune excuse crédible. C'est plus difficile d'esquiver une question, de bredouiller des demi-vérités ou de changer le sujet, quand chaque conversation est inscrite dans une encre dense et indéfendable.

Je passe devant le calendrier cinq ou six fois par jour depuis presque une semaine. Chaque fois mon œil accroche ce petit x pointu, qui ressemble à un fil barbelé sur une haie métallique. Il fait mal même en le regardant de biais. Pour finir je prends un feutre et je change le x en petite étoile, laquelle est moins menaçante, a moins l'air de barrer quelque chose de précieux. Je sais encore ce que signifie la marque, malgré tout. Mon œil continue à s'égarer de ce côté chaque fois que je remplis la bouilloire ou que je vide le lave-vaisselle. J'ai envie de jeter le calendrier, mais je ne peux pas – pas même le pousser provisoirement à l'arrière d'un tiroir. J'ai besoin de cette petite étoile qui scintille, scintille à travers le fouillis quotidien de factures d'électricité et de listes de courses, pour me maintenir épinglé à vendredi. Le dernier vendredi de l'été. La fin d'une époque et le début d'une autre.

J'ai demandé quelques jours de congé. J'ai dit à Marty que je voulais profiter au mieux du pont de ce week-end. « J'aimerais passer un peu de temps avec ma fille, lui dis-je. Elle grandit tellement vite. J'ai l'impression que je manque tous les bons moments. »

Les autres médecins comprennent. Eux aussi ils ont des enfants. Ils ont remarqué à quelle allure le temps file, fondant les premiers pas de bébé avec la première dent et les débuts à l'école jusqu'à ce que ça y est, vous voilà qui déposez votre enfant presque adulte aux portes de l'université sans aucun souvenir aigu de tout ce qui s'est passé entre-temps.

« Vous avez tout à fait raison, Jonathan, disent-ils, savourez chaque seconde de sa vie pendant qu'elle est encore petite. »

Ils sont soulagés de voir que je m'arrondis aux angles depuis l'arrivée de Sophie. Je ris plus facilement maintenant. Je passe plus de temps avec mes patients et je pense parfois à demander ce que font les autres pendant leurs week-ends. Quand je prononce le mot « fille », il y a une note de timidité dans ma voix, le timbre d'une personne croyante quand elle dit « Dieu ».

Les dames de l'accueil font assaut de bavardages aujourd'hui. Leur enthousiasme enfle jusqu'à remplir le moindre espace libre. Cet après-midi elles sont au bord d'un long week-end, leur pépiement monte de plus en plus à mesure que l'aiguille de la pendule frôle les cinq heures.

« Et comment elle va, la p'tite cocotte ? m'interrogent-elles, me coinçant contre le mur de la salle de repos avec leur gobelet de café chaud et leurs doigts armés de faux ongles.

— Déjà des dents ?

— Et vous avez des projets tous les deux pour le long week-end ?

— Oui, dis-je, nous avons des projets. »

Je ne m'étends pas. Moins vaut plus quand vous racontez des mensonges. Je souris aux dames de l'accueil. Je prends soin de ne fixer mon attention sur aucune en particulier. Elles peuvent se montrer affreusement territoriales dans leurs affections.

« Passez un superbe week-end, mesdames, dis-je. Ne faites pas trop de bêtises. »

Et je me mets en route, passe devant le comptoir de la réception, traverse le parking, puis l'abri de ma voiture. Je verrouille la porte derrière moi. Clic. Clac. Il ne fait même pas encore noir dehors, mais j'ai besoin d'élever un mur supplémentaire entre moi et tout ce qui pourrait tenter de contrarier mes plans. Voleurs de voiture. Patients déments. Dames de l'accueil tapant poliment à la vitre côté passager, qui aimeraient me demander de les conduire à l'autre bout de l'Est. Qu'ils aillent tous au diable. Ce soir, ma porte est verrouillée. Ce soir, personne ne va se mettre entre moi et Sophie.

Dans ma sacoche j'ai de l'anesthésiant local, des aiguilles stérilisées et des antibiotiques, juste au cas où l'enfant attraperait une infection. J'ai aussi retiré la photo de Sophie de mon bureau. Si ça se passe mal, je ne remettrai jamais les pieds au centre de santé et je ne voudrais pas que sa photo, restée là sans moi, soit jetée à la poubelle avec mes stylos-bille oubliés. Je n'ai pas une idée très claire de ce qu'implique « rayé des cadres » et je ne veux pas causer de soupçons en demandant à Marty de m'éclairer. J'imagine que c'est une procédure comparable à l'excommunication. J'ai des questions précises. Si j'étais rayé, aurais-je encore le droit d'administrer les premiers soins au cas où je me trouverais sur le lieu d'un accident ? Aurais-je le droit d'administrer à Sophie du Calpol contre la douleur ou un sirop pour la toux si elle était malade ? Est-ce qu'un sparadrap posé sur un genou blessé s'apparenterait trop à un acte médical ?

Je sais qu'être rayé est une réelle possibilité. Ainsi que la prison. Ou peut-être le lynchage si les éléments paramilitaires ont vent de ce que j'ai fait. Les gars de l'Est n'apprécient pas les hommes mûrs qui fricotent avec des enfants, et ce n'est pas comme si je pouvais expliquer le pourquoi de ce que je projette de faire. La plupart des gens ordinaires auraient beaucoup de mal à comprendre la nécessité de couper la langue de votre propre enfant. La plupart des gens n'ont pas un enfant comme Sophie, et je soupçonne que ceux qui en ont un – les infortunés parents d'Enfants infortunés et ces Enfants infortunés assez âgés pour parler eux-mêmes de leur cas – attachent trop de prix à leur anonymat pour se faire mes avocats. Je sais que je suis seul si ça se passe mal ce soir. Même si ça se passe bien, il faudra que j'invente la perle de toutes les histoires pour me couvrir. J'ai pensé à cela. Nous devrons probablement déménager à un endroit où personne ne nous connaît, où les gens croiront que Sophie est née infirme.

Je jette un dernier long regard à la porte du centre de santé avant de quitter le parking. Ma tête est comme de l'eau en bouteille, froide et plate. Je suis mon moi éloigné d'avant, qui se moque de ne jamais revoir Marty ou la dame de l'accueil au sourire aimable, sans penser une seconde à ma plante araignée qui risque la poubelle, et mon cabinet attribué à un médecin fraîchement diplômé. Je ne m'inquiète même pas de perdre mes patients. Mais le gobelet Garfield, c'est différent. J'ai un réel attachement pour ce gobelet. Alors je l'ai fauché de la salle de repos, mon premier vrai crime de la soirée, un coup d'essai pour tous les méfaits à venir. Je teste ma conscience à propos du gobelet. Je n'éprouve pas le plus petit pincement de culpabilité, alors que le gobelet appartient à Marty. Ce sera différent avec Sophie. La pensée d'elle, tailladée et percée d'aiguilles, m'écrase déjà. Je jette ma sacoche sur le siège arrière, là où je ne peux pas la voir ni me sentir encore plus mal que maintenant.

Sur le chemin de la maison, je m'arrête au Connswater Tesco pour prendre une pizza premier choix et une bouteille de vin. Christine sera encore là quand j'arriverai et je ne veux pas soulever ses soupçons. Le vendredi soir, je mange presque toujours une pizza ou des frites achetées à la friterie de Newtownards Road. De la nourriture de week-end, le genre d'aliments que presque tout le monde à l'Est consomme un vendredi soir. J'aime bien faire la queue parmi les autres clients, arborant fièrement mon vin et ma pizza, une baguette de pain à l'ail glissée sous le bras, comme un parapluie roulé, en attendant qu'une caisse en libre service se libère. Encore mieux, si je brandis un paquet de couches pour Sophie ou du lait maternisé. C'est là que je me sens le plus proche de la normale, comme un espion qui a réussi à se glisser parmi les autochtones sans se faire repérer. Je ne me suis pas encore risqué à converser avec mes co-acheteurs, mais je m'y suis entraîné de tête : « Qu'est-ce que vous en dites de cette pluie ? » ; « Dieu merci, c'est vendredi » ; « La p'tiote m'a tenu debout toute la nuit ». Ça ne semble pas forcé quand je parle de Sophie. On croirait que je parle vraiment la langue du pays.

Je n'ai aucune intention de manger de la pizza ce soir, mais n'empêche, je suis là, planté dans la travée, hésitant entre fromage de chèvre et mozzarella de bufflonne. Je tiens une boîte dans chaque main et je sens le carton réfrigéré fléchir sous le poids de la pâte crue. Je sens une vague nausée. Laquelle de ces deux pizzas est-ce que je veux ? Je sens la sueur commencer à s'insinuer autour de mon col de chemise. Ça ne s'était pas produit depuis des mois. Une panique de niveau maximal est imminente. Oui, ce n'est qu'une décision à £ 4. 79, mais je sais que si je ne choisis pas l'une ou l'autre pizza je serai coincé de la même façon entre merlot et shiraz, incapable de décider de quel côté de l'allée me garer et, ensuite, une fois franchis tous les petits choix, je serai comme congelé quand viendra le moment de la plus grande décision de toutes : couper ou ne pas couper, et jusqu'à quelle profondeur.

Respire, m'ordonné-je, et j'essaie d'entendre mon pouls battre dans mes oreilles. Respire et respire encore, et maintenant il y a des petites encoches sur le carton, là où mes doigts ont tenu les boîtes de pizza trop serrées. Il va falloir que je pousse celle que je n'achète pas au fond du frigo pour que personne ne le remarque. J'ai envie de balancer ces foutues pizzas, comme des frisbee humides, à l'autre bout de la travée, jusqu'au rayon des fruits frais. Mais je ne le fais pas. Je force le clapet de ma langue à s'immobiliser et, me tournant vers la dame du Tesco qui empile des doses individuelles de sauce marinara dans le réfrigérateur d'à côté, je demande : « Laquelle de ces pizzas vous me conseilleriez ?

— Chorizo », répond-elle, prononçant le mot comme s'il y avait un œil au milieu. Même réduit en miettes par le stress, je le remarque et imagine le chorizo en œil coquin véritable qui clignote l'air complice depuis son lit de mozzarella. La patate chaude refilée, je me sens soulagé et honteux, aussi. Quel genre d'homme mûr est incapable de décider entre une pizza et une autre ? N'empêche, je suis un peu calmé. Le vin est plus facile à choisir. Et le retour à la maison se passe sans incident. Je n'ai même pas à décider de quel côté de l'allée me garer, car la voiture de Christine occupe déjà l'espace le plus proche de la porte. Le temps de franchir le paillasson Bienvenue, je ne transpire presque plus.

Avant même que je sorte ma clé, Christine ouvre la porte. Elle a Sophie campée sur sa hanche gauche, un biberon vide à la main. Elle sourit – pas de main libre pour me signifier bonjour – et me tend le bébé. Je la tiens gauchement. Mes mains sont prises par ma sacoche, mon manteau et les produits d'épicerie entassés sans soin dans un sac Tesco. Pour faciliter le transport, j'ai fourré le vin en équilibre précaire dans ma poche de veste. Elle penche vers l'extérieur, comme un homme prêt à sauter d'une fenêtre d'hôtel. Je sens le poids instable prendre de l'élan. Sophie est juste un élément de plus à porter, mais j'arrive à lui faire une place dans mes bras et à la nicher au creux de mon coude, comme une petite ancre.

Chacune des parties de la journée n'est qu'un préambule à ce moment. Les retrouvailles du soir avec ma petite fille. Elle sent le lait, l'urine de bébé et le parfum Calvin Klein parce que Christine l'a tenue contre elle toute la journée. Je laisse tomber mes sacs et mes paquets sur le sol, hausse ma fille jusqu'à mon visage et embrasse la boucle sombre de ses cheveux, le dos de son poing fermé, l'endroit précis où sa joue se fronce en bouche. Elle est ivre de lait, ses lèvres rêvent encore de la sucée et de la pointe de la tétine.

Je regarde ses lèvres. Leur couleur rose sereine, l'ampleur caverneuse de leur bâillement, les rides profondes pliées en lèvre inférieure et lèvre supérieure là ou la chair n'a pas encore complètement enflé. Je touche ses lèvres du bout de mon plus petit doigt et je pense à l'homme de la Bible – l'Ancien Testament très probablement – dont les lèvres ont été brûlées avec un charbon ardent par un ange. La sainteté était le thème de cette histoire, ou peut-être ne pas trop parler devant Dieu, ou peut-être un peu des deux. Je touche à nouveau les lèvres de Sophie et me demande comment quelque chose d'aussi menu, pas plus gros qu'un coquillage sur la plage, serait capable de tout dévaster.

Christine revient avec un carnet et incline la tête vers la cuisine comme pour me dire « Suivez-moi ». Nous nous penchons sur le comptoir du petit déjeuner tandis qu'elle griffonne leur journée. Un enchaînement de détails sans conséquence : tétées régulières, siestes régulières, rien de dramatique côté couches. De la main gauche je dessine un petit smiley. Le smiley ressemble à une victime d'infarctus, il sourit moins qu'il ne grimace intensément. Je fais glisser Sophie sur mon bras gauche pour pouvoir écrire correctement.

« Autre chose ?

— Vous avez vu qu'ils ont attrapé le Lanceur de feu ? écrit-elle. C'était aux nouvelles du déjeuner.

— Non. » Je me suis tant préoccupé de Sophie que je n'ai pas écouté les nouvelles aujourd'hui, n'ai même pas voulu tendre l'oreille aux conversations habituelles sur le sujet dans la salle de repos.

« Qui était-ce ? »

Soudain je me retrouve à l'intérieur de moi-même, vivement présent, me rappelant Sammy dans son survêtement dépareillé, affalé contre mon bureau, incapable de contenir sa tristesse.

« Un jeune type appelé Mark quelque chose.

— Agnew ?

— Oui, c'est ça. C'est bien son nom. Comment vous le saviez ? »

Je réfléchis rapidement. Mentir me vient avec une telle aisance ces temps-ci. « J'ai dû l'entendre à la radio et pas réaliser.

— Ça m'arrive tout le temps, note Christine. Mais à propos de regarder la télé... » et elle commence à rédiger une anecdote comme quoi elle laisse toujours défiler les sous-titres en arrière-plan, comment elle sait des trucs sans le savoir, par exemple le fait qu'Angela Merkel est chancelière d'Allemagne, les différents palais que possède la reine et autres informations sans grande pertinence. Le seul moment où elle s'avise qu'elle sait ces choses, c'est au bistrot avec ses amis pendant le quiz, et illico presto, toutes les réponses lui viennent. « C'est comme si je devenais brillante par osmose », conclut-elle.

Je ne lis qu'à moitié ce qu'elle a écrit. Je suis à des lieues d'ici, à me demander si Sammy a pu dormir la nuit dernière. Si le poids se soulève une fois que le pire est passé. Je me demande s'il se sent toujours responsable maintenant que les dégâts ont été extirpés de son fils.

« Maintenant il faut que vous partiez », j'écris.

Difficile de ne pas être abrupt quand on griffonne un truc sur un carnet. Je sais que Christine ne s'en offusquera pas. Nos conversations sont souvent réduites à des rudiments de sens. J'ajoute un autre smiley juste pour être sûr et lui faire savoir que j'ai apprécié son anecdote. Elle me signale compris en levant le pouce et embrasse Sophie sur le front. Je me demande si ce genre de moment domestique ordinaire se reproduira jamais. Je me déplace vivement dans la pièce, range l'épicerie, place ma sacoche sur le comptoir, rince le biberon de Sophie en prévision du stérilisateur. Je me donne de l'occupation afin de laisser à la tristesse moins de chances d'enfoncer ses dents. Je reviens vers le carnet. « Je m'absente la semaine qui vient, noté-je, nous n'aurons donc pas besoin de vous. »

Émoticône au visage triste de Christine.

« Je vous paierai quand même. »

Elle sourit : un sourire de la vraie vie, avec son vrai visage à elle.

« Ce n'est pas l'argent. Sophie va me manquer. »

Notre conversation a atteint la fin de la page. Il y a une pause brève pendant que j'arrache le feuillet, le jette et commence en haut d'une page neuve. Si cette conversation était parlée, je dirais quelque chose du genre : « Écoutez, Christine, je ne sais pas comment vous expliquer cela, c'est très compliqué, mais il est possible que Sophie soit malade pendant quelque temps, et il faudra que je m'occupe d'elle moi-même. Dieu merci je suis médecin. Il n'y a pas lieu de s'inquiéter, et bien sûr je ferai en sorte que vous soyez remboursée entièrement pendant que nous n'aurons pas besoin de vos services, mais je ne peux pas vous en dire beaucoup plus. Vous avez été d'une aide exceptionnelle... Non, mieux qu'une aide, une amie pour Sophie et moi, et nous apprécions vraiment votre soutien. J'aimerais vous donner une idée plus précise du calendrier, mais je ne le connais pas moi-même. Ça pourrait prendre une semaine. Ça pourrait prendre six mois. Tout dépendra de Sophie. J'espère que vous comprenez et que vous reviendrez vous occuper d'elle dès qu'elle sera remise, mais je comprendrais si vous préférez chercher un autre emploi. »

Si Christine se mettait alors à pleurer, ou même paraître au bord des larmes, je la prendrais sans doute dans mes bras pour une étreinte paternelle, évitant soigneusement tout contact avec ses seins, prenant soin de mettre fin à l'étreinte le premier pour qu'on ne puisse pas m'accuser ensuite d'y avoir pris trop de plaisir. Mais je ne peux pas parler à Christine. Je suis, au niveau le plus vil, un couard lamentable. Alors je n'évoque aucune maladie, aucune déviation du plan habituel. À la place j'écris « À lundi en huit » tout en sachant que c'est fort improbable.

« Pas de pb », écrit Christine. Puis elle décroche son manteau de la patère, soulève ses livres et son sac et bondit dehors sans me laisser le temps de solenniser son départ. J'ai le sentiment de lui avoir, de façon imprécise, dérobé quelque chose.

Je transporte Sophie jusqu'à la fenêtre sur la rue et agite follement mon bras gauche jusqu'à ce que j'obtienne l'attention de Christine. Puis je fais le signe au revoir et le signe de chacune des neuf lettres de son nom. C'est un truc que j'ai appris sur Internet. Je le gardais pour une occasion spéciale : un anniversaire, ou un genre de désaccord. Je l'utilise maintenant en guise de compensation. Christine ne nous reverra peut-être jamais ni l'un ni l'autre, mais, hé ho, n'est-ce pas charmant d'avoir appris à signifier correctement son nom ? Elle sourit à travers le pare-brise de sa voiture et tout droit dans mon séjour. Elle fait signe « Au revoir, Sophie, au revoir, Jonathan ». Je sens que j'ai besoin de m'asseoir rapidement. Ce n'est pas le vertige qui me terrasse autant que la tristesse, le poids de tout ce qui au fond est merveilleux et probablement détruit.

J'installe Sophie à une extrémité du canapé et je la cale avec une couverture enroulée. Elle me regarde bien en face, puis tourne sa petite tête dodue pour voir par-dessus mon épaule, son œil ayant saisi quelque chose juste derrière la lampe.

Je me retourne. Il n'y a rien d'évident à cet endroit. Rien qu'une gravure IKEA encadrée. Je hausse les épaules et lève les mains, imprime sur mon visage l'expression « Qu'est-ce que tu regardes ? » sans utiliser de mots. Sophie ne dit rien. Elle ne le fait jamais.

Ce n'est pas la première fois que je la surprends en train de fixer quelque chose que je ne vois pas. Je me demande si c'est normal chez les bébés. Peut-être que leur regard pas encore focalisé est plus sensible aux ondes lumineuses et aux ombres. Ou peut-être qu'elle n'est pas bâtie comme les autres bébés. Peut-être qu'elle sera toujours sensible à la face invisible des choses. Fantômes. Visions. Prophéties du Saint-Esprit. C'est de ne pas savoir, ce que je ne supporte pas, le côté sera-sera-pas de Sophie, qui me pousse à observer chaque pas de son parcours en quête d'indices :

• Aujourd'hui elle pleure dans son bain. Elle ne tolère pas qu'on lui verse de l'eau sur la tête pour rincer le shampoing. Sûrement c'est une bonne chose. Un point du côté de l'humanité.

• Aujourd'hui ses cheveux paraissent deux fois plus longs qu'hier et descendent en boucles dans son dos comme un long fleuve sombre, plutôt une queue qu'une chevelure. Plus comme quelque chose qu'on verrait dans un livre de contes de fées. Pas bon. Pas bon du tout.

• Aujourd'hui elle a un appétit pour les liquides qui dépasse tout ce que j'ai jamais pu observer chez les enfants que j'ai soignés. Ça semble problématique. C'est le lait qu'elle apprécie plutôt que l'eau, et même le plus petit écolier sait que les mammifères boivent du lait, pas les créatures marines. À moins bien sûr de compter les baleines. Je choisis de ne pas le faire.

• Aujourd'hui elle a exactement l'expression de ma mère quand quelque chose la tracasse. Une victoire pour la cause humaine, mais un peu une victoire à la Pyrrhus.

Je ne peux pas tenir plus longtemps. Ce n'est pas l'attente qui m'épuise. J'ai passé ma vie à attendre qu'advienne une chose non spécifiée. Une année ou deux de plus ne me tueront pas. C'est de surveiller, ce que je ne supporte plus.

Je transporte Sophie dans la cuisine et je la tiens devant le calendrier. Je pointe la petite étoile dans la case marquée vendredi 29 août, et j'ai beau savoir qu'elle ne peut certainement pas comprendre ce que cela signifie, l'ensemble du plan semble désormais établi, comme un spectacle pour lequel nous avons déjà des billets. Pas pour tout de suite. Pas avant qu'il ne fasse nuit dehors. Ce n'est pas tant de la procrastination que de la honte. Je ne peux pas m'imaginer lui faire mal à la lumière du jour. Dans les ombres, avec les rideaux tirés, l'acte de couper et coudre et tout le magma sanguinolent semblent bien plus crédibles, comme une chose qu'on pourrait vraiment faire à une autre personne dans le noir.

J'ai besoin de whiskey. Pour garder la tête ferme. Pour suer la peur. Je ne peux pas boire de whiskey. Ma main doit être de fer ce soir. Mes muscles doivent être parfaitement tendus. À la place je mets la bouilloire en route, me fais du thé dans le gobelet Garfield volé et attends que l'obscurité descende. La peur est particulièrement bruyante maintenant. D'anciennes peurs et des versions flambant neuves de la même peur qui m'étreint. Le souffle qui s'accélère. Les sueurs. La pure nausée qui me retourne l'estomac. La peur d'échouer et la peur de réussir. La peur de détruire une chose bonne et vraie. La peur des gens et la peur de leur absence. La peur de couper trop tôt, trop profond, pas assez profond. Et plus bruyante que tout, la peur de perdre ma petite fille.

La nuit dernière j'ai rêvé de la mère de Sophie. Je n'avais pas fait ce rêve depuis des mois. Je croyais en être débarrassé. Je ne suis toujours pas certain que ce soit un rêve, mais l'idée d'elle de nouveau ici dans notre maison est une hypothèse hideuse. Si elle est capable d'aller et venir comme elle veut, traverser des portes verrouillées et des doubles vitrages, en montant par les tuyaux pour ce que j'en sais, elle est également capable d'emporter Sophie. Je n'ai plus d'espoir de reste pour envisager cette possibilité ce soir. Toute ma volonté est actuellement concentrée sur la coupure et ensuite le nettoyage. Je choisis d'appeler cela un rêve et d'avancer. Après l'opération, Sophie sera cent pour cent mienne. Sa mère et la tribu stridente de sa mère ne voudront avoir aucun rapport avec un enfant sans langue. C'est pour son propre bien, me dis-je, encore une excuse à ajouter à ma maigre liste.

J'essaie d'entraîner mes pensées loin du rêve, mais son souvenir refuse de me quitter. Il commençait par un appel téléphonique au travail. La voix familière disant : « Je suis en train de mourir, il faut que vous veniez me sauver. »

La pulsion en moi qui monte, incapable de faire preuve de raison. Et je m'entends dire : « Je suis en route. Où êtes-vous ? »

Et son rire d'un autre monde, comme des chandeliers de cristal qui frissonnent. « Oh, vous n'avez pas besoin d'itinéraire, dit-elle. Suivez juste le fleuve. »

Et je me retrouve dans ma voiture, ou est-ce un genre de bateau ? Impossible d'accommoder, ses bords se dessinent et s'estompent comme s'il était fait de nuages ou d'une matière nuageuse. Je conduis/nage/vole vers elle sur la Lagan.

Je ne peux isoler sa voix du bruit de la ville qui vocifère autour de moi : les sirènes d'alarme, le babillage, les moteurs qui ronflent sur le périphérique. Tout cela saigne à l'unisson en mélodie diaphane, et je me demande si le son vient de sa voix à elle qui s'élève pour chanter enfin. Je remonte la Lagan. Et tout autour, de part et d'autre de ses rives crasseuses, Belfast est en feu. De hautes flammes lèchent le ciel nocturne. Des gens visibles en silhouette sur le fond rouge se jettent du haut de l'Albert Bridge, leurs bras et jambes formant des croix tandis qu'ils tombent dans le fleuve. La chaleur est insupportable, et le son de gens qui pleurent. C'est une sorte d'enfer très spécial et elle est au centre de tout cela, assise peau nue pâle sur la rive. Cette hardie Sirène de femme, dont la chevelure dénouée serpente le long de son dos.

« J'ai fait tout cela, dit-elle, sans une trace de honte. J'ai élevé la voix et tout détruit. » Le moi rêve sait qu'elle ne ment pas. Dans le creux de mon ventre, je sens le même nœud compact de luxure et de peur se nouer et se dénouer, comme des poings serrés. Je me rappelle ce sentiment de chaque seconde que j'ai passée en sa présence. La noirceur de la chose ; son indicible légèreté.

Je la hais comme je n'ai jamais haï individu ou créature de toute ma vie, pourtant je reste étendu auprès d'elle, là, au milieu de la boue. Le goût de sa bouche a la morsure de l'eau salée avec en dessous une saveur amère, comme l'odeur qui monte d'un cadavre au bout de trois ou quatre jours.

« Qu'est-ce que tu veux que je fasse ? » je demande. J'espère qu'elle ne répondra pas, car je serai incapable de me retenir. Je ferai des choses ignobles et terribles si elle me le demande. Je ne me reconnais pas chaque fois qu'elle ouvre la bouche.

Là je me réveille la langue pâteuse de son refus, le vomi qui remonte déjà dans ma gorge. Je me rue follement dans le couloir vers la salle de bains, soulève le couvercle des toilettes et me vide dedans. Des morceaux de carottes et de pommes de terre bouillies sautillent autour de la cuvette, nageant avec insolence dans la pisse que j'ai oublié de vidanger. Je n'allume pas la lumière de crainte de m'éveiller complètement et de ne pas pouvoir me rendormir. Je me rince la bouche à l'eau froide et je crache. J'éponge la sueur de mon visage et fais demi-tour pour sortir de la salle de bains.

C'est alors que je remarque la baignoire, pleine à ras bord et qui dégouline. C'est alors que je vois ses cheveux dont la nage sombre fend l'eau, ses traits flous comme s'ils se voyaient à travers un voile nuptial. Je recule vivement, me cogne le pied à l'arête du radiateur. Pas de sang, mais un large morceau de peau qui s'arrache net. Elle s'assoit brusquement. L'eau roule de sa tête et sur ses seins, inondant le tapis de bain et le sol. Toute une rangée de flacons de shampoing, bousculés par son apparition soudaine, bascule sur le bord et ils flottent en ivrognes autour de la baignoire.

« Qu'est-ce que tu veux ? » je demande. (J'ai du mal à me retenir d'entrer dans la baignoire auprès d'elle.)

« Pas toi, ça c'est sûr », dit-elle, et cinglante elle m'examine de haut en bas, comme on le ferait pour une voiture d'occasion. Je sens l'insulte de sa manière descendre le long de mon épine dorsale et dans l'aine. J'aimerais pouvoir m'en moquer.

« Je voulais prendre un bain, dit-elle.

— Mission accomplie. Maintenant sors de chez moi.

— J'ai oublié quelque chose ici. Tu me l'as gardé ?

— Tes vêtements ? demandé-je, essayant de gagner du temps. Tout ce que tu possédais, c'est ce que tu avais sur le dos.

— C'est peut-être ça. Difficile de se rappeler les détails quand on meurt constamment. Mais j'ai le sentiment d'avoir laissé quelque chose ici derrière moi, quelque chose de bien plus précieux.

— Non, dis-je, tu te trompes. » Il me faut toute ma force cérébrale pour lui mentir. Mon sang est déjà en alerte, il me monte au visage. Je suis rouge de l'effort de tout retenir à l'intérieur. Je m'oblige à penser à Sophie. Au fait qu'elle est mienne maintenant pour le reste de notre vie. Pour les anniversaires et les Noëls. Les futures vacances à la plage. Et aussi pour le quotidien ordinaire. Les courses au Tesco et les devoirs à la maison. Les rhumes et les caprices. Le fait que je ne peux plus imaginer un mode quelconque d'existence sans elle. La pensée de Sophie est à la fois un bouclier et une distraction. Je la sens qui me saisit, qui me tire avec insistance par le bras/main/lieu-riche-d'espoir, de sorte que je suis coincé entre le juste et l'injuste, comme dans un bras de fer.

« Il ne t'appartient pas de la garder, dit-elle. Elle est des nôtres.

— Non, dis-je, la voix tremblant légèrement. Elle n'est pas comme vous autres. C'est juste une petite fille, rien de mauvais en elle.

— Attends un peu qu'elle commence à parler. Il n'y a pas un homme dans cette ville que cette fille ne pourrait pas détruire si elle en a envie.

— Tu te trompes », dis-je. Mais il n'y a aucune assurance dans ma façon de le dire. Pas de quoi lui river son clou.

Je m'écarte de la baignoire. Détourne les yeux. Couvre mes oreilles. Chose qu'elle est. Chose ignoble. Sirène. Animal. Je ne la vois plus comme la mère de Sophie. Elle est une créature pour moi, rien de plus. Rien qui se rapproche de ma petite fille. Et pourtant je ne peux pas me fier à moi-même en sa présence. Pas si elle sort nue de la baignoire. Pas si elle se tient en face de moi, d'une blancheur de lait, humide, et va peut-être chanter. Je ne suis pas assez fort. Aucun homme ne l'est.

Je me force à m'éloigner. Mes pieds traînent des poids morts. Son attraction agit sur toute ma moelle épinière. Tire. Suce. Entraîne ma bonne volonté. Mon corps tout entier se déchire en deux, mais j'avance. Sors de la salle de bains. Traverse le palier. Longe la nurserie où Sophie dort paisiblement sur le dos. Quand je me retourne, la salle de bains est vide. Elle m'a quitté encore une fois. Ma respiration suivante n'est qu'un mince souffle soulagé, celui qui vient après une sorte de hurlement.

« Tu es encore dans ton rêve », me dis-je, et je retourne au lit. Je ne m'endors pas avant l'aube, et je me réveille à cinq heures et demie au bruit de Sophie qui s'agite dans la chambre voisine. Le tapis de bain est encore humide, mais n'est-ce pas toujours le cas avec les tapis de bain, sauf si on les pose sur un radiateur ? Les shampoings sont revenus à leur place, petits soldats rangés sur le bord de la baignoire. Mais elle aurait pu le faire elle-même, histoire de me brouiller les idées. Je renifle tout autour de la salle de bains, tentant de détecter la présence de sel. Je la hume sur les serviettes, ou peut-être que ce sont juste mes sens qui me jouent des tours. Je pense à vérifier si j'ai une entaille au talon, mais je ne le fais pas. C'est plus simple de croire que tout cela est une ruse du cerveau. Surtout aujourd'hui. Où chaque pouce de moi voudrait fuir.

Maintenant il fait nuit. Je me lève et tire les rideaux. Je porte déjà un T-shirt propre blanc et un pantalon de survêtement sorti tout frais de la lessive. Je sens le détergent et, dessous, la sueur. Je débranche le téléphone de la prise murale et je règle mon portable sur silence. J'ai l'impression d'être dans un film, un genre de thriller avec des flics et des gangsters qui traînent dans les parages. C'est une sensation agréable : elle m'entraîne hors de la réalité vers un lieu où je peux manier un scalpel, trancher la langue de ma fille et ensuite me réconforter avec la conscience que tout cela, même la souffrance, était une sorte de fiction.

Je rassemble l'équipement médical que j'ai dissimulé en divers coins de la maison. Pansements de gaze. Anesthésiant. Scalpels. Aiguilles et fil stérilisés. Un de ces petits masques buccaux qui protègent le patient de l'haleine du chirurgien. Un bandana de salle d'op pour maintenir mes cheveux en arrière. Je dispose tout sur une table de bridge dans la chambre d'amis. Sors chaque élément de son fourreau plastique. Le dépose dans un haricot. J'ai acheté une boîte Tupperware toute neuve pour la langue de Sophie. C'est la plus petite de toute la gamme Tupperware en vente au Tesco. D'après l'emballage, on peut s'en servir pour conserver des condiments, des petites portions de fruits secs ou des épices. Elle est parfaitement adaptée pour contenir une langue humaine de taille nourrisson. Ensuite je compte la jeter dans la mer. Il y a une certaine symétrie dans ce geste.

Sophie est endormie dans son berceau. Elle était groggy depuis le départ de Christine. Je lui ai donné du Calpol et du Nurofen. Elle n'est pas encore malade ni ne souffre, mais la médication va la tenir docile pendant que j'administre l'anesthésiant. Je sors ma fille du sommeil et je la secoue doucement dans mes bras jusqu'à ce qu'elle soit complètement éveillée. C'est un bon bébé et elle se réveille joyeuse, même après une très longue sieste. En quelques secondes elle sourit et joue avec le bout de ses doigts, enfonce ses orteils dans sa bouche, émet des bruits de bébé satisfait. Je ne peux détacher mes yeux d'elle. Elle est la chose la plus parfaite que j'aie jamais vue, et je me prépare à lui voler cette perfection. Pour l'abîmer de manière permanente et lui infliger une cicatrice qu'elle gardera le restant de ses jours. Elle me sourit, tend la main vers mon visage. Ce serait presque plus facile si elle hurlait.

Je la déshabille et la pose dans sa petite baignoire. Je garde une main derrière sa nuque, soutiens sa tête et lui savonne lentement tout le corps, passe un gant doux sur le petit mont de son ventre, autour du dos et des jambes. C'est important qu'elle soit propre ce soir. Stérile. L'opération en soi n'est pas dangereuse, mais ensuite il y a un risque terrible d'infection et je n'ai pas les moyens de traiter cela à domicile. Toute intervention extérieure signifie perdre Sophie. Ils ne me la rendront pas après avoir vu ce que j'ai fait. Pourquoi le feraient-ils ? Il n'existe aucun moyen de faire croire à un accident : la netteté de l'incision, les points de suture – répétés jusqu'à la perfection sur un carré de porc froid –, l'anesthésique flottant dans son organisme, preuve de préméditation. Je comprends que tout doit se dérouler impeccablement ce soir. Je n'ai pas de plan de secours.

Je sors Sophie de son bain, la sèche dans une serviette et la sangle dans une couche propre. Elle se love dans l'espace entre mon cou et mon épaule, comme un chat qui cherche ma chaleur. C'est à ce moment-là que je suis près de m'interrompre. C'est là que ma volonté commence à fléchir. Je la tiens à bout de bras, bien éclairée sous la lampe de la salle de bains, et m'oblige à voir la Sirène en elle.

La chevelure sombre luisante, sèche maintenant, mais sans jamais perdre son air d'humidité.

La peau intacte de ses talons et de ses paumes, lisses comme un galet drossé par la mer.

L'amour de l'eau.

La proximité de ses yeux. Leur façon de danser sous les paupières, ne jamais rester sages un instant, comme les yeux de sa mère ont jadis dansé devant moi dans la baignoire.

La beauté de cette enfant, qui est comme un feu dont je ne peux détourner le regard.

J'aimerais avoir le faux courage de la prière. J'aimerais de nouveau un verre de whiskey. Il n'existe rien sur quoi je puisse m'appuyer en dehors de cette notion si usée que cela, même cela, est dans l'intérêt de l'enfant. Je l'emporte dans la chambre d'amis, où tout est stérile et recouvert de serviettes blanches fraîchement lavées. J'ai suspendu une série de lampes de bureau au-dessus de mon champ opératoire, illuminant chaque pouce de la tête de Sophie. Il y a tellement de lumière dans la pièce que ça ressemble à l'avenir.

Je place ma fille sur le lit, juste sous les lampes. Elle se tortille pour échapper à leur éclat. Ses yeux clignent et lancent des éclairs furieux. Je la coince avec des oreillers pour qu'elle n'ait pas la place de rouler. Quand elle sera complètement endormie, je lui fixerai la tête avec du sparadrap chirurgical pour qu'elle reste parfaitement immobile pendant toute l'opération. Je me détourne pour préparer l'anesthésiant, avec une pause devant le miroir pour ajuster mon bandana et mon masque. Seuls mes yeux sont visibles maintenant. Je ne me reconnais pas dans le miroir et c'est une sorte de réconfort. C'est un autre homme qui fera cette chose horrible à Sophie, et quand elle me reverra la prochaine fois elle ne nous associera pas. Rien pour me relier à la douleur et au goût du sang agglutiné au fond de la gorge. Rien qu'elle puisse retenir contre moi quand elle sera grande.

Je prends la première seringue de la soirée. Je la tiens à la lumière et j'active le poussoir jusqu'à ce qu'une fine bulle de liquide apparaisse à la pointe. Je lui applique deux fois un coup d'ongle, m'autorisant à me réfugier derrière la routine de l'acte. Combien de piqûres ai-je faites au cours des douze dernières années ? Combien de fois ai-je dit « Petit coup de griffe, c'est tout » et regardé l'épaule du patient grimacer en s'écartant. Des douzaines. Des centaines. Des milliers. Mais aucune de ces piqûres n'avait compté comme celle-ci. Aucune d'entre elles ne m'avait coûté quoi que ce soit.

Je retourne vers le lit. Je me tiens au-dessus de ma belle enfant tandis qu'elle cligne des yeux vers moi, presque nue et terrifiée. Je prends son poignet et l'endroit où l'aiguille va glisser dans sa veine minuscule. Elle lève les yeux sans me voir. Elle voit un homme monstrueux à ma place. Une créature encapuchonnée, masquée, dont le bras se lève au-dessus d'elle. Elle ouvre la bouche et rugit. Le son qui sort me tue presque par son intensité.

Une syllabe.

« Pa. »

La possibilité d'un nombre infini de syllabes à venir.

Pour l'instant, une seule syllabe, comme une balle à pointe creuse me perçant la cage thoracique et remontant. Vers les poumons. Le cœur. La tête. Chaque part de moi succombe. Je sens le même nœud familier d'enthousiasme et de peur se nouer et se dénouer, comme des poings serrés à l'intérieur de mon ventre. C'est exactement comme cela que sa mère m'a fait souffrir et prendre mon essor. C'est comme cela que je serai détruit. Et c'est foutrement atroce de me savoir si impuissant. Et c'est aussi splendide. Impossible à arrêter maintenant. Comme de bloquer la Lagan d'une seule main. J'aurais dû me couvrir les oreilles, mais c'est trop tard. Je l'ai déjà entendue et rien désormais ne pourra plus être simple. Tout obéira aux conditions de Sophie. Il n'y a rien que je ne ferai pas pour elle. Aucune limite raisonnable à ce qu'elle pourra demander. Je lâche la seringue. Elle roule loin de moi et s'immobilise sous le lit. Je détache le masque de mon oreille gauche de sorte qu'il pend comme une porte sur ses gonds d'un côté de mon visage. Tout en moi est liquide et se rue vers mon enfant.

« Sophie, dis-je en la soulevant de son lit, la serrant étroitement contre mon visage, parle-moi, Sophie. Papa est là. »

Je sais qu'elle va me détruire. Je ne voudrais pas qu'il en soit autrement.

Remerciements

C'est une situation très agréable de se retrouver avec un bien trop grand nombre de gens à remercier.

Merci à tous ceux qui ont rendu ce livre possible par leur aide petite ou grande. Merci au trio de femmes merveilleuses qui en ont vu le potentiel et m'ont encouragée à chaque étape du parcours : Fiona Murphy chez Doubleday, Alice Youell (l'éditrice la plus gentille du monde) et mon agent remarquable, Kate Johnson, avec qui ce fut un bonheur de faire connaissance et de travailler depuis le premier jour où nos chemins se sont croisés. Merci également à Brian Langan pour ses encouragements de la première heure et ses paroles aimables.

Merci à ces personnes incroyables qui m'offrent amitié, encouragement et soutien depuis maintenant des années : Sinead Morrissey, Damian Smyth, Peggy Hugues, Michael Nolan, Paul Maddern, Jean Bleakney, Bernie McGill, Nate Grubbs, David Torrans, Andrew Eaton, Emma Wright et quantité d'autres. Chaque parole de sagesse a été hautement appréciée.

Merci aux centaines d'artistes et d'organismes artistiques qui font de Belfast le lieu hors pair où pratiquer l'art en communauté. C'est toujours un réconfort de savoir que je vais retrouver des êtres bons en revenant chez moi. Je suis particulièrement reconnaissante de leur amitié durable et de leur soutien à Eastside Art, No Alibis, le Lifeboat, le Queen's Film Theatre, le Crescent Art Centre et la John Hewitt Society.

Un immense merci aux femmes fortes qui me préservent de la folie au quotidien : Emma Must, Hilary Copeland, Orla McAdam, Emily DeDakis, Cailin Lynn, Kelly McCaughrain, Hannah McPhillimy, Kristen Kernaghan, Olwyn Dowling. Cet endroit tomberait en pièces sans vous.

Merci à l'Arts Council et à Seedbed d'Irlande du Nord pour leur soutien financier et leurs conseils depuis de nombreuses années.

Merci à ma famille, qui s'accommode de tant d'épreuves et qui en redemande.

Et un dernier remerciement du fond du cœur aux deux barmen anonymes de Costa, Waverley Station, Edimbourg, qui ont retrouvé l'ordinateur portable contenant ce manuscrit trois jours après sa disparition. Ce livre n'aurait littéralement pas pu exister sans vous.

Table des matières

13666

Composition
NORD COMPO

Achevé d'imprimer à Barcelone
par CPI Black Print
le 4 décembre 2022

Dépôt légal décembre 2022
EAN 9782290374139
OTP L21EPLN003285-432705

ÉDITIONS J'AI LU
82, rue Saint-Lazare, 75009 Paris

Diffusion France et étranger : Flammarion